Der verbotene Milliardär

DIE SINCLAIRS, BUCH 2

J. S. SCOTT

Ebenfalls von J. A. Scott

Die Sinclairs – Die Serie:

Kein gewöhnlicher Milliardär (Buch 1)

Der verbotene Milliardär (Buch 2)

Weihnachten mit dem Milliardär ~ Grady **(demnächst erhältlich)**

Ein Milliardär voller Leidenschaft – Die Serie:

Entfesselte Leidenschaft (Buch 1 der Serie erzählt die Geschichte von Simon und Kara)

Das Herz des Milliardärs ~ Sam (Buch 2)

Die Erlösung des Milliardärs ~ Max (Buch 3)

Der Milliardär und sein Spiel ~ Kade (Buch 4)

Ein Milliardär außer Kontrolle ~ Travis (Buch 5)

Ein Milliardär ohne Maske ~ Jason (Buch 6)

Milliardenschwer und ungezähmt ~ Tate (Buch 7)

Milliardenschwer und ungebunden ~ Chloe (Buch 8)

Milliardenschwer und unerschrocken ~ Zane (Buch 9)

Milliardenschwer und unerkannt ~ Blake (Buch 10)

Die Walker-Brüder – Die Serie:

Lass los! (Buch 1) **(ab Mitte Juli 2017 erhältlich)**

Inhalt

Vorgeschichte

Fünf Jahre zuvor, Cambridge, Massachusetts

»Wo zum Teufel bin ich?«

Der alkoholisierte Mann auf dem Wohnzimmerboden stammelte nur teilweise hörbar. Er nuschelte sich selbst etwas zu, während er einen seltenen Moment des Bewusstseins erlebte. Weil er nicht wieder wach sein wollte, stöhnte er zum Protest. Er stand unsicher auf und stolperte ins Badezimmer. Seine Blase würde explodieren, wenn er sich *nicht* bewegte.

Nachdem er ungeschickt seine Notdurft verrichtet hatte, sah er sich mit zusammengekniffenen Augen im Badezimmerspiegel an. Sein Blick war noch immer verschwommen und unscharf.

Oh ja, er erkannte das magere Gesicht hinter dem wachsenden Bart und den geschwollenen Augen.

Noch immer das Gesicht eines Mörders.

Mit der wenigen Kraft, die sich noch in seinem Körper befand, schlug er mit der Faust in den Spiegel und das Gesicht in der Reflexion zerschmetterte. »Scheißkerl!«, grollte er schwach, während ein Schnitt, hervorgerufen durch eine Spiegelscherbe, anfing zu bluten und das Blut ihm von seiner noch immer zur Faust geballten Hand herunterlief. »Dummes, ignorantes, beschissenes Arschloch!«

Die Erleichterung darüber, nicht mehr sein abstoßendes Gegenüber sehen zu müssen, war kurz und kaum merklich. Er drehte sich um und verließ das Badezimmer, wobei er sich nicht darum scherte, die Scherben aufzusammeln. Es spielte kaum eine Rolle. Sein gesamtes Haus sah aus wie nach einer Bombenexplosion und es könnte ihn nicht weniger kümmern.

Scheiße! Er hasste diese Momente der Klarheit. Sie waren unangenehm. Er wollte nur eine Pause von der Qual des Nachdenkens haben.

Wut oder Schuld?

Hass oder Liebe?

Zorn oder Reue?

In seinem Kopf verstrickten sich orientierungslose Gefühle, bis er nicht mehr denken, nicht mehr atmen konnte, weil sie ihm so viel Qual bereiteten. Ein brutaler Schmerz fuhr durch seine Brust und sein Magen zog sich zusammen, als er an *sie* dachte. Und *ihn*.

Denk nicht dran. Nicht denken. Nicht. Denken.

Er versuchte, nicht vernünftig zu sein, nicht zu versuchen, einen Sinn in irgendetwas zu finden, doch sein Gehirn erlaubte es ihm nicht. Also ... Zorn oder Reue? Verdammt ... er wusste es einfach nicht, doch die zwei Gefühle, die in ihm kämpften, rissen ihn Stück für Stück auseinander.

Abhauen!

Hasste er *sie* ... oder *sich selbst*? Oder beide?

Er entschied, dass er sich am meisten von allen verabscheute, und stolperte in die Küche, wo er so lange den Getränkeschrank durchwühlte, bis er noch eine Flasche Whiskey fand. Er riss den Verschluss ab und trank direkt aus der Flasche, wobei er einen Großteil des Inhalts vernichtete.

Nachdem er aus der Küche geschwankt war, landete er mit dem Gesicht nach unten auf dem Sofa im Wohnzimmer und musste angesichts der Ironie lachen. Bis vor Kurzem ... hatte er kaum getrunken. Das laute Geräusch hallte durch das riesige Haus, in dem sich außer ihm keine Menschenseele mehr befand.

Es interessiert mich einen Dreck, ob ich normalerweise nicht trinke. Der Mensch, der nicht oft etwas trank, war ein anderer Mann – ein Typ, so dumm und naiv, dass er tatsächlich an Liebe und Freundschaft geglaubt hatte.

Nicht mehr. Er war fertig damit, sich um irgendetwas zu scheren. Sich um andere Personen oder Dinge zu sorgen, tat zu sehr weh.

Er hob seinen Kopf und setzte die Flasche erneut an. Er wollte vergessen, bevor die Stimmen in seinem Kopf ihn zum Wahnsinn trieben und der Schmerz in seiner Brust ihn umbrachte. Nicht, dass es ihn kümmerte.

Feigling. Du hast es vermasselt. Komm damit klar.

Das Problem war, dass er mit keinem seiner konfusen Gedanken umgehen konnte.

Wut.

Verwirrung.

Verzweiflung.

Schmerz.

Betrug.

Alles bombardierte ihn, zerstörte ihn.

Er begann, den Trost zu finden, den er in der Dunkelheit gesucht hatte, und setzte die Flasche erneut an.

»Ich werde mich nie wieder einen Dreck um irgendetwas scheren«, versprach er sich mit lallender Stimme.

Als ihm langsam schwarz vor Augen wurde, begann ein kleiner, verloren geglaubter Teil seiner Seele in ihm aufzusteigen, ein Teil seines alten Ichs, das ihn anflehte, sich zusammenzureißen.

Wenn ich so weitermache, werde ich sterben.

Er hatte keine Ahnung, wie lange er sich schon so verhielt, aufzuwachen und wieder zu vergessen. Doch nach der abgemagerten, bärtigen Gestalt zu urteilen, die ihn in diesem furchterregenden Moment für einen Augenblick aus dem Spiegel heraus angesehen hatte, dauerte dieses Schauspiel offensichtlich schon eine ganze Weile.

Du kannst nicht ewig so weitermachen. Steh auf!

Er nahm noch einen Schluck aus der Whiskeyflasche und brachte damit die Stimme der Vernunft zum Schweigen. Er schloss seine Augen und sein Arm fiel schlaff auf die Sofalehne, wobei die Flasche ihm aus der Hand glitt und lautlos auf dem Teppich landete.

Ich habe zwei Menschen umgebracht, die mich betrogen haben.

Damit konnte er nicht klarkommen.

Die düstere Hoffnungslosigkeit brach gerade in dem Moment an, als die trübe Leere, nach der er sich so sehr sehnte, ihn verschlang. Sie löschte jeden Gedanken aus und legte den See der Qual trocken, in dem er herumtrieb. Er hieß die gesuchte Dunkelheit willkommen, glitt hinein in die Bewusstlosigkeit und ließ sich von den schwarzen Schatten vollständig einnehmen.

Kapitel 1

Heute, Amesport, Maine

S ie weint.
　Es sollte ihn einen Dreck scheren.
　Er wollte, dass es ihm egal ist.
Doch leider war es das ganz und gar nicht.

Jared Sinclair lehnte mit seiner muskulösen Schulter an der Steinwand des *Shamrock's*, der Kneipe an der Ecke der Main Street, und beobachtete, wie Mara Ross ihr Puppengeschäft verließ, zügig die Straße überquerte und wütend an ihren Wangen herum wischte. Er hielt den Atem an, als sie auf dem Weg zur Promenade nur einige Meter entfernt an ihm vorbeiging, und fühlte sich wie ein verdammter Stalker. Sie starrte stur geradeaus und passierte ihn, ohne seine Anwesenheit zu bemerken, genau in dem Moment, als er ausatmete.

Sie hat mich nicht einmal gesehen.

Das sollte ihn ebenfalls nicht interessieren, doch es wurmte ihn auf eine Art und Weise, dass er so fasziniert von Mara war und diese Tatsache bereits ausreichte, um alles stehen und liegen zu lassen und sie zu beobachten, und sie das noch nicht einmal würdigte.

Warum weint sie? Sie lächelt normalerweise immer.

Er drückte sich von der Wand ab und folgte ihr. Der Drang, ihr hinterherzugehen, war übermächtig und er hoffte selbstsüchtig, dass ihre Traurigkeit nicht durch seine Handlungen hervorgerufen worden war.

Sie sollte es nicht wissen ... jetzt noch nicht.

Es konnte alles sein. Vielleicht spielten bei ihr die Hormone verrückt. Das passierte bei Frauen, nicht wahr? Oder vielleicht war ihr Hund gestorben. Tragisch, doch Tiere hatten im Vergleich mit Menschen nun mal eine kürzere Lebenserwartung und sie *starben.* Jared hatte nie ein Haustier besessen, doch er konnte sich vorstellen, dass es Mara durchaus zum Weinen bringen könnte, wenn sie einen Hund verlor. Das Problem war nur, dass Mara keinen Hund besaß und ihre einzige nahe Verwandte, ihre Mutter, war bereits vor einem Jahr verstorben.

Es könnte immer noch etwas anderes sein, einen anderen Grund geben.

Er verfluchte sich dafür, dass es ihm etwas ausmachte und seine Neugier die Oberhand gewonnen hatte, während er weiter hinter ihr her trottete.

Sie war von der Promenade verschwunden und offenbar zum verlassenen Strand gegangen. Das Wetter war trübe und es hatte den ganzen Tag geregnet. Ja, die Stürme hatten sich zeitweise gelegt, doch Jared musste sich den Himmel nur einmal ansehen, um zu wissen, dass der nächste bereits im Anmarsch auf Amesport war. Die dunklen Wolken zogen direkt auf das kleine Küstenstädtchen in Maine zu – was der Grund war, weshalb die meisten vernünftigen Leute sich jetzt in ihren Häusern befanden. Sowohl die Straßen als auch der Strand waren so gut wie menschenleer.

Er verfluchte die Faszination, die die kurvige Brünette in ihm auslöste, nahm einen Schluck von seinem Kaffee von *Brew Magic* und steuerte auf die Promenade zu. Jared persönlich liebte die Dunkelheit des stürmischen Tages, den lauten Donner und die Regenfluten, die gut zu der Ruhelosigkeit passten, die er in sich spürte. Es interessierte ihn ziemlich wenig, ob er sich die meiste Zeit wie ein Arschloch verhielt. Besser als ein Glücksgefühl vorzuspielen, das für ihn nicht existierte.

Ich wünschte, ich hätte die Halbinsel nie verlassen, um in die Stadt zu kommen. Ich wünschte, ich wäre trocken zu Hause geblieben, wie es die Touristen heute tun. Dann hätte ich sie nicht gesehen und niemals erfahren, dass sie traurig ist.

Weil er wahrscheinlich der schlechteste Koch der Welt war, hatte er den Weg von seinem Haus auf der Amesport-Halbinsel in die Stadt auf sich genommen, um sich etwas zu essen zu besorgen. Gerade als er auf dem Weg zurück zu seinem Wagen war, hatte er angehalten und auf Maras Laden auf der gegenüberliegenden Straßenseite gestarrt. Zwei sehr unterschiedliche, merkwürdige Gefühle hatten sich in seinem Magen bemerkbar gemacht, wie immer, wenn er das monströse, alte Gebäude sah, das Mara als Wohnhaus und Laden diente. Sicherlich fühlte er sich zu dem alten Haus hingezogen, weil es Teil der Geschichte der Sinclairs in Amesport war und einem Kapitän zur See gehört hatte, der sein Vorfahre gewesen war. Jedes Mal, wenn er es anblickte, fragte er sich, wie es wohl vor zweihundert Jahren ausgesehen haben mochte. Meine Güte, er hatte Architektur studiert. War es nicht normal, sich die ausladende, alte Struktur vorzustellen, wie sie in ihrer Glanzzeit dagestanden hatte? Wegen seiner Ausbildung und seines Berufes konnte Jared *diese* Gefühle abschütteln. Generell liebte er alte Gebäude und war fasziniert von der geschichtlichen Bedeutung, die er spüren konnte, wenn er sich in ihrer Nähe befand. Vielleicht verständlich – bei seinem Hintergrund. Was ihm jedoch wirklich zu denken gab war seine Besessenheit von der Besitzerin des Gebäudes, Mara Ross.

Sie hat mir ein paar Mal geholfen. Ist es da nicht normal, ein gewisses Maß an Dankbarkeit zu empfinden?

Jared machte sich selbst etwas vor, und das wusste er. Viele Leute hatten ihm bei den Nachforschungen über die Geschichte der Sinclair-Familie in Amesport geholfen, seit er vor einigen Wochen dort für einen Besuch seines Ferienhauses angekommen war. Fasziniert, weil er nie gewusst hatte, wie fest die Sinclairs historisch in dieser Gemeinde verwurzelt gewesen waren, hatte er zu Beginn nur aus Neugier nach Informationen gesucht. Doch je mehr er herausfand, umso mehr wollte er die einzelnen Puzzleteile seiner Familiengeschichte zusammensetzen. Auch wenn er jedem dankbar war, der ihm dabei geholfen hatte, die mysteriöse Geschichte seiner Vorfahren in Amesport zu erforschen, so fühlte er sich zu keiner einzigen dieser Personen auf unerklärliche Weise hingezogen – außer zu *ihr.*

Es fiel Jared nicht auf, dass er dabei war, seine lässigen, aber teuren Schuhe aus italienischem Leder zu ruinieren, als er die Promenade verließ und den kleinen Hang zum Strand hinunterging, wo seine Füße in den nassen Sand einsanken.

Wohin zum Teufel ist sie gegangen?

Sein Herz hämmerte voller Panik, während er seine Augen über den verlassenen Strand schweifen ließ und keine Menschenseele erblickte. Die Gewalt der Wellen, die sich am Ufer brachen, verstärkten sein Bedürfnis, sie ausfindig zu machen ... bis er sie endlich sah. Sie saß allein am Ende der Felsformation in der Nähe der Seebrücke und hielt den Kopf gesenkt, ganz so, als wollte sie sich geschlagen geben.

Geh. Misch dich nicht ein. Es geht dich verdammt noch mal nichts an, warum sie unglücklich ist. Es ist offensichtlich, dass sie allein sein will. Geh. Jetzt.

Er mied emotionale Situationen wie ansteckende Krankheiten. Er wollte auf gar keinen Fall in irgendwelche weiblichen Probleme verwickelt werden, besonders nicht in die einer Frau, mit der er nur ein paar Mal kurz gesprochen hatte. Er kannte sie kaum. Und Drama war nichts für ihn. Es war für ihn extrem wichtig, dass er die Kontrolle über seine eigenen Gefühle behielt. Dies schaffte er nur damit, es zu vermeiden, sich für irgendetwas zu interessieren. Und das schloss traurige, weinende, hübsche Frauen wie Mara Ross mit ein.

Sie bedeutet Ärger.

Jared versuchte, sich wegzudrehen. Er versuchte es wirklich. Doch aus einem unbekannten Grund wurde er wie ein Magnet von ihrer Trauer angezogen. Sein Gehirn mochte ihm zwar sagen, dass er gehen und ihre Probleme sich selbst überlassen sollte, bevor sie ihn bemerkte. Doch stattdessen schritt er verstohlen durch den Sand auf genau den Felsen zu, auf dem *sie* saß.

Sieh es ein, Junge. Seit du ihre großen, braunen Augen, ihr aufrichtiges Lächeln und ihre Kurven gesehen hast, bist du hoffnungslos verloren. Aus irgendeinem Grund geht sie dir nicht mehr aus dem Kopf und du kannst genauso wenig ihren Schmerz ignorieren, wie du aufhören kannst zu atmen.

Doch verdammt, er wollte es. So sehr.

Sicherlich, er mochte guten Sex so sehr, wie jeder andere fast dreißigjährige Mann. Er machte es sich zur Aufgabe, ganz bewusst Frauen zu finden, die nur etwas von ihm wollten, das Gefühle aussparte. Er gab ihnen alles, was sie materiell begehrten, und bekam dafür heißen, befriedigenden Sex ohne Verpflichtungen. Jared ließ sich nicht auf Beziehungen ein und er ließ sich auch nicht in Gefühlsangelegenheiten verwickeln. Die Frauen, die er vögelte, waren genauso. Und ihm gefiel es so.

Was zum Teufel mache ich dann hier?

Er hielt hinter Mara an und fragte sich zum wiederholten Male, ob er sowohl seine ständig präsente Kontrolle als auch seinen Verstand verlieren würde. Die raue See durchnässte langsam seine schwarzen Jeans und sein grünes Hemd, die sich beide mit Feuchtigkeit vollsogen. Mara sah so aus, als wären ihre Jeans und ihr T-Shirt bereits nass, doch während sie so dasaß und auf das Meer hinausstarrte, war sich Jared ziemlich sicher, dass sie die Nässe an ihrer Kleidung nicht einmal bemerkt hatte. Es schien, als würde die Verzweiflung ihren Körper wellenartig erfassen und auch vor ihm und seinem eiskalten Herz nicht haltmachen, das sie mit aller Macht einschnürte.

Scheiße! Das muss aufhören! Was immer ihr Problem ist, ich werde ihr dabei helfen, es zu lösen. Vielleicht kann ich dann diese unerklärliche Besessenheit überwinden, die ich für sie empfinde. Sie bringt mich aus dem Gleichgewicht und ich kann es mir nicht leisten, die Kontrolle zu verlieren.

Nachdem Jared aufgehört hatte, gegen sich zu kämpfen, gab er sich für den Moment geschlagen und trat an Maras Seite, um sich neben ihr auf dem regennassen Felsen niederzulassen. Er nahm ihr die Brille von der Nase und versuchte, sie an seinem feuchten Hemd zu trocknen. »Es gibt nur wenige Dinge im Leben, für die es sich zu weinen lohnt.« Er hatte diese Lektion vor langer Zeit gelernt.

Erschrocken drehte Mara ihren Kopf zur Seite und sah ihn an, als wäre sie erstaunt, ihn neben sich sitzen zu sehen. »Was machen Sie hier draußen?«, fragte sie argwöhnisch. »Es wird jeden Moment wieder anfangen zu regnen.« Sie sah hinauf zu den herannahenden, dunklen Wolken.

Jared zuckte mit den Schultern und setzte ihr die Brille wieder vorsichtig auf die Nase. Er konnte ihr ja kaum sagen, dass *sie* ihn hierhergeführt hatte, dass *sie* seit ihrem ersten Gespräch Besitz von ihm ergriffen und ihn nie mehr losgelassen hatte – auch wenn es bedauernswerterweise der Wahrheit entsprach. »Ich könnte Sie das Gleiche fragen. Dies ist im Moment nicht gerade der sicherste Ort.«

Er knirschte mit den Zähnen, weil ihr Kommentar über das Wetter ihn daran erinnerte, dass das Meer sehr wild war und es so aussah, als würde ein weiterer gewaltiger Sturm in ihre Richtung ziehen. Während er seine Augen über sie wandern ließ, wurde sein gesamter Körper von einer rohen Besitzgier ergriffen. Mara sah klein und verletzlich aus und das gefiel ihm nicht. In ihren dunklen Augen war die Traurigkeit zu sehen und als sie antwortete, schlang sie ihre Arme in einer beschützenden Geste um ihren Körper. »Ich wollte nachdenken. Ich komme immer hierher, wenn ich meine Gedanken ordnen will. Manchmal erkenne ich dann, wie klein meine Probleme sind, wenn ich mir das weite Meer ansehe.« Sie sprach lauter, damit er sie unter dem Geräusch der tosenden Wellen verstehen konnte, die gegen die Felsen schlugen.

Jared zuckte angesichts der Verletzlichkeit in ihrer Stimme zusammen. Er wollte sie packen und wegbringen – egal an welchen Ort – damit sie ihre Probleme vergaß, welcher Art sie auch sein mochten. »Und, funktioniert es?« Ihrem bekümmerten Gesicht nach zu urteilen funktionierte es nicht.

»Heute nicht«, gab sie mit einem langen Seufzer zu. Sie stützte ihre Ellenbogen auf die Knie, faltete die Hände und starrte erneut auf die tosende See hinaus.

»Möchten Sie darüber reden?« *Meine Güte, ich klinge wie Dr. Sommer.* Wann würde er *jemals* irgendjemanden mit Ausnahme seiner Brüder und seiner Schwester dazu ermutigen, über irgendetwas Gefühlsmäßiges zu sprechen? Und sogar *das* kam selten vor. Die Sinclairs waren nicht gerade bekannt dafür, irgendwelchen Menschen ihr Herz auszuschütten oder ihre Gefühle offen zu zeigen. Er und seine Geschwister waren als Teil einer alten Geldelite in Reichtum hineingeboren worden. Es war verboten, jegliche Gefühlsregungen zu zeigen, nur höfliches, soziales Benehmen war gestattet. Dieser Charakterzug wurde allen Sinclair-Kindern von Geburt an eingebläut. Sie waren zwar alle loyal, doch ihre Zuneigung füreinander zeigten sie nur höchst selten, auch wenn sie vorhanden war.

Merkwürdigerweise wollte er noch immer mit Mara darüber sprechen, was sie beschäftigte, auch wenn er sich sicher war, dass er keine Ahnung haben würde, wie er reagieren sollte. Wissen zu wollen, was in ihrem Kopf vorging, war für einen Mann wie ihn ein sehr seltsamer Impuls.

Was zum Teufel machte sie mit ihm – außer ihm eine dauerhafte Erektion zu verpassen? Als er den letzten Rest von seinem Kaffee austrank, wurde Jared bewusst, dass er *wirklich* wissen wollte, was mit ihr los war, um ihr zu helfen, das Problem zu lösen. Vielleicht konnte er dann endlich seinen Frieden finden und würde aufhören, sich genötigt zu fühlen, jedes noch so kleine Detail über ihr Leben von ihren wunderschönen, vollen Lippen erfahren zu müssen.

Jared sah zu, wie Mara den Kopf schüttelte, wobei ihr feuchter, schlaffer Pferdeschwanz an ihrem Hinterkopf herumwirbelte. »Ich will nicht wirklich darüber reden. Wir kennen uns ja kaum.«

Weil Jared sie nicht verstehen konnte, rückte er ein Stück näher und berührte dabei ihren Oberschenkel mit seinem Bein. »Manchmal ist es einfacher, mit jemandem zu reden, den man nicht kennt, um eine unvoreingenommene Meinung zu erhalten.«

Dann kann ich denjenigen umbringen, der dich so verdammt unglücklich macht. Problem gelöst.

Jared rutschte nervös hin und her. Er war nicht dazu in der Lage, die unfassbar unbehaglichen Beschützerinstinkte auszuschalten, die er für diese Frau, die er kaum kannte, empfand. In Wahrheit hasste er es, Mara so zu sehen. Die Tatsache, dass sie offensichtlich am Boden zerstört und unglücklich war, nagte an ihm. Jedes Mal, wenn er in den vergangenen Wochen ihr Geschäft besucht hatte, war sie herzlich und enthusiastisch gewesen, ihm dabei zu helfen, mehr über die Geschichte der Sinclairs in Amesport herauszufinden, und hatte ihn zu anderen Quellen geführt, die ihm bei seiner Recherche behilflich sein konnten. Verdammt, er hatte sie erst gestern gesehen und sie hatte ihm ein breites, fröhliches Lächeln geschenkt – ein ehrlicher Gesichtsausdruck, der ihm gesagt hatte, dass sie sich aus keinem bestimmten Grund gefreut hatte, ihn zu sehen, und ein Blick, den ihm außer seiner Schwester Hope noch nie zuvor eine andere Frau geschenkt hatte. In seiner Welt wollte so gut wie jeder etwas von ihm und niemand würde etwas geben, ohne im Gegenzug etwas zu erwarten. Mara Ross war das pure Licht und für einen kurzen Moment erhellte sie die Dunkelheit, die so gut wie jede Minute des Tages, in der er die Augen offenhielt, an ihm zu haften schien. Sie war so verdammt zauberhaft und wirkte immer auf betörende Weise unschuldig. Wenn sie sich unterhielten, konnte er spüren, dass sie ihn als Person wahrnahm, nicht als den Milliardär, der er war, und ihre gesamte Aufmerksamkeit konzentrierte sich darauf, ihm zu helfen, weil sie es gern tat. Nicht ein einziges Mal hatte sie eine Gegenleistung erwartet. Vor ihren Charakterzügen wollte Jared am liebsten fliehen, so schnell er konnte, und doch wurde er gleichzeitig auf unerklärliche Weise von ihnen angezogen. Etwas an ihr faszinierte ihn und zum ersten Mal seit langer Zeit war er unfähig, die Kontrolle zu übernehmen und sich selbst davon abzuhalten, diese unwillkommene Anziehung zu ignorieren.

Nach einer langen Pause antwortete sie zögernd: »Gut. Vielleicht haben Sie Recht. Vielleicht muss ich darüber sprechen und ich habe niemanden, dem ich es erzählen kann. Mein Haus wird zwangsgeräumt. Der Besitzer verkauft das Gebäude. Ich werde ausziehen müssen.« Sie starrte weiter hinaus aufs Meer und knetete sich unruhig die Finger. »Meine Großmutter hat das Geschäft geführt, dann meine Mutter und jetzt ich. Alles, was mir von ihnen geblieben ist, werde ich verlieren.«

Jared verkrampfte. »Sie haben einen Mietvertrag, nicht wahr?«

»Nein«, antwortete sie knapp. »Ich habe immer von einem Monat zum nächsten gemietet. Das ist schon so, seitdem meine Großmutter in dem Haus gewohnt hat. Es gibt nicht einmal einen schriftlichen Mietvertrag. Die Eigentümer haben bis vor etwa zwanzig Jahren hier in Amesport gelebt. Das Haus wurde von einem Sohn an den nächsten weitergegeben. Die Frage über die Vermietung des Hauses hat sich nie gestellt, bis der letzte Sohn wegzog. Er hat es hier gehasst.«

»Wir können eine neue Wohnung für Sie finden. Das Haus ist nicht mehr sicher, Mara. Es muss komplett renoviert werden. Ohne eine Grundsanierung ist dieses alte Haus wie eine tickende Zeitbombe. Kommt bei Regen Wasser durch das Dach?«, fragte Jared ernst.

Sie sah ihn verwirrt an. »Ja. An einigen Stellen im Obergeschoss. Woher wissen Sie das?«

»Ich bin Architekt. Ich kann die Vorzeichen erkennen. An wie viele Reparaturen können Sie sich erinnern, die von den Eigentümern vorgenommen wurden?« *Scheiße.* Er hoffte, es waren mehr, als er annahm.

Ihre Schultern sackten nach unten, als sie antwortete: »Ich kann mich nicht erinnern, dass sie irgendwas gemacht haben. In das Haus muss eine Menge Arbeit investiert werden. Ich tue, was ich kann, doch seit meine Mutter tot ist, ist es schwer und jetzt weigert sich der Besitzer, Arbeiten am Haus zu verrichten. Ich denke, er hat es sowieso nie behalten wollen.«

Jared wusste aus dem Klatsch und Tratsch, der in der Stadt an der Tagesordnung war, dass Mara ihren Vater vor Jahren durch einen Herzinfarkt verloren hatte und ihre Mutter vor etwas mehr als einem Jahr verstorben war. Der Laden erwirtschaftete keinen Gewinn und hatte dies vermutlich schon seit Jahren nicht mehr getan. Jared hatte dies bereits durch reine Beobachtung festgestellt. Mara stellte faszinierende Puppen her, doch wie viel Umsatz konnte ein Puppengeschäft auf dem aktuellen Markt wirklich machen? Wie hoch waren ihre Einnahmen während der geschäftsträchtigen Sommermonate? Ihre Miete für ein Geschäft an der Hauptstraße einer touristischen Küstenstadt musste beachtlich sein, selbst für ein Haus, das dringend renoviert werden musste. »Sie können neue Geschäftsräume finden«, brummte er und weigerte sich zu glauben, dass es keine Lösung für ihre Probleme gab. »Wenn das Dach undicht ist, können Sie dort sowieso nicht bleiben. Die Bausubstanz des Hauses ist nicht stabil.«

Mara schüttelte langsam ihren Kopf und lächelte ihn geschlagen an. »Es gibt keinen anderen Ort. Und es wäre nicht mehr dasselbe. Ich weiß, dass ich mich der Realität stellen muss. Mein Geschäft macht keinen Gewinn. Früher oder später hätte ich sowieso schließen müssen.«

»Was werden Sie jetzt tun?«, fragte Jared heiser.

Mara zuckte mit den Schultern. »Ich bin mir nicht sicher. In eine größere Stadt ziehen. Irgendwo eine Arbeit finden. Nochmal von vorn anfangen. Darüber habe ich nachgedacht. Es wird nur sehr schwer werden, Amesport zu verlassen.«

Auf gar keinen Fall. Sie kann nicht gehen. Die Familie von Mara Ross lebt schon seit Generationen in Amesport. Mara selbst kennt alle historischen Fakten der Stadt und ist so etwas wie die inoffizielle Stadt-Historikerin. Sie gehört hierher, verdammt! Es ist offensichtlich, dass sie es hier liebt.

Bevor Jared antworten konnte, grollte ein lauter Donner. Er stand schnell auf und streckte Mara seine Hand hin, besorgt, dass sie bei diesem Wetter draußen herumlaufen würde, während ein Sturm aufzog. Sie ergriff sie, ohne zu zögern, und ließ sich von ihm hochziehen.

»Wir müssen uns irgendwo unterstellen«, sagte Jared, während er sie antrieb, damit sie von dem Felsen steigen und vor dem herannahenden Sturm so schnell wie möglich Schutz finden konnten.

Ohne ein weiteres Wort zu sagen bewegte sie sich flink, so als wäre sie bereits Hunderte von Malen über den Felsen geklettert, was vermutlich auch der Fall war. Dicke Regentropfen fielen vom Himmel und sie rutschte einmal aus, doch Jared legte einen Arm um ihre Taille und führte sie vom Felsen hinunter. Nachdem er seinen Kaffeebecher in den nächsten Mülleimer geworfen hatte, ergriff er ihre Hand und zog sie hinter sich her, während er loslief, um einen geschützten Ort vor dem immer heftiger werdenden Regen zu finden.

Als sie den Bürgersteig beim *Shamrock's* erreichten, waren beide außer Atem. Sie standen gemeinsam unter dem schützenden Vordach der Kneipe und sahen dabei zu, wie der Regen sich in Strömen auf die Straße ergoss.

Maras Blick schweifte über ihn und sie lachte. Es war ein fröhliches, heiseres Lachen, das Jared sofort eine Erektion bescherte.

»Jetzt sehen Sie fast menschlich aus«, teilte sie ihm belustigt und mit einem verschmitzten Grinsen mit.

Beleidigt fuhr Jared sie an. »Wie sah ich denn vorher aus?«

Mara zuckte peinlich berührt zusammen. »Perfekt. Sie sehen immer makellos und perfekt aus.«

Jared besah sich ihr Erscheinungsbild, ihr nasses Haar und ihr nahezu durchsichtiges T-Shirt, das wie eine zweite Haut an ihrem Körper klebte. Als sie ihn anblickte, glänzten ihre Augen mit einer Offenheit, die er nicht gewohnt war. Endlich antwortete er. »Sie sehen wunderschön aus.« Die Worte waren schneller ausgesprochen, als er es erwartet hatte. Verdammt. Sie machte das mit ihm, brachte ihn dazu, Dinge zu sagen, die sich in seinem Kopf befanden, bevor er wirklich über sie nachgedacht hatte.

Sie ist gefährlich.

Sie sah ihn skeptisch an und entgegnete: »Ich habe bereits gehört, dass Sie erfolgreich bei den Frauen sind, doch diese Beschreibung ist etwas übertrieben, finden Sie nicht?«

Er zuckte innerlich zusammen. Als Milliardär und jemand, der sehr oft in der Öffentlichkeit unterwegs war, wurde sein Verhalten genau unter die Lupe genommen. Gut. Ja. Er wurde oft mit verschiedenen Frauen an seiner Seite gesehen. Vielleicht hatte er *tatsächlich* sehr viele wechselnde weibliche Bekanntschaften, doch es gefiel ihm nicht, dass Mara die durchaus bekannte Tatsache hervorhob, dass er den Ruf hatte, so etwas wie eine männliche Hure zu sein.

»Ich habe es ehrlich gemeint«, antwortete er und seine Augen wanderten hungrig über sie. Er hatte noch nie eine attraktivere Frau gesehen, als Mara es für ihn war.

Sie verschränkte die Arme und sah missbilligend zu ihm auf. »Falls Sie es noch nicht bemerkt haben ... ich bin klein, ein bisschen zu dick und unattraktiv.«

Sie ist zierlich, hat Kurven und ist sehr sexy.

Jared fühlte, wie ein tiefer, vibrierender Laut seine Kehle hinaufstieg. Es gefiel ihm nicht, wenn sie abwertende Kommentare über sich selbst abgab. Es machte ihn wütend, besonders weil er glaubte, dass er sich noch niemals so sehr von einer Frau angezogen gefühlt hatte. Er drückte sie gegen die Backsteinwand und fing ihren Körper mit seinem ein, was vermutlich ein Fehler war. Sie roch nach frischem Regen und Vanille, ein Duft, der seinen Schwanz noch härter machte, als er es für möglich gehalten hätte. Er legte seine Handfläche an ihre Wange und streichelte ihre seidenweiche, nasse Haut. »Sie sind weich und süß, genau die Art von Frau, die ein Mann nackt neben sich haben möchte«, ließ er sie unverblümt wissen. Ihr Geruch machte ihn verrückt und er verlor die Kontrolle. In seinem Zustand fiel es ihm sehr schwer, ihr nicht zu sagen, dass er der Mann sein wollte, der unbedingt auf ihr liegen und seinen harten Schwanz in ihrem süßen, weichen Körper versenken wollte.

Jared fand ihren Blick und für einen kurzen Moment existierte außer den beiden niemand anderes auf der Welt. Ihre Verbindung war stark und unzerbrechlich. Verdammt, er wollte sie mit ihren Beinen um seine Hüften geschlungen gegen diese Steinmauer gelehnt nehmen und in sie stoßen, bis sie beide befriedigt waren.

Ich muss sie ficken oder ich werde niemals über *dieses kranke Bedürfnis hinwegkommen!* Er musste es irgendwie schaffen, sie in sein Bett zu kriegen und sie so lange dort zu behalten, bis es ihm langweilig wurde. Für gewöhnlich war dies direkt nach der ersten sexuellen Begegnung der Fall. Normalerweise schwand sein

Verlangen sofort, nachdem er mit einer Frau geschlafen hatte, und jegliches Interesse war verflogen.

Mara wurde hochrot im Gesicht. Sie starrte ihn an und schüttelte dann langsam den Kopf. »Sie brauchen nicht charmant zu sein«, informierte sie ihn, duckte sich unter seinem Arm hinweg und stellte sich neben ihn.

»Ich versuche nicht, charmant zu sein«, sagte er irritiert und wünschte seinen Ruf in diesem Moment zur Hölle. Er mochte Frauen zwar, doch er war niemals charmant. Er legte die Karten bei jeder Frau offen auf den Tisch und die Abmachung wurde getroffen, bevor ihre Körper im Bett landeten. Frauen wollten *immer irgendetwas* von ihm, doch niemals ihn oder seinen Körper. Es war immer auf die ein oder andere Weise monetär, auch wenn er niemals eine Frau nach einer heißen Sexnacht unbefriedigt gehen ließ. Er vergewisserte sich, dass er die Frauen auch zum Orgasmus brachte, bevor er sie fickte.

»Ich glaube, dass Sie charmant *sind*, wenn Sie es wollen«, vermutete Mara und trat an den Rand des Vordachs. Sie sah aus, als würde sie ernsthaft überlegen, ob sie über die Straße zu ihrem Geschäft laufen sollte. »Beatrice und Elsie haben mir erzählt, dass Sie ein sehr süßer Junge sind. Das ist definitiv ein Kompliment von den beiden und ein Beweis dafür, wie charismatisch Sie sein können. Ich habe das Gefühl, dass es Ihnen im Blut liegt.«

»Dann kennen Sie mich nicht«, brummte Jared. Er war nicht glücklich darüber, dass die beiden älteren Damen, die Klatschtante und die Heiratsvermittlerin, ihn als einen verdammten Jungen bezeichnet hatten. Er mochte Elsie und Beatrice und hörte gern ihren Geschichten und Scherzen zu. Doch das hieß nicht, dass er im geringsten Maße liebenswürdig war. Ehrlich gesagt war er normalerweise ein Arschloch. Doch zwei gealterten Damen wie Elsie und Beatrice gegenüber konnte er sich so nicht verhalten. Das Gespann der alten Damen amüsierte ihn und nicht einmal *er* war solch ein großer Wichser.

Mara drehte sich zu ihm um. »Sie haben Recht. Ich kenne Sie nicht. Und ich habe nicht das Recht, irgendwelche Schlüsse zu ziehen. Ich versuche nur, Ihnen mitzuteilen, dass ich unsere wenigen

Gespräche genossen habe und Sie bereits jetzt mag. Sie müssen mir keine falschen Komplimente machen. Ich weiß Ihre Sorge um mein Haus zu schätzen. Das tue ich wirklich. Ich denke, ich bin diese Aufmerksamkeit nur einfach nicht gewöhnt.« Sie zögerte, bevor sie hinzufügte: »Zumindest nicht von einem Mann.«

Heilige Scheiße! Dachte sie wirklich, er würde ihr Honig ums Maul schmieren, als er sagte, er findet sie attraktiv?

»Gewöhnen Sie sich daran. Ich werde Ihnen helfen, ob Sie meine Hilfe wollen oder nicht. Sie brauchen sie.« Er ballte die Fäuste, um sich davon abzuhalten, sie in seine Arme zu ziehen und ihren feuchten Körper gegen seinen zu pressen, bis die Flammen der Leidenschaft sie beide trocknen und entzünden würden.

Jeder seiner Instinkte nagte an ihm, sie entweder zu trösten oder zu ficken, doch sein Gehirn wusste, dass sie davonlaufen würde, wenn er eines dieser Dinge versuchte. Davon mal abgesehen, was zum Teufel wusste er schon darüber, wie man irgendjemanden tröstete? Seine Erfahrungen mit Frauen glichen geschäftlichen Vereinbarungen. Er hatte vor langer Zeit gelernt, dass es so besser war.

»Warum wollen Sie mir überhaupt helfen?« Mara sah mit großen, neugierigen Augen zu ihm auf. »Wir sind nicht gerade Freunde. Sie kennen mich kaum.«

»Ich habe vor, Sie sehr genau kennenzulernen«, informierte er sie mit ruhiger Stimme, auch wenn er sich gerade vorstellte, wie sie nackt neben ihm lag und während des Höhepunktes seinen Namen schrie. Zum Teufel, ja, er wollte sie kennenlernen ... auf intime Art und Weise. Seine Fixierung auf sie würde anhalten, bis er das tat.

»Ich bezweifele, dass wir uns jemals sehr gut kennenlernen werden. Sie sind nur zu Besuch hier.«

Es stimmte, sein Haus auf der Halbinsel von Amesport war nicht sein Hauptwohnsitz. Doch er hatte nicht *wirklich* ein Zuhause. Er besaß Häuser auf der ganzen Welt, in einigen verbrachte er mehr Zeit als in anderen, doch für ihn waren es nur Immobilien. Er war hierhergekommen, um seinen verletzten Bruder Dante zu sehen, doch war noch lange, nachdem sich sein Bruder, der Detective, von seinen Schusswunden erholt hatte, weiterhin in Amesport geblieben.

Dante würde eine ortsansässige Ärztin heiraten und eine Stelle bei der Polizei in Amesport annehmen. »Ich werde hier sein. Ich bleibe bis nach Dantes Hochzeit.«

»Nur noch ein paar Wochen«, erinnerte sie ihn, wobei sie ihre Augenbrauen vor Konzentration zusammenzog, als ob sie seine Beweggründe herausfinden wollte.

Sie kann gleich damit aufhören zu versuchen, mich zu durchschauen. Nicht mal ich selbst kann mein momentanes idiotisches Verhalten erklären.

»Ich werde hier sein«, wiederholte er.

Mara blinzelte und ihre Augen wurden feucht. »Ich weiß das Angebot zu schätzen, Mr. Sinclair, doch ich muss meine Probleme alleine lösen.«

Jared knurrte fast, als er sah, wie ihr Kinn stur nach oben gerichtet war, und er dachte darüber nach, wie sie die trostlose Situation ganz alleine bewältigen wollte. »Jared.«

Sie nickte. »Jared. Danke für das Angebot, doch das ist etwas, mit dem ich alleine klarkommen muss. Mein gesamtes Leben wird sich verändern müssen und ich werde das auch.« Ohne ein weiteres Wort drehte sie sich um und lief über die Straße. Sie stieg schnell die wenigen Stufen zu ihrer Eingangstür hinauf, drückte gegen das Holz und verschwand im Haus, ohne sich noch einmal umzusehen.

Ich will nicht, dass sie sich verändert. Sie ist perfekt, so wie sie jetzt ist.

Der Klang seines Namens in ihrer heiseren Fick-mich-Stimme hatte Jared fast den Verstand geraubt und er hatte sich dazu zwingen müssen, ihr nicht zu folgen. Er ergriff den Holzpfeiler, der das Vordach des *Shamrock's* stützte, und hielt sich an ihm fest, damit seine Füße fest auf dem Boden blieben.

Du meine Güte. Ich werde zu einem verdammten Stalker.

Er schüttelte verwirrt den Kopf, während er noch lange, nachdem sie bereits verschwunden war, auf ihre Tür starrte. Sein Bauchgefühl sagte ihm noch immer, dass er ihr hinterhergehen sollte. Schließlich machte er sich auf den Weg zu seinem schwarzen Mercedes

Geländewagen, einem Auto, das normalerweise nur in der Garage seines Hauses in Amesport stand.

Geduld. Ich muss Geduld mit ihr haben. Ich muss meine Kontrolle zurückgewinnen.

Im Moment besaß er nicht gerade sehr viel Zurückhaltung und seine Zeit, Mara Ross zu helfen, war begrenzt. Irgendwann würde sie ihn hassen. Es war unvermeidbar.

Als Jared in seinen Wagen stieg, umgriff er fest das Lenkrad und schloss mit einem gequälten Stöhnen die Augen. Das Trommeln des Regens, der auf seine Windschutzscheibe fiel, klang fast wie eine tickende Uhr.

Wie lange wird es dauern, bis sie die Wahrheit herausfindet?

Jared öffnete die Augen und startete den Motor. Er erkannte plötzlich, dass er keine Zeit hatte, hier herumzusitzen und Trübsal zu blasen. Es würde nicht lange dauern, bis Mara herausfinden würde, dass *er* der Käufer ihres geliebten Geschäfts und Hauses war, der Widerling, der am Ende dafür verantwortlich sein würde, dass sie alles verlor, was ihr wichtig war.

Er hatte nicht gewollt, dass sie es so schnell erfahren würde. Es war offensichtlich, dass der verdammte, verantwortungslose Eigentümer vorschnell gehandelt hatte.

Er fuhr aus der Parklücke am Straßenrand heraus, wendete und machte sich auf den Weg zu seinem Haus auf der Halbinsel. Dabei erinnerte er sich an den Gedanken, dass er alles und jeden zerstören würde, was auch immer ihr Probleme bereitete. Doch ironischerweise, wenn er mit dieser Situation *so* verfahren würde, hätte er niemanden zum Umbringen ... außer *sich selbst.*

Kapitel 2

»Es tut mir so leid, Sarah! Ich kann bei deiner Hochzeit nicht auf Krücken zum Altar humpeln«, sagte Kristin Moore traurig zu den vier anderen Frauen in ihrem Wohnzimmer.

Mara runzelte beim Anblick des Gipsbeins ihrer besten Freundin die Stirn. Es war das Ergebnis eines Fahrradunfalls im Regen. Sie und Kristin, die Büroleiterin von Dr. Sarah Baxter, waren seit der Grundschule eng miteinander befreundet und die lebhafte Frau mit den roten Haaren tat ihr leid. Mara wusste, wie sehr Kristin sich darauf gefreut hatte, eine der Brautjungfern bei Sarahs Hochzeit zu sein. Sie wusste auch, wie ungeduldig ihre Freundin sein konnte. Kristin nur für kurze Zeit ruhig zu stellen, würde bereits ein schwieriges Unterfangen werden. »Ich bin mir sicher, dass Sarah Verständnis dafür hat«, sagte sie mit Nachdruck und warf Dr. Sarah Baxter einen Blick zu, woraufhin die hübsche Blondine mitfühlend nickte.

»Natürlich verstehe ich das. Es ist nicht deine Schuld, Kristin. Es wird alles gut werden. Du kümmerst dich einfach nur um deine Verletzung und siehst zu, dass sie schnell heilt«, antwortete Sarah tröstend von ihrem Platz auf dem Sofa, wo sie neben ihrer besten

Freundin Emily saß, Grady Sinclairs Ehefrau. Emily war Sarahs Trauzeugin. Randi Tyler, die hübsche, dunkelhaarige Lehrerin, die auf dem Boden saß, war eine der beiden Brautjungfern bei Sarahs Hochzeit.

Mara versuchte, ihr besorgtes Gesicht zu verbergen, denn sie wusste, dass Kristin, Sarahs zweite Brautjungfer, dazu imstande wäre, ihren Gips selbst zu entfernen und durch die Kirche zu humpeln, wenn sie musste. Ihre Freundin mit den feuerroten Haaren war stur und nicht dazu bereit, jemanden hängen zu lassen, nachdem sie ein Versprechen gegeben hatte.

Kristin saß auf dem Sessel, ihr Gipsbein auf der Fußstütze vor sich hochgelagert. Sie verschränkte trotzig die Arme und murmelte verbissen: »Ich werde nicht Sarahs Hochzeit ruinieren, indem ich mich zum Affen mache! Niemand will sehen, wie eine verrückte Rothaarige fünf Minuten lang versucht, auf Krücken durch die Kirche zu hinken.«

»Es wird keinen interessieren«, sagte Randi freundlich.

»Es interessiert mich aber«, antwortete Kristin genervt. »Es ist Sarahs und Dantes großer Tag.«

Von ihrem Platz auf dem Teppich beobachtete Mara Kristins starren Gesichtsausdruck. Kristins kleines Apartment hatte nicht sehr viele Möbel und die Sitzmöglichkeiten waren begrenzt. Sie versuchte, nicht die Stirn zu runzeln, als sie in das bockige Gesicht ihrer besten Freundin blickte, einen Ausdruck, den sie über die Jahre bereits viele Male gesehen hatte. »Du kannst den Gips nicht vor der Hochzeit abnehmen«, sagte Mara bestimmt. Der Unfall war erst gestern passiert, verdammt noch mal. Doch Mara wusste, dass Kristin bereits darüber nachdachte, wie sie das Gipsbein loswerden könnte. »Vergiss es!«

»Dann hat Sarah eine ungerade Anzahl an Personen. Grady ist der Trauzeuge, Emily die Trauzeugin. Evan geht gemeinsam mit Randi und ich soll mit Jared gehen«. Kristin schniefte und Tränen der Frustration schossen ihr in die Augen. »Dante kann nicht seinen eigenen Bruder von der Hochzeit ausschließen. Jared ist bereits hier. Und er kann nicht allein durch die Kirche gehen.«

»Das kann er sehr wohl«, antwortete Sarah deutlich. »Du, meine Liebe, musst deinen Knöchel schonen. Ärztliche Anweisung!« Sie sprach in ihrer ernsten Stimme, um ihre Aussage zu unterstreichen.

»Was ist mit Hope?«, fragte Randi. »Kann sie nicht einspringen?«

Sarah schüttelte den Kopf. »Nein. Wir haben gerade erst erfahren, dass sie schwanger ist, und Jason behütet sie wie eine Glucke ihr Ei, weil sie unter schlimmer Morgenübelkeit leidet, die sich manchmal bis in den Nachmittag hineinzieht. Es geht ihr schlecht. Er kommt mit ihr zur Hochzeit, aber im Moment fühlt sie sich alles andere als gut.«

Mara machte ein enttäuschtes Gesicht, als sie hörte, dass Dante Sinclairs Schwester schwanger und krank war. Als Schwester des Bräutigams wäre Hope Sinclair-Sutherland die perfekte Lösung für dieses Dilemma gewesen.

»Scheiße!«, entfuhr es Kristin. »Es muss doch jemanden geben –«

Mara zuckte zusammen, als Kristin mitten im Satz innehielt und ihr Blick mit einem berechnenden Lächeln zu ihrer besten Freundin wanderte. *Oh Gott! Nein!*

»Mara kann mich ersetzen!«, sagte Kristin triumphierend.

»Nein Kristin!« Mara sah zu den anderen Frauen, die sie alle neugierig anschauten und zustimmend nickten. »Ich war noch nie bei einer Hochzeit und Sarah und ich kennen einander nicht gut. Ich bin mir sicher, dass sie lieber eine Freundin dabei hätte.« Es war die Wahrheit, sie kannten sich wirklich kaum. Es war nicht so, dass Mara die großartige, freundliche Ärztin nicht mochte, doch sie konnte nicht gerade behaupten, dass die beiden befreundet waren. Sie hatte darüber nachgedacht, zu Dr. Baxter zu gehen, sollte sie jemals eine Ärztin benötigen, weil ihr langjähriger Familienarzt den Ruhestand angetreten hatte. Doch sie war schon eine ganze Weile nicht mehr beim Arzt gewesen und kannte Sarah nur flüchtig. Der einzige Grund, dass sie alle in Kristins Wohnung zusammensaßen, bestand darin, sie zu besuchen, weil sie verletzt war. Sie kannte Randi Tyler flüchtig, weil sie freiwillig als Lehrerin im Jugendzentrum aushalf und Mara dort im Winter manchmal Handarbeitskurse gab. Emily kannte sie etwas besser, weil Gradys Ehefrau das Jugendzentrum leitete und die Kurse organisierte.

Ich kenne keine dieser Frauen wirklich gut. Ich kann kein Ersatz bei einer Hochzeit sein, bei der ich kaum jemanden von der Hochzeitsgesellschaft kenne.

Nein, auf gar keinen Fall. Kristin hatte sie in der Vergangenheit zu so vielen verrückten Dingen überredet und sie war ihrer temperamentvollen Freundin bereitwillig gefolgt. Doch dieses Mal nicht.

»Du bist der perfekte Ersatz. Mein Kleid habe ich bereits, es wird nur ein wenig geändert werden müssen«, sagte Kristin aufgeregt.

»Ich finde die Idee großartig«, sagte Emily.

»Ich auch«, stimmte Randi mit einem Nicken zu.

»Ich würde mich freuen, wenn du meine Brautjungfer wärst, Mara«, sagte Sarah und ihre Stimme war ehrlich und ein wenig schmeichelnd. »Ich weiß, dass wir noch nicht die Gelegenheit hatten, uns besser kennenzulernen, weil ich noch nicht so lange in Amesport wohne, doch ich würde gern deine Freundin sein. Ehrlich, ich habe hier nicht viele andere Freunde.«

Mara schluckte, als sie Sarahs mitfühlenden und verständnisvollen Blick sah. Weil sie die meiste Zeit ihres Lebens als Erwachsene damit verbracht hatte, ihre Mutter zu pflegen und das Puppengeschäft zu führen, hatte sie nicht viel Zeit gehabt, neue Freunde zu finden oder Zeit mit ihren alten Freunden aus der High School zu verbringen. Das war einer der Gründe, warum ihr die Freundschaft zu Kristin so viel bedeutete. Sie standen sich so nahe und hatten sich nie aus den Augen verloren, auch wenn Mara kaum die Zeit oder das Geld hatte, um irgendetwas anderes zu machen, als nur mit Kristin zusammenzusitzen und Kaffee zu trinken. »Gut, ich mach's!« Die Worte kamen aus ihrem Mund, bevor sie in der Lage war, sie aufzuhalten. Sie warf Kristin einen Wir-reden-später-Blick zu. Ihre beste Freundin kannte sie einfach zu gut. Mara konnte nie zu irgendjemandem Nein sagen, der etwas brauchte oder ein Problem zu lösen hatte.

»Danke! Ich freue mich *wirklich* sehr«, sagte Sarah mit einem freundlichen Lächeln.

»Das wird toll!«, stimmte Randi zu. »Dante hat einen Hochzeitsplaner engagiert und es wird sicher eine fantastische Party.«

»Großartig!«, fügte Emily hinzu.

»Ich glaube, das Kleid braucht mehr als nur ein paar kleine Änderungen«, warnte Mara die Frauen ohne Umschweife. Während Kristin leichte Kurven hatte, waren sie bei Mara ausgeprägter, und Kristin war gute drei Zentimeter größer als Mara mit ihren ein Meter sechzig.

»Kein Problem. Ich lasse es ändern«, bot Sarah an.

Kristin lachte fröhlich. »Mara ist eine fantastische Schneiderin. Sie näht aber normalerweise nur winzige Puppenkleider.«

Mara nickte Sarah zu. Dank ihrer Mutter und ihrer Großmutter gab es sehr wenig, das sie nicht beherrschte, wenn es ums Nähen ging. »Ich kann es machen.«

Mit Ausnahme von Kristin erhoben sich alle Frauen und Mara rappelte sich hastig vom Boden auf, um Umarmungen und Danksagungen dafür entgegenzunehmen, dass sie ihre beste Freundin in letzter Minute vertreten würde. Es war merkwürdig, so plötzlich in diesen Freundeskreis hineingezogen zu werden, doch es fühlte sich auch gut an, aus ihrer Einsamkeit auszubrechen. Sie mochte alle diese Frauen, bewunderte alle gleichermaßen und ihr wurde warm ums Herz, als alle sie herzlich in den Arm nahmen.

»Ich nehme an, ich werde mit Jared zusammen gehen?«, fragte Mara neugierig.

Randi schnaubte. »Ja. Ich glaube nicht, dass es sehr schlimm werden wird. Allein schon mit Jared gemeinsam durch die Kirche zu gehen, ist den Aufwand wert. Du musst zugeben, dass er ein hübscher Kerl ist, der einem während der Hochzeitszeremonie gern gegenüberstehen kann.«

Emily lächelte Randi wissend an und sagte: »Ich glaube auch nicht, dass es dir schwerfallen wird, Evan anzusehen. Alle vier Brüder zusammen zu sehen ist fast schon atemberaubend, doch selbstverständlich ist *Grady* der Sinclair-Bruder, der am besten aussieht.«

Sarah warf Emily einen verärgerten Blick zu. »Entschuldigung. Ich glaube, du wolltest Dante sagen.«

Randi brach in lautes Gelächter aus, als sie Emily und Sarah dabei beobachtete, wie sie sich streitlustige Blicke zuwarfen. »Ihr zwei seid armselig. Ich glaube, wir können als Tatsache festhalten, dass *alle* Sinclair-Brüder heiß sind. Ich habe Evan bei deiner Hochzeit gesehen, Emily. Er sieht toll aus, doch er ist offensichtlich besessen von seiner Arbeit. Er kam gerade rechtzeitig zur Trauung und verließ sofort nach dem Anstoßen den Empfang. Ich habe ihn tatsächlich noch nie wirklich getroffen.«

Emily seufzte. »Ich weiß. Unsere Hochzeit wurde so schnell geplant und Evan hatte Besprechungen, die er nicht absagen konnte. Ich freue mich, dass er kommt, um dieses Mal Teil der Hochzeitsgesellschaft zu sein. Grady macht sich Sorgen, dass er sich in ein zu frühes Grab arbeitet.«

»Dante denkt das auch«, bemerkte Sarah bedrückt. »Als ob Dante über Workaholics sprechen dürfte. Als er Inspektor der Mordkommission in Los Angeles war, hat er so gut wie rund um die Uhr gearbeitet. Doch er schwört, dass Evan noch schlimmer ist, dass er nie eine Pause einlegt und überhaupt keinen Sinn für Humor hat. Ich muss gestehen, dass ich etwas nervös bin, ihn kennenzulernen. Er klingt mehr als nur ein bisschen beängstigend.«

Mara beobachtete und hörte zu, wie die Frauen weiter über die vier Sinclair-Brüder sprachen. Um ehrlich zu sein kannte sie keinen von ihnen sehr gut, auch wenn sie zugeben musste, dass Grady, Dante und Jared drei der attraktivsten Männer waren, die sie je gesehen hatte. Sie hatte keinen Zweifel, dass der älteste Bruder Evan genauso gut aussehen würde.

Wie kann eine Familie mit solch großartigen Genen gesegnet sein?

Sie kannte ihre jüngere Schwester, Hope Sinclair – jetzt Hope Sutherland – zwar nicht, doch Mara konnte sich vorstellen, dass sie genauso bezaubernd war wie ihre Brüder. Da Hope erst kürzlich einen der bestaussehendsten Milliardäre auf diesem Planeten geheiratet hatte, musste sie eine ziemlich außergewöhnliche Frau sein.

Mara versuchte, nicht an ihre merkwürdige Begegnung mit Jared Sinclair gestern zu denken. Doch woran auch immer sie stattdessen zu denken versuchte, es half nicht dabei, die Erinnerungen auszulöschen. Deswegen arbeitete sie daran, sich selbst davon zu überzeugen, dass er lediglich freundlich zu ihr gewesen war, nichts weiter. Sie wollte sich nicht vorstellen, wie sein feuchtes Hemd an seinen breiten Schultern und seinem muskulösen Bizeps geklebt hatte. Oder wie zum ersten Mal, seit sie ihn kennengelernt hatte, sein Lächeln seine unfassbar sexy jadegrünen Augen erreicht hatte.

Vergiss nicht, dass er ein Aufreißer ist!

Jared Sinclairs Ruf bei Frauen war bekannt und man erzählte sich, dass er niemals zweimal mit derselben Frau irgendwo gesehen wurde. Mara wusste das, doch es fiel ihr schwer, sich Jared als komplett verrucht vorzustellen. Sie spürte, dass er rastlos war und er schien fast ... nun, ihr fiel kein besseres Wort ein, einsam zu sein. Es war ein ziemlich lächerlicher Gedanke, weil Jared vier Geschwister hatte und darüber hinaus auch, wie es aussah, sehr viele Frauen, die ihm Gesellschaft leisteten. Doch Mara fand, dass er irgendwie ... gehetzt wirkte. Das Trostlose, das sie in seinen Augen sehen konnte, wenn er nach außen hin lächelte, ließ sie darüber nachdenken, ob hinter Jared nicht viel mehr steckte, als die Menschen an der Oberfläche sehen konnten. Merkwürdigerweise waren die einzigen Frauen, mit denen sie ihn seit seiner Ankunft in Amesport gesehen hatte, Elsie und Beatrice gewesen. Die anderen Male, an denen sie ihn in der Stadt bemerkt hatte, war er entweder allein oder mit einem seiner Brüder unterwegs gewesen.

Ach was, vielleicht sah sie nur, was sie sehen wollte, weil Jared Sinclair heiß genug war, um jede Frau zu einer Pfütze zusammenschmelzen zu lassen – und sie war keine Ausnahme. Sein für gewöhnlich makelloses, elegantes Erscheinungsbild war gestern wie weggeblasen gewesen. Seine teuren Schuhe waren vom Regen und Sand ruiniert worden und sein kastanienbraunes Haar war zerzaust und nass gewesen, anstatt wie sonst glatt am

Kopf anzuliegen. Sein Hemd war zerknittert und dunkel vor Nässe gewesen, so grün, dass es genau zu seiner Augenfarbe gepasst hatte. Ausnahmsweise einmal hatte er menschlich gewirkt, fast ... berührbar.

Mara seufzte innerlich und versuchte, sich auf die Frauengespräche um sich herum zu konzentrieren und nicht weiter über Jared Sinclair zu fantasieren. Ein Mann wie er war definitiv nichts für sie. Gut, sie war nicht gerade hässlich. Sie sah ihr Gesicht jeden Tag im Spiegel. Doch sie war auch nicht sonderlich attraktiv und seine Worte waren nur das gewesen: *Worte.* Jared Sinclair war reich geboren worden und hatte sich mit dem Besitz einer der größten Immobilienfirmen der Welt selbst noch reicher gemacht. Es war offensichtlich, dass er wusste, wie man charmant sein konnte, wenn es nötig war, auch wenn er es abgestritten hatte. Genauso wusste er, wie man skrupellos war, wenn es dem Geschäft diente.

»Niemand weiß, warum Jared so lange im Amesport geblieben ist. Dante meint, dass irgendeine Frau hier seine Aufmerksamkeit geweckt hat.«

Maras Herz setzte kurz aus, als sie Sarahs beiläufigen Kommentar hörte. Sie fragte sich, ob Dantes Verlobte Recht hatte und Jared geblieben war, weil er eine Frau erobern wollte. »Glaubst du, dass es stimmt?«, fragte Mara atemlos und verfluchte sich gleichzeitig dafür, dass sie so interessiert klang. Sie musste es nicht unbedingt wissen, verdammt. Das musste sie nicht. Mit wem Jared Sinclair Sex hatte, ging sie absolut nichts an.

»Ich bin mir nicht sicher«, antwortete Sarah und sah Mara neugierig an. »Wenn er Interesse an jemandem hat, dann versteckt er es gut. Ich habe ihn mit niemandem in der Stadt sprechen sehen, außer mit Elsie und Beatrice, und ich bezweifele stark, dass er sein Auge auf eine der beiden Damen geworfen hat.«

Mara musste erschrocken husten, doch es verwandelte sich in ein fröhliches Lachen, bevor sie antwortete: »Die beiden vergöttern ihn, doch ich glaube, keine von ihnen hat realisiert, dass er ein erwachsener Mann ist. Sie reden über ihn wie über einen zauberhaften Jungen.«

»Das ist wirklich verblüffend, wo wir doch alle wissen, dass er alles ist, aber nicht zauberhaft«, sagte Randi nachdenklich.

»Zu mir ist er immer nett gewesen«, sagte Mara und hatte aus irgendeinem Grund das Gefühl, Jared verteidigen zu müssen. Schließlich hatte er mit ihr im Regen gesessen und ihren Problemen zugehört. Er hatte sogar angeboten, sie zu lösen, ein freundliches Angebot, das sie nicht erwartet hatte. Selbstverständlich konnte sie es nicht annehmen. Jared war fast ein Fremder und sie musste einige größere Veränderungen in ihrem Leben vornehmen. Und doch, allein die Tatsache, dass er es ihr angeboten hatte, war aufmerksam gewesen und unglaublich ... süß.

Sie rutschte unruhig hin und her, als sich vier weibliche Augenpaare gespannt auf sie richteten.

»Wie nett genau ist er denn gewesen?«, fragte Sarah und grinste, während sie die Arme verschränkte und Mara fragend ansah.

»Nein! Oh nein! So ist Jared nicht an mir interessiert«, beeilte Mara sich den Frauen zu versichern, weil sie an ihren Gesichtern genau erkennen konnte, was sie dachten. »Er hat nur nach einigen Informationen zu der Geschichte der Sinclairs in Amesport gefragt.«

Sie sind genau die Art von Frau, die ein Mann nackt neben sich haben möchte.

Mara musste ein Schaudern unterdrücken, als Jareds gestrige Worte ihr durch den Kopf gingen. Er hatte es nicht ernst gemeint. Sie war sich ziemlich sicher, dass es ein Satz war, den er gesagt hatte, ohne wirklich darüber nachzudenken. Allein der Gedanke, dass Jared Sinclair sie attraktiv finden könnte, war lächerlich. Sie kamen aus zwei verschiedenen Welten und die Art von Frau, mit der er für gewöhnlich ins Bett ging, war zweifellos hübsch, privilegiert und verwöhnt.

Nicht so wie ich.

Leider war sie allein von dem Gedanken an Jared tiefrot geworden, was die Frauen dazu brachte, ihren Gesichtsausdruck noch deutlicher zu prüfen.

»Äh ... ich muss gehen. Ich habe noch tausend Sachen zu erledigen.« Sie nahm hektisch ihre Handtasche und stürzte so schnell sie konnte aus Kristins Apartment. Auf dem Weg nach draußen drückte sie Sarah noch ihre E-Mail-Adresse und Telefonnummer in die Hand, damit sie sie wegen der Hochzeit kontaktieren konnte.

Als sie vor Kristins Haus stand, atmete Mara tief ein und hoffte, dass es niemandem aufgefallen war, wie ungeschickt sie die Diskussion um Jared gehandhabt hatte.

Sie haben es bemerkt. Ich weiß es.

Sie holte noch einmal tief Luft und ging dann die Stufen hinunter, die zur Straße führten. Auf dem Weg nach Hause und zu ihrem Laden hoffte sie inständig, dass niemals irgendjemand herausfinden würde, wie unbehaglich ihr zumute war, wenn sie an Jared Sinclair und seine hungrigen Augen aus flüssigem Grün dachte, mit denen er sie vor einigen Tagen angesehen hatte.

Denk nicht an ihn. Denk überhaupt nicht an ihn. Du hast momentan wesentlich größere Probleme zu lösen.

Mara seufzte und beschleunigte ihren Schritt. Sie wollte so schnell wie möglich nach Hause, denn sie hatte noch allerlei Dinge zu tun, bevor sie morgen früh ihren Stand auf dem Bauernmarkt in Amesport aufbaute. Es war sehr wichtig, dass sie so viel Geld wie möglich einnahm. Nicht mehr lange und sie würde auf der Straße sitzen, und sie musste das Geld zusammenbekommen, um sich eine neue Wohnung zu suchen.

Ich werde Ihnen helfen.

Jareds Versprechen kam ihr automatisch zurück ins Gedächtnis.

»Ich brauche keine Hilfe«, flüsterte sie leise. »Ich bin es gewohnt, mich selbst um alles zu kümmern.«

Sie blinzelte, um ihre Tränen aufzuhalten. Weinen würde ihre Probleme nicht lösen. Wenn sie nur nicht das Gefühl hätte, sie würde ihre Mutter enttäuschen, wenn sie das Geschäft und das Haus verlieren würde, in dem sie seit ihrer Geburt gelebt hatte.

Kopf hoch, Süße! Morgen früh sieht alles schon viel besser aus.

Sie hätte schwören können, dass sie die Stimme ihrer Mutter hörte, wie sie diese Worte zu ihr sagte. Wenn sie noch am Leben wäre, hätte sie genau das zu Mara gesagt. Leider war ihre Mutter jedoch tot und nicht mehr dazu in der Lage, ihr Ratschläge zu geben, wie sie ihre Probleme angehen sollte. Ihr Leben würde sich drastisch verändern müssen. Sie würde eine andere Berufsrichtung einschlagen und vielleicht die familiäre Umgebung von Amesport verlassen müssen. Seit sie jung war, hatte sie als Puppenmacherin gearbeitet. Für welche Arbeit qualifizierte sie sich damit?

Ich werde etwas finden. Ich muss.

Mara fühlte sich so allein wie noch nie zuvor in ihrem Leben und es würde schwer werden, sich nicht von der tiefen Leere, die sie fühlte, verschlingen zu lassen.

Kapitel 3

Jared verfluchte sich, weil er wieder ein Paar Lederschuhe trug und diese sich beim Gang über die riesige Wiese mit Wasser vollsogen. »Ich werde mir meine Schuhe auf Vorrat kaufen müssen, wenn ich nicht meine Besessenheit überwinden kann, sie zu sehen«, flüsterte er ärgerlich. »Wer zum Teufel steht nur für den Bauernmarkt in aller Herrgottsfrühe auf?«

Wie es aussah, tat Mara das.

Sarah hatte erwähnt, dass Mara jeden Samstag zum Bauernmarkt in Amesport fuhr, um dort ihre Produkte zu verkaufen. Mehr brauchte Jared nicht, um sich zu seinem ersten Besuch des Bauernmarktes zu entschließen. Hier war er also und stakste über ein nasses Feld, noch *bevor* das *Brew Magic* geöffnet hatte. Bis jetzt war er von dieser speziellen Amesporter Veranstaltung wenig beeindruckt.

Er brauchte Kaffee.

Er brauchte sein Frühstück.

Und er musste sich seinen Kopf untersuchen lassen. Dringend.

Als er sich unter einem Seil hinweg duckte, das als Behelfszaun für den Markt diente, gestand er sich ein, dass er sie sehen musste, wissen musste, ob es ihr gut ging, nachdem sie die Neuigkeiten erhalten hatte, dass sie ihr Haus verlieren würde. Er hatte noch nicht darüber nachgedacht, wie genau er das anstellen würde, doch das würde er schon noch. Verdammt, er könnte ihr ohne Weiteres das restliche Leben finanzieren und würde den Verlust in seinem Vermögen nicht einmal bemerken. Doch er hatte diese Idee sofort wieder verworfen, weil er ganz genau wusste, dass Mara vermutlich lieber verhungern würde, als Geld anzunehmen, das sie nicht selbst verdient hatte. Wenn sie bereits fest entschlossen war, ihre Probleme selbst zu lösen, dann würde sie sein Geld unter keinen Umständen akzeptieren.

Er musste schon zugeben, dass die Vorstellung, dass eine Frau sein Geld nicht haben wollte, recht ... merkwürdig war.

Da er sie unbedingt vögeln wollte, hatte er ebenfalls über die Möglichkeit einer sexuellen Vereinbarung nachgedacht, doch er wusste, dass sie auch das nicht akzeptieren würde. Um ehrlich zu sein, kam ihm der Gedanke daran in der Tat geschmacklos vor.

Weil ich will, dass sie mich genauso sehr begehrt, wie ich sie. Ich muss sie dazu bringen, sich mir hinzugeben, weil sie mich will.

Noch so ein verrückter Gedanke. Wann hatte er sich jemals darum geschert, *warum* eine Frau mit ihm ins Bett stieg?

»Der Markt öffnet erst um sieben!«, rief ein älterer Herr Jared zu, der Gemüse aus seinem Kleinlastwagen auslud.

»Ich bin hier, um einer Freundin zu helfen«, antwortete Jared gereizt.

Der Mann nickte langsam, doch der Zweifel stand ihm ins Gesicht geschrieben, als er seinen Blick über Jared schweifen ließ.

Sah er so verdammt nutzlos aus? Gut, vielleicht sah er *nicht* so aus, als würde er gleich auf einem Bauernmarkt arbeiten. Er hatte sich mit Absicht legere Kleidung angezogen, doch er hatte das Gefühl, dass ein Paar sandfarbene Designerhosen und ein dunkelblaues Hemd nicht der gewöhnlichen Bauernmarkt-Garderobe entsprachen. Er war nicht schick angezogen und doch fiel er zwischen den anderen Männern, die alle alte Jeans und leicht verdreckte T-Shirts trugen und vom Aufbauen ihrer Verkaufstische bereits verschwitzt und zerzaust waren, auf wie ein bunter Hund.

Sie sehen immer makellos und perfekt aus.

Maras Worte kamen ihm wieder in den Sinn und er fragte sich, ob es gut oder schlecht war, makellos und perfekt auszusehen. Höchstwahrscheinlich sah er anders aus. In seiner Welt war er lässig gekleidet. In Amesport sah er vermutlich aus wie ein Milliardärs-Snob und aus irgendeinem Grund störte ihn das gewaltig. Früher hatte er körperliche Arbeit geliebt, zu schwitzen und dreckig zu werden. Er hatte eine gewisse Befriedigung gespürt, wenn seine Muskeln nach einem langen Tag der Arbeit gebrannt hatten. Auf einmal vermisste er dieses Gefühl und die Freude darüber, etwas zu erreichen, von dem er dachte, dass es wichtig sei.

»Jared! Huhu! Hier drüben!«

Sein Kopf fuhr nach rechts, als er eine hohe, weibliche Singsang-Stimme hörte, die seinen Namen rief. Er erkannte Beatrice Gardener und lächelte, als die alte Dame ihre Arme in der Luft schwenkte, um seine Aufmerksamkeit zu erregen. Kurzerhand drehte er sich um und bahnte sich seinen Weg zwischen den anderen Ständen hindurch, um zu ihr zu gelangen.

»Beatrice!«, grüßte er, als er an ihrem Tisch ankam und sie anlächelte. »Sind Sie sicher, dass es tatsächlich gesund ist, so früh am Morgen schon auf den Beinen zu sein? Was machen Sie hier?« Was für eine dumme Frage. Dem Tisch vor seiner Nase nach zu urteilen, der mit Kristallen übersät war, war sie hier, um ihre Waren feilzubieten. Sie hatte polierte Steine und Schmuck mitgebracht und einige Stücke davon stammten offensichtlich aus ihrem Mineraliengeschäft. Jared sah es als einen New-Age-Laden, doch Beatrice hatte ihm einmal erzählt, dass sie sich für alle Philosophien und Religionen interessierte, und sie war ein Original. Wenn er sie nach den Gesprächen beurteilte, die sie in den Wochen, die er hier war, geführt hatten, war sie tatsächlich einzigartig. Seine Augen erfassten ihre rosafarbene, kurze Hose, Turnschuhe und T-Shirt, welches das Logo ihres Ladens auf der Vorderseite aufgedruckt hatte. »Wo ist Elsie?« Wo Beatrice war, konnte Jared für gewöhnlich auch Elsie Renfrew finden. Diese beiden alten Damen waren so gut wie unzertrennlich.

»Oh, Elsie weigert sich, morgens vor sieben Uhr aufzustehen. Sie sagt, dass sie es als Rentnerin jetzt verdient auszuschlafen«, sagte Beatrice unglücklich. »Sie wird vermutlich später vorbeischauen.«

»Haben Sie das alles alleine aufgebaut?«, fragte Jared mit gerunzelter Stirn. Beatrice war zwar rüstig, doch es schien ihm nicht richtig, dass sie den kleinen Transporter hinter sich alleine ausgeladen haben sollte.

Beatrice gluckste vergnügt. »Ich bin vielleicht alt, junger Mann, doch ich kann schon noch ein paar Kisten tragen. Am Wochenende bringe ich nur meine Kristalle hierher, um den Leuten zu helfen.«

Jared besah sich den Tisch. »Der Tisch ist zu schwer«, teilte er ihr höflich mit.

»Mit meinem Tisch hilft George mir immer. Er ist solch ein Gentleman. Er verkauft sein Obst und Gemüse hier jedes Wochenende.«

Jared warf ihr ein verschwörerisches Lächeln zu und fragte: »Haben Sie sich einen Liebhaber zugelegt, Beatrice?« Er legte dramatisch eine Hand auf die Brust. »Sie brechen mir das Herz!«

Die grauhaarige Frau drohte ihm scherzhaft mit dem Finger. »Sparen Sie sich Ihre Schmeichelei für jemanden, der Ihnen glaubt, junger Mann! Vergessen Sie nicht, dass ich Ihre Aura lesen kann.« Sie zog wissend eine Augenbraue hoch und sah ihn an.

»Dann wissen Sie ja, dass ich Ihnen die Wahrheit sage«, antwortete Jared todernst.

Beatrice sah sich selbst als die Mystikerin und Hellseherin der Stadt an. Sie galt ebenfalls als die inoffizielle Heiratsvermittlerin in Amesport und war anscheinend in der Lage, neue Beziehungen vorauszusehen, bevor diese zustande kamen. Und ... sie konnte angeblich auch die Aura anderer Personen lesen. Mehr als einmal hatte sie ihm erzählt, dass er eine ausgeprägte, gemischte Aura hatte – was auch immer das bedeutete. Sicher, Beatrice war anders und einige Menschen mochten sie merkwürdig finden, doch sie wurde von den meisten Einwohnern in Amesport verehrt, weil sie schrullig, aber liebenswert war, und Jared hatte sie von Beginn an gemocht. Sie und Elsie waren vollkommen harmlos. Beide Frauen hatten gute Absichten, ganz egal wie sehr sich die beiden Damen auch einmischten oder Klatsch erzählten.

»Sie sagen mir nicht die Wahrheit«, sagte Beatrice und legte ihren Kopf erst auf die eine, dann auf die andere Seite, während sie ihn ansah. »Doch irgendetwas verändert sich bei Ihnen.« Sie sah ihn weiterhin durchdringend an.

»Was?« Er begann, unter dem intensiven Blick der alten Dame unruhig zu werden, und fühlte sich auf einmal unwohl. Nicht dass er tatsächlich dachte, Beatrice könnte seine innersten Gedanken lesen, doch sie hatte diesen mystischen Blick verdammt gut im Griff.

Beatrice wühlte zwischen den Steinen auf dem Tisch und hob schließlich ein dunkles, poliertes Objekt auf. »Das könnten Sie gebrauchen.« Sie hielt den länglichen Stein hoch, der an einem Schlüsselanhänger baumelte. »Tragen Sie ihn bei sich. Er kann Ihnen mit Ihrer Schuld und Trauer helfen. Sie müssen Ihre emotionalen Blockaden abbauen, bevor Sie wieder glücklich sein können«, ließ Beatrice ihn mit warnender Stimme wissen.

Instinktiv streckte Jared die Hand aus und nahm den Schlüsselanhänger. Er würde nicht mit ihr diskutieren. Für seinen Geschmack wurde das Gespräch etwas zu merkwürdig. Er wühlte in seiner Hosentasche und zog ein paar Scheine hervor.

»Nein, nein!«, rief Beatrice. »Dieser Kristall ist ein heilendes Geschenk. Ich will Ihr Geld nicht!«, beteuerte sie.

Verwirrt sah er in das bekümmerte Gesicht der alten Dame und steckte die Geldscheine zurück in seine Tasche. »Sie haben ein Geschäft, Beatrice. Sie können Ihre Sachen nicht verschenken.« Er war ehrlich gerührt, auch wenn das Gespräch ein wenig unheimlich war. Doch abgesehen von seinen Geschwistern hatte ihm noch nie jemand etwas geschenkt. Auch wenn er zugeben musste, dass dieses Geschenk ihm etwas mulmig zumute werden ließ. Er glaubte mit Sicherheit nicht an ihren Hokuspokus, doch irgendetwas in ihrem durchdringenden Blick machte ihn nervös wie einen kleinen Schuljungen, der etwas ausgefressen hat.

Alles nur Zufall. Sie weiß nicht wirklich, was passiert ist.

»Ich brauche das Geld nicht, Jared. Mein verstorbener Mann war nicht nur attraktiv, sondern auch stinkreich. Ich habe mehr als genug.« Sie zwinkerte ihm listig zu.

Jared schmunzelte und fand das Ganze komischer, als er zugeben wollte. »Sie sind immer noch eine Geschäftsfrau«, erinnerte er sie.

»Und eine sehr gute sogar ... meistens jedenfalls. Ich mache nur in besonderen Fällen Geschenke. Sie und Mara sind beide besonders.« Beatrice ging zurück, um ihren Schmuck zu sortieren.

»Sie versuchen, auch Mara zu helfen?«, fragte Jared neugierig.

Beatrice nickte. »Selbstverständlich. Ihnen beiden. Sie sind füreinander bestimmt.«

Jared schüttelte hartnäckig den Kopf. Beatrice war auf Verkupplungstour und das jagte ihm Angst ein. »Ich bin für niemanden bestimmt«, sagte er tonlos.

»Oh ja, das sind Sie! Sie beide waren sehr leicht vorauszusagen. Mein Geistführer hat diese Information sehr laut und deutlich an mich weitergeleitet. Vielleicht sind Sie noch nicht bereit, es zu glauben, aber das werden Sie schon noch«, sagte sie mit mysteriöser Stimme.

»Ähm ... okay«, sagte er hilflos und verstaute den Schlüsselanhänger in seiner Tasche. Er würde Beatrice ihre Illusionen lassen. Sie wäre enttäuscht, wenn sie herausfände, dass sie falsch liegt, doch er würde sich nicht mit ihr streiten. Offen gesagt war sie manchmal einfach zu furchteinflößend. Die Wahrheit war, dass er Mara *tatsächlich* vögeln wollte. Doch bei all den Frauen in der Stadt, wie hatte Beatrice wissen können, welche von ihnen er unbedingt ins Bett bekommen wollte?

Zufall.

Ja, es war garantiert ein Zufallstreffer.

»Sie ist an einem der Stände hinter mir«, informierte Beatrice ihn beiläufig und wies mit ihrem Daumen über ihre Schulter.

»Danke«, murmelte Jared mehr als nur ein bisschen verwirrt. »Ich hoffe, Sie haben einen erfolgreichen Tag.«

»Den wünsche ich Ihnen auch«, antwortete Beatrice und sah ihn mit einem wissenden Lächeln an.

Er beeilte sich, von der alten Dame wegzukommen, um Mara zu finden. Während er die Stände absuchte, rieb er unbewusst den glatten Stein in seiner Tasche.

Es ist nur ein blöder Stein. Und Beatrice hat vermutlich gesehen, wie ich mit Mara in ihrem Laden gesprochen habe. Auf keinen Fall ist sie eine Hellseherin.

Nichtsdestotrotz umschloss er den Stein in seiner Tasche mit seinen Fingern, während er Mara suchte, und wünschte sich, dass der Stein tatsächlich einige seiner Probleme lösen konnte, wie Beatrice es ihm versprochen hatte.

»Dafür würde ich so gut wie jeden Preis bezahlen!«

Mara erschrak und schüttete sich fast den Kaffee über die Hand, als sie einen Papierbecher aus ihrer Thermoskanne füllte. Aus ihrer gebückten Position sah sie über die Schulter und das Erste, das ihr auffiel, war, dass Jared Sinclair nicht auf den Kaffee starrte. Seine Augen waren auf ihr ausladend Hinterteil gerichtet, das in die Luft gestreckt war, während sie ihren Becher auffüllte.

»Der Kaffee ist umsonst«, teilte sie ihm hastig mit, während sie sich aufrichtete, umdrehte und ihm den Becher hinstreckte. »Mit Milch. Ich bringe ihn zwar nur für mich mit, aber ich habe reichlich.«

Was zum Teufel macht er hier?

Jared Sinclair sah in der Mitte dieses nassen, weiten Feldes, auf dem der Bauernmarkt stattfand, genauso heimisch aus wie es der Fall wäre, wenn er irgendeiner der täglichen Arbeiten nachgehen würde, die die Einwohner von Amesport regelmäßig verrichten.

Er gehörte in die Geschäftswelt, in einen makellosen Anzug gekleidet, der nicht dreckig werden würde, und in einem Büroblock sitzend, um Geschäftsangelegenheiten zu besprechen. Das einzig Lässige an ihm waren die hochgekrempelten Ärmel seines Hemdes, die starke, muskulöse Unterarme mit rotbraunen Härchen zum Vorschein brachten, und die geöffneten Kragenknöpfe, die ihr einen verlockenden Blick auf einen sehr männlichen Oberkörper boten.

Jared akzeptierte schließlich den Becher aus ihrer Hand und er sah ihr dabei so tief in die Augen, dass sie erschauderte. Er ließ sie nicht aus den Augen, während er einen großen Schluck von dem heißen Getränk nahm, und beobachtete sie über den Becherrand hinweg, bevor er in seiner sexy Baritonstimme sagte: »Ich glaube, du weißt, dass ich nicht über den Kaffee gesprochen habe, auch wenn ich das Koffein nehme, wenn ich gerade nicht das haben kann, was ich möchte. Danke.«

Mara schaute peinlich berührt in die andere Richtung. Sie ignorierte seine anzügliche Bemerkung und sagte neugierig: »Das hier scheint mir nicht gerade deine Szene zu sein und es überrascht mich, dass du nicht bereits einen Kaffee in der Hand hältst. Ich sehe dich kaum ohne.«

»*Brew Magic* hat noch nicht einmal geöffnet. Warum fangen die hier so verdammt früh an?«, brummte er unglücklich.

»Hast du Entzugserscheinungen? Ich bin mir sicher, dass du zu Hause eine Kaffeemaschine besitzt.« Sie hatte bereits ihre Einmachgläser und Konserven zum Verkauf aufgebaut, als sie sich nach unten beugte und nach ihrer Thermoskanne angelte. Sie richtete sich wieder auf und entschied sich dazu, ihren Becher dieses Mal stehend zu füllen. Ehrlich gesagt litt sie unter Koffeinmangel, sie konnte es also verstehen, wenn jemand eine Tasse Kaffee brauchte. Sie war heute Morgen spät dran gewesen und hatte deswegen Frühstück und Kaffee ausfallen lassen.

»Das verdammte Ding hasst mich!«, schimpfte er, als hätte seine Kaffeemaschine einen persönlichen Rachefeldzug gegen ihn vollzogen. »Meine alte hat den Geist aufgegeben und ich habe dann eine gekauft, die angeblich ein Spitzenprodukt sein soll. Doch bei mir landet immer auch die Hälfte vom Kaffeesatz in der Tasse.«

»Hast du die Gebrauchsanweisung gelesen?«

Jared zuckte mit den Schultern. »Warum? Wie schwer kann es sein, Kaffee zu kochen? Irgendwas muss kaputt sein.«

Genau wie ein gewöhnlicher Mann glaubte auch Jared, dass er keine Anleitung benötigte. »Es könnte helfen«, schlug sie vor. Sie bezweifelte stark, dass die Kaffeemaschine Jared nicht mochte. Es war wahrscheinlicher, dass Jared keine Geduld mit der Kaffeemaschine hatte. »Besser als Entzugserscheinungen zu haben.«

Sie wusste, dass es Jared nicht entgangen war, dass sie ihren Kaffee nun aufrecht stehend einschenkte, und er grinste ihr spitzbübisch zu, während er sie beobachtete. »Jetzt habe ich ganz sicher Entzugserscheinungen«, sagte er. »Wenn du diesen wunderbaren Hintern in die Luft streckst, kann das in einem Mann schon so manche Fantasie wecken.«

»Ich wusste nicht, dass du hinter mir standst«, verteidigte Mara sich. Ihr Po war sicherlich nicht ihr bestes körperliches Merkmal und sie hätte ihn bestimmt nicht so demonstriert, hätte sie gewusst, dass ihr jemand zusieht.

Jared verschränkte die Arme und balancierte seinen Kaffee in der rechten Hand. »Ich wusste, dass dir nicht bewusst war, dass ich hinter dir stehe. Das hat diese Möglichkeit nur noch verlockender gemacht.«

Zweifellos war er ein riesiges Ziel für so gut wie alles. Mein Hintern ist zu groß und ich bezweifele, dass mein altes Patriots-T-Shirt und die abgeschnittenen Jeans sehr attraktiv wirken.

Sie hatte ihren zerbeulten Wagen so früh morgens beladen, dass sie sich nicht darum geschert hatte, Make-up aufzutragen. Ihr Haar hatte sie lediglich mehr schlecht als recht mit einer Spange am Hinterkopf befestigt.

Oh ja, ich bin wirklich eine großartige Verführerin. Kein Wunder, dass er mich heiß findet.

Sie rollte mit den Augen und ließ ihn so wissen, dass sie bei seiner Flirterei nicht mitmachen würde. »Hast du mit dieser Art von Komplimenten normalerweise Erfolg?«

Er zog fragend eine Augenbraue hoch. »Womit?«

Mara zuckte mit den Schultern und wandte den Blick ab, um ihre Einmachgläser zu sortieren, selbstgebackenes Brot zu schneiden und es in luftdichten Behältern zu verstauen. »Anmachsprüche.«

»Ich habe keine Ahnung«, informierte er sie barsch. »Ich mache mir normalerweise nicht die Mühe. Das Einzige, was Frauen von mir wollen, ist Geld.«

Verwirrt drehte sie den Kopf und starrte ihn ungläubig an. »Das glaubst du doch selbst nicht!«

Erstaunlicherweise konnte Mara an dem momentanen Ausdruck in Jareds gefühlvollen Augen erkennen, dass er das nicht nur glaubte, sondern dass er vollkommen davon überzeugt war, dass Frauen nur hinter seinem Geld her waren.

»Was könnten sie sonst wollen?« Er zuckte mit den Schultern, als ob er sich damit abgefunden hatte, dass er nur aus Geldgründen aufgesucht wurde.

Okay, der Mann ist entweder blind oder er sieht nicht jeden Tag in den Spiegel. Dieses beinahe makellose Exemplar von männlicher Perfektion ist wirklich unsicher? »Es gibt andere Dinge«, murmelte sie leise. Jemand hatte ihn verletzt, ihn zurückgewiesen. Das war für Mara der einzige plausible Grund, warum er wegen seines Erscheinungsbildes keine Arroganz zeigte.

»Was?«, fragte er mit tiefer, samtener Stimme.

Ernsthaft? Jared Sinclair wusste nicht, dass er heiß genug war, um das Höschen einer Frau mit einem Blick klitschnass werden zu lassen? Seit diese fantastischen, grünen Augen gestern angefangen hatten, ein paar seiner Gefühle preiszugeben, konnte sie ihm kaum noch widerstehen. »Alles«, hauchte sie leise und konnte sich nicht zurückhalten, ihre hungrigen Augen über seinen Körper wandern zu lassen. »Du bist der Traum einer jeden Frau. Du bist nicht nur umwerfend schön, sondern auch freundlich und witzig, wenn du willst. Was könnte eine Frau sonst noch wollen?« Nichts. Wirklich gar nichts.

»Geld«, entgegnete er ernst. »Haufenweise.«

Maras Herz schmolz. Er dachte *wirklich*, dass jede Frau ihn zunächst wegen seines Geldes attraktiv fand. »Glaub mir, an dir gibt es sehr viel mehr Schätzenswertes als nur dein Bankkonto.« Sie hasste es, dass Jared tatsächlich glaubte, was er sagte.

»Ich habe herausgefunden, dass ein dickes Bankkonto für Frauen von oberster Priorität ist. Andere große Dinge kommen da auf den letzten Platz«, antwortete er und ein Anflug von Humor war in seiner Stimme zu hören.

Seine Betonung der Worte »große« und »kommen« ließen ihr den Schweiß auf der Stirn ausbrechen, auch wenn der Sommertag noch nicht besonders warm war. Sie würde auf diesen Kommentar nicht eingehen. Dieses Gespräch war bereits unangenehm genug. »Möchtest du einmal probieren?«, fragte sie verzweifelt und bemühte sich, die Konversation in eine andere Richtung zu lenken.

»Ich möchte mehr, als nur einmal zu probieren«, antwortete Jared heiser. »Ich glaube, wenn es um dich geht, dann will ich alles.«

Kapitel 4

Mein Gott, wenn er nicht aufhört, mit mir zu flirten, dann werde ich über *diesen Tisch springen und ihn vernaschen. Männer versuchen nicht, mich mit Worten oder Taten zu verführen, besonders nicht ein Typ wie er, der gut genug aussieht, als dass ich ihn zum Frühstück verschlingen möchte. Er ist die Art von Mann, die nicht versuchen muss, absolut heiß zu sein. Er ... ist es einfach.*

»Marmelade!«, quiekte sie nervös. »Wilde Maine-Brombeere steht heute zum Testen bereit.« Sie schnitt eine Scheibe von dem Brot ab, das vor ihr lag, und bestrich es hastig mit einer großzügigen Portion ihres Gelees.

Jared nahm ihr das Brot mit einem zufriedenen Grinsen aus der Hand. *Er merkt, dass ich bei ihm weich werde. Verdammt!*

Mara versuchte, das Zittern ihrer Hand zu kontrollieren, als sie ihm das Brot reichte. Sie musste ihre Reaktion auf ihn unter Kontrolle bekommen, doch es war schwer geworden, ihn zu ignorieren. Seine tiefe, heisere Stimme ließ ihr heiß werden, ganz egal was er sagte. Wenn er anzügliche Bemerkungen machte, die ihm vermutlich sehr leichtfielen, dann schmolz sie dahin. Ihr Slip war allein bei dem Gedanken daran schon feucht geworden, dass er irgendetwas von ihr kosten könnte, und ihr Bauch zog sich mit einem wilden Bedürfnis zusammen, das sie so noch niemals gespürt hatte.

Reiß dich zusammen, Mara! Er findet dich nicht wirklich attraktiv. Er ist charmant und liebenswürdig, doch die Chancen, dass Jared Sinclair sich zu dir hingezogen fühlt, stehen so gut, wie den Lotto-Jackpot zu gewinnen. Erinnerst du dich? Du kaufst dir nicht einmal einen Lottoschein. Verliere dich nicht in dieser Fantasie. Du bist eine realistische Frau und Jared Sinclair ist mehr als nur eine Nummer zu groß für dich.

Mit sechsundzwanzig Jahren war Mara praktisch noch Jungfrau. Es war peinlich, aber wahr. Sie hatte ihre Jungfräulichkeit mit achtzehn Jahren ihrem einzigen festen Freund gegeben, den sie in ihrem ersten und einzigen College-Jahr kennengelernt hatte. Als sie die Universität aufgrund der Krebserkrankung ihrer Mutter nach diesem ersten Semester verlassen musste, hatte ihr Freund sich von ihr getrennt, noch bevor sie abgereist war. Merkwürdigerweise hatte sie keinen Liebeskummer gehabt. In dieser Zeit hatte sie sich zu sehr um ihre Mutter gesorgt und sie war immer davon überzeugt gewesen, dass Sex überbewertet wurde. Jetzt allerdings ... war sie sich dessen nicht mehr so sicher. Jared Sinclair brachte es fertig, wundersame Dinge mit ihrem Körper anzustellen, ohne sie überhaupt zu berühren. Sein sauberer, männlicher Duft und seine heisere Stimme, die kleinste, sexuelle Anspielungen machten, setzten etwas in ihr in Bewegung. Es war, als ob er aus jeder Pore seines Körpers Pheromone abgab und sie instinktiv damit köderte. Vielleicht waren die Dinge, die er sagte, nur Worte für ihn, doch Mara fing an, sich vorzustellen, wie er nackt auf ihr lag, sein hübsches Gesicht über ihrem und seine schönen Augen voller Verlangen, während er sie in ein Sex-Paradies entführte, das sie noch niemals zuvor betreten hatte.

»Meine Güte, ist das gut!«, stöhnte Jared, als er sich das Marmeladenbrot einverleibte. »Du machst so was?«

Er schloss seine Augen und Mara presste ihre Schenkel zusammen, als sie den ekstatischen Blick auf seinem Gesicht sah.

Reiß dich zusammen! Sie zwang sich, an etwas anderes zu denken, und antwortete: »Ja. Ich stelle verschiedene Dinge her. Mit Vorliebe

Marmeladen, Gelees, Relishes und Soßen. Die meisten stammen aus alten Rezepten, die meine Mutter mir überliefert hat. Ich versuche immer, sie zu verbessern oder neue Geschmacksrichtungen zu entwickeln.«

Jared kaute und schluckte wortlos, nahm einen Schluck von seinem Kaffee und antwortete schließlich: »Du bist im falschen Geschäft, Süße. Du solltest das hier verkaufen.« Er zögerte, bevor er hinzufügte: »Du stellst wundervolle Puppen her, doch sie werden dich nicht reich machen. Ihre Produktion nimmt zu viel Zeit und Material in Anspruch und der Gewinn an jeder einzelnen verkauften Puppe ist zu gering. Verkauf das hier und dein Geschäft wird florieren!« Jared besah sich alle Gläser und las die Etiketten. »Salziges Toffee mit Schokolade und Erdnussbutter?« Nachdem er das Etikett beinahe ehrfurchtsvoll angeschaut hatte, stellte er seinen Kaffee auf dem Tisch ab und öffnete das Glas. Er nahm ein Stückchen heraus, wickelte es aus und steckte es sich in den Mund.

»Das war heute nicht zum Probieren gedacht«, schalt Mara ihn, doch sie lächelte dabei. Er sah einfach zu heiß aus, wie er dort stand und kaute und ihm ein weiteres tiefes und zufriedenes Stöhnen entfuhr, als er schluckte. Sie wollte wirklich nicht darüber lamentieren, dass er ihre Ware aufaß, denn ihm dabei zuzusehen entschädigte sie mehr als genug.

»Ich kaufe es«, sagte Jared gierig. »Alles. So was habe ich noch nie gegessen.«

»Von dem Toffee habe ich nur ein paar Gläser.«

»Wie schnell bist du an Markttagen ausverkauft?«

»Ziemlich schnell«, gab Mara zu. »Normalerweise bin ich nur die ersten paar Stunden hier. Die meisten Leute in der Umgebung kennen meine Marmeladen und das Toffee. Diese beiden Dinge verkaufen sich zuerst.«

Jared sah sie fragend an. »Lass mich raten … du kannst nicht mehr davon herstellen, weil du tagsüber dein Geschäft leitest und Puppen machst und nur abends kochst?«

Mara zuckte unbehaglich mit den Schultern. Jared hatte gerade ziemlich genau ihren Arbeitsalltag zusammengefasst. »So ungefähr.

Ich brauche neue Küchengeräte. Im Moment mache ich das Toffee von Hand, deswegen habe ich nicht die Möglichkeit, größere Mengen herzustellen. Für den Markt mache ich so viel wie möglich.«

»Meine Güte, Mara! Du hast dieses unfassbare Talent und du stellst nicht Massen von deinen Produkten her? Was denkst du dir nur?«, fragte Jared schroff. »Das ist das Geld, von dem du lebst, richtig? So überlebst du also? Ich weiß verdammt gut, dass du dich nicht ausschließlich mit den Verkäufen aus dem Laden über Wasser gehalten hast.«

»Der Puppenladen hat Familientradition!«, antwortete sie wütend. »Und ich habe wohl kaum das Geld, um mich auf anderer Ebene selbstständig zu machen. Dieser Markt ist ideal für mich.«

»Blödsinn! Du könntest gutes Geld verdienen, wenn du dein Produkt ändern und online anbieten würdest.«

»Dafür bräuchte ich Startkapital –«

»Was du vermutlich bereits hättest, wenn du dein Geld nicht in ein Verlust machendes Geschäft hineinstecken würdest«, unterbrach Jared sie.

Sie hasste seine Worte, weil sie der Wahrheit entsprachen. »Der Laden gehörte erst meiner Großmutter und dann meiner Mutter. Jetzt gehört er mir«, antwortete Mara stur. »Ich weiß, dass ich versagt habe und dass ich das Puppengeschäft verliere. Ich bin ein Jahr zur Wirtschaftshochschule gegangen, Jared. Ich wusste, dass das Geschäft nicht mehr gut lief und dass ich nicht wirklich Geld damit verdienen konnte. Doch ich wollte an einem letzten Teil meiner Mutter festhalten. Das ist alles, was mir von ihr geblieben ist.« Tränen der Frustration und Trauer stiegen ihr in die Augen.

»Du brauchst das Puppengeschäft nicht, Mara. Du hast deine Erinnerungen. Was glaubst du, hätte deine Mutter gewollt?« Jared fragte jetzt mit einer ruhigeren, einfühlsameren Stimme. »Sie hätte nicht gewollt, dass du hungerst, um das Geschäft am Laufen zu halten. Ich bin mir sicher, dass sie nicht gewollt hätte, dass ihre Tochter jede Minute des Tages arbeiten muss, um zu überleben. Die Zeiten ändern sich, der Fortschritt nimmt seinen Lauf und die Tradition wird dir kein Geld bringen. Du kannst nicht mehr genügend

Puppen verkaufen, um dein Leben damit zu finanzieren. Es wäre ein fantastisches Hobby, doch du bleibst damit nicht zahlungskräftig.«

Maras Herz zog sich zusammen. Die Wahrheit in Jareds Worten traf sie hart. Er sagte ihr nichts, was sie nicht bereits wusste, doch es laut ausgesprochen zu hören schmerzte. »Meine Mutter und ich sind kaum über die Runden gekommen. Als sie krank wurde, habe ich angefangen, mit den Rezepten, die sie von meiner Großmutter an mich weitergegeben hat, Toffee, Marmelade, Gelee, Relish und Soße herzustellen und diese Dinge auf dem Markt zu verkaufen. Das hat uns über Wasser gehalten. Bis sie krank wurde und ich die Buchführung in ihrem letzten Lebensjahr übernahm, hatte ich keine Ahnung, wie schlimm es wirklich war. Ich wusste, dass die Aussichten trübe waren, doch ich wollte den Laden für sie weiterführen.« Mara wischte nervös an ihren Tränen herum. Sie hasste es, Schwäche zu zeigen. »Sie hat mich zur Wirtschaftshochschule geschickt, ohne einen Penny gespart zu haben. Wenn ich gewusst hätte –«

»Du wusstest es aber nicht!«, brummte Jared. »Hör auf, dir die Schuld zu geben!«

Mara sah ihn überrascht an, erschrocken darüber, dass er sie verteidigte. Sie hatte einige schlechte Geschäftsentscheidungen getroffen und das wusste sie. »Ich kann es nicht ändern. Ich war erwachsen. Ich hätte erkennen müssen, in welcher Situation wir stecken. Sie hat es mir nie gesagt.« Ihre Mutter hatte sich nie anmerken lassen, dass sie nicht das Geld hatte, um ihr einziges Kind aufs College zu schicken. »Ich bin ein Jahr weg gewesen, dann wurde bei ihr Krebs festgestellt und ich bin zurück nach Hause gekommen. Sieben Jahre später zahle ich immer noch den Studentenkredit ab, den sie für mich aufgenommen hatte. Und ich habe nicht einmal meinen Abschluss gemacht.« Mara redete sich ihre Trauer und ihre Schuld vor Jared von der Seele, als ob sie ihn schon ewig kennen würde. Sie stellte fest, wie gut es tat, mit *jemandem* zu sprechen. Kristin war zwar ihre beste Freundin, doch Mara wollte sie nie mit ihren finanziellen Problemen behelligen. Kristin hätte helfen wollen und ihre Freundin war selbst knapp bei Kasse.

»Bist du jetzt fertig damit, dich selbst niederzumachen?«, fragte Jared sie geduldig, während er die Arme verschränkte und sich mit der Hüfte gegen den Klapptisch aus Metall lehnte. »Denn wenn du fertig bist, dir für die Vergangenheit die Schuld zu geben, in der du einige verständliche Entscheidungen getroffen hat, wenn man in Betracht zieht, dass du erst vor einem Jahr deine Mutter verloren hast, werde ich dir ein Angebot machen.«

Mara wischte sich die letzten Tränen aus den Augen und starrte ihn leer an. Sein Blick war durchdringlich und aufgeheizt, als er sie anschaute. »Was?«, fragte sie neugierig.

»Ich bin bereit, dir das Geld für ein neues Geschäftsunternehmen zu geben. Ich werde dir die Arbeitsgeräte, einen Ort und das Startkapital zur Verfügung stellen, wenn du dich damit selbstständig machen willst, deine selbstgemachten Lebensmittel zu verkaufen«, kam er ohne Umschweife sofort zur Sache.

»Du willst ein Unternehmensengel sein und mir bei der Firmengründung helfen?« Mara verschränkte ihre Arme vor der Brust und sah ihm direkt in die Augen. »Du bist ein Milliardär. Welches Interesse könntest du an einer kleinen Firma haben?« Auch wenn sie Erfolg haben würde, wären die Einnahmen aus ihrem Geschäft für ihn nur Kleingeld.

»Zunächst einmal bin ich nicht das, was andere Leute gemeinhin einen Engel nennen würden.« Jared zuckte mit den Schultern. »Ich mag deine Produkte. Einer der Vorteile ist, dass ich unbegrenzten Zugang haben werde.«

Mara rollte mit den Augen. »Es ist nicht so, als könntest du sie dir nicht leisten. Hör auf, Jared! Du versuchst, mir zu helfen, und ich weiß das zu schätzen. Doch ich muss dieses Problem alleine lösen.«

»Warum? Es ist ein legitimes Angebot.«

Angesichts der Tatsache, dass er ein Milliardär war, der millionenschwere Geschäfte abschloss, war seine Aussage lachhaft, doch sie war neugierig geworden. »Wie viel Prozent des Geschäfts willst du?«, fragte sie zweifelnd und beobachtete, wie er nach einer Antwort suchte. Jared Sinclair hatte ihr nicht angeboten, in ihr Geschäft einzusteigen. Er hatte ihr helfen wollen. Ihr Herz machte einen Sprung, als sie sah, wie sein Gesicht für eine Sekunde unentschlossen war und seine geschäftsmännische Fassade kurzzeitig bröckelte.

»Zehn Prozent und unbegrenzten Zugang zu deinen Produkten«, sagte er entschieden.

Mara schnaubte. »Wie zum Teufel hast du es jemals zum Milliardär gebracht? Das ist kein ernsthaftes Angebot! Das ist eine wohltätige Spende für mich.«

Jared fuhr sich frustriert mit der Hand durchs Haar. »Ich brauche nicht noch mehr Geld. Ich brauche ein Projekt, an das ich glauben kann«, sagte er verbittert.

»Dir gehört eines der profitabelsten Unternehmen für Geschäftsimmobilien in der Welt und dir gefällt deine Arbeit nicht?« Was genau meinte er damit, er brauchte etwas, an das er glauben konnte?

»Es sind große Geschäfte. Große Gebäude. Großes Geld, das den Besitzer wechselt. Große Geschäftsimmobilien. Es ist keine Herausforderung mehr. Eigentlich war es das nie.«

Jared hatte dabei mitgeholfen, einige der eindrucksvollsten und größten Gebäude der Welt zu errichten, und das reichte ihm immer noch nicht? »Du magst es nicht«, sagte sie entschieden. »Du magst deine Arbeit nicht.«

»Vielleicht«, gab er unwillig zu.

»Doch du glaubst an meine Produkte?« Als sie in sein gequältes Gesicht sah, glaubte Mara ihm. Vielleicht langweilte er sich. Vielleicht wollte er wirklich ihr Mentor sein.

»Ich glaube an dich!«, blaffte er.

»Hasst du deine Arbeit so sehr?«, fragte sie leise.

»Hassen ist zu viel gesagt«, brummte er. »Doch sie macht mir nicht gerade Spaß. Ich habe ein kompetentes höheres Management, das die meiste Arbeit übernehmen kann. Ich bin nur der Strohmann, der am Ende die Entscheidungen trifft. Doch zuvor wurde bereits so ziemlich alles durch Recherche entschieden. Ich habe Profis, die den Angeboten hinterherjagen und die Details festlegen, die Vor- und Nachteile gegeneinander abwägen. Alles, was diese Leute brauchen, ist mein Okay. Vielleicht brauche ich wieder die Herausforderung, ein Unternehmen von Beginn an auf die Beine zu stellen.«

»Es wird niemals sehr viel Geld bringen«, warnte sie ihn gelassen, ging ein paar Schritte nach hinten, stellte ihren Kaffee auf der Ladefläche ihres Wagens ab und setzte sich auf die offene Ladeklappe. Mit dieser kleinen Entfernung zwischen sich und ihm fühlte sie sich schon viel sicherer. »Ich weiß, dass ich gutes Geld verdienen kann, doch das werden nicht die Beträge sein, die du gewöhnt bist zu handhaben«, fuhr sie fort, erleichtert darüber, etwas Abstand zwischen sich und ihn gebracht zu haben.

»Das Geld interessiert mich nicht. Hat es nie. Ich hatte genügend Geld, um ein Leben im Luxus zu führen, ohne einen einzigen Tag ehrliche Arbeit investieren zu müssen. Erfolg heißt nicht immer, dass man das große Geld macht. Ich will nur, dass du genug verdienst, um ein angenehmes Leben führen zu können. Ich will dir zeigen, wie das geht«, gab er schroff zurück und klang dabei, als würde er ihr mehr zeigen wollen als nur, wie man Geschäfte macht. Er ging um den Metalltisch herum, stellte seinen Kaffee ab und kam langsam auf sie zu, bis er sie mit seinem größeren, muskulösen Körper gegen die Ladeklappe ihres verbeulten Autos drückte.

Maras Atem ging stoßweise, während sie seinen männlichen Duft einsog und sich von seiner Nähe betören ließ. Er legte beide Hände auf die Innenseite ihrer Oberschenkel, streichelte sie mit seinen Daumen und wanderte langsam höher. Weiter oben angekommen griff er sich ihre Hüften und zog sie an sich, sodass ihre feuchte Muschi sich genau auf Höhe seiner stahlharten Erektion befand.

Mara schauderte und ihr Körper verschmolz mit Jareds, als sie ihn anblickte. Er sah ausgezehrt und gierig aus, wie ein verhungerndes Raubtier, das endlich seine Beute erspäht hat. »Und was bekommst du?«, fragte sie mit zitternder Stimme. Ihre Nerven lagen blank, weil sie krampfhaft zu verbergen versuchte, dass sie seinen großen, muskulösen Körper nicht sofort und an Ort und Stelle vernaschen und darum betteln wollte, dass er das Verlangen befriedigte, das von Kopf bis Fuß in ihr pulsierte.

»Befriedigung«, antwortete er heiser, bevor er ihren Mund mit einem Kuss verschloss.

Gierig schluckte er ihr sehnsuchtsvolles Stöhnen und drang so dominant mit seiner Zunge in ihren Mund ein, dass Mara sich fühlte, als würde jemand ihr Innerstes nach außen wenden. Hilflos schlang sie ihre Arme um seinen Hals, fuhr mit den Fingern durch sein borstiges Haar und genoss das Gefühl, dass Jared sie komplett vereinnahm. Er forderte. Sie gab. Er griff ihr ins Haar und zog ihren Kopf zurück, um ihn so zu positionieren, dass er ihren Mund besser erreichen konnte. Er bahnte sich mit seiner Zunge einen Weg zwischen ihren Lippen hindurch, um erst ihre Mundhöhle zu erforschen und dann wieder sanft an ihrer Unterlippe zu knabbern. Jareds starke Hände streichelten ihren Rücken zärtlich und fordernd zugleich und landeten schließlich auf ihrem Po, den er genüsslich umschloss, als gehörte er ihm. Als er sie mit einem Ruck noch näher an sich zog, war er nicht mehr ganz so sanft. Er wollte nur ihren Körper so nahe an seinem harten Schwanz spüren, wie es angezogen möglich war.

Seine Umarmung war fest und explosiv und sie antwortete auf seine Wildheit mit dem gleichen rasenden Verlangen. Sehnsüchtig. Schmeckend. Berührend. All die Dinge, die sie in ihrer Fantasie mit Jared Sinclair hatte anstellen wollen.

Für ein paar Momente ließ sich Mara fallen, vergaß alles um sich herum und ließ sich nur von dem Gefühl von Jareds Mund auf ihrem und seinem harten Körper an ihrem tragen. Sie hatte zwar im Hinterkopf, dass es vermutlich andere Verkäufer auf dem Markt geben würde, die sie neugierig beobachteten, doch Jareds Körper behinderte die Sicht anderer auf sie, da sich alle Stände nun hinter ihm befanden.

Ihr Körper implodierte fast, als er ihre Pobacken zusammenpresste und gleichzeitig ihren Mund freigab, um mit seiner Zunge die empfindliche Haut an ihrem Hals zu erforschen. Sein schnaufender Atem und das Gefühl der heißen Luft auf ihrer Haut trieben sie fast bis zum Wahnsinn.

»Jared! Wir müssen aufhören!«, keuchte sie wenig überzeugt. Noch als sie diese Worte aussprach, fuhren ihre gespreizten Finger wieder durch sein Haar, ergriffen es mit beiden Fäusten und zogen seinen Kopf zu ihrem Hals, damit er sie weiter küssen konnte. »Die Leute werden reden!«

»Lass sie doch!«, sagte Jared rau an ihrer aufgeheizten Haut. »Das interessiert mich nicht im Geringsten. So lange sie dich nicht sehen können, ist es mir egal. Ich will, dass sie wissen, dass du zu mir gehörst, Mara.«

Mara legte ihren Kopf zurück und schlang ihre Beine um seine Taille. »Oh Gott! Jared! Bitte!« Die Tatsache, dass er sich gerade nahm, was er brauchte, erregte sie nur noch stärker und brachte sie dazu, ihn nur noch mehr zu wollen.

Ihr Gehirn setzte aus, während sie krampfhaft versuchte zu realisieren, dass Jared wirklich *sie* wollte. Seine leidenschaftliche Berührung, seine harte Erektion zwischen ihren Beinen und der gänzlich unbändige Blick in seinen Augen sagten ihr, dass er mehr tat, als nur mit ihr zu spielen. Sie wollte mehr ... und dieses Bedürfnis war beidseitig.

Er knabberte an ihrem Ohrläppchen und leckte es mit seiner Zunge. »Was willst du? Willst du meinen harten Schwanz in dir spüren? Willst du, dass ich mich so tief wie möglich in dich hineinschiebe?«

»Ja!«, wimmerte sie und drückte ihre Beine fester zusammen, um seine Erregung noch mehr zu spüren. »Bitte!«

»Ich liebe es, dich betteln zu hören. Weißt du, was das mit mir anstellt, wenn du so auf mich reagierst? Zu wissen, dass du mich genauso sehr willst wie ich dich?« Seine Hände pressten ihre Pobacken erneut zusammen, kräftig und besitzergreifend. »Ich würde dich am liebsten auf die Ladefläche dieses Wagens legen, dir diese Shorts ausziehen und mein Gesicht zwischen deinen Schenkeln vergraben, Mara! Ich will dich schmecken. Alles an dir. Und dein Geschmack würde mich so süchtig machen, dass ich deine süße Muschi auch dann noch lecken würde, nachdem du gekommen bist und meinen Namen mehr als nur einmal geschrien hast.«

Maras ohnehin schon steinharte Brustwarzen wurden noch härter, als sie gegen seinen Oberkörper drückten. Oh Gott, sie würde bereits nur vom Zuhören kommen, während sie fühlte, wie sein Mund und sein Körper die Kontrolle übernahmen. »Jared!«, stöhnte sie und ihr gesamter Körper war aufgeheizt, angespannt und bedürftig. Sie ließ sein Haar los und erforschte stattdessen seinen Körper. Sie verfluchte den weichen Stoff seines Hemdes und wanderte mit ihren Händen über seinen muskulösen Rücken und starken Bizeps. Als sie entdeckte, wie gut gebaut er war, drückte sie sich nur noch fester an ihn. »Ich will deine Haut spüren!«, hauchte sie leise und ihre Stimme vibrierte mit purer Lust.

»Süße, du wirst alles von mir spüren, wenn du nicht damit aufhörst, diese heiße Muschi an meinem Schwanz zu reiben!«, warnte er und beendete die Erkundungstour ihrer Hände, indem er seine Stirn an ihre Schulter lehnte. »Scheiße. Der Markt muss inzwischen begonnen haben.« Er atmete schwer, doch er bewegte seine Hände von ihrem Po zu ihren Hüften.

Keuchend kam auch Mara wieder zu Sinnen, als sie hörte, wie das Stimmengewirr auf dem Feld stetig lauter wurde und viele Leute direkt auf die beiden zusteuerten. »Es ist geöffnet.« Sie nahm ihre Beine von seinen Hüften.

Mara erhaschte einen Blick von Jareds Gesicht, während er sich widerwillig aufrichtete. Er sah so zerzaust und angespannt aus, wie sie sich fühlte. Sie merkte, wie viel Beherrschung es ihn kostete, von ihr abzulassen, und sein gesamter Körper verspannte, als er sich von ihr zurückzog. Er atmete einmal tief ein und dann wieder aus und sah sie düster an, wobei einer der Muskeln in seinem Kiefer unaufhörlich zuckte. »Für dich ist der Markt jetzt geschlossen. Ich kaufe deine Vorräte komplett auf und du verbringst den Tag mit mir!«

Sie wusste, dass sie ihm widersprechen sollte, doch es würde sinnlos sein. »Ich kann dich nicht davon abhalten, alles zu kaufen«, sagte sie ihm ruhiger, als sie sich tatsächlich fühlte. Sie legte ihre zitternden Hände auf die Oberschenkel und sah in seine Augen, aus denen die Flammen fast schon heraus loderten. »Und ich werde den Tag nur mit dir verbringen, wenn du mich fragst.« Seine dominante Persönlichkeit erregte sie zwar, doch sie würde es ihm nicht durchgehen lassen, wenn er sie herumkommandierte. Ihr vorzuschreiben, wie sie den Tag verbringen würde, war respektlos.

»Ich habe dich gefragt«, widersprach er heiser.

Mara schüttelte den Kopf. Er war ein Milliardär und sie war sich ziemlich sicher, dass gewisse Personen sofort sprangen, wenn er ihnen sagte, was sie zu tun hatten. Doch das war kein *Fragen*. Und sie würde nicht springen. Sie verschränkte stur die Arme vor der Brust und informierte ihn: »Du hast es mir *mitgeteilt*. Kannst du nicht einfach fragen?«

»Also, machst du's?«, brummte er zögernd, als hätte er Angst, dass sie Nein sagen könnte.

Sie schenkte ihm ein strahlendes Lächeln. Gemessen an gewöhnlichen Standards handelte es sich nicht gerade um eine höfliche Einladung, doch für ihn war sie es vermutlich. »Sehr gern, Jared. Vielen Dank!« Als ob sich diese Frage jemals gestellt hatte. Es kam nicht oft vor, dass sie einen Vormittag freihatte, und sie würde ihn gern mit ihm verbringen wollen. Es war in der Tat gefährlich, Jared Sinclair zu mögen, und ihn zu begehren war sogar noch gefährlicher. Doch sie wollte mehr über die Möglichkeiten eines neuen Geschäfts herausfinden.

Und ich will mehr über *Jared Sinclair erfahren ... auf jede mögliche Art und Weise.*

Mara konnte kurzzeitig nicht mehr atmen, als Jared ihr ein ehrliches Grinsen als Antwort auf die Annahme seines Angebots zuwarf. Er war schon unter normalen Umständen gutaussehend, doch wenn er sie so anlächelte, mit diesen wundervoll geschwungenen Lippen und dem glücklichen Gesichtsausdruck, den sie sogar in seinen wunderschönen Augen sehen konnte, war sie verloren.

Als er wegsah, atmete sie vorsichtig aus und begann, zügig die Gläser zurück in die Kartons zu packen und auf die Ladefläche ihres Wagens zu stellen.

»Ich kann das Zeug einpacken und bei mir zu Hause abladen«, sagte Jared, während er zahlreiche Kartons auf die Ladefläche stellte.

»Du meinst, du willst dabei gesehen werden, wie du in meinem armen, alten Auto mitfährst?« Ihr Wagen war älter als alt und hätte bereits vor einigen Jahren den Weg zum Schrottplatz antreten sollen. Doch er funktionierte und brachte sie dorthin, wo sie hinmusste. Sie konnte sich jedoch nicht vorstellen, dass Jared Sinclair, ein außergewöhnlicher Milliardär der Bostoner Sinclair-Elite, in ihrem verbeulten Wagen mitfahren würde.

»Ich fahre sogar«, schlug er bereitwillig vor. »Willst du damit sagen, ich sei ein Snob? Ob du es glaubst oder nicht, als ich vom College kam, besaß ich einen Wagen, der diesem hier ganz ähnlich war. Ich vermisse ihn irgendwie.«

»Aber dein anderes Auto war vermutlich ein Maserati?«, ärgerte sie ihn scherzhaft. »Dies ist mein Erstwagen.«

»Tatsächlich war es ein Bugatti«, antwortete er grimmig. »Und noch ein paar andere.«

»Wie viele Autos kann ein Mann besitzen?«

Er zuckte mit den Schultern. »Mehr als er zählen kann. Ich habe mindestens einen Wagen in jedem Haus, das ich besitze. Doch nicht alle von ihnen sind übermäßig teuer«, fügte er verteidigend hinzu. »Hier in Amesport habe ich günstigere Autos in der Garage.«

Mara biss sich auf die Lippe, um nicht zu lächeln. Wie erklärte man einem Milliardär, dass ein Mercedes Geländewagen nicht gerade zu den kostengünstigen Autos gehörte? Sie hatte nicht im Geringsten andeuten wollen, dass er ein Snob war. Er lebte sein Leben nur so, wie es ihm präsentiert worden war, und danach hatte er sich diese extravaganten Dinge verdient, die jetzt normal für ihn waren. Sie hatte Jared nie als arrogant oder eingebildet empfunden, auch wenn er reich geboren und nur noch reicher geworden war. Tatsächlich glaubte sie, dass unter seiner äußeren Fassade der gemäßigten Kontrolle, die er für gewöhnlich der Welt zeigte, irgendwo in ihm drinnen ein warmer Kern steckte.

Vergiss nicht, dass er die Frauen so schnell wieder loswird, wie er sie abgeschleppt hat.

Mara ignorierte ihre negativen Gedanken und erinnerte sich daran, dass sie nur Klatschgeschichten über Jared gehört hatte. Er hatte sie niemals schlecht behandelt oder ihr ein Verhalten gezeigt, das ihn als schlechten Menschen enttarnt hätte. Ihre Mutter hatte ihr beigebracht, sich ihre eigene Meinung über Menschen zu bilden und nichts darauf zu geben, was andere Leute über diese Person sagen.

»Nein«, antwortete sie schließlich. »Ich denke ganz und gar nicht, dass du ein Snob bist. Doch du bist einfach ein bisschen *zu* hübsch für meine alte Kiste«, teilte sie ihm frech mit und ließ ihren Blick über seine goldene Uhr, Designerkleidung und jetzt durchnässten Lederschuhe schweifen.

Sie kicherte über seinen angesäuerten Blick und beugte sich nach vorn, um ihre Thermoskanne aufzuheben.

Klatsch!

Mara kreischte und ließ die Thermoskanne fallen, als seine Hand auf ihrem Hinterteil landete. Er war nicht gerade zimperlich gewesen. »Aua! Was war das denn?«

Jared lehnte sich so weit nach vorn, dass sein Mund direkt an ihrem Ohr war. »*Das* war ein zu verlockendes Ziel, meine Süße, und die Rache dafür, dass du meine Männlichkeit beleidigt hast.« Er rieb diskret die Stelle, auf der sein Klaps gelandet war, bevor er seine Hand wegnahm.

Als ob irgendwer bestreiten könnte, dass er absolut männlich war.

Gut, vielleicht *hatte* sie es verdient, dass er es ihr *ein bisschen* heimzahlte. Jared Sinclair war zu männlich, als dass er sie damit davonkommen lassen würde, dass sie ihn hübsch genannt hatte. Sie schenkte ihm ein neckisches Lächeln, zog ihren Autoschlüssel aus der Hosentasche und ließ ihn an einem Finger vor seinem Gesicht hin und her baumeln.

Jared schnappte ihn ihr flink weg. »Du hast auch so einen?« Er starrte verwundert auf ihren Schlüsselanhänger.

»Die Apachenträne? Beatrice hat mir den Stein gegeben.«

Jared kramte in seiner Tasche und zog einen Schlüsselanhänger heraus, der genau wie ihrer aussah. »Mir auch«, sagte er.

Mara seufzte. »Sie hat ihn mir gegeben, als meine Mutter starb.«

»Hat er geholfen?«

Sie zuckte mit den Schultern. »Ich habe überlebt. Ich dachte, es hat nicht schaden können.« Sie glaubte nicht wirklich an Beatrices Heilkräfte, doch der Stein hatte sie immer ein wenig getröstet, auch wenn sie nicht wusste warum.

»Das dachte ich mir auch«, antwortete Jared und schob den Schlüsselanhänger zurück in seine Hosentasche. Nachdem er den schweren Tisch gefaltet hatte, den sie für ihre Ware benutzte, legte er ihn auf die Ladefläche, schloss die Ladeklappe geräuschvoll und hob zuletzt die Thermoskanne und einen am Boden liegenden Stoffbeutel auf. Als er ihr die Sachen in die Hand drückte, fragte er: »Bereit?«

Diese kleine Frage berührte Maras Gefühle auf so vielen Ebenen. War sie bereit? Ihr gesamtes Leben änderte sich gerade und sie würde sich einer Menge Herausforderungen stellen müssen, etwas, das sie noch niemals zuvor getan hatte. Hatte sie die Trauer über den Verlust ihrer Mutter und Generationen von Tradition überwunden? Vielleicht nicht, doch ihr Leben musste weitergehen. Jared hatte Recht. Ihre Mutter hätte gewollt, dass sie Erfolg hat, und wäre enttäuscht gewesen, wenn Mara an einem Verlust machenden Geschäft festhalten würde, wenn sie doch bessere Möglichkeiten hatte. Und doch wünschte sie sich, dass das Loslassen nicht so verdammt wehtun würde.

Jared Sinclair brachte ganz andere Gefühle in ihr zum Vorschein und sie war sich ziemlich sicher, dass sie gefährlich waren.

Irgendwann muss ich anfangen, mein Leben zu leben, und etwas riskieren.

Sie hatte ihr gesamtes Leben als Erwachsene damit verbracht, sich um ihre Mutter zu kümmern, und sie würde dies niemals bereuen, doch ihre Mutter hätte gewollt, dass sie glücklich war und das Leben auskostete. Jared hatte Recht mit dem, was ihre Mutter für ihr einziges Kind gewollt hätte. Ihr blieben die Erinnerungen an ihre Mutter und ihre Großmutter, die gestorben war, als Mara noch in die Grundschule ging. Sie würde diese Erinnerungen in ihrem Herzen bewahren und ab jetzt für sich leben. Das musste sie tun, wenn sie nach vorn blicken und überleben wollte.

Sie nickte Jared zu. »Ich bin bereit.«

Die beiden tauschten einen verständnisvollen Blick aus, als sie sich gegenseitig anschauten. In dem Moment lief Mara ein Schauer über den Rücken, weil sie fühlte, dass sich eine Art Verbindung zwischen den beiden festigte.

Vielleicht war er gefährlich für sie.

Vielleicht bekümmerte ihn etwas.

Vielleicht hatte er ähnliche Probleme, die er nur verarbeiten musste, genau wie sie es tat. Sie hatte den Verdacht geschöpft, dass dies der Fall war, lange vor dem merkwürdigen Zufall, dass Beatrice ihnen beiden den gleichen Stein gegeben hatte.

Als Jared die Beifahrertür für sie offenhielt, fragte Mara sich, ob sie sich vielleicht gegenseitig dabei helfen könnten zu heilen.

Kapitel 5

Was zum Teufel stimmt mit mir nicht?
Jared versuchte, sich auf das Fahren zu konzentrieren, doch er war nicht dazu in der Lage, seine leidenschaftliche Begegnung mit Mara für nur zwei Sekunden zu vergessen. Er würde sich sehr lange an ihr kleines, gieriges Stöhnen erinnern und es würde später in seinem Kopf widerhallen, wenn er selbst Hand anlegte, um seinen schmerzenden Schwanz von dem Druck zu befreien.

Ich habe komplett die Kontrolle verloren. Ich verliere nicht mehr die Kontrolle. Nie wieder.

Mara zu küssen war seit Jahren seine erste Aufgabe der Selbstbeschränkung gewesen. Als er sie verschlang, hätte es ihn nicht weniger interessieren können, ob die gesamte Welt auseinanderfallen würde, so lange er sie nur näher bei sich haben und tiefer in ihren Mund eindringen konnte.

Mein.

Dieses eine Wort wiederholte sich in seinem Kopf und brachte ihn fast dazu, sich zu nehmen, was er wollte, und die Konsequenzen seiner Handlungen zu tragen.

Sie wollte das Gleiche.

Blödsinn! Er machte sich etwas vor, wenn er auch nur für einen Moment dachte, dass Mara wirklich *ihn* wollte. Sie hatte keine Ahnung, auf was sie sich da einließ, was für ein Mann er wirklich war. Mara Ross war viel zu offen, zu freundlich, um zu erkennen, was sie brauchte, und sie brauchte ganz sicher nicht ihn. Und doch hielt es ihn nicht davon ab, sie so sehr zu wollen, dass er jeden vernünftigen Gedanken in den Wind schlug.

»*Sullivan's* ist besser als *Tony's*.« Maras Stimme unterbrach die Stille im Auto.

Jared wurde jäh aus seinen Gedanken gerissen, als sie sich vom Beifahrersitz ihres verbeulten Autos zu Wort meldete. Und verdammt, er musste mit ihr über diesen Wagen reden. Es war ihm egal, wie das Auto aussah. Er hatte keine Witze gemacht, als er ihr erzählt hatte, dass er ein Arbeitsgefährt wie dieses besessen hatte. Doch es war immer gut gewartet worden. Viel beunruhigender war für ihn, dass die Bremsen quietschten, der Motor stotterte und die Reifen fast abgefahren waren. »*Sullivan's*?« Jared hatte noch nie von diesem Restaurant gehört. Er aß immer bei *Tony's*. Die Atmosphäre war gut und das Essen ebenfalls.

»Bieg am Stoppschild rechts ab!«, wies sie ihn an. »Im *Sullivan's* gibt es die besten Fischgerichte in der Stadt. Dort gehen fast nur Einheimische hin. Im *Tony's* ist es schicker, deswegen denke ich, dass die Besucher glauben, das Essen sei besser. Das ist es aber nicht.«

Jared bog ab und ließ sich von ihr zum Essen in ein anderes Restaurant führen. Nachdem sie die Gläser mit Toffee und Marmelade, die er von Mara erworben hatte, bei seinem Haus abgeladen hatten und er seine Rechnung bezahlt hatte, war er kurz davor zu verhungern. Er hatte das Frühstück verpasst und nur einige ihrer selbstgemachten Produkte probiert und war mehr als bereit für das Mittagessen. »Und jetzt?«, fragte er ungeduldig. Weit und breit war kein Restaurant in Sicht.

»Such dort in der Sackgasse einen Parkplatz. Wir müssen bis zum Ende der Promenade laufen«, sagte sie ruhig.

Jared bog am Ende der Straße auf einen dreckigen Parkplatz ein und fuhr in eine Parklücke. »Diese Hütte?« Er kannte das verwitterte, alte Gebäude am Ende der Promenade in der Nähe des Piers, der zum Leuchtturm führte, doch er hatte ihm nie viel Aufmerksamkeit geschenkt. Es sah nicht einmal bewohnbar aus.

»*Sullivan's Steak and Seafood* gibt es schon, seit ich denken kann. Dort gibt es die besten Hummerbrötchen in der Gegend.« Mara schnallte sich ab und lächelte Jared an.

»Sieht aus wie eine Spelunke«, brummte Jared.

»Das ist es auch«, stimmte Mara ihm zu. »Doch das Essen ist das beste in der Stadt. Und ich muss mir keine Sorgen machen, dass ich nicht schick genug angezogen bin.«

Verdammt, er wünschte sich, dass sie noch weniger anhätte, vorzugsweise nackt neben ihm liegen würde. Er würde mehr als gern das Mittagessen gegen *sie* eintauschen. Jared hatte die Vermutung, dass seine schlechte Laune eher davon rührte, dass er sich unerklärlicherweise nach Mara sehnte, als dass er hungrig war. Leider trug sie noch immer ihre eng sitzenden Jeans-Shorts, die eine Qual waren, wenn er hinter ihr herging, und das T-Shirt, das sie auf dem Markt bereits getragen hatte. Er sprang aus dem Auto und steckte den Schlüssel in die Tasche, bevor er schnellen Schrittes an ihre Seite lief und die Tür öffnete, bevor sie die Gelegenheit dazu bekam. Er hatte bemerkt, dass die Tür klemmte, als sie an seinem Haus hielten, und er sie praktisch hatte aufstemmen müssen. »Ich bin am Verhungern«, sagte er gereizt, als die Tür endlich aufsprang, nachdem er dafür eine ziemliche Kraftanstrengung hatte hinlegen müssen.

»Das wirst du schon nicht.« Sie lachte und nahm seine Hand, was ihn dazu zwang, die Tür schnell zu schließen, um ihr folgen zu können. Einen Moment lang war er unschlüssig, ob er den Wagen vielleicht hätte abschließen sollen, doch er verwarf diesen Gedanken schnell wieder. Jemand würde ihr einen Gefallen tun, wenn er die Klapperkiste stahl, und er hätte einen Grund, ihr ein neues Auto zu kaufen.

Sie gingen am *Lighthouse Inn* vorbei, das sich am Ende der Straße befand, eine Unterkunft, die er mittlerweile sehr gut kannte, weil er dort in der Zeit gewohnt hatte, als die Bauarbeiten der Häuser für sich und seine Geschwister auf der Halbinsel überwacht hatte. Er hatte dabei mitgeholfen, jedes einzelne der Häuser zu entwerfen und zu bauen, mit Ausnahme von Gradys, der sein Haus selbst am hinteren Ende der Halbinsel errichtet hatte, noch bevor Jared jemals einen Fuß nach Amesport gesetzt hatte. Nachdem er Grady besucht hatte, war für Jared klar gewesen, dass jedes seiner Geschwister ein Haus hier brauchte. Die kleine Küstenstadt hatte etwas Besonderes, etwas Heilendes, und Gott wusste, dass jeder der Sinclairs solch einen Ort brauchte, um dorthin entfliehen zu können.

Jared ließ sich von Mara führen, bis sie die Promenade erreichten, danach gingen sie Seite an Seite. Sie hatte ihre Hand wegziehen wollen, doch er verwob seine Finger mit ihren und hielt sie fest. Ihm gefiel das Gefühl ihrer Hand in seiner, das Gefühl, irgendwie mit ihr verbunden zu sein. Es war eine einfache Berührung, die er seit langer Zeit nicht mehr gespürt hatte, und er hatte vergessen, wie gut es sich anfühlte. Er musste ehrlich zugeben, dass diese unkomplizierte Berührung einer Frau es ihm noch nie leichter ums Herz hatte werden lassen. Doch mit Mara passierte genau das. »Es regnet«, stellte er fest, als er ein paar Tropfen auf seiner Stirn spürte.

»Darum wollte ich meine Sachen auf dem Markt schnell verkaufen. Für heute sind weitere Gewitterstürme angesagt.«

Seit seinem unsanften Erwachen heute am frühen Morgen war es wesentlich wärmer geworden, doch Jared konnte sehen, wie langsam Wolken am Himmel aufzogen. Glücklicherweise erreichten sie die Hütte und Mara brachte ihn zum Vordereingang, einer Tür, die nicht sichtbar war, es sei denn, jemand ging in Richtung Leuchtturm, was kaum jemand tat, wenn sie erst einmal das Ende der Promenade erreicht hatten. Der Pier, der zur großen Signalstation der Fischer führte, war nicht unbedingt anschaulich, genauso wie der alte Leuchtturm, der verwittert und reparaturbedürftig war.

Sullivan's Steak and Seafood.

Der Name des Restaurants war in ein ausgewaschenes Stück Treibholz eingeschnitzt, das schief neben der Eingangstür hing. »Nobel«, murmelte er und konnte nun Stimmen hören, die aus dem Inneren der Hütte kamen. Er nahm Mara die Brille ab und trocknete sie an seinem T-Shirt, wobei er einige Wassertropfen von den Gläsern entfernte, bevor er sie ihr wieder auf die Nase setzte.

»Danke.« Sie rückte sich die Brille ein wenig zurecht. »Warum machst du das andauernd?«

»Ich habe mal eine Brille getragen. Es nervt, wenn man versuchen muss, um die Flecken herum zu sehen.«

»Brauchst du deine Brille nicht mehr?«, fragte sie neugierig.

»Nein. Ich habe mir die Augen lasern lassen.« Er sah das schiefe Schild an der Tür skeptisch an. »Bist du dir sicher, dass man hier essen kann?«

»Sei nicht so voreingenommen! Das äußere Erscheinungsbild kann täuschen. Das Essen hier ist fantastisch.«

»Das hoffe ich.« Er öffnete die Tür und bedeutete ihr, zuerst einzutreten.

Zu Jareds Überraschung war das Lokal nicht so schlimm, wie er es sich aufgrund der heruntergekommenen Fassade vorgestellt hatte. Drinnen befanden sich eine Kasse und eine Bar mit vier Stühlen, an der einzelne Gäste sitzen und essen konnten. Die Tische waren nicht gerade elegant, doch sie dienten ihrem Zweck und die meisten von ihnen waren voll besetzt.

»Mara!«, rief eine hohe, weibliche Stimme laut von der Durchreiche zur Küche hinter der Bar.

Jared sah, wie Mara einer hübschen, etwa gleichaltrigen Frau mit honigblonden Haaren neben der Durchreiche zuwinkte. »Das ist Tessa Sullivan. Wir sind zusammen zur High School gegangen. Sie wird gleich zu uns kommen und Hallo sagen. Tessa ist taub, doch sie kann sehr gut von den Lippen lesen«, erklärte sie ihm leise.

Die Blondine kam aus der Küche und ging direkt auf Mara zu, um sie mit einer festen Umarmung zu begrüßen. »Ich habe dich schon eine Weile nicht mehr gesehen«, schalt Tessa sie, als sie ihre Freundin in die Arme schloss.

Mara lehnte sich etwas zurück, damit Tessa ihre Lippen erkennen konnte. »Ich war beschäftigt, sonst wäre ich schon eher vorbeigekommen. Du weißt doch, wie sehr ich euer Essen liebe!«

»Genauso sehr, wie wir deins lieben«, antwortete Tessa und ihre Stimme schwang ein wenig, weil sie ihre eigenen Worte nicht hören konnte. »Hast du mir etwas mitgebracht?«

»Ich habe auf dem Markt alles verkauft«, sagte Mara bedauernd. Sie wandte sich zu Jared und erklärte: »Das Restaurant nimmt einige meiner Produkte ab, wenn ich etwas übrig habe.«

Jared sah Tessa direkt ins Gesicht und fragte: »Würdet ihr die Produkte ständig benutzen, wenn ihr reichlich Vorrat davon hättet?«

Tessa sah Mara fragend an, so als sei sie sich nicht sicher, ob sie die Fragen eines Fremden beantworten sollte.

»Verzeihung. Tessa, das ist mein Freund Jared Sinclair. Jared, das ist Tessa Sullivan. Ihr gehört die Hälfte des *Sullivan's*. Tessa und ihr Bruder Liam führen das Restaurant«, erklärte Mara.

Jared musste Maras Hand loslassen, um sie Tessa hinzustrecken. »Schön, dich kennenzulernen«, sagte er freundlich und hatte die fröhliche Frau bereits in sein Herz geschlossen, der es so wenig auszumachen schien, dass sie gehörlos war.

»Die Freude ist ganz meinerseits«, antwortete Tessa, während sie seine Hand ergriff und seinen festen Händedruck erwiderte. »Und ja, ich würde ihre Sachen immer benutzen, wenn ich könnte. Ihre Marmeladen und Soßen sind fantastisch! Ich fände es großartig, wenn ich sie immer hier hätte. Einige meiner Rezepte habe ich basierend auf ihren Soßen entwickelt, deswegen kann ich diese nur anbieten, wenn sie mir einen Vorrat beschaffen kann. Und die Kunden lieben ihr Gelee.«

Jared lächelte die attraktive Blondine an und suchte automatisch wieder nach Maras Hand. »Ich versuche, sie davon zu überzeugen, dass sie sich mit ihren Marmeladen, Gelees und Soßen selbstständig machen soll. Dann könnte sie diese Produkte ständig anbieten.«

Tessa hüpfte aufgeregt auf und ab und klatschte begeistert in die Hände. »Das wäre fantastisch! Doch was ist mit deinem Puppenladen?« Sie sah Mara mit gerunzelter Stirn an.

Mara schüttelte den Kopf. »Der Eigentümer verkauft das Haus. Ich muss mir etwas anderes suchen. Das Geschäft wirft ohnehin keinen Gewinn ab, von daher macht es keinen Sinn, einen anderen Laden zu finden.«

Tessas Gesicht wurde traurig. »Das tut mir so leid, Mara. Doch dein neues Geschäft wird super laufen. Deine Produkte sind einzigartig und wundervoll. Wenn ich dein Toffee und die Marmeladen in der Nähe der Kasse ausstellen könnte, würde ich in einem Tag alles verkauft haben.«

»Das sage ich ihr auch die ganze Zeit«, stimmte Jared den ermutigenden Worten Tessas zu, als sie in seine Richtung blickte.

»Danke, Tessa!«, sagte Mara lächelnd.

»Ich bringe euch zu eurem Tisch.« Tessa ging zu einem Tisch, um ihn abzuräumen und die Tischplatte abzuwischen.

»Du hast mir gar nicht erzählt, dass du bereits Kunden in der Stadt hast, die ganz wild auf deine Produkte sind.« Jared sah Mara irritiert an. Verdammt noch mal, das, was sie herstellte, war in Amesport offensichtlich bereits bekannt und beliebt. »Gibt es noch andere?«

Mara zuckte mit den Schultern. »Ein paar. Einige der Läden in der Innenstadt würden die Produkte gern dauerhaft in ihr Sortiment aufnehmen. Doch ich kann nie genug herstellen, um diese Läden regelmäßig zu beliefern.«

»Das wird kein Problem mehr sein«, sagte Jared schroff.

»Darüber unterhalten wir uns noch. Das Angebot, das du mir gemacht hast, kann ich nicht akzeptieren. Dir sollte anteilsmäßig mindestens die Hälfte des Unternehmens gehören.«

Zur Hölle, wenn er mit seinem Kopf denken würde, dann würde er mit Sicherheit eine Mehrheitsbeteiligung anstreben, um Entscheidungsgewalt zu haben. Leider dachte er mit seinem Schwanz und den interessierte es überhaupt nicht, ob er mehrheitliche Anteile an ihrem Geschäft besaß. Der einzige Ort, an dem er die Kontrolle über sie haben wollte, war im Schlafzimmer. Oder wenn er sie gegen eine Wand presste. Oder an irgendeinem Ort, an dem er ein klein wenig Privatsphäre mit ihr haben konnte. »Darüber werden wir ganz sicher noch sprechen«, sagte er und biss die Zähne fest aufeinander. Er würde sie schon irgendwie von seinem Standpunkt überzeugen.

Mara öffnete den Mund, um etwas zu sagen, doch sie schloss ihn schnell wieder, als Tessa zurückkam und die beiden zu ihrem Tisch führte.

Jared war aufgewühlt und fragte sich, warum es ihm so verdammt wichtig war, Mara zur Einsicht zu bringen. Es war ein kleines Unternehmen. Es sollte ihm nichts bedeuten. Doch aus irgendeinem Grund war Maras Zustimmung das Wichtigste, das er jemals in seinem Leben erreichen wollte. Von dieser Entscheidung würde ihre Zukunft abhängen.

Mara ließ ihren Blick erst durchs Restaurant schweifen und sah schließlich Jared an, der die Speisekarte las. Sie brauchte die Karte nicht mehr anzusehen, sie kannte sie bereits auswendig.

Vielleicht hätte ich mit Jared zu Tony's Restaurant gehen sollen. Er sieht wirklich nicht so aus, als würde er an einen Ort gehören, bei dem die Stühle nicht zum Tisch passten und an dem überall *Bilder von Männern an der Wand hingen, die riesige Fische hochhielten.*

Jared Sinclair war *wirklich* hübsch. Sogar wenn er sich eine blöde Speisekarte ansah, strahlte er Macht und Selbstbewusstsein aus. Die kastanienbraunen Strähnen in seinem Haar schienen in dem gedämpften Licht des Restaurants fast schon zu leuchten und er sah einfach so verdammt ... geschniegelt aus. Es war egal, dass er lässig gekleidet war. Wohin er auch ging und egal welche Kleidung er trug, er verströmte Kontrolle, Raffinesse und Dominanz. Es schien für ihn so normal zu sein, wie den nächsten Atemzug zu tun, und diese Aura der Stärke zu ignorieren war so gut wie unmöglich.

Nachdem ein Jugendlicher ihre Bestellung aufgenommen hatte, lehnte Jared sich zurück und sah sie an. »Ich würde dieses Geschäft gern hinter mich bringen.« Er atmete lange aus. »Du hast Recht, wenn du sagst, dass ich es nicht des Geldes wegen mache. Es ist offensichtlich, dass ich nicht noch mehr Geld brauche. Ich will es machen, weil ich deine Produkte unter die Leute bringen will. Sie sind unglaublich gut und für mich wird es eine Herausforderung und etwas komplett anderes sein. Ich habe nicht viel Ahnung davon, wie man ein Unternehmen, das Nahrungsmittel verkauft, erfolgreich macht, doch das werde ich lernen. Und ich kann dir mit der Vermarktung und dem Geschäftlichen zur Seite stehen.«

Mara sah ihn prüfend an und bemerkte, dass seine Augen bei der Möglichkeit einer Herausforderung zu leuchten anfingen. »Warum ich? Da draußen gibt es zig Unternehmen, die händeringend nach einem Investor suchen.« *Und jedes von ihnen würde sich einen Arm und ein Bein ausreißen, um die finanzielle Unterstützung eines Sinclairs zu bekommen.*

Jared zuckte mit den Schultern. »Ich mag dich. Und du kannst mir glauben, dass das etwas Neues für mich ist. Ich mag nicht viele Leute außerhalb meiner Familie.«

»Warum?«

»Weil die meisten irgendwas von mir wollen. Und du willst nichts, das fasziniert mich.«

Mara starrte ihn mit offenem Mund an und fragte sich, in was für einer Welt er lebte, in der es niemanden gab, der sich um seine Person scherte. »Hast du keine Freunde? Irgendjemanden außer deinen Geschwistern, dem du vertraust?«

Jareds Gesichtsausdruck verdunkelte sich. »Nicht seit ich das College verlassen habe. Ich habe aus diesen Fehlern gelernt.«

»Du hast jemandem vertraut, der dich hintergangen hat«, riet Mara. Jemand hatte Jared Sinclair verletzt ... sehr verletzt. Es tat ihr innerlich weh, wie sehr diese Person ihn betrogen haben musste. Es war offensichtlich, dass er nie wieder jemandem vollkommen vertraute, mit Ausnahme seiner Familie. »Es tut mir leid.« Sie wollte ihn fragen, wer es war und was diese Person ihm angetan hatte, doch sie kannte ihn zu wenig, um nachzubohren. Es war deutlich zu sehen, dass diese Sache bei ihm nie ganz verheilt war.

Seine Augen brannten heiß, als sich ihre Blicke trafen. »Warum? Du hast doch nichts gemacht.«

Noch nicht.

Mara konnte diese Worte fast schon am Ende seines Satzes hören. »Niemand verdient es, dass jemand anderes sein Vertrauen missbraucht. Es tut weh.«

»Ich bin schon lange darüber hinweg«, antwortete Jared verstimmt.

Ohne den Blick von seinen Augen zu wenden schüttelte Mara langsam den Kopf. »Das glaube ich dir nicht.« Sie war sich sehr sicher, dass er noch immer wütend war. Das zeigte sich in seinem mangelnden Vertrauen, seinem Widerwillen, anderen Menschen Zugang zu seiner kontrollierten, kleinen Welt zu gewähren.

Jared lächelte sie zynisch an. »Versuchst du, meine Freundin zu sein, Mara?«

»Was ist, wenn ich das tue?« Sie war sich überhaupt nicht sicher, *was* sie tat. Sie spürte nur das dringende Bedürfnis, Jared Sinclair zu beweisen, dass er wieder einer anderen Person vertrauen konnte, die nicht aus seiner Familie stammte. Irgendwo in ihm drinnen befand sich eine versteckte Traurigkeit. Sie konnte es spüren und es nagte innerlich an ihr.

Jared wandte den Blick ab. »Leider wird das nicht möglich sein.«

»Du willst mit mir ein Geschäft aufziehen. Wie soll das denn funktionieren, wenn du nicht lernen kannst, mir zu vertrauen?«, fragte sie ihn verwundert.

»Dafür gibt es gesetzlich bindende Verträge.«

»Hast du vor, von deinen Anwälten einen Vertrag aufsetzen zu lassen?«

»Nein«, sagte er kurz und sah erleichtert aus, als das Essen kam.

Mara wartete, bis die Bedienung Jareds Hummerbrötchen vor ihm und das Fischgericht des Tages vor ihr abgestellt hatte. Nachdem sie ihm versichert hatte, dass sie nichts weiter benötigen würden, verließ der freundliche Jugendliche den Tisch.

Sie tat so, als wäre nichts gewesen, aß ihren Fisch und ihre Pommes Frites und dachte krampfhaft darüber nach, was sie zu Jared sagen sollte. »Du brauchst einen Vertrag«, sagte sie schließlich bestimmt. »Und ich sehe keinen Grund dafür, warum wir nicht Freunde sein können.« Verdammt noch mal, vor nicht allzu langer Zeit hatte er seine Zunge noch in ihrem Mund gehabt. Sie hasste den Gedanken, dass er nicht einmal ein Freund sein sollte.

Er begann, eines der beiden Hummerbrötchen zu essen, die er bestellt hatte, und aß das erste vollständig auf, bevor er antwortete: »Ich glaube, es wäre sehr schwierig, mit einer Frau befreundet zu sein, die meinen Schwanz die ganze Zeit hart werden lässt, während ich ihr Geschäftspartner bin. Ich glaube auch nicht, dass ich mir eine *Freundin* nackt vorstellen würde, die mich anbettelt, sie zu ficken, jedes Mal, wenn ich sie ansehe.«

Mara verschluckte sich beinahe an ihrem Wasser. Sie schluckte – gerade so – und hustete ein paar Mal, nachdem sie das Wasser herunterbekommen hatte. »Ich kann nicht fassen, dass du das gerade gesagt hast!«, entrüstete sie sich in scharfem Flüsterton. Sie war wütender über die unbeständigen Reaktionen ihres Körpers mitten in einem Restaurant als auf die Tatsache, dass er kein Problem damit hatte, ihr schmutzige Dinge zu erzählen.

Er machte eine Pause und sah sie so sinnlich und verwegen an, dass sich ihr Magen zusammenzog und sie ihre Schenkel zusammenpressen musste.

»Warum nicht? Es ist die Wahrheit.« Er sah sich im Restaurant um. »Es ist ja nicht so, als könnte mich irgendwer hören.«

Mara wurde rot und ihr Gesicht heizte sich so sehr auf, dass sie anfing zu schwitzen. Er hatte zwar Recht damit, dass niemand in der Nähe ihres Tisches saß, doch sie wand sich dabei, wie er einfach so nebenbei bemerkte, dass er diese wilden Gedanken über sie hatte. Und Jared hatte kein Problem damit, es sie wissen zu lassen ... ohne ein Blatt vor den Mund zu nehmen. »Ich habe dich verstanden«, quiekte sie.

»Ich weiß.« Jared warf ihr einen spitzbübischen Blick zu und biss in sein zweites Brötchen.

»Es ist nicht so, als würde ich es darauf *anlegen*, dass du ... daran denkst.« Du liebe Güte, sie sah sein neckisches, verführerisches Lächeln und ihr wurde nur noch heißer.

»Auch das weiß ich«, sagte er. »Spielt keine Rolle. Ich denke trotzdem daran.«

Mara stopfte sich ein weiteres Stück Fisch in den Mund und versuchte verzweifelt, sich von Jared Sinclair nicht aus der Verfassung bringen zu lassen. »Ich werde nicht mitten in einem Restaurant mit dir darüber sprechen.«

»Dann können wir das machen, wenn wir gehen«, antwortete er heiser.

»Geschäftliches und Leidenschaft vertragen sich nicht.« Sie würde seine Hilfe akzeptieren, um ihr Geschäft zu gründen. Es war nicht so, als hätte sie sehr viele Möglichkeiten, und sie wollte etwas aus ihrem Leben machen. Der Laden, der erst ihrer Großmutter und dann ihrer Mutter gehört hatte, war so gut wie am Boden und der kalkulierende Teil von ihr wusste, dass sie mit ihren hausgemachten Lebensmitteln Erfolg haben könnte. Auch wenn sie Jareds Großzügigkeit nicht ausnutzen wollte, würde sie ihn zu ihrem Geschäftspartner machen. Sie würde erfolgreich sein und hart dafür arbeiten, um ihn nicht zu enttäuschen. Sie bezweifelte zwar, dass ihr läppisches Unternehmen jemals sehr viel zu seinem Vermögen beitragen würde, doch sie würde es florieren lassen.

»Nein, das tun sie nicht«, stimmte Jared zu. »Das Geschäft gehört dir. Doch das Vergnügen werden wir beide haben.« Er wischte sich den Mund mit der Serviette ab und legte sie auf seinen leeren Teller. »Hast du schon einmal richtige Lust erfahren, Mara? Hat dich ein Mann jemals so sehr befriedigt, dass du dich danach nicht mehr bewegen konntest?«

Ihre Augen weiterhin auf den Teller gerichtet antwortete sie: »Ich bin keine Jungfrau mehr, wenn du das wissen willst.« Sie konnte spüren, wie die Wärme seiner Augen sie streichelte, doch sie brachte es nicht fertig, ihn anzusehen. »Als ich aufs College ging, hatte ich einen festen Freund.«

»Was ist passiert?«, fragte er vorsichtig.

»Er hat mich verlassen, als ich vom College abging, um mich um meine kranke Mutter zu kümmern«, erklärte Mara ihm sachlich. Sie dachte wirklich nicht mehr über die einzige sexuelle Beziehung nach, die sie jemals gehabt hatte. Zu der Zeit war sie noch immer eine Jugendliche gewesen und sie konnte sich kaum mehr daran erinnern, wie er ausgesehen hatte.

»Mistkerl!«, zischte Jared.

Mara zuckte mit den Schultern. »Es war nur das College. Wir waren jung. Um ehrlich zu sein habe ich ihn kaum vermisst. Ich war zu sehr mit meiner Mutter beschäftigt. Es war offensichtlich, dass es keine echte Liebe war.« Es war nicht einmal Leidenschaft gewesen. Mara war sich ziemlich sicher, dass sie auf dem College nur mit diesem Jungen zusammengekommen war, weil sie sich einsam gefühlt hatte. Und auch das hatte ihr nicht geholfen.

»Gibt es überhaupt so etwas wie die wahre Liebe?«, fragte Jared skeptisch.

Endlich hob sie ihren Kopf und sah ihn an. »Wie kannst du solch eine Frage stellen, wenn du jeden Tag siehst, wie Grady und Emily miteinander umgehen? Oder Dante und Sarah. Und ich habe ebenso keinen Zweifel daran, dass deine Schwester ihren Mann genauso sehr liebt, wie Grady und Dante ihre Frauen lieben. Du hast einige wunderbare Beispiele für die Liebe und du glaubst immer noch nicht an ihre Existenz?«

Er zog sein Portemonnaie aus der Gesäßtasche und antwortete finster: »Ich glaube, dass sie alle verrückt sind. Doch ich vermute, dass es für sie funktioniert.« Jared warf einige Scheine auf den Tisch und steckte die Rechnung ein, die der Kellner ihnen vor einer Weile hingelegt hatte, als sie sich noch unterhalten hatten.

»Hier zahlt man an der Kasse«, sagte sie abgelenkt. »Du hast also noch nie jemanden geliebt?«

Seine hübschen Augen durchbohrten sie mit einem starren Blick. »Genau wie du ... habe ich einmal gedacht, dass ich jemanden geliebt hätte. Wenn du es genau wissen willst, habe ich ebenso gedacht, dass ich damals einen besten Freund gehabt hätte.«

»Was ist passiert?«, fragte sie ihn aufgeregt.

»Ich habe herausgefunden, dass mein sogenannter bester Freund mit meiner sogenannten Freundin ins Bett geht.« Jareds Gesichtsausdruck verfinsterte sich und in seinen grünen Augen sah Mara die Emotionen herumwirbeln.

Oh mein Gott! Kein Wunder, dass er so zynisch reagiert hat und nicht an die Liebe glaubte. Sie hatte keine Vorstellung von dem Schmerz, den er gefühlt haben musste, als er herausgefunden hatte, dass zwei Menschen, die ihm so viel bedeuteten, ihn gemeinsam betrogen hatten und er ihnen nie mehr vertrauen konnte. Es war offensichtlich, dass es ihm seit dem Betrug niemand mehr recht gemacht oder ihm etwas anderes bewiesen hatte. Vielleicht war das der Grund dafür, dass er niemals mehr irgendjemanden an sich herangelassen hatte.

»Was hast du gemacht?« Maras Herz schmerzte, als sie ihm ängstlich diese Frage stellte.

»Ich habe sie beide umgebracht«, antwortete er emotionslos. Und ohne ein weiteres Wort zu sagen brach er den Augenkontakt mit ihr abrupt ab und machte sich auf den Weg zur Kasse, um die Rechnung zu begleichen.

Kapitel 6

Er wohnte der Beerdigung fast schon emotionslos bei, während er hinter der Gruppe von Trauergästen stand, die dabei zusah, wie der Sarg in die Erde gelassen wurde. Weil er für den Tod der Frau verantwortlich war, die begraben wurde, war er sich nicht einmal sicher, ob er überhaupt hier sein sollte. Aus irgendeinem Grund war er jedoch an diesen Ort getrieben worden und der Zwang war zu stark gewesen, als dass er ihn hätte ignorieren können.

In den vergangenen zwei Tagen war es bereits die zweite Beerdigung, an der er teilnahm.

Er konnte die Trauerklage der Mutter der jungen Frau vernehmen und ballte seine Hände zu Fäusten, während der Sarg in der Erde verschwand und ein Pfarrer die Frau segnete, die nur wenige Tage zuvor verstorben war.

Blumen wurden auf den Sarg geworfen und er seufzte erleichtert auf, als das Begräbnis vorbei war.

»Es tut mir leid.« Er flüsterte heiser die gleichen Worte, die er bereits bei der Beerdigung am Vortag von sich gegeben hatte. Und er meinte es so, auch wenn er die Schuld an ihrem Tod trug.

Er war kaum dazu in der Lage zu begreifen, dass sie tot war und nie mehr einen Atemzug tun würde. Er wendete sich von *ihrem Grab ab und war bereit zu gehen. Eine einzelne Träne rollte über seine Wange und er wischte sie ärgerlich fort. Er durfte keine Gefühle zeigen. Nicht hier und nicht jetzt.*

»Du!«

Er hielt an und stand regungslos da, als er die Stimme der Mutter der verstorbenen Frau hörte, die sich ihm näherte und schließlich mit den Fäusten wieder und wieder auf seinen Rücken einschlug. Dabei schrie sie: »Du hast meine Tochter umgebracht! Ich hoffe, du verrottest dafür in der Hölle!«

Er drehte sich langsam um und ließ sie mit den Fäusten auf seine Brust trommeln. Es tat nicht weh. Nichts von dem, was sie tun konnte, kam der Qual nahe, die er in den vergangenen Tagen durchlebt hatte. »Es tut mir leid«, sagte er zu der vor Trauer verrückt gewordenen Frau genau in dem Moment, als sie ihre Hand erhob und ihm so fest ins Gesicht schlug, dass sein Kopf zur Seite flog.

»Dein Mitleid bringt mir meine Tochter auch nicht zurück! Du hast sie umgebracht! Du hast sie umgebracht! Du selbstsüchtiger Scheißkerl!« Mit jedem Wort, das sie hysterisch schrie, wurde ihre Stimme ein klein wenig lauter.

Ihre Worte schrillten in seinem Kopf und die Wahrheit war nicht zu leugnen. Seine Gewissensbisse machten ihm das Atmen schwer, doch er ließ es zu, dass sie ihre Wut an ihm ausließ. Er verdiente es. Mit einem Mal wurde es dunkel um ihn herum und er begann zu keuchen. Er war unfähig zu atmen, als er sich vorstellte, wie die junge Frau in ihrem Sarg unter der Erde lag.

»Ich habe sie beide umgebracht!«, gab er mit von Schrecken erfüllter Stimme zu, während er verzweifelt versuchte, in der Luft nach etwas zu greifen, das ihm Halt geben würde, damit er aufrecht stehen und bei Besinnung bleiben würde.

Jared wachte im Sitzen auf und atmete panisch ein und aus. Seine Hände waren links und rechts in das Bettlaken gekrallt.

Er schauderte kurz, wischte sich den Schweiß von der Stirn und versuchte schließlich, seinen Atem zu beruhigen.

Nicht schon wieder!

Verdammt! Er hatte gedacht, dass seine Albträume der Vergangenheit angehörten. Es war schon ein paar Jahre her gewesen, seit er das letzte Mal den Traum von der Beerdigung gehabt hatte, und er hatte gehofft, dass er diesen kranken Mist endlich hinter sich gebracht hätte, der ihn sogar bis in den Schlaf verfolgte und ihn dort quälte.

Er sprach nicht darüber.

Er träumte nicht mehr davon.

Er war ihm egal geworden – oder zumindest hatte er das gedacht.

Ich hätte heute nicht darüber reden sollen.

Während er sich mit seinem Kopf zurück auf die Kissen legte, verfluchte er sich dafür, diesen Fehler begangen zu haben, und fragte sich, warum zum Teufel er dieses schmutzige Geheimnis vor Mara Ross heraus posaunt hatte. Zu ihrer Verteidigung musste er gestehen, dass sie danach keine weiteren Fragen mehr gestellt hatte. Sie hatte ihn am Gelände des Bauernmarktes abgesetzt, wo er seinen Wagen geparkt hatte, und ihn beim Aussteigen freundlich verabschiedet. Vermutlich war es ihr peinlich gewesen, dass er ihr sein Herz ausgeschüttet hatte. Gut, seine schlechte Laune war einer weiteren Unterhaltung nicht gerade förderlich gewesen, doch er war sich ziemlich sicher, dass er ihr möglicherweise einen ziemlichen Schrecken eingejagt und sie damit zum Schweigen gebracht hatte.

Warum zum Teufel habe ich es ihr nur erzählt? Meine Albträume waren endlich verschwunden und ich hatte meine Kontrolle zurückerlangt, verdammt. Und das bereits seit Jahren.

Er rollte sich auf die Seite und boxte auf sein Kissen ein in der Hoffnung, so seine verwirrten Gedanken loszuwerden und etwas Schlaf finden zu können. Ungeachtet dessen, dass er Mara seine dunkle Vergangenheit offenbart hatte, wollte er ihr immer noch helfen und ihm war es egal, ob sie seine Hilfe wollte oder nicht. Es war sehr wahrscheinlich, dass sie nun Angst vor ihm hatte – welche

Frau hätte das nicht, wenn ihr jemand gestehen würde, dass er ein Mörder ist?

Es wird mich nicht davon abhalten, ihr aus der Klemme zu helfen, auch wenn ich es jetzt anonym werde tun müssen, weil ich meine große Klappe nicht halten konnte und ihr die Wahrheit gesagt habe.

Jared legte sich wieder auf den Rücken und schickte einen bösen Blick in die Dunkelheit, während draußen der Donner grollte und der Wind an Fahrt aufnahm, als es anfing zu regnen. Er konnte hören, wie die dicken Tropfen gegen die Scheiben seiner Schlafzimmerfenster hämmerten.

Ich wüsste gern, ob ihr Dach undicht ist. Ich wüsste gern, ob mit ihr alles in Ordnung ist.

Er ertappte sich dabei, wie er tatsächlich die Tage zählte, bis er Mara aus diesem Haus herausbekommen konnte, dieser Todesfalle, die sich in Form eines vernachlässigten Gebäudes präsentierte. Leider hatten sie das Geschäftliche nicht weiter besprechen können, weil er sich nach seinem Geständnis nicht sehr wohl in seiner Haut gefühlt hatte, doch er hatte vor, sie früh am nächsten Morgen abzufangen. Wenn es sein musste, würde er sie so lange verfolgen, bis sie seinen Bedingungen zustimmte. Die Möglichkeit, ihren Lebensunterhalt auf diese Weise zu bestreiten, hing davon ab.

»Scheiße!«, fluchte er leise, als sein Haus beim nächsten Donner vibrierte und der Blitz für einen kurzen Moment sein riesiges Schlafzimmer erleuchtete. Der Sturm wurde immer schlimmer und der Regen schlug nun gegen die Scheiben, während der heulende Wind die Tropfen seitlich aufschlagen ließ. »Vermutlich ertrinkt sie gerade in diesem verdammten alten Haus.«

Jared setzte sich erneut frustriert im Bett auf. Er würde sobald nicht wieder einschlafen. Er lehnte sich zur Seite und schaltete das Licht seiner Nachttischlampe an, bevor er komplett nackt aus dem Bett aufstand und zum Fenster hinüberging. Das Einzige, das er sehen konnte, war das Licht des Leuchtturms in der Stadt, der sich am Ende des Amesporter Piers befand. Es war faszinierend, dass dieses Küstenstädtchen einen aktiven Leuchtturm besaß. Im Zeitalter von Navigationssystemen, Radarortung und anderen Technologien waren bereits so viele Leuchttürme stillgelegt worden. Er hoffte inständig, dass bei diesem schlimmen Sturm keine Boote draußen sein würden, und ließ seinen Blick in die Richtung schweifen, in der sich Maras Haus befand.

Nichts als Dunkelheit.

Es war schon weit nach Mitternacht und der Großteil der Stadt schlief bereits. Selbst wenn dies nicht der Fall gewesen wäre, hätte er aus dieser Entfernung keine Beleuchtung erkennen können, die schwächer als das gleißende Licht des Leuchtturms war. Auch wenn er sein Haus auf der Halbinsel an der Stelle gebaut hatte, die am dichtesten an Amesport lag und sein Schlafzimmerfenster zur Stadt und zum Atlantik hinaus zeigten, war das Stadtzentrum noch immer einige Kilometer entfernt.

Noch nervöser als sowieso schon drehte sich Jared vom Fenster weg, hob seine Hose vom Fußboden auf und durchsuchte die Taschen nach seinem Mobiltelefon. Als er es gefunden hatte, legte er sich wieder ins Bett und behielt es fest in der Hand, um sich zu zwingen, sie nicht anzurufen.

Sie schläft. Du wirst sie jetzt nicht anrufen.

Doch was, wenn sie nicht schlief? Was, wenn so viel Wasser durch das Dach hereinkam, dass sie nicht schlafen *konnte*? Was, wenn sie Hilfe benötigte und niemand zur Stelle war?

Letzten Endes wählte Jared doch ihre Nummer. Sie hatte ihm ihre Kontaktdaten gegeben, als er die Recherche über seine Familiengeschichte betrieben hatte. Jetzt, wo er darüber nachdachte, musste er wirklich mit ihr darüber sprechen, dass sie ihre Nummer so einfach an jeden herausgab, der vielleicht Informationen benötigen könnte. Doch im Augenblick hoffte er sehr, dass dieses sowohl ihre geschäftliche als auch ihre private Nummer sein würde.

»Hallo?«

Maras heisere, verschlafene Stimme ließ seinen Schwanz sofort steinhart werden. In seinem Kopf machten sich erotische Gedanken breit. In allen befand sich Mara mit ihm in verschiedenen Stellungen in seinem Bett und jedes Mal kam sie schreiend zum Höhepunkt.

Er umklammerte das Telefon und wusste, dass seine größte Freude darüber, Mara hier in seinem Bett zu haben, in dem Wissen bestehen würde, dass sie sich in Sicherheit und weg von ihrem Haus befand, das ein undichtes Dach aufwies und möglicherweise andere Sicherheitsrisiken barg.

»Ich bin's.« Was für eine dämliche Antwort, doch es war alles, was er herausbrachte, wo er sich doch gerade vorstellte, wie sie nackt in seinem Bett lag und multiple Orgasmen erlebte.

»Hallo *du*.«

Jared hörte gespannt zu und konnte ausmachen, wie sie sich im Bett aufsetzte und Stück für Stück ihre Umgebung wahrnahm. »Ist dein Dach undicht?«, fragte er wie aus dem Nichts und fühlte sich wie ein Idiot, weil er dem Drang nachgegeben hatte, sie anzurufen. Es war offensichtlich, dass sie tief und fest geschlafen hatte. Das Letzte, was sie brauchte, war ein Anruf eines Beinahe-Stalkers mitten in der Nacht, der ihr am Tag zuvor gestanden hatte, Menschen umgebracht zu haben.

»Es kommt ziemlich viel Wasser herein. Gut, dass du angerufen hast. Ich muss die Eimer ausleeren.«

Sein Herz klopfte so laut wie der Regen gegen seine Fensterscheiben und Erleichterung machte sich breit, als er begriff, dass er sie durch sein unüberlegtes Geständnis nicht von ihm weggetrieben hatte. Sie klang nicht im Geringsten so, als hätte sie Angst vor ihm.

Gut, dass du angerufen hast. Gut, dass du angerufen hast. Jared interessierte es nicht besonders, warum sie kein Problem damit hatte, dass er sie angerufen hatte, es war nur wichtig, dass es ihr nichts ausmachte.

Sie musste die Eimer ausleeren – etwa mehr als nur einen? Jared fragte sich, wann sie wohl ins Bett gegangen war. Wie konnte das Wasser, das durch das Dach eindrang, einen verdammten Eimer so schnell füllen? »Du musst dieses Haus verlassen!«, sagte er grimmig und fühlte jetzt einen noch größeren Beschützerinstinkt, da sie sich ihm gegenüber nicht unwohl zu fühlen schien. Es war offensichtlich, dass diese Frau nicht das geringste Maß eines Selbsterhaltungstriebs besaß.

»Ich weiß«, stimmte sie verzweifelt zu. »Doch ich werde hier nur noch kurze Zeit wohnen und seit meiner Geburt ist dies mein Zuhause. Außerdem habe ich noch keine neue Wohnung gefunden.«

Du kannst bei mir bleiben. Ich will, dass du bei mir bleibst!

Jared schloss die Augen und konnte fast schon ihren Schmerz spüren. Das Haus, in dem er aufgewachsen war, hatte sich für ihn wie ein Gefängnis angefühlt und er hatte die Tage gezählt, bis er entfliehen und aufs College gehen konnte. Maras Situation war ganz anders. Sie hatte ihre Mutter geliebt und ihr Zuhause zu verlassen musste unheimlich schwierig für sie sein. Ihre Traurigkeit ergab für ihn zwar nicht vollständig einen Sinn, doch er konnte sich vorstellen, dass es nicht einfach für sie war. Und aus irgendeinem Grund konnte er *sie verstehen*, auch wenn er es niemals mehr zuließ, dass *seine* Gefühle ihn berührten. »Es wird alles gut werden. Wir sind heute nicht dazu gekommen, über das Geschäftliche zu sprechen, doch ich habe ein Gästehaus, in das du einziehen kannst, und du kannst es ebenfalls dazu nutzen, um mit der Herstellung deiner Produkte zu beginnen. Engagiere so viele Angestellte, wie du benötigst. Kaufe dir alle Geräte, die du haben möchtest.«

»Du willst, dass ich bei dir wohne? Mein Unternehmen von dort aus aufbaue?«

Oh Gott, ja!

»Du würdest nicht wirklich mit mir zusammenleben. Das Gästehaus ist von meinem Wohnhaus abgetrennt. Irgendwann können wir das passende Gebäude für dich finden und dir einen Laden anmieten. Doch das würde Zeit in Anspruch nehmen. Zeit, die du nicht hast.« Sie musste das abbruchreife Haus so schnell wie möglich verlassen.

»Ich muss dir zunächst beweisen, dass ich dazu in der Lage bin, einen Gewinn zu erwirtschaften, bevor du dein Geld in Geschäftsräume investierst«, stimmte sie zu. »Das verstehe ich.«

Jared öffnete die Augen und schüttelte den Kopf, auch wenn sie ihn nicht sehen konnte. »Darum geht es nicht. Es wird Zeit kosten, das richtige Geschäft am richtigen Standort zu finden. Weil du diesen zeitlichen Luxus nicht besitzt, kannst du in der Zwischenzeit bei mir arbeiten.«

»Aber du bist nicht die immer in Amesport ⊠«

»Ich werde noch eine Weile hierbleiben«, unterbrach er sie. Es war für ihn derzeit unmöglich abzureisen. Dantes Hochzeit stand bevor und er hatte kein Interesse daran, Mara inmitten der Geschäftsplanung alleine zu lassen. Er zögerte, bevor er mit ernster Stimme fragte: »Warum hast du keine Einzelheiten über das wissen wollen, was ich dir erzählt habe?« Sie hatte ihm nicht eine einzige Frage gestellt. Und sogar jetzt, wo sie ihn aus der sicheren Distanz am Telefon aushorchen konnte, hatte sie seine Geschichte oder das Geheimnis, das er ihr offenbart hatte, mit keinem Wort erwähnt. Er konnte das Thema selbstverständlich vermeiden, so tun, als hätte er nie darüber gesprochen. Sie würde es zulassen. Doch er musste es wissen.

Mara seufzte. »Jared, es geht mich nichts an, was in deiner Vergangenheit geschehen ist. Es tut mir leid, dass du verletzt worden bist, und ich möchte dich nicht dazu drängen, über etwas zu sprechen, das dir noch weitere Schmerzen bereitet. Du bist mir keine Erklärung schuldig.«

Sein Blick wurde finster. »Ich habe zwei Menschen umgebracht. Machst du dir darüber denn überhaupt keine Sorgen?«

»Nein. Ganz egal was passiert ist, ich weiß, dass du sie nicht getötet hast.«

»Wie zum Teufel willst du wissen, was vorgefallen ist?«

»Ich weiß nicht, was vorgefallen ist, doch wenn du irgendwann einmal darüber sprechen möchtest, dann werde ich dir zuhören«, antwortete sie leise.

Jared war überrascht. »Du vertraust mir?« Sein Herz zog sich zusammen und er war gleichzeitig wütend, als er die Gewissheit in ihrer Stimme vernahm, mit der sie sagte, dass sie wusste, dass er niemanden umgebracht hatte. Was zum Teufel ging in ihrem Kopf vor? Er konnte ein verdammter Serienmörder sein. Und doch warf es ihn vollkommen aus der Bahn, dass sie ihm genügend vertraute, um keine Erklärung zu seinem Geständnis zu benötigen.

»Ja. Ich vertraue dir«, antwortete sie.

»Warum?«, fragte er heiser.

»Ich vertraue meinem Gefühl.«

»Ich bin ein Idiot.« Seine Geschwister ließen ihn das fast täglich wissen.

»Ich stimme zu. Manchmal kommt es mir vor, als würdest du dich so verhalten, um deinen Schmerz zu verbergen. Doch das ist nicht alles, was du bist, Jared. Du bist so viel mehr«, sagte sie zögernd.

»Falls du versuchst, einen tieferen Einblick in meine Seele zu erhalten, dann vergiss das ganz schnell wieder. Da gibt es nicht viel zu sehen. Das Arschloch ist so ziemlich alles, was du bekommst.«

Jared hatte nun wirklich jede Reaktion auf diesen Kommentar erwartet, doch er hatte nicht damit gerechnet, dass Mara anfangen würde zu … lachen.

Und das tat sie.

Unaufhörlich.

Sie bekam einen regelrechten Lachanfall und es machte ihn wütend, dass er sogar den Klang ihres Lachens liebte, obwohl sie sich gerade über seine Worte lustig machte.

»Mörder sind für gewöhnlich nicht sehr gut darin, Selbstironie zu üben«, sagte sie und gluckste noch immer ein wenig.

»Das könnten sie aber sein«, brummte er ins Telefon.

Sie schnaubte. »Versuchst du etwa, mir *Angst* einzujagen?«

Ja.

Nein.

Vielleicht.

»Nein«, sagte er schließlich. »Ich möchte einfach nur, dass du dir bewusst bist, auf was du dich einlässt. Ich *bin* ein Arschloch und ich werde nicht damit anfangen, das Innerste meiner Seele zu erkunden.« Jared schauderte bei dem Gedanken. Seine Seele war leer, genau wie alles andere von ihm. Es war Zeitverschwendung, dort überhaupt nachzusehen.

»Ich denke, ich kann damit umgehen«, antwortete sie ein klein wenig nüchterner. »Ich kann für einen griesgrämigen Chef arbeiten.

Und ich glaube immer noch nicht, dass du die ganze Zeit über ein Idiot bist. Ich glaube, dass du dich selbst schützt.«

Jared fühlte sich nicht wohl mit den Beobachtungen seiner Person, weswegen er sich dazu entschied, sie zu ignorieren. »Außer im Schlafzimmer will ich nirgendwo dein Chef sein.« Er sah auf seine noch immer harte Erektion und musste zugeben, dass er an so gut wie jedem Ort die Kontrolle über sie haben wollte: draußen, gegen eine Wand gedrückt, auf dem Boden, in der Dusche ... die Liste war unendlich. Doch dies hatte mit ihrem Unternehmen nichts zu tun. *Das* konnte sie zweifellos auch alleine führen. Sie hatte einen schlecht laufenden Laden über Jahre hinweg am Leben erhalten. In einem florierenden Unternehmen zu arbeiten sollte für sie ein Kinderspiel darstellen.

»Jared, ich kann nicht —« Ihre Stimme verwandelte sich in ein erschrockenes Keuchen.

»Was ist passiert?« Sein Herz raste und er sprang mit einem Satz aus dem Bett.

»Rauch. So viel Rauch. Oh Gott, ich glaube, das Haus brennt!« Mara klang panisch und ängstlich. »Ich muss die Feuerwehr rufen!«

Zu Jareds absolutem Entsetzen legte sie auf.

»Scheiße! Mara? Mara? Verdammt, sag doch was!« Er lief zum Fenster und konnte in der Ferne tatsächlich Feuer erkennen, ein verschwommenes Glühen im dunklen Nachthimmel. Er wählte erneut ihre Nummer.

Keine Antwort. Sprach sie gerade mit der Feuerwehr oder nahm sie aus anderen und schlimmeren Gründen nicht ab?

»Scheiße! Nein!« Jared zog hastig eine Jeans und ein T-Shirt aus einer Kommodenschublade und war in weniger als einer Minute angezogen. Er steckte das Telefon in seine Hosentasche, lief durch den Flur und die Treppe hinunter, wobei er zwei Stufen auf einmal nahm.

Es regnet. Das Feuer wird sehr schnell gelöscht sein. Ihr wird nichts zustoßen. Ihr wird nichts zustoßen.

Nachdem er seine nackten Füße in ein Paar Lederschuhe gezwängt hatte, trat er nach draußen und stellte fest, dass der Regen fast aufgehört hatte. Sein Herz setzte kurz aus und begann dann, aus lauter Angst und Verzweiflung wie wild zu klopfen.

Mach, dass du aus dem Haus kommst, Mara! Bitte! Mach, dass du rauskommst!

Er stieg in seinen Geländewagen und fuhr wie ein Verrückter in Richtung Amesport. Auf dem Weg zu ihrem Haus versuchte er wieder und wieder, sie anzurufen, und hoffte, wie er noch nie zuvor in seinem Leben gehofft hatte, dass es bei seiner Ankunft noch nicht zu spät sein würde.

Nachdem sie dem Rettungsdienst mitgeteilt hatte, dass sich Rauch in ihrem Schlafzimmer befand und dass ein Hausbrand die mögliche Ursache dafür sein könnte, zögerte Mara. Ihr Verstand versuchte immer noch zu verarbeiten, was eigentlich gerade geschah. Sie nahm den Ehering ihrer Mutter aus ihrer Schmuckschatulle und griff sich den Ordner von ihrer Kommode, der wichtige Papiere wie ihre Geburtsurkunde und einige alte Fotos enthielt. Sie hatte sich gerade umgedreht, um aus ihrem Schlafzimmer zu entkommen, das im oberen Stockwerk des Hauses gelegen war, und wollte auf dem Weg nach draußen herausfinden, wo genau das Feuer sich befand, als ihr die Schwere der Situation vor Augen geführt wurde.

Der Rauch war bereits dicht, doch sie war sich sicher gewesen, dass sie genügend Zeit haben würde, um zu fliehen. Sie hatte zuvor noch keine Flammen erblickt, doch jetzt sah sie das Feuer, wie es an den Holzbalken leckte und einen Teil des Daches mit einem ohrenbetäubenden Krachen zu Boden schickte. Ihr Weg aus dem Schlafzimmer hinaus war damit blockiert.

Gefangen! Oh mein Gott! Das hier ist kein kleines Feuer oder ein Kabelbrand wie ich gedacht habe.

Als Mara begriff, wie ernst ihre Lage war, traf es sie wie ein Schlag mitten ins Gesicht und sie wechselte automatisch in den Überlebensmodus. Sie fiel auf die Knie, weil der Rauch am Boden nicht ganz so schlimm war, und ihr Herz hämmerte laut in ihrer Brust, als sie die Hitze der Flammen spürte. Während sie versuchte, nicht zu hyperventilieren, ging sie im Kopf ihre Möglichkeiten durch. Es gab keinen Weg nach draußen, der nicht direkt durch das Feuer führte. Der Rauch brannte ihr in den Augen und sie versuchte verzweifelt, durch die Flammen in den Flur zu blicken, wo sie ihren einzigen Fluchtweg ausmachte. In der Mitte des Türrahmens befand sich ein Loch, das gerade groß genug für sie war, um ihren Körper hindurchzuzwängen. Sie hatte jedoch keine Ahnung, was auf der anderen Seite der Tür auf sie wartete. Wie viel vom Dach war tatsächlich eingestürzt? Würde sie in nur noch mehr Flammen laufen? Würde sie sich dem Tod vielleicht sogar direkt in die Arme werfen?

Bleib ruhig. Die Feuerwehr ist bereits unterwegs.

Doch so wie die Flammen heißhungrig ihr Haus Stück für Stück auffraßen, wusste sie, dass ihr keine Zeit bleiben würde, um auf die Feuerwehr zu warten. Sie musste eine schnelle Entscheidung treffen und sie fühlte diesen Druck mit jedem ihrer aufgeregten Herzschläge. Mara kroch auf allen vieren zum Bett und riss die Bettdecke von der Matratze. Als sie die Decke endlich heruntergezogen hatte, stand sie bereits wieder. Sie hatte kein Wasser greifbar, um den schweren Stoff zu befeuchten. Weil das Haus so alt war, existierte im Schlafzimmer kein Zugang zu einem Badezimmer.

Sie wusste bereits, dass das Fenster keine Option sein würde. Sie befand sich zu weit oben. Selbst wenn sie den Fall überleben sollte, würde sie mit Sicherheit einige Knochenbrüche und andere Verletzungen davontragen. Es gab an der Hausfassade absolut nichts, an dem sie sich würde festhalten können. Es wäre ein direkter Fall.

Ich muss hier raus! Ich muss hier raus!

Sie hatte den verheerenden Fehler begangen und war nicht sofort geflohen, doch weil sie keine Flammen gesehen hatte, hatte sie gedacht, dass das Feuer nur in einem Teil des Obergeschosses tobte. So wie es aussah ... hatte sie sich geirrt. Vielleicht würden ihr die wenigen Minuten, die sie dazu verwendet hatte, die Feuerwehr zu verständigen, das Leben retten. Oder vielleicht auch nicht. Vielleicht würde das Dach in genau dem Moment einstürzen, in dem sie ihren Fluchtversuch startete. Sie stand unter Schock und konnte nicht klar denken. Ihr gesamter Körper zitterte, während sie ihre Möglichkeiten durchspielte, und ihr verängstigter Blick konzentrierte sich auf den einzigen Weg, der nach draußen führte. Schließlich traf sie eine Entscheidung. Sie ließ sie den Ordner fallen und stopfte den Ehering ihrer Mutter in die kleine Tasche ihres Schlafanzugs.

Jetzt ist es auch egal. Mach nur, dass du hier rauskommst, oder du wirst nicht mehr am Leben sein, um irgendetwas zu brauchen!

Jetzt wo das Dach bereits teilweise eingestürzt war, konnte alles ganz schnell gehen, und Mara wusste das. Der Rest des Daches könnte in sich zusammensacken und ihr entweder den Fluchtweg abscheiden oder sie töten.

Tu es! Tu es einfach! Du musst das Risiko eingehen oder du wirst sterben.

Mit der Bettdecke, die sie sich zum Schutz um den Körper und den Großteil ihres Kopfes gewickelt hatte, trat sie durch die Schlafzimmertür in die Flammen und hoffte, dass sie auf der anderen Seite in Sicherheit sein würde.

Kapitel 7

Wenn es etwas gab, das Evan Sinclair abgrundtief hasste, dann war es Inkompetenz.

Während er durch die dunklen Straßen von Amesport ging, verfluchte er die Unfähigkeit des Transportunternehmens, das seinen Wagen am Flughafen von Amesport hätte bereitstellen sollen. Er war pünktlich mit seinem Privatflugzeug angekommen, nur um festzustellen, dass sein Fahrzeug noch nicht an den von ihm gewünschten Ort gebracht worden war. Verdammt, er hatte keine Zeit für den Dilettantismus anderer Unternehmen! Seine eigene Firma lief wie eine gut geölte Maschine und er erwartete das Gleiche von jedem anderen Unternehmen.

Er verfluchte seinen jüngeren Bruder Dante und dessen ungewöhnliche Eile, nach nur wenigen Wochen in einer Beziehung in den Hafen der Ehe einfahren zu müssen. Evan konnte wirklich nicht nachvollziehen, warum Dante so scharf darauf war, die *Hochzeit* so schnell stattfinden zu lassen. Er lebte doch bereits mit dieser Frau zusammen, warum musste er sie so überstürzt heiraten? *Dies* war der eigentliche Grund dafür, warum Evans Wagen und sein stets präsenter Fahrer Stokes, der sich nie weit von dem Gefährt entfernte, nicht hier waren. Evan hatte sein eigenes Transportflugzeug an einen sehr wichtigen Geschäftskunden verliehen, um ihm einen Gefallen zu erweisen, weswegen es ihm nicht zu seiner eigenen Verfügung stand. Wie hätte er auch ahnen können, dass er es benötigen würde. Er hatte es seinem Kunden bereits vor Monaten versprochen und es im Voraus geplant. Planänderungen gefielen ihm nicht und wenn er einmal etwas versprochen hatte, würde er sein Versprechen auch nicht brechen. Aus diesem Grund war er also gezwungen worden, ein Transportunternehmen zu beauftragen, das jedoch offensichtlich nicht dazu in der Lage war, seine Arbeit anständig zu erledigen, und dies, obwohl es sich um das teuerste und angeblich beste Unternehmen handelte, das diese Dienstleistungen anbot.

»Amateure«, brummte er schlecht gelaunt.

Es war nicht so, als hätte er nicht gewusst, dass Dante Sarah heiraten würde ... irgendwann einmal. Er hatte es sich schließlich zur Aufgabe gemacht, genau darüber informiert zu sein, was mit seinen Geschwistern vor sich ging ... oder sollte er lieber sagen, was mit seinen *Brüdern* vor sich ging. Bei seiner Schwester Hope hatte er alles falsch gemacht und von ihren Abenteuern erst viel zu spät etwas mitbekommen, um sie vor den Konsequenzen ihrer unüberlegten Handlungen schützen zu können.

Meine Schuld. Ich hätte es besser wissen sollen, anstatt anzunehmen, dass Hope ein ruhiges Leben in Aspen führen würde. Frauen bedeuteten Ärger, jede einzelne von ihnen, und seine Schwester stellte keine Ausnahme dar. Evan wusste, dass er der einzige Sinclair war, dem bewusst war, was sie in der Vergangenheit alles durchgemacht hatte, doch er hatte nicht davon erfahren, weil sie es ihm erzählt hatte. Nein. Sie machte vor ihren eigenen Brüdern um alles ein Geheimnis. Ihm war es nur deswegen *jetzt* bekannt, weil Grady ihn angerufen und ihm mitgeteilt hatte, dass sie in Colorado verschwunden war. Sogar nachdem sie von ihrem jetzigen Ehemann Jason Sutherland aufgespürt worden war, hatte er noch einen Ermittler eingeschaltet, und der hatte Stück für Stück herausgefunden, dass Hope ein komplett anderes Leben geführt hatte als das in den Illusionen, die sie vor allen ihren Brüdern aufrechterhalten hatte. Er ging davon aus, dass ihr Ehemann Hopes wahres Gesicht kannte und um das Trauma wusste, das sie durchlebt hatte, doch das hielt Evan nicht davon ab zu bereuen, dass *er* sich nicht früher und öfter nach ihr erkundigt hatte, um die Wahrheit schneller herauszufinden. Sie hatte gelitten und Evan hasste das.

Hope war ein sehr wichtiges, vergessenes Detail, für mich sogar noch wichtiger als das Geschäft.

Er versuchte, nicht über die schlimme Zeit in Hopes Leben nachzudenken und den Gedanken aus seinem Kopf zu verbannen, weil sie *jetzt* endlich glücklich war. Und sie würde glücklich bleiben. Dafür würde er persönlich sorgen.

Der Weg ins Stadtzentrum hatte seine Wut etwas abgeschwächt, doch er war noch immer ärgerlich über die Zeit, die er durch den Fußmarsch vom außerhalb der Stadt gelegenen Flughafen zu seinem Haus auf der Halbinsel von Amesport verschwendet hatte. Ja, er hätte Grady, Dante oder Jared anrufen können, doch es war spät und er war der älteste Sinclair. Er würde nicht einen seiner Brüder aus dem Bett scheuchen, damit sie ihn abholten. Wenn einer von ihnen mitten in der Nacht kommen müsste, um ihn aufzulesen, weil sein Auto nicht vor ihm am Flughafen angekommen war, würden sie ihm das bis ans Ende aller Tage vorhalten. Solche Dinge passierten ihm einfach nicht.

Evan, der älteste und pedantischste der Sinclair-Geschwister.

Evan, der Bruder, der jedes noch so kleine Detail unter Kontrolle haben musste.

Evan, der akribische Planer, dem niemals irgendetwas entging und der alles im Voraus organisierte, ganz egal wie groß oder klein, war tatsächlich ohne ein Fahrzeug am Flughafen gestrandet?

Auf gar keinen Fall. Er würde zu Fuß gehen, bis er zu Hause ankam, auch wenn das eine kilometerlange Wanderung mitten in der Nacht bedeutete und einen seiner liebsten maßgeschneiderten Anzüge samt edlen Lederschuhen ruinieren würde. Der Regen, der immer wieder einsetzte und dann wieder aufhörte, hatte ihn feucht und wütend zurückgelassen und er war bereit dazu, dem Verantwortlichen des Lieferunternehmens in der Sekunde den Hals umzudrehen, in der er mit seinem Wagen ankam. Er konnte Stokes keine Schuld geben. Sein Fahrer hatte das Fahrzeug nie verlassen und er hatte keinen Einfluss auf die Fähigkeiten des Unternehmens, den Wagen pünktlich zu liefern. Stokes befand sich an seinem Platz. Das Transportunternehmen hingegen war nicht annähernd so zuverlässig.

»Ich hätte mich niemals auf eine andere Firma verlassen sollen«, brummte er leise. Er hatte die Hände tief in seinen Hosentaschen vergraben und schüttelte ärgerlich den Kopf, während er die verlassene Promenade von Amesport entlang stapfte. Auch wenn er seine Brüder nicht anrufen wollte, so hatte er dennoch kein Problem damit, seinen Assistenten aufzuwecken, um nachzufragen, ob die Lieferung auch wirklich bestätigt worden war. Und das war sie ... selbstverständlich! Sein Assistent wusste genau, dass nur ein Fehler seinerseits ihn den Job kosten würde. Es war der Fehler des Transportunternehmens gewesen. Evan würde sie am nächsten Morgen als Erstes anrufen und er würde diese inkompetenten Schwachköpfe dem Erdboden gleichmachen, die ihn hier im strömenden Regen hatten stehen lassen. Wenn der Geschäftsführer des Unternehmens nicht einmal dazu imstande war, dafür zu sorgen, dass eine simple Lieferung pünktlich am Bestimmungsort ankam, dann verdiente er es nicht, weiterhin im Geschäft zu bleiben. Dieser Fehler hatte Evan Sinclair sehr viel Geld gekostet und es lag in seiner Hand, ob diese Firma weiterhin existieren würde. Wenn ein Unternehmen nicht zu guten Leistungen fähig war, hatte er kein Problem damit, allem ein Ende zu setzen.

Evan war gerade im Begriff, die Promenade zu verlassen und auf die Straße einzubiegen, die zur Halbinsel von Amesport führte, als er sah, wie aus einem der Häuser am Ende der Main Street ein Feuerschweif in den Himmel schoss.

War das ein Geschäft oder ein Wohnhaus?

Evan war nur wenige Male in Amesport gewesen, doch soweit er sich erinnern konnte – und er erinnerte sich an so gut wie alles haargenau – waren auf der Main Street nur Geschäfte angesiedelt.

Er lief über die Straße und hielt vor dem alten Haus an, das offenbar in einen Laden umgewandelt worden war. Er blickte auf das Fenster und dann hinauf zu den Flammen, die das Dach des Hauses aufzufressen schienen.

Dolls and Things?

Es war definitiv ein Laden und es war sehr unwahrscheinlich, dass sich um diese Uhrzeit jemand darin aufhielt. Als er in die Anzugtasche griff und sein Mobiltelefon herausholte, um die Feuerwehr zu benachrichtigen, hörte er schon die Sirenen der Löschfahrzeuge.

»Sie wissen wohl schon Bescheid«, murmelte er zu sich selbst und war bereit, sich umzudrehen und seinen Nachhauseweg fortzusetzen. Hier gab es nichts, das er noch hätte tun können. Die Feuerwehr war bereits benachrichtigt worden und befand sich auf dem Weg.

Als er sich zum Gehen wandte, hörte er plötzlich einen Schrei, ein schreckliches, verängstigtes Heulen, das ihm einen Schauer über den Rücken jagte. Er drehte sich um und als er bemerkte, dass sich doch jemand in dem Haus aufhielt, stemmte er sich mit all seiner vorhandenen Kraft gegen die Tür.

Mara riss sich die brennende Bettdecke mit einem lauten Angstschrei vom Körper.

Ich lebe, aber die Decke steht in Flammen. Alles steht in Flammen! Ich muss hier raus!

Sie kniete außerhalb ihres Schlafzimmers auf dem Hartholzboden und wischte panisch über ihre Kleidung. Schließlich stellte sie erleichtert fest, dass weder ihr Schlafanzug noch ihre Unterwäsche brannten. Sie rappelte sich langsam auf und versuchte, sich in dem dichten, grauen Rauch zurechtzufinden, der in ihren Augen brannte. Sie hustete laut und tastete nach dem Treppengeländer, als sie feststellte, dass sie ihr rechtes Bein nicht belasten konnte. Mara sank wieder zu Boden und wimmerte über den Schmerz in ihrem Knöchel, während sie den Flur nach rechts herunterrutschte und mit ausgestreckter Hand verzweifelt nach den Stufen tastete.

Die Treppe muss ... irgendwo ... hier sein!

Ihre Finger berührten die erste Stufe und fühlten gerade nach dem Treppenabsatz, als sie bemerkte, wie eine sehr große, sehr starke und sehr männliche Person, die sie wegen des Rauchs nicht erkennen konnte, ihren Körper vom Boden aufhob.

»Normalerweise fühlt man sich dazu gezwungen, sein Haus zu verlassen, wenn es in Flammen steht«, sagte eine tiefe, arrogante Stimme, als würde sie mit einem Menschen von fragwürdiger Intelligenz sprechen.

Mara hatte einen Schock erlitten und zitterte, als sie die steilen Treppenstufen hinunter ins Erdgeschoss getragen wurde. Der mysteriöse Mann verschwendete bei dem Unterfangen, sie aus dem Haus zu bringen, keine Zeit und ließ sie erst wieder vorsichtig zu Boden, als sie die kleine Grünfläche vor dem *Shamrock's* auf der anderen Straßenseite erreicht hatten.

»Ich habe versucht, das Haus zu verlassen«, antwortete sie endlich und ihre Stimme war rau von all dem Rauch, den sie eingeatmet hatte. Sie keuchte und sog panisch die kühle, klare Nachtluft in ihre Lunge. Von ihrer sitzenden Position sah sie zu ihrem Retter auf und erkannte ihn immer noch nicht. Es war dunkel und alles, was sie erkennen konnte, waren sein schwarzes Haar und ein großer, kräftiger Körper. Während sie noch immer nach Luft schnappte, kniff sie die Augen hinter ihren verschmierten Brillengläsern zusammen und sah, dass er tatsächlich ... einen Anzug und eine Krawatte trug. Was zum Teufel ging hier vor?

Er kniete sich neben sie und legte beide Hände auf ihre Schultern. »Dann waren Sie offensichtlich nicht besonders schnell oder erfolgreich darin«, stellte er fest. »Für gewöhnlich sollte auf einen Brand schneller reagiert werden.«

Mara sah ihn erstaunt an, als er neben ihr saß. Jetzt konnte sie ihn erkennen; das fahle Licht des Feuers und die Lampen des *Shamrock's*, die über Nacht angeschaltet blieben, erhellten sein Gesicht, während er sich neben ihr positionierte. Sein rabenschwarzes Haar war feucht und zurückgekämmt und seine faszinierenden blauen Augen wanderten prüfend über ihren Körper, als ob er versuchen wollte herauszufinden, ob sie verletzt war oder nicht.

»W-wer sind Sie?« Sie hatte ihn noch niemals zuvor gesehen, denn wenn sie ihn gesehen hätte, dann würde sie sich an *ihn* ganz gewiss erinnern.

»Evan Sinclair«, sagte er kurz angebunden. »Sind Sie verletzt?«

»Evan? Der Bruder von Jared?« Als er sie mit gerunzelter Stirn ansah und leicht an ihren Schultern rüttelte, beantwortete sie seine Frage. »Mein Knöchel. Ich konnte nicht laufen. Ich habe versucht, die Treppe zu finden, um sie hinunter zu kriechen.«

Sie zuckte zusammen, als sie hörte, wie ihr Haus zu knacken begann, und das Dach kurz darauf schließlich mit einem ohrenbetäubenden Krachen zusammenbrach. Die ersten Löschfahrzeuge erreichten das Haus gerade in dem Moment, als das Obergeschoss in sich zusammenfiel, und Feuerwehrleute, Polizisten und ein Rettungswagen rauschten heran und umringten sofort das Gebäude.

Evans scharfe Augen sahen auf ihre Füße und er bewegte sich ein wenig, um sanft auf ihre Knöchel zu drücken. »Der Rechte ist geschwollen. Ich überlasse es den Sanitätern, sich das anzusehen. In Notfallmedizin bin ich nicht sonderlich begabt«, sagte er und klang, als würde es ihn ärgern, dass es überhaupt etwas gab, von dem er keine Ahnung hatte.

»Mara!«, rief eine ängstliche Stimme, die aus Richtung ihres Hauses zu ihr drang.

»Jared«, sagte sie heiser, denn ihr Hals war noch immer empfindlich von all dem Rauch, den sie eingeatmet hatte.

»Ach ja«, seufzte Evan und stand auf. »Das Brüllen meines jüngeren Bruders würde ich überall erkennen. Sie beide sind miteinander bekannt, nehme ich an.«

»Freunde«, entgegnete sie zitternd. »Er macht sich Sorgen.«

»Überraschenderweise glaube ich, dass Sie Recht haben. Er klingt wirklich etwas aufgewühlt«, sagte Evan ruhig und überquerte die Straße, um einen der Sanitäter herbeizurufen. Während er sich auf das Haus zubewegte, verschwand sein großer Körper in einer Rauchwolke.

Mara schüttelte ihren Kopf, bis Evans Gestalt außer Sicht war. Meine Güte ... und sie hatte angenommen, dass Jared kalt und arrogant war! Evan Sinclair ließ Jared wie einen warmherzigen Engel erscheinen. Sie nahm an, dass Evan zu einem der wenigen Männer gehörte, der die anderen Sinclair-Brüder einfach ... winzig erscheinen lassen konnte. Der älteste Sinclair war sehr groß und unter seinem teuren Anzug schien sich kein einziges Gramm Fett zu befinden. Er war einfach ... mammutartig, seine breiten Schultern schienen mit denen von Atlas, dem Ur-Titanen konkurrieren zu können, der die Himmelskugel auf ihnen getragen hatte.

Evan Sinclair war gerade bei ihr eingebrochen und hatte sie aus einem brennenden Haus getragen. Hätte er sie nur wenige Minuten später gefunden, könnten sie jetzt beide tot sein, erschlagen vom einstürzenden Dachstuhl. *Er hatte nicht einmal mit der Wimper gezuckt.* Mara hatte nicht eine einzige Gefühlsregung auf Evans Gesicht erkennen können. Die ganze Zeit über war er hochmütig aufgetreten.

Maras gesamter Körper zitterte vor Angst, als einer der Sanitäter zu ihr hinüberlief, um sie zu untersuchen. Sie beantwortete seine Fragen mit bebender Stimme und sah schockiert zu, wie das Haus, in dem sie aufgewachsen war, in Flammen aufging. Tränen strömten über ihr Gesicht, als sie daran dachte, dass das Wenige, das sie besaß, in diesem Augenblick dem Feuer zum Opfer fiel. Die Feuerwehr arbeitete fieberhaft daran, den Brand zu löschen, während besorgte Anwohner ihre Häuser verließen und die Straße füllten. Die meisten von ihnen besaßen Geschäfte in der Nähe.

»Mara! Dem Himmel sei Dank!«, rief Jared, als er sich neben sie ins Gras fallen ließ und nach Atem rang.

»Dein Bruder hat mir das Leben gerettet«, berichtete sie ihm mit Tränen in den Augen. Ihr Verstand hatte endlich begonnen zu begreifen, was geschehen war.

»Er hat es mir gesagt«, brummte Jared und wickelte ihren Körper in eine Decke ein, die aus seinem Wagen stammen musste.

»Alles ist weg!«, schluchzte sie verzweifelt, während sie ihr Gesicht mit den Händen bedeckte, um nicht mit ansehen zu müssen, wie der Rest des Hauses zerstört wurde.

»Du lebst. Nur das ist jetzt wichtig, Mara«, sagte Jared, bevor er sie in die Arme nahm und ihren Kopf tröstend an seine Schulter drückte.

Sie ließ sich von Jared halten und klammerte sich mit beiden Fäusten an seinem Hemd fest, um sich zu vergewissern, dass er tatsächlich bei ihr war und dass sie tatsächlich noch lebte. In diesem unwirklichen, herzzerreißenden Albtraum, den sie gerade durchlebte, war Jared ihr Anker.

Sie drehte ihren Kopf an seine Brust und ihre Trauer übermannte sie so stark, dass sie zu weinen begann.

Stunden später lag Mara in einem von Jareds zahlreichen Gästezimmern im Bett, nicht dazu in der Lage zu schlafen. Die Erschöpfung übermannte sie, doch jedes Mal, wenn sie ihre Augen schloss, sah sie alles, was sie besaß, jede Erinnerung ihres gesamten bisherigen Lebens, in Flammen aufgehen.

Am Ende hatte sie das Haus nur mit dem Ring ihrer Mutter in der Tasche verlassen und mit nichts anderem.

Die Leere drohte sie zu verschlucken und sie zitterte unter ihrer Bettdecke, obgleich es warm im Schlafzimmer war.

»Es fühlt sich an, als würde ich nicht mehr existieren«, flüsterte sie in der Dunkelheit. Der Tag hatte bereits vor einigen Stunden begonnen, doch Jared hatte die schweren Vorhänge zugezogen, damit sie schlafen konnte.

Jared.

Nachdem er sie gefunden hatte, war er nicht mehr von ihrer Seite gewichen und hatte im Wartezimmer ausgeharrt, während die Ärzte eine Röntgenaufnahme von ihrem Knöchel gemacht und ihr Blut abgenommen hatten, um sicherzustellen, dass sie keine Kohlenmonoxydvergiftung vom Einatmen des Rauches davongetragen hatte. Er hatte geduldig neben ihr gesessen und sich nie entfernt, bis er sie aus dem Krankenhaus mitnehmen und zu sich nach Hause bringen konnte, als wäre die Frage nie gestellt worden, wohin sie gehen sollte. Körperlich ging es ihr bis auf den verstauchten Knöchel gut. Die Schwellung war bereits zurückgegangen und der Schmerz war erträglich geworden. Trotzdem hatte Jared sie wie ein rohes Ei behandelt und ihr ein altes T-Shirt von sich gegeben, das sie nach dem Duschen zum Schlafen anziehen konnte, weil er darauf bestanden hatte, dass sie jetzt Ruhe brauchte.

Das Feuer war unter Kontrolle gebracht worden und mit Ausnahme ihres Ladens hatte kein anderes Geschäft Schaden genommen. Sie war unendlich dankbar, dass niemand anderes irgendetwas verloren hatte, doch selbst dieses Wissen konnte ihren Schmerz nicht lindern.

»Jetzt habe ich gar nichts mehr«, flüsterte sie heiser und rollte sich im Bett zusammen. Vor dem Brand besaß sie bereits sehr wenig, jetzt betrug ihr gesamtes Hab und Gut gar nichts ... null ... absolut null Komma nichts. Sogar der Schlafanzug, den sie getragen hatte, war im Mülleimer gelandet.

»Du hast dein Leben«, ertönte eine heisere männliche Stimme hinter ihr. »Außerdem solltest du schlafen.«

»Ich kann nicht«, sagte sie mit zitternder Stimme.

Das Bett neigte sich gefährlich zur Seite, als Jared sich hinter sie legte und seine Arme um sie schlang. »Außer dir hatte nichts in diesem verdammten Haus irgendeine Wichtigkeit.« Ihm entfuhr ein zufriedener, männlicher Seufzer, als er sie noch etwas näher an sich zog. »Ich konnte auch nicht schlafen. Ich konnte nur daran denken, wie knapp du dem Tod in diesem baufälligen Haus entkommen bist.«

Mara schüttelte den Kopf, doch sie ließ sich von Jareds Umarmung wärmen. »Die Sachen meiner Mutter, meine Fotos – alles zerstört. Ich habe nicht einmal mehr meinen Führerschein oder meinen Ausweis.« Die Wärme, die seinem starken, muskulösen Körper entströmte, beruhigte sie und sie entspannte ihren Rücken gegen seine Brust. Sie bemerkte, dass er vollständig angezogen war, fühlte den Stoff seiner Jeans an ihren Beinen und sein T-Shirt an ihrem Nacken. »Ich verstehe nicht einmal, wie das passieren konnte.«

»Ich weiß, was geschehen ist«, flüsterte ihr Jared ins Ohr. »Die Brandermittler werden das Haus untersuchen, doch ich bin mir ziemlich sicher, dass die Stromleitungen schlecht verlegt worden sind und auf dem Dachboden zusammengeführt wurden. Das Wasser, das durch das Dach eingedrungen war, hat möglicherweise einen Kurzschluss verursacht. Dieses Haus hätte bereits vor Jahren saniert werden sollen. Gebäude, die so alt sind, werden zu einem Sicherheitsrisiko, wenn sich nicht jemand rechtzeitig darum kümmert.«

»Ich denke, das ist möglich.« Mara seufzte.

»Wahrscheinlich«, korrigierte Jared sie.

»Ich fühle mich so ... verloren«, gestand sie und hasste ihre eigene Schwäche in diesem Augenblick. Irgendwann musste sie nach vorn blicken und weitermachen, doch gerade jetzt trauerte sie noch immer. »Leer«, fügte sie traurig hinzu.

Jared streichelte sanft über ihren Bauch. »Ganz ruhig ... Ich helfe dir, das schwöre ich. Ich werde dir besorgen, was immer du brauchst, um zurück ins Leben zu finden.«

Ich brauche dich.

Seine beruhigende, männliche Stimme lockte sie aus ihrem Zustand der Einsamkeit, die Berührung seiner Hände brachte sie dazu, wieder etwas zu spüren. Sie legte ihren Kopf zurück an seine Schulter und flüsterte: »Willst du mit mir schlafen?« Sie brauchte *ihn*, wollte, dass *er* sie wieder zum Leben erweckte. Das Adrenalin rauschte noch immer durch ihren Körper und sie brauchte ... etwas ... egal was, um es aufzuhalten.

Nicht nur irgendetwas. Ich brauche Jared.

Er seufzte in ihr Ohr. »Nicht so. Ich will dich so sehr, dass ich nicht klar denken kann, doch so kann ich es nicht tun.«

»Warum?«, fragte sie mit gequälter Stimme und ihr Magen zog sich zusammen, während Jareds Hand weiter langsam und sanft darüber strich.

»In den vergangenen acht Stunden bist du durch die Hölle gegangen. Ich bin vielleicht ein Arschloch, doch ich kann die Tatsache nicht ausnutzen, dass du unter Schock stehst, dass du fast gestorben wärst und nun denkst, dass du alles verloren hast«, sagte er rau und seine tiefe Stimme vibrierte an ihrem Rücken.

»Ich *habe* alles verloren«, murmelte sie.

»Nein, das hast du nicht! Du hast immer noch mich«, antwortete er mit brüchiger Stimme.

»Dann zeig es mir! Ich brauche etwas, an dem ich mich festhalten kann.« Sie schob ihre Hüften zurück und rieb ihren Po gegen seine harte Erektion, die für sie der Beweis war, dass er sie in diesem Moment genauso sehr wollte wie sie ihn.

»Mara!« Es klang wie eine dumpfe, unheilvolle Warnung.

»Bitte, Jared!« Ihre Stimme war bedürftig und flehend. Sie war umgeben von seinem sauberen, männlichen Geruch und ihr einziger Gedanke bestand darin, seinen harten, langen Schwanz, der gegen ihren Hintern drückte, so tief in sich aufzunehmen, bis sie an nichts anderes mehr denken konnte als an ihn. Genau so würde es mit Jared sein. Er würde ihre Sinne beherrschen und jeden anderen Gedanken aus ihrem Kopf verdrängen, bis sie nicht mehr denken musste.

»Scheiße!«, explodierte er.

Mara stöhnte zufrieden, als er sie ohne zu zögern auf den Rücken drehte und sie mit seinem harten, muskulösen Körper bedeckte. »Ja!«, bettelte sie.

»Dein Knöchel«, brummte er.

»Das geht schon«, antwortete sie ungeduldig. »Bitte!« Der ziehende Schmerz in ihrem Knöchel war nichts verglichen mit dem überwältigenden Verlangen, das erbarmungslos an ihr zerrte.

Er erhörte schließlich ihr Flehen, indem er ihre Hände über dem Kopf festhielt und ihren Mund mit einem gequälten, erregten Stöhnen verschloss.

Kapitel 8

J a! Ja! Ja!

Jared tat genau das, was Mara wollte: Er löschte jeden anderen Gedanken in ihrem Kopf aus, außer den Gedanken an ihn. Er überfiel ihre Sinne mit seinem vereinnahmenden Kuss und nahm sich, was er wollte, doch gab ihr im Gegenzug das, was sie benötigte.

Seine überraschende Invasion ihres Mundes ließ sie vor Wonne aufstöhnen und sie bog ihren Kopf weiter zurück, damit er sie noch besser vereinnahmen konnte, während seine Zunge ihre Lippen teilte und vollends Besitz von ihr ergriff, ohne auch nur ein einziges Wort zu sprechen.

Jeder Nerv ihres Körpers vibrierte vor Anspannung, als seine Hüften sich bewegten und sein harter Schwanz sich an ihrer feuchten Muschi rieb. Sie zerrte an ihren Händen, sie musste ihn einfach berühren. Wild warf sie ihren Kopf zur Seite und befreite sich aus der Umarmung, die sie langsam zu verbrennen drohte. »Bitte Jared!«, keuchte sie verzweifelt. »Ich muss dich berühren!«

»Wenn du mich berührst, verliere ich die Kontrolle«, flüsterte er ihr erregt ins Ohr.

»Das ist mir egal.«

»Aber mir ist es nicht egal, verdammt! Mir nicht!« Jared lockerte den Griff um ihre Handgelenke und lehnte seine Stirn gegen ihre Schulter.

Die Verzweiflung in seiner Stimme ließ Mara aufhorchen. Er klang ... geschlagen. Sie bemerkte, dass sein Körper über ihrem zitterte, befreite ihre Hände und streichelte zärtlich durch sein drahtiges Haar. »Es kann bei diesem einen Mal bleiben, Jared. Ich erwarte nicht von dir, dass du für immer oder auch nur bis morgen bei mir bleibst. Ich will dich nur jetzt!«

Sie wollte auf gar keinen Fall, dass er das Gefühl hatte, sie zu verletzen. In Wahrheit würde er ihr einen Gefallen tun und ihr eine Pause von den negativen Bildern und Emotionen verschaffen, die durch ihren Kopf schwirrten.

»Denkst du, dass das ausreicht?«, fragte Jared rau.

»Es wird ausreichen müssen. Die Zukunft interessiert mich nicht. Ich will nur den heutigen Tag hinter mich bringen.«

Mara protestierte sanft, als Jared seinen Körper von ihrem wegbewegte. »Bitte verlass mich jetzt nicht!«, bettelte sie schamlos. Gerade jetzt benötigte sie die Anwesenheit eines anderen menschlichen Wesens.

»Ich gehe nirgendwo hin.«

Sie hörte das Rascheln von Kleidung und im Zimmer war es so still, dass sie hören konnte, wie sich der Reißverschluss seiner Jeans öffnete, gefolgt von weiteren, leisen Geräuschen von jemandem, der sich seiner Kleidung entledigt.

»Hell oder dunkel?«, fragte er leise.

»Was?«, entgegnete sie zögernd.

»Möchtest du die Vorhänge offen oder geschlossen haben?«

Er war nackt. Sie wusste es mit der gleichen Sicherheit, mit der sie trotz ihrer Ängste wusste, dass er sie nicht hier zurücklassen würde. Für einen Augenblick wünschte sie sich, ihre Brille zu tragen, doch die war bei ihrer Flucht aus dem brennenden Haus schwer beschädigt worden. Mara wollte Jared unbedingt so deutlich wie möglich sehen. Doch ihre Augen waren auch ohne Brille nicht allzu schlecht. Sie trug sie hauptsächlich, weil sie bei ihrer Arbeit kleinste

Teile zusammensetzen musste und ein Auge unter einer leichten Hornhautverkrümmung litt. Mit der Brille war ihre Sicht perfekt. Und in diesem Moment sehnte sie sich diese perfekte Sicht herbei, doch sie musste mit dem leben, was ihr zur Verfügung stand.

»Offen.« Sie wollte ihn so dringend sehen, dass es ihr nichts ausmachte, ob er ihren Körper sah, der weit davon entfernt war, perfekt durchtrainiert zu sein.

Sie zuckte zusammen, als er eine Vorhangseite zurückzog und der Raum mit Sonnenlicht durchflutet wurde. Endlich konnte sie ihren Blick auf Jared Sinclair richten. Sie blinzelte, um ihre Pupillen an die Helligkeit zu gewöhnen, und starrte ihn schamlos an, während er splitternackt zurück zum Bett ging. Ihr Mund war jetzt sehr trocken und sie setzte sich auf, um seinen wohlgeformten, männlichen Körper mit ihrem Blick liebevoll zu streicheln. Sein Bizeps und seine Bauchmuskeln waren durchtrainiert und muskulös und es war offensichtlich, dass er regelmäßig ins Fitnessstudio ging. Auf seiner starken Brust war ein leichter Flaum von rotbraunen Haaren zu sehen, die genau die gleiche Farbe hatten wie sein Kopfhaar. Als ihr Blick hinunter wanderte, leckte sie sich über ihre trockenen Lippen. Sie sah einen schmalen Streifen rotbrauner Härchen, die sich unter seinem Waschbrettbauch bildeten und nach denen sie fast schon sehnsüchtig ihre Hand ausstreckte. Endlich landete ihr neugieriger Blick zwischen seinen Beinen und ihr Magen zog sich zusammen, als sie nach den richtigen Worten für seinen erigierten Schwanz suchte. »Riesig!«, presste sie erstaunt heraus. Sie hatte in ihrem Leben nur einen anderen Mann nackt gesehen und er war nicht einmal annähernd so groß gebaut gewesen wie Jared. An keinem Teil seines Körpers.

»Bist du fertig damit, mich anzustarren?«, fragte Jared heiser.

»Nein«, antwortete sie ehrlich. Sie hätte ihn für den Rest ihres Lebens ansehen können und würde sich an seinem sündhaft attraktiven Körper niemals sattgesehen haben. Sie blickte ihm ins Gesicht und schmolz dahin, als sie das Feuer in seinen Augen erblickte.

Er lehnte sich zu ihr hinunter, ergriff den Saum ihres T-Shirts und zog es leicht nach oben. »Wenn ich mich ausziehen muss, musst du das auch.«

»Ich sehe nicht annähernd so heiß aus wie du«, sagte sie etwas widerwillig, doch sie hob ihre Arme an, damit Jared ihr das einzige Kleidungsstück, das sie trug, ausziehen konnte. Sie saß still in der Mitte des Bettes und beobachtete, wie sein Blick heiß und hungrig wurde und er mit seinen Augen über ihre Brüste streichelte, als würde er sie verschlingen wollen.

»Süße, du bist ein verdammter feuchter Traum für mich!« Ein Muskel in seinem Kiefer zuckte, während sein langer, prüfender Blick besitzergreifend über ihren Körper wanderte. Er sah ihr schließlich in die Augen und seine grüne Iris leuchtete, als er ihr seine Hand entgegenstreckte. »Hier! Das wirst du brauchen.«

Mara nahm ihm das Kondom aus der Hand und sah ihm dabei zu, wie er mit der Eleganz eines Raubtieres ins Bett kletterte. Ihr Atem setzte vor lauter Vorfreude kurz aus, doch er überraschte sie, indem er sich neben sie auf den Rücken legte, die Bettdecke mit den Füßen zum Ende des Bettes schob und die Arme hinter dem Kopf verschränkte. »Wenn du es wirklich willst, dann nimm dir, wonach auch immer dir ist!«

Oh Gott, er sah aus wie eine wunderschöne, männliche Opfergabe, die zu ihrer Lust direkt vor ihr ausgelegt war, und sie konnte es kaum abwarten, jeden Zentimeter seines festen und muskulösen Körpers mit ihrer Zunge zu erforschen. Doch sie hielt in letzter Sekunde inne.

Irgendetwas stimmte nicht. Sie bezweifelte, dass Jared Sinclair jemals die Kontrolle abgab und sein Verhalten war einfach nur … falsch.

Wenn du es wirklich willst?

Seine Lust war deutlich zu erkennen, doch er sah fast schon wütend aus … und ein wenig … verletzt? Nachdem er sich nur kurz zuvor wie das typische Alpha-Männchen benommen hatte, war sein Verhalten jetzt irgendwie merkwürdig.

Wenn du es wirklich willst.

Als ihr bewusst wurde, was er dachte, traf es sie wie ein Schlag. »Du denkst, dass ich dich benutze!« Er war zwar mehr als bereit, doch ihr gefiel die Tatsache nicht, dass er dachte, sie würde sich einen Mann – einen beliebigen Mann – nur nehmen, um sich abzulenken.

Hätte sie geblinzelt, dann hätte sie verpasst, wie ihr Verdacht sich für den Bruchteil einer Sekunde in seinem Gesicht widerspiegelte. Und dann war er auch schon verschwunden, ersetzt durch einen stoischen Blick. Es war nicht so, als wüsste sie nicht, dass auch Jared tief in seinem wunderschönen Körper diverse Unsicherheiten versteckt hielt, doch ihr eigener Egoismus traf sie wie der Schlag. Alle Menschen wollten ständig irgendetwas von ihm, benutzten ihn. Sie hatte sich kein Stück besser verhalten als jede andere Frau in seinem Leben, indem sie ihr Verhalten rationalisierte und ihm gesagt hatte, dass sie die Ablenkung brauchte. Sie brauchte sie wirklich ... doch nur Jared konnte sie ihr geben. Sie brauchte ... ihn! Irgendwie musste sie ihm das zu verstehen geben.

Er zuckte mit den Schultern. »Es ist nicht so, dass ich nicht will. Um ehrlich zu sein bin ich mehr als willig.«

Jared Sinclair tat etwas, von dem Mara vermutete, dass er es selten tat, weil er wusste, dass sie verletzlich war. Er überließ es ihr, die Kontrolle zu übernehmen, und ließ sich von ihr benutzen, damit sie ihrem eigenen Schmerz entfliehen konnte.

Ich will nicht irgendjemanden. Ich brauche ihn. Jared. Ich würde mich mit einem beliebigen anderen Menschen nicht so fühlen.

Sie legte das Kondom, das sie in der Hand hielt, neben das Kissen und setzte sich rittlings auf ihn, wobei sie sich auf die Lippe biss, um ein Stöhnen zu unterdrücken, als ihre feuchte Muschi seine kräftigen Bauchmuskeln berührte. Sie war keine Verführerin, doch sein kurzer Moment der Unsicherheit ließ sie mutiger werden. »Ich will nicht nur das, Jared. Ich will dich.« Sie fuhr mit gespreizten Fingern durch sein Haar und lehnte sich auf ihn hinunter, wobei ihre steinharten Brustwarzen von seiner leichten Brustbehaarung gestreift wurden. »Nur dich. Ich hätte dies nicht von einem anderen Mann gewollt.« Sie küsste ihn mit offenen Lippen auf seinen Hals und seine markante Kinnpartie. Während sie ihre Hüften auf ihm sitzend bewegte, ließ sie ihn ihre feuchte Mitte immer wieder an seiner harten Erektion fühlen.

»Oh Gott, Mara!«, keuchte er. »Du bist so unglaublich feucht. Ich werde mich nicht sehr lange unter Kontrolle halten können.«

»Keine Kontrolle!«, sagte sie bestimmt und wurde von seiner Antwort nur noch schärfer. »Ich brauche dich genau jetzt, Jared! Dich allein.«

Jared schlang seine Arme um sie, als hätte er endlich realisiert, was geschah, und seine Hände fingen an, gierig über ihren Rücken und Po zu streicheln. »Du bist so weich. So verdammt süß.«

Mara wusste, dass sie zu weich war. Sie wog mehr als sie sollte und ihr Hintern war insgesamt zu groß. Doch die Art und Weise, wie Jared ihren Körper berührte, ihn verehrte, gab ihr das Gefühl, eine Göttin zu sein.

Weil sie es nicht länger abwarten konnte, endlich mit ihm verbunden zu sein, sah sie ihm kurz in die Augen und presste ihren Mund auf seinen. Mara genoss seinen Geschmack und seinen köstlichen, männlichen Geruch, als er ihrem Kuss antwortete und die Kontrolle über das leidenschaftliche Aufeinandertreffen von Zungen und Zähnen übernahm, während sie sich gegenseitig verschlangen. Als sie endlich ihren Kopf anhob, keuchte sie atemlos.

Seine Finger wanderten von hinten zwischen ihre Schenkel und fanden ihre nasse Spalte. Er stöhnte auf. »Hattest du jemals einen Mann von meiner Größe, Mara?«

Nein. Doch sie wollte. Sie brauchte ihn so sehr, dass sie bereit dazu war, wieder zu betteln. »Nein«, gab sie schwer atmend zu.

»Dann machen wir es anders.« Er griff sie um die Taille und änderte langsam ihre Stellung, immer darauf bedacht, ihren verletzten Knöchel nicht zu verdrehen. »Ich will dir nicht wehtun.«

Maras Herz zog sich zusammen, als sie ihre Beine um seine Körpermitte legte. Ihr Knöchel schmerzte leicht, doch das ignorierte sie. »Ich habe bereits Schmerzen, Jared.« Sie sehnte sich nur nach dem Gefühl, ihre vereinigten Körper zu spüren und sich von seinem wunderschönen Schwanz ausfüllen zu lassen, bis sie sich nicht mehr leer fühlte.

»Du wirst keine Schmerzen spüren«, versprach er und seine Stimme war voller Verlangen, als er seinen Körper aufrichtete und sich zwischen ihre Beine kniete. Dabei fielen ihre Füße auf die Matratze und ihre Beine waren weit gespreizt, bereit, ihn in sich aufzunehmen. »Du wirst nichts anderes spüren, nur mich.« Er streichelte mit den Handflächen über ihren Oberkörper, umschloss ihre Brüste und senkte seinen Kopf auf eine ihrer harten und empfindlichen Brustwarzen hinab.

»Ja!«, stöhnte sie und vergrub ihre Hände in seinen Haaren, um ihn in dieser Position zu halten. »Bitte!«

Er leckte und saugte, peinigte und beruhigte, bis Mara ihre Hüften anhob und darum bettelte, seinen Schwanz in sich aufnehmen zu dürfen. Ohne von ihren Brüsten abzulassen ließ er eine Hand an ihrem Körper hinab zwischen ihre Schenkel gleiten und streichelte das zarte Fleisch ihrer nassen Muschi. Sie schauderte, als seine Finger über ihre aufgerichtete Klitoris strichen und eine pulsierende Kettenreaktion hervorriefen, die jeden noch so kleinen Nerv in ihrem gesamten Körper stimulierte. Er arbeitete sich langsam nach innen vor und ließ seine beiden Finger immer wieder in sie hineingleiten. »Oh Gott, du bist so eng!«, keuchte er an ihrer Brust, während seine Finger sich in ihr krümmten und eine empfindliche Stelle berührten, von deren Existenz sie bislang nichts gewusst hatte.

»Fick mich, Jared!«, jammerte sie leise und drückte ihm ihre Hüften entgegen. Ihre Lust war so intensiv, dass sie beinahe anfing zu weinen.

Er lehnte sich kniend nach vorn und fingerte sie weiter, wobei er seinen Daumen über ihre Klitoris rieb. »Ich will sehen, wie du für mich kommst!«

Maras Augen trafen die seinen und sein ungezähmter Gesichtsausdruck weckte eine Wildheit in ihr. Sie versuchte, seinem Blick standzuhalten, während sie sich am Bettlaken festkrallte. Sie musste an irgendetwas Halt finden, bevor sie überwältigt vor Lust ins All geschossen wurde. Während er immer schneller und fester mit seinen Fingern in sie hinein und wieder hinausfuhr, wurde sein Gesichtsausdruck noch angespannter und vollständig konzentriert auf ihre Befriedigung. Mara schloss die Augen und ihr Rücken krümmte sich, während die Wucht des Orgasmus ihren Körper überwältigte. Ihre Muschi zog sich zusammen und umschloss seine Finger während ihres lang andauernden Höhepunkts. Ungewohnt, diese Gefühle zu empfinden, wie sie durch ihren Körper fluteten, warf sie ihren Kopf auf dem Kissen hin und her und stöhnte: »Oh Gott! Jared!«

Als sich ihr Körper langsam wieder entspannte und ihr Atem regelmäßiger wurde, sah sie dabei zu, wie Jared die Kondompackung mit den Zähnen aufriss, sich das Kondom überstreifte und sich auf sie legte. »Dich beim Kommen zu beobachten war das Schärfste, das ich jemals gesehen habe«, flüsterte er heiser, während er seinen riesigen Schwanz vorsichtig in sie schob. »Ich kann es kaum erwarten, bis du meinen Schwanz so eng umschließt«, sagte er ihr keuchend, seine Lippen an ihre gepresst.

»Versuch nicht, zärtlich zu sein. Ich brauche dich zu sehr«, murmelte sie an seinem Mund genau in dem Moment, bevor er sie mit einem Kuss zum Schweigen brachte. Jareds Schwanz war vielleicht etwas größer als der Durchschnitt, doch in diesem Augenblick gehörte er ihr und sie wollte ihn spüren, ihn besitzen.

Während seine Zunge ihre Mundhöhle erneut erforschte, legte Mara ihre Beine um seinen Unterkörper und schob ihre Hüfte nach oben, um ihn dazu zu bringen, sie vollständig zu nehmen. Sie spürte, wie sein gesamter Körper erschauderte, als sie seine steinharten Pobacken mit den Händen umschloss und versuchte, ihn noch tiefer in sich zu ziehen. Mara bemerkte, dass er sich der heißen Leidenschaft, die zwischen den beiden aufflackerte, endlich ergeben hatte, und forderte ihn unerbittlich dazu auf, sie zu befriedigen.

Ihr blieb die Luft weg, als er sich vollständig in sie geschoben hatte, und sie fühlte gleichzeitig, wie sich die Innenseiten ihrer Muschi langsam seiner Größe anpassten und ihn eng umschlossen. Der kurze Dehnungsschmerz war nichts gegen das Gefühl, durch ihn ausgefüllt zu werden. »Ja!«, spornte sie ihn an und schlang ihre Arme fest um ihn, während ihre beiden leicht verschwitzten Körper sich vor und zurückbewegten.

»Du fühlst dich so verdammt gut an. Noch besser als in meinen wildesten Fantasien«, entfuhr es Jared, während er sich zurückzog und hart zustieß, um seinen Schwanz in ihr zu versenken. »Ich! Halte! Das! Nicht! Aus!«, keuchte er.

»Lass dich gehen!«, wimmerte sie und schob ihm ihre Hüften entgegen.

Jared griff unter ihren Körper und fasste sich ihren Hintern, während er mit seinem großen Schwanz erbarmungslos immer und immer wieder in sie hineinstieß. Dabei hob er ihr Becken jedes Mal an, wenn er sich nach einem Rückzug erneut in sie schob und fickte sie, als wäre er von Sinnen. »Mara«, stöhnte er. »Komm für mich, meine Süße!«

Nur Sekunden später implodierte sie und schrie seinen Namen. »Jared!« Sie grub ihre kurzen Fingernägel in seinen Rücken und versuchte, sich an irgendetwas festzuhalten, während sie außer Kontrolle geriet.

Mit einem gequälten Stöhnen stieß Jared ein letztes Mal fest in sie hinein und kam zitternd, während ihre Muschi um seinen Schwanz herum pulsierte.

Mara rang noch nach Luft, da protestierte sie bereits, weil Jared begann, seinen Körper von ihrem zu heben. »Bleib!«, sagte sie sanft und atemlos. Sie wollte seinen harten, muskulösen Körper nur noch ein paar Minuten an sich spüren und umklammerte ihn fest mit Armen und Beinen. »Du fühlst dich so gut an.« Sie war noch nicht bereit dazu, diese wunderbare Verbindung zu unterbrechen.

Jared küsste ihren Hals und ihre Wange, bevor er sich auf den Weg zu ihrem Mund machte. Seine Küsse waren zart und intensiv, als würde er das Gefühl, Haut an Haut mit ihr zu sein, voll auskosten. »Bin gleich zurück«, sagte er mit tiefer, leiser Stimme.

Er befreite sich aus ihrer Umarmung und machte sich daran, das Kondom zu entsorgen. Bevor er zurück ins Bett schlüpfte, zog er den schweren Vorhang wieder zu. Auf der Seite liegend zog er Maras Rücken näher zu sich heran und umarmte sie beschützend von hinten. »Schlaf jetzt!«, sagte er und vergrub sein Gesicht in ihren Haaren. »Wenn wir aufwachen, sehen wir weiter.«

Mit einem Gefühl der Befriedigung merkte Mara, wie erschöpft sie war, und unterdrückte ein Gähnen. »Danke.«

»Wofür?«

Sie seufzte, entspannte sich in seiner Umarmung und drückte sich an ihn, noch immer in dem wunderbaren Gefühl schwelgend, dass sie soeben intensive Lust erlebt hatte. »Hierfür.«

Er küsste sie auf die Schläfe und lachte leise. »Es war mir ein Vergnügen, Baby. Im wahrsten Sinn des Wortes.«

Von der Erschöpfung übermannt fielen Mara die Augen zu. »Mir auch«, murmelte sie leise und ließ sich von seiner Hand, die über ihre Hüfte glitt, in den Schlaf streicheln.

Kapitel 9

Die nächsten Tage verschwammen vor Maras Augen. Es dauerte einige Tage, bis sie vollständig in Jareds Gästehaus eingezogen war, das in Wahrheit direkt neben seiner Villa lag und genauso gut als Teil seines riesigen Anwesens betrachtet werden konnte. Die einzige Ausnahme bestand darin, dass beide Häuser separate Mauern besaßen und das Gästehaus mit einem eigenen Eingang ausgestattet war. Das Gebäude selbst war unfassbar groß, ein vollmöbliertes Farmhaus mit drei Schlafzimmern und einer ausgezeichneten Küche, die mit allen Geräten und Werkzeugen ausgestattet war, die sie benötigte, um ihre Produkte in weitaus größerer Menge herzustellen, als sie es jemals zuvor getan hatte. Wenn sie sich die Küche ansah, wurde Mara vor Freude ganz schwindelig.

Sie befand sich bereits in Verhandlungen mit Lieferanten, um Zutaten zu beziehen, denn sie wollte für den Bauernmarkt am kommenden Samstag einige Marmeladen und auch Toffee herstellen. Jared hatte diese Idee sogleich mit einem strengen Gesichtsausdruck über den Haufen geworfen, als er ihren Knöchel am Abend nach ihrer leidenschaftlichen Begegnung betrachtet hatte. An dem Abend nach dem Feuer war sie allein aufgewacht und sehr zu Jareds Missfallen die Treppe hinunter gehumpelt. Er hatte sie hochgenommen und auf das Sofa gelegt, nicht ohne sie zu warnen, sich nicht eher zu bewegen, bis die Schwellung in ihrem Knöchel abgeklungen war. Sie war sich ziemlich sicher, dass er sich dafür schalt, es zugelassen zu haben, dass es zwischen den beiden im Bett körperlich zur Sache gegangen war, weil er davon überzeugt war, dass es ihre Knöchelverletzung verschlimmert hatte. Vielleicht hatte es das ... doch Mara würde sich nicht beklagen. Wenn sie die Möglichkeit hätte, würde sie es noch einmal genauso tun. Nichts würde sich jemals mit dieser tragischen Nacht vergleichen lassen, die sich für sie in solch eine Entdeckungsreise verwandelt hatte. Zu erfahren, dass ihr Körper solche Lust empfinden konnte, war eine göttliche Eingebung gewesen, und sie würde nie mehr denken, dass Sex etwas war, das überbewertet wurde. Tatsächlich war es so, dass Sex sogar einen sehr hohen Suchtfaktor haben konnte. Jared so nahe bei sich zu haben, so nahe wie sie nur an ihn hatte herankommen können, hatte dieser Nacht das schreckliche Gefühl der Leere genommen. Und ehrlicherweise war dadurch auch ihre Einsamkeit verschwunden.

Auch wenn es nur für eine kurze Zeit so war, werde ich es niemals bereuen.

Keiner von ihnen hatte das Thema ihrer sexuellen Eskapaden dieser Nacht angesprochen. Seit diesem unglaublichen Tag schien Jared eher entschlossen zu sein, sie zu beschützen, als mit ihr zu schlafen. Es war offensichtlich, dass diese Nacht nicht wiederholt werden würde, und jetzt, da Mara wieder alle Sinne beisammen hatte, war sie sich nicht sicher, ob es klug wäre, wenn sie überhaupt noch einmal auf diese Weise zusammenkommen würden. Je mehr Zeit sie mit Jared verbrachte, umso mehr begann sie, ihn zu mögen und zu verstehen, und sie erfuhr jeden Tag etwas Neues über ihn. Doch wenn sie ihm zu nahe kam und sich mit ihm in eine Situation wie zuvor begab, könnte dies in einer Katastrophe enden. Sie könnte sich ganz schnell in ihn vergucken und Jared war nun wirklich nicht der Mann, der nach einem Anhängsel suchte.

Mara lachte leise, als sie sich in ihrem neuen, übergangsweisen Zuhause umsah, und dachte an die lustigeren Dinge, die sie während der vergangenen Tage des Zusammenlebens mit Jared in dem großen Haus über ihn erfahren hatte. Dieser Mann war absolut süchtig nach Süßigkeiten und Kaffee. Er funktionierte nicht sehr gut ohne seinen Kaffee und er aß süße Sachen in einer Art und Weise, als würden sie ihm einen Orgasmus bescheren. Sie hatte laut loslachen müssen, als sie die Bedienungsanleitung seiner Kaffeemaschine gelesen und schnell herausgefunden hatte, dass Jared die Folie der kleinen Kaffeekapseln abzog, anstatt sie vollständig in den Automaten einzuführen. Das Gerät brühte einen wunderbaren Kaffee; Jared hatte das noch nie geschafft. Sie hatte gekichert, als er sie ansah, als wäre sie eine Göttin, weil sie es schaffte, eine perfekte Tasse Kaffee zuzubereiten. Seitdem meisterte er diese einfache Aufgabe fehlerfrei, jedoch erst nachdem er sich für diesen völlig unnötigen Fehler selbst ausgelacht hatte. Aber selbstverständlich hatte er geknurrt, als sie ihn damit aufgezogen hatte, dass sämtliche Informationen über das Gerät in der Bedienungsanleitung zu finden waren.

Das Toffee, das er von ihr gekauft hatte, hatte er bereits am ersten Tag aufgegessen und sein Marmeladenvorrat schwand beträchtlich, weil sie morgens beim Frühstück auf seinen Toast oder Bagel häufte. Für gewöhnlich zog er es vor, Filme zu schauen oder ein Buch zu lesen, anstatt sich regelmäßige Fernsehserien anzusehen, und er liebte klassische Musik. Er trainierte tatsächlich jeden Morgen im Keller seines hauseigenen Fitnessstudios, doch nicht bevor er nicht mindestens zwei Tassen Kaffee zum Aufwachen getrunken und Toast oder Bagels mit ihrer Marmelade verspeist hatte.

Ihre wichtigste Entdeckung von allen war jedoch, dass er sich um Menschen sorgte, ganz egal ob er anderen diese Seite von sich zeigen wollte oder nicht. Er hatte sie tagelang verwöhnt und ihr dabei geholfen, die richtigen Formulare auszufüllen, um ihre Dokumente zu ersetzen, die dem Feuer zum Opfer gefallen waren. Eines der wenigen Dinge, die gefunden wurden, war ihre verkohlte, mit Ruß überzogene Handtasche. Sie hatte in der Küche gelegen und Mara war dazu in der Lage gewesen, sämtliche ihrer Karten, ihr Scheckbuch und ihren Führerschein zu retten, was bedeutete, dass sie auch weniger Papiere ersetzen musste. Doch weil die Brandermittlungen noch andauerten und sie noch zahlreiche Dinge erledigen musste, um Kristins Platz bei Sarahs Hochzeit einzunehmen, würde sie beschäftigt sein.

Sie hatte gemeinsam mit Jared das Internet durchforstet und sich Webseiten, Logos, Zubehör und alle weiteren Online-Details angesehen, die besprochen werden mussten, wenn ihr Geschäft vornehmlich im Netz zu finden sein sollte.

Mara wollte, dass ihr Firmenname »Sinclair« enthielt, schließlich würde die finanzielle Unterstützung von Jared kommen. Doch er bestand darauf, dass es ihr Unternehmen war, er konnte nicht kochen, selbst wenn sein Leben davon abhinge, und war der Meinung, dass »Sinclair« eine schlechte Ergänzung war. Er plädierte dafür, es *Mara's Kitchen* zu nennen. Nach einem Nachmittag voller aufgeheizter Diskussionen war der Name *Mara's Kitchen* hängen geblieben, er hatte gewonnen und ihr eine ganze Reihe von Gründen genannt, warum dieser Name besser war und besser auf die Zielgruppe ausgerichtet sein würde – Frauen. Das Geschäft würde vom Namen her ihr gehören und ihre Bemühungen würden entweder Erfolge oder Verluste bringen. Glücklicherweise hatte sie nicht vor, bei dieser Aufgabe zu versagen.

Das Geschäft wird meinen Namen tragen. Mein Ruf steht auf dem Spiel.

Es war beängstigend und aufregend zugleich.

Jetzt, drei Tage nach dem Brand, war ihr Knöchel endlich soweit abgeschwollen, dass sie sich normal bewegen konnte, was sie dazu gebracht hatte, ihr Heim zu erkunden. Nun ... gut ... es gehörte zwar *noch immer* Jared, aber dort würde sie ihm in seinem eigenen Haus nicht mehr in die Quere kommen. Es war schwierig für sie gewesen, sich nicht bewegen zu können, und Jared hatte darauf bestanden, sie überallhin zu tragen, sogar zur Toilette, und hatte sie behandelt, als ob sie absolut unfähig gewesen wäre, ohne fremde Hilfe zu gehen.

Mara kniete sich in der Küche des Gästehauses auf den Boden, öffnete die großen Schränke, die sich unterhalb der Arbeitsfläche befanden, und lächelte glücklich, als sie die großen Töpfe erblickte, die dort aufbewahrt wurden. Sie waren nicht riesig, doch sie würde mindestens doppelt so viel herstellen können, wie sie es zu Hause geschafft hatte. Und sie konnte eine Ladung nach der anderen produzieren, weil sie jetzt genügend Zeit dafür hatte. Als sie die Töpfe aus dem Schrank nahm, spürte sie einen kleinen Stich im Herzen, weil sie kein eigenes Zuhause mehr besaß. Doch sie besann sich schnell und stellte die Behältnisse auf den Herd, um die Mixturen vorzubereiten, die sie zum Kochen benötigte. Es war ihr egal, ob Jared protestieren würde, sie würde in wenigen Tagen wieder auf dem Markt stehen und wollte so viele ihrer Produkte wie nur möglich dorthin mitnehmen, um damit anzufangen, ihr eigenes Geld in das Geschäft zu investieren. Beim Anblick der Kosten für die Ausrüstung und aller anderen Ausgaben, die benötigt wurden, um selbst ein kleines Unternehmen wie ihres zu gründen, wurde ihr flau im Magen. Ihr war zunehmend unwohler geworden, als sie Jared dabei beobachtet hatte, wie er mehr und mehr Dinge für sie bestellt hatte, ohne auch nur einen Moment zu zögern. Sicher ... er war ein Milliardär und dieses Jungunternehmen war für ihn nicht mehr als ein bisschen Kleingeld, doch die Tatsache, dass er so viel Geld ausgegeben hatte, hatte ihr angst und bange werden lassen. Letztendlich würde ihr Unternehmen bei Jared so lange verschuldet sein, bis sie ihm alles zurückgezahlt hatte. Erst dann konnten sie anfangen, sich die Gewinne zu teilen. Es interessierte Mara nicht, ob dieses Geld ihm nichts bedeutete. Es bedeutete ihr etwas und sie würde sich niemals damit wohlfühlen, wenn sie den Großteil der Gewinne einstrich und ihn nicht für all das entschädigte, was er in diesem Moment in ihr Geschäft investierte. Sie *würden* einen Vertrag aufsetzen und sie würde sich den Hintern abarbeiten, um die Bedingungen darin zu erfüllen. Das war ein Kampf, den sie plante zu gewinnen.

Ich werde erfolgreich sein. Ich werde ihm alles zurückzahlen. Er gibt mir nur einen Unternehmenskredit. Wir sind Geschäftspartner.

Zugegeben, dies war eine Gelegenheit, für die so gut wie jeder andere Mensch mit etwas Unternehmenssinn über Leichen gehen würde, doch Jared hatte es ihr angeboten und sie wäre ein Narr, wenn sie nicht das Beste daraus machen würde.

Wie viele Menschen bekommen schon die Chance, mit einem der Sinclair-Milliardäre Geschäfte zu machen?

Mit einem trotzigen Gesichtsausdruck ging sie ins Schlafzimmer und öffnete den Kleiderschrank. Sarah hatte ihr bereits am Telefon mitgeteilt, dass sie einige Kleidungsstücke für sie besorgt und im Gästehaus gelassen hatte, gemeinsam mit einigen anderen Dingen, um das zu ersetzen, was das Feuer ihr genommen hatte. Ein Geschenk, hatte sie gesagt, ein Dankeschön ihrerseits, weil Mara bei der Hochzeit für Kristin einspringen würde. Sarah hatte ihr erzählt, dass Dante ihr einmal eine neue Garderobe zur Verfügung gestellt hatte, nachdem ihre eigenen Anziehsachen zerstört worden waren, und jegliche Bezahlung dafür verweigert hatte. Sie hatte auch gesagt, dass sie sich noch gut daran erinnern konnte, wie verloren sie sich ohne ihre Besitztümer gefühlt hatte und dass sie hoffte, dass die Dinge, die sie, Emily und Randi ausgesucht hatten, ihr dabei helfen würden, sich etwas besser zu fühlen.

Als Mara die riesige Anzahl an Kleidungsstücken in ihrem Schrank erblickte, begann sie zu hyperventilieren. Der Stauraum war komplett ausgefüllt mit Jeans, Shorts, Röcken, Oberteilen, Kleidern, Schuhen, Jacken und Accessoires. Als Mara durch den Raum ging, um die Kommodenschubladen zu öffnen, fand sie diese nicht weniger voll mit Unterwäsche, Dessous und allerlei anderer zarter Wäsche vor.

»Sie hätte das nicht tun müssen«, murmelte sie verunsichert. Dies waren keine billigen Klamotten und das Geschenk war viel zu groß. Einige Jeans und T-Shirts wären für sie ausreichend gewesen.

Mara schloss die Schublade und seufzte. Tat irgendein Sinclair, auch wenn er nur in die Familie einheiratete, irgendetwas Kleines? Es erschien ihr peinlich und merkwürdig, dass sich jemand so um eine erwachsene Frau sorgte. Sie hatte den Großteil ihres Lebens als Erwachsene darauf verwendet, sich um ihre kranke Mutter zu kümmern. Es gab mit Ausnahme von Kristin niemanden, den Mara wirklich als Freund bezeichnen konnte, weil sie so sehr mit der kräftezehrenden Krankheit ihrer Mutter beschäftigt gewesen war. Nachdem ihre Mutter gestorben war, hatte sie getrauert und in einer Blase der Verzweiflung gelebt, während sie versucht hatte, das Puppengeschäft weiter am Leben zu erhalten. Jetzt war sie sich nicht sicher, was sie tun oder wie sie sich fühlen sollte.

Traurig?
Abgeschottet?
Ängstlich?
Aufgeregt?
Oder frei?

Mara fühlte sich etwas schuldig, weil sie auf irgendeine Weise *all* diese Gefühle in sich trug, doch sie verstand, dass das Schicksal sie schuldenfrei zurückgelassen hatte und sie damit in der Lage war, einen neuen, selbstbestimmten Weg zu gehen. Sie war nicht länger an ein sterbendes Geschäft gebunden, zu dessen Weiterführung sie sich verpflichtet fühlte. Es war ein beängstigender und doch aufregender Gedanke, dass sie sich ihren eigenen Platz in der Welt suchen konnte, anstatt der Tradition folgen zu müssen.

Wenn sie zurückblickte, war sie sich ziemlich sicher, dass ihre Mutter etwas Besseres für sie gewollt hätte. Aus diesem Grund hatte sie versucht, Mara aufs College zu schicken. »Vielleicht wollte sie gar nicht, dass ich die Familientradition weiterführe. Sie wusste, dass das Geschäft nicht viel Geld abwirft. Vielleicht war *ich* es, die an einem Teil meiner Mutter festhalten wollte«, murmelte sie zu sich selbst, als sie das Schlafzimmer verließ.

Nachdem sie sich schnell einige der neuen, von Sarah gekauften Kleidungsstücke angezogen hatte, damit sie nicht mehr Jareds T-Shirts tragen musste, verließ sie das Haus und ging nach draußen. Auf ihrem Weg hinunter zum Strand humpelte sie immer noch ein wenig. Ihre Verletzung tat so gut wie nicht mehr weh und das Eis, das Jared auf den Knöchel aufgelegt hatte, sowie die Hochlagerung des Fußes hatten die Schwellung vollständig abklingen lassen. Jetzt war die Verstauchung nur noch störend, doch Mara war froh, endlich wieder laufen zu können.

Es war warm und die Sonne schien hell vom blauen Himmel, als sie ihre Sandalen auszog und ein paar Schritte ins Meer trat. Sie seufzte glücklich und genoss das Gefühl des kalten Wassers, das ihre Füße umspülte.

Ich liebe Amesport. Ich bin so dankbar, dass ich nicht umziehen muss.

Ihr Herz schmerzte noch immer, wenn sie daran dachte, welche Dinge das Feuer ihr genommen hatte, doch Jared hatte Recht ... sie hatte ihr Leben. Diese Nahtoderfahrung hatte sie in die Realität zurück katapultiert und ihr aufgezeigt, wie kurz und zerbrechlich das Leben sein konnte. Sie war fest entschlossen, von jetzt an für jeden neuen Tag dankbar zu sein.

Ich werde dieses Geschäft erfolgreich machen. Mara's Kitchen wird einige der besten Produkte an der Ostküste produzieren. Jared gibt mir diese Chance und ich werde sie annehmen und das Bestmögliche daraus machen.

Mara ließ sich in einen der niedrigen Holzstühle am Ufer fallen und streckte ihre nackten Beine aus. Die roten Shorts, die Sarah für sie ausgesucht hatte, waren ein klein wenig kürzer, als sie sie normalerweise trug, aber das passende rot-weiß-gestreifte T-Shirt war bequem. Das Wasser lockte sie, doch sie musste mit ihrem Knöchel noch eine Weile vorsichtig sein und der Verstauchung Zeit geben, vollständig zu heilen. Die Arbeit hatte Vorrang und sie musste dazu in der Lage sein, sich ohne Einschränkungen bewegen zu können. Eine erneute Verletzung würde sie in der Durchführung all ihrer ehrgeizigen Pläne zurückwerfen. Es war so merkwürdig, ihr eigenes Unternehmen zu planen, das würde etwas ganz Neues für sie sein. Auch wenn es ihr gefiel anzuwenden, was ihre Mutter ihr beigebracht hatte – das Nähen und Herstellen von Puppen – so war Kochen doch ihre eigentliche Leidenschaft. Sie fühlte sich zu keinem Zeitpunkt wohler, als wenn sie in der Küche stand und versuchte, die von Generation zu Generation weitergegebenen und ohnehin schon fantastischen Rezepte noch ein klein wenig zu verbessern.

Sie fragte sich gerade, um wie viel Uhr Jared wohl aus der Stadt zurück sein würde, als sie eine einsame Gestalt zum Strand hinuntergehen sah. Während sie ihre Augen zusammenkniff und sie mit der Hand gegen die Sonne abschirmte, bemerkte sie, dass diese männliche Gestalt langsam auf sie zukam. Sie starrte direkt in seine Richtung und sah, dass dieser riesige Mann tatsächlich Anzug und Krawatte trug. Wer um alles in der Welt würde bei dieser Hitze einen Anzug anziehen, und das auch noch am Strand?

Jared nicht. Dieser Typ ist sogar noch größer als Jared, und das will etwas heißen, denn Jared ließ die meisten Männer neben sich wie Zwerge erscheinen.

Die Halbinsel war ein Privatgrundstück, genau wie die Strände, die sich dort befanden, also musste es ein Sinclair sein, ein Gast der Familie oder jemand, der das Grundstück unbefugt betreten hatte.

Evan Sinclair.

Sie erkannte den entschlossenen Gang und das pechschwarze Haar des ältesten Sinclair-Bruders, noch bevor sie sein Gesicht sehen konnte. Mara hatte sich bei ihm bedanken wollen, seit er sie gerettet hatte, und es sah ganz so aus, als würde sie ihre Chance dazu nun bekommen.

»Miss Ross«, sagte er affektiert und hochmütig und hielt einige Meter von ihrem Stuhl entfernt an.

»Evan.« Während sie sich mit einer Hand noch immer die Augen gegen die Sonne abschirmte, sah sie zu ihm hinauf. Sehr weit hinauf. Jared hatte ihr zwar eine neue Brille organisiert, doch die trug Mara gerade nicht. Das stellte jedoch kein Problem dar, denn er war definitiv groß genug, um deutlich gesehen zu werden. Das Einzige, was ihre Sicht beeinträchtigte, war die Sonne. Mara weigerte sich, ihn Mr. Sinclair zu nennen. Es befanden sich im Moment zweifellos zu viele Sinclair-Männer in Amesport und dieser besondere Mann hatte ihr das Leben gerettet. »Möchten Sie sich setzen?« Sie wies auf den Stuhl neben sich. »Warum tragen Sie einen Anzug am Strand?« Sie unterdrückte ein Lachen, als sie bemerkte, dass er ein Paar Schuhe in der Hand hielt, seine Socken hineingestopft, die offenbar zum Rest seiner Kleidung passen sollten. Seine Hosenbeine waren gerade ausreichend hochgekrempelt, um nicht nass zu werden. Er bot einen hübschen Anblick und der Rest von ihm sah absolut makellos aus und wäre in einem Sitzungssaal wesentlich besser aufgehoben gewesen als am Strand.

Während er seinen großen Körper in den Stuhl hinabsenkte, antwortete er gereizt: »Dies ist zufälligerweise die Kleidung, die ich jeden Tag trage, Miss Ross. Ich arbeite. Für gewöhnlich unternehme ich keinerlei Spaziergänge am Strand. Das ist Zeitverschwendung.«

»Mara, bitte.« Du meine Güte, der Mann war vielleicht unfreundlich, doch sie hoffte, dass er sich nur einen Spaß erlaubte.

Evan nickte. »Gut. Als Freundin der Familie und Teil der Hochzeitsgesellschaft ist es angemessen, sich beim Vornamen zu nennen.«

Zu seiner Verteidigung war Evan zumindest klug genug gewesen, eine dunkle Sonnenbrille zu tragen, um seine Augen zu bedecken. Mara konnte seinen Gesichtsausdruck nicht erkennen, doch sie hörte auch keinen einzigen Ton, der auf Humor in seiner Stimme hinweisen würde. Er war vollkommen ernst. »Bist du immer so verkrampft?«, fragte sie neugierig und sah wieder hinaus aufs Wasser.

»Ich bin nicht verkrampft«, widersprach er energisch. »Und ja, das ist meine normale Persönlichkeit. Ich habe Verantwortung zu tragen. Und zwar jede Menge. Da bleiben mir weder Zeit noch Lust, heiter zu sein.« Er wechselte das Thema. »Es war mir nicht bewusst, dass du jetzt mit meinem Bruder zusammenwohnst.« Er klang unglücklich darüber, dass es etwas gab, das seinem Wissen verborgen geblieben war.

Mara zuckte mit den Schultern. »Das tue ich nicht. Ich nutze sein Gästehaus. Im Moment habe ich keine andere Wahl. Meine beste Freundin liegt mit einer Verletzung flach und ihre Wohnung ist sehr klein. Ich kann bei ihr jetzt nicht einfallen. Ich bin so gut wie obdachlos.«

»Du hast in deinem Laden gewohnt?«

»Ja.«

»Und woher genau kennst du Jared?«, fragte Evan scharf und drehte seinen Kopf in ihre Richtung.

Er starrte sie an und schon allein bei dem Gedanken an den eisigen Blick hinter den dunklen Brillengläsern fühlte Mara sich unwohl. Sie nahm an, dass Evan jedem Menschen misstraute, mit dem seine Milliardärs-Brüder zu tun hatten, es sei denn, sie waren genauso wohlhabend, doch Mara fühlte sich mehr als nur ein klein wenig beleidigt. Jared war ein erwachsener Mann und sie musste niemandem über ihre Beziehungen Rechenschaft ablegen, schon gar nicht einem fast Fremden. Doch weil er Jareds Bruder war, antwortete sie: »Wir sind Freunde. Er hilft mir dabei, ein neues Geschäft aufzubauen, von daher denke ich, dass man uns auch Geschäftspartner nennen könnte.« Mit Ausnahme der Tatsache, dass Jared auf das Hartnäckigste darauf bestand, so wenig wie möglich vom Gewinn zu erhalten – nicht einen einzigen Penny, wenn sie es zuließe. Doch darum würde sie sich schon noch kümmern. »Es scheint jedoch, als könnte ich ihm nicht ausreden, bei unserem Geschäft den Kürzeren zu ziehen.« Sie hatte dies gesagt, weil sie hoffte, dass Evan seinen Bruder zur Vernunft bringen konnte. Er war offensichtlich ein Geschäftsmann durch und durch und Mara bezweifelte, dass Evan es seinem Bruder wünschte, ein schlechtes Geschäft einzugehen, ganz egal wie klein es war. Vielleicht konnte er ihr helfen.

»Warum?« Evan klang verwirrt.

Mara ging dazu über, Evan ihre Geschäftsidee und ihre Pläne zu erklären und wie genau Jared von der Existenz ihrer Produkte erfahren hatte. Sie ließ ihn ebenfalls die Bedingungen wissen, auf die Evans jüngerer Bruder bestanden hatte.

»Die ganze Sache ist frustrierend«, gab sie offen zu. »Ich kann ihn nicht so übervorteilen.«

»Die meisten Menschen würden es tun«, sagte Evan. »Jared ist in geschäftlichen Angelegenheiten zwar nicht so gut wie ich, doch er ist skrupellos, wenn er es sein muss. Leider scheint es mir, als ob er geschäftliche und persönliche Beziehungen noch immer miteinander vermischt. Das verträgt sich nicht.« Er seufzte frustriert.

»Jared führt ein Unternehmen für Geschäftsimmobilien, das Milliarden wert ist. Er war vielleicht schon reich, bevor er damit anfing, doch er hat sich das alles alleine aufgebaut«, entgegnete Mara aufgebracht. »Er ist brillant!«

»Sein Plan B«, gab Evan schnippisch zurück. »Er hat nie vorgehabt, sein Geld mit Geschäftsimmobilien zu verdienen. Er wurde auf verschiedene Arten und Weisen von einem so genannten Freund betrogen.«

»Einer derjenigen, die gestorben sind?«, fragte Mara leise.

»Woher weißt du das?« Seine Stimme war ruhiger, doch er klang überrascht.

»Jared hat es mir erzählt. Ich weiß, dass er von einem Freund und seiner Freundin betrogen wurde. Und ich weiß, dass sie gestorben sind. Er hat mir nicht die gesamte Geschichte erzählt.« Mara hatte keinen Zweifel daran, dass Evan die ganze Wahrheit kannte, was sie sehr interessant fand.

Evan seufzte verärgert und ungeduldig. »Jared ist ein anderer Mensch, seit es passiert ist. Er und sein Freund hatten vorgehabt, nach dem College ihre eigene Firma zu gründen, ein Architekturprojekt, das sich auf die Renovierung alter Häuser spezialisierte. Selbstverständlich besaß mein Bruder das nötige Geld und wäre dazu in der Lage gewesen, es allein aufzuziehen, doch er wollte, dass sein Freund und Klassenkamerad Alan sein Partner wird. Jared war bereits reich und darin lag seine Leidenschaft. Er wollte diese Leidenschaft mit seinem besten Freund teilen. Er brauchte das Geld nicht und hatte deswegen die Freiheit, seine Träume zu verfolgen. Unglücklicherweise wollte Jareds Freund jedoch mehr als nur sein Geschäft.«

»Er wollte Jareds Freundin«, sagte Mara tonlos und ihr Herz schmerzte für den jüngeren Jared, der betrogen worden war.

»Selena war flatterhaft und die völlig falsche Frau für Jared«, sagte Evan arrogant.

»Er gibt sich die Schuld an ihrem Tod«, sagte Mara zu Evan und drehte ihren Kopf, um ihn anzusehen. Erstaunlicherweise hatte sie keine Angst vor seinen scharfen Worten und seiner scheinbar versnobten Gleichgültigkeit. Er sorgte sich um seine Familie, so schlimm konnte dieser Typ also nicht sein. Fasziniert beobachtete sie Evans Gesicht und sah, wie sich sein Kiefer anspannte und ein Muskel frustriert anfing zu zucken. »Jetzt eifert er dir nach«, fügte sie hinzu und sah mit einem Mal die Ähnlichkeit zwischen den beiden Brüdern. Jared wollte so sein wie Evan, isoliert von seinen

Gefühlen, um die Chance, jemals wieder verletzt zu werden, so gering wie möglich zu halten.

»Meine Geschwister haben nichts mit mir gemeinsam«, entgegnete Evan störrisch. »Und Jared hat mit keinem Tod irgendetwas zu tun.«

»Ich weiß. Er ist dazu nicht fähig.«

Für einen Moment war es still und es waren nur die Wellen zu hören, die sich am Strand brachen. Evan dachte nach, doch Mara fand den Mann verwirrend. Sie hatte keine Ahnung, welche Gedanken ihm durch sein offensichtlich sehr kluges Gehirn gingen.

Endlich sagte er etwas. »Nach Selenas und Alans Tod hat Jared sechs Monate lang nur Alkohol in sich hineingeschüttet. Er hat nie sehr viel getrunken, doch ich habe ihn in einem Alkoholrausch aufgelesen, der ihn fast umgebracht hätte. Ich habe ihn ausgenüchtert und jetzt sagt er zwar nicht mehr, was er denkt, doch innendrin ist er noch immer derselbe Mensch. Und wie du sehen kannst, sind wir vollkommen verschieden.« Evans Stimme war stoisch.

Mara starrte Evan mit offenem Mund an und musste die Information, dass Jared sich fast zu Tode getrunken hatte, weil zwei Menschen gestorben waren, die ihm etwas bedeutet hatten, erst einmal in ihr Gehirn einsickern lassen. »Oh Gott! Mein süßer Jared«, flüsterte sie heiser.

Evan zuckte mit den Schultern. »Ich glaube, du bist die Einzige, die noch denkt, dass er süß ist. Er hat es überlebt. Ich hatte gehofft, dass er gelernt hätte, Geschäftliches und Freundschaften zu trennen. Er hat aufgegeben, das zu tun, was er tun wollte, weil es ihn an den Tod seiner ... Freunde erinnerte.« Er presste die letzten Worte heraus, ganz so, als wären sie besonders schwer auszusprechen.

»Und du denkst, ich will ihn über den Tisch ziehen!« Mara konnte sich schon vorstellen, wessen Evan sie verdächtigte. Für einen Bruder, der sich angeblich keinen Dreck um irgendetwas oder irgendjemanden scherte, schien er sehr interessiert an ihren Absichten zu sein.

»Willst du das?«, konterte er frech.

»Nein. Wir streiten uns ständig über die Geschäftsvereinbarungen. Er bleibt stur. Ich hatte vorgehabt, ihm mehr als die Hälfte der Gewinne zu überlassen.«

»Ach so … das macht dich zu einer genauso arroganten Geschäftsperson wie mein Bruder vorgibt zu sein. Ihr geht beide mit Gefühlen ins Geschäft. Und die haben dort nichts zu suchen.« Er drehte den Kopf und sah sie an.

»Ich-ich denke schon«, stammelte sie. Sie wusste, dass ihre Gefühle ihre Entscheidungen beeinflussten, und Jared *mehr* als seinen rechtmäßigen Anteil zu geben, war ein schlechtes Geschäft. »Doch ich schulde es ihm dafür, dass er mir hilft.«

»Und wieder Emotionen«, brummte Evan ungeduldig.

»Für ihn ist das hier kein Geschäft. Er versucht, mir zu helfen.«

Evan zuckte mit den Schultern. »Dann lass ihn. Es ist nicht so, als könnte er es sich nicht leisten.«

»Das kann ich nicht«, gab sie zu. »Ich habe nie ein gutes Gefühl bei etwas, das ich erreiche, wenn ich es mir nicht selbst erarbeitet habe, ganz egal ob Jared reich ist oder nicht.«

»Beneidenswert«, entgegnete er widerwillig und trommelte mit den Fingern auf die hölzerne Armlehne des Stuhls. »Dann mache es richtig. Du hast bereits ein Geschäft geführt. Du brauchst nur einen Vertrag und eine handelsgerichtliche Eintragung.«

Es wäre doch so einfach, wenn Jared nur zustimmen würde. Verstand Evan sie nicht? Jared weigerte sich und das war kein kleines Problem. »Er will es auf seine Weise aufziehen und ich schulde Jared etwas für das, was er für mich tut.«

So ein frustrierender Mann! Doch es hatte keinen Zweck, mit Evan Sinclair zu streiten. Zweifellos würde er viele Menschen übertreffen, die weitaus klüger waren als sie. Er spielte mit ihr, doch sie wusste nicht warum. Offensichtlich bestand eine seiner besten Waffen darin, Geschäfte ohne jegliche Emotionen abzuwickeln. Sie starrte ihn an und verschränkte die Arme vor der Brust, auch wenn sie seine Augen durch die dunkle Brille nicht erkennen konnte.

»Du schuldest niemandem etwas, wenn du ihnen einen Gewinn erwirtschaftest«, sagte Evan ruhig.

»Ich werde einen Gewinn erwirtschaften«, gab Mara mit einem Selbstbewusstsein zurück, das sie so nicht spürte … noch nicht.

»Gut, gut«, antwortete Evan schnell. »Dann werde ich die Verträge aufsetzen lassen und du kannst mich bei diesem Projekt zu deinem Partner machen.«

Maras Gehirn arbeitete auf Hochtouren, während sie Evan mit gerunzelter Stirn ansah. »Bietest du mir das an, um deinen Bruder davor zu bewahren, Berufliches und persönliche Gefühle zu vermischen?«

»Meine Gründe müssen dich nicht interessieren. Ja oder nein?«

Es könnte funktionieren. Damit wäre Jared außen vor. Er war viel zu großzügig und er war dazu entschlossen, sich ausnutzen zu lassen, um ihr zu helfen. Sie hatte keine Angst, dass Evan etwas täte, von dem er nicht profitieren würde. »Gut. Ich akzeptiere.« Sie schaute Evan finster an. Sie bewunderte zwar seinen Geschäftssinn, doch es gefiel ihr ganz und gar nicht, wie er sich taktisch einmischte, wenn es um seine Familie ging. Evan hatte keinen Funken mehr Interesse an diesem Geschäft als Jared, doch er würde ein Abkommen mit ihr treffen, um seinen Bruder davor zu bewahren, einen Geschäftsfehler zu begehen. Nichtsdestotrotz würde er ihr auf jeder Ebene einen Gefallen tun, mit Ausnahme von einer. »Du weißt, dass Jared verletzt sein wird.« Mara hasste das. Das war der einzige Nachteil dieser Vereinbarung.

»Er wird mordlüstern sein«, stimmte Evan ihr zu. »Vielleicht ist es besser, Jared nur in dem Glauben zu lassen, dass du mein Angebot akzeptierst, wenn er nicht seinen fairen Gewinnanteil annimmt. Ich könnte mir vorstellen, dass dies dein Problem lösen wird.«

Mara sah Evan verdächtig an. »Du hast mich getestet?«

Er drehte seinen Kopf und stand auf. »Nicht wirklich. Doch wenn es ein Test war, dann hast du ihn bestanden.«

Sie stand so schnell auf, dass sie ihren verletzten Knöchel vergaß. »Autsch!«, rief sie laut und vergaß über den Schmerz, dass sie ihm eigentlich eine Standpauke halten wollte.

»Vorsicht!« Evan legte seine kräftigen Arme um sie, um ihr Halt zu geben.

Mara klammerte sich an seiner schweren Anzugjacke fest. »Was zum Teufel machst du überhaupt hier draußen im Anzug?« Evan roch nach frischer Luft und gestärkter Bügelwäsche, ein Geruch, der merkwürdigerweise angenehm war. Für einen großen Mann hatte er einen sanften Griff.

»Gradys Idee«, brummte Evan. »Er hat mich ein verklemmtes Arschloch genannt, weil ich ein Gespräch mit Emily unterbrochen habe, um ein geschäftliches Telefonat anzunehmen. Er hat mir vorgeschlagen, einen langen Spaziergang am Strand zu machen, damit ich wieder zur Besinnung komme. Ich habe jedoch keinen medizinischen Nutzen darin gesehen, nasse Füße zu bekommen und in der schwülen Luft ins Schwitzen zu geraten.«

Mara lächelte zu ihm hinauf. »Es hilft schon, wenn du Sachen anziehst, die etwas bequemer sind.«

Er sah sie böse an. »Das ist mein bequemster Anzug.«

»Ich meinte Shorts, vielleicht ein T-Shirt«, schlug sie mit einem Grinsen vor. »Etwas, das du anziehen würdest, wenn du nicht arbeitest.«

»Ich arbeite immer«, gab er zurück.

Er besitzt außer Anzügen nichts anderes zum Anziehen? Meine Güte ... Grady hatte vermutlich Recht. Hört Evan nie auf zu arbeiten?

»Du kannst eine Abkürzung zu deinem Haus nehmen, wenn du Jareds Einfahrt hinaufgehst und die Straße überquerst, die von der Halbinsel hinunterführt.«

»Großartig«, sagte er und klang erleichtert. Er ließ sie für eine Sekunde los, um sich herunterzubeugen und seine Schuhe aufzuheben.

Doch zu Maras Entsetzen hob er sie auf und trug sie, bis sie das Gras erreicht hatten. »Was machst du da?«, kreischte sie.

»Ich passe auf, dass du nicht umknickst. Du solltest mit deinem schwachen Knöchel wirklich nicht auf weichem Sand laufen. Das ist ziemlich unvorsichtig, wenn man bedenkt, dass deine Verletzung noch nicht vollständig verheilt ist«, informierte er sie beiläufig. »Dieses Umhertragen scheint bei uns beiden zur Gewohnheit zu werden.«

Genau wie Jared, nur dass dieser sie tagelang überallhin getragen hatte.

»Vielen Dank, dass du mir das Leben gerettet hast«, sagte sie dankbar zu ihm, als er sie wieder auf dem Boden abgesetzt hatte. Sie erinnerte sich plötzlich, dass sie nicht ein einziges Wort über das Feuer und seine Rolle als Retter verloren hatte. Wieder einmal hatte Evan sie hochgenommen und getragen, als wäre sie leicht wie eine Feder, genau wie in der Nacht, in der er ihr das Leben gerettet hatte. Sie legte ihre Hände auf seine breiten Schultern und sah zu ihm auf. Meine Güte, er sah vielleicht gut aus. Er war so kalt wie ein Gletscher in Grönland, doch er war ein atemberaubend attraktiver Eisklotz.

»Ein kleiner Tipp, wenn du gestattest«, sagte Evan hochmütig. Ohne auf ihre Zustimmung zu warten, seinen Rat geben zu dürfen, fügte er an: »Das nächste Mal solltest du ein Haus, das in Flammen steht, tatsächlich verlassen.«

»Vielen Dank für deine tiefgründige Weisheit!« Sie ahmte seine affektierte Art zu sprechen nach. Mara beobachtete einen Moment lang seinen Gesichtsausdruck und sah, wie sein Mundwinkel zuckte, als würde er lächeln wollen, es aber nicht schaffen. »Du bist gar kein so großes Arschloch, wie du dich anderen gegenüber gibst. Du willst die Dinge so manipulieren, wie du es für richtig hältst, doch ich glaube, dass deine Absichten, wenn auch irgendwie unangebracht, die richtigen sind«, sagte sie und sah ihn an, während sie ihre Hände von seinen Schultern nahm.

»Da liegst du falsch Mara«, gab er kalt zurück. »Ich bin genau das, was du vor dir siehst ... ein absolutes und vollkommenes Arschloch.« Er drehte sich auf dem Absatz um und ging, während sein Geständnis noch immer in der Luft schwebte.

Nach ein paar Schritten zögerte er und drehte sich wieder zu ihr um. »Mara?«

»Ja?«

»Ich würde es wirklich vorziehen, Jared nie mehr in dem Zustand sehen zu müssen, in dem er sich befand, als er dem Alkohol verfallen war.«

Sie konnte spüren, wie seine Augen sie ansahen, auch wenn sie seinen Blick nicht sehen konnte. Waren seine Worte als Warnung zu verstehen oder war es nur eine Aussage, die er getätigt hatte? Mara bezweifelte stark, dass Evan irgendetwas einfach nur so dahin sagte. »Das möchte ich auch niemals im Leben sehen«, antwortete sie aufrichtig.

»Gut.« Damit drehte er sich ohne ein weiteres Wort zu sagen um und ging seines Weges.

Mara stemmte die Hände in die Hüften und beobachtete, wie Evan zwischen der Villa und dem Gästehaus hindurch stolzierte und auf dem Weg zu Jareds Einfahrt verschwand.

Während sie zu ihrem vorläufigen Zuhause ging, konnte sie nicht aufhören, mit dem Kopf zu schütteln. Sie war sich immer noch nicht ganz sicher, was ihr Gespräch mit Evan Sinclair zu bedeuten hatte.

Kapitel 10

»Finger weg von ihr!«, knurrte Jared. Er hielt Evan grob am Arm fest, als sein Bruder zur Vorderseite seines Hauses ging und aus Maras Blickfeld verschwand.

Ich bin nicht eifersüchtig. Ich bin nicht eifersüchtig.

Jared wiederholte diese Worte wie ein Mantra in seinem Kopf, während er seinen ältesten Bruder konfrontierte. Er war gerade dabei gewesen, eine Ladung Vorräte in die Küche zu bringen, als er Evan und Mara am Strand erblickt hatte. Der Mund war ihm offen stehen geblieben, als Mara aus ihrem Stuhl gesprungen war, Evan seine Arme um *seine* Frau gelegt und sie für Jareds Geschmack ein klein wenig zu lange festgehalten hatte. Er hatte gesehen, wie Mara wegen ihres Knöchels gestolpert war, doch das hieß nicht, dass Evan sie so lange festhalten musste, wie er es getan hatte. Und es hieß schon gar nicht, dass er sich Mara annähern und sie tragen musste, als sie bereits wieder sicher gestanden hatte. Jared rief sich ins Gedächtnis, dass er es war, der Mara in den vergangenen Tagen überallhin getragen hatte. *Das hier* jedoch war anders. Evan war für Mara ein Fremder und umgekehrt war es genauso. Welches Recht hatte sein Bruder, sie überhaupt anzufassen?

»Sie hat gesagt, dass ihr nur Freunde seid«, sagte Evan hochmütig. »Ich hatte nicht den Eindruck, dass du Ansprüche an sie angemeldet hättest. Ist dein Verhalten nicht etwas ungestüm?«

Jared knirschte mit den Zähnen und ließ Evans Arm los, der seine Hand abschüttelte. »Wir *sind* Freunde.« *Und wir haben auch etwas miteinander. Gut ... vielleicht hatten wir nur einmal etwas miteinander, doch ich denke Tag und Nacht daran zurück.* »Sie hat eine Menge durchgemacht. Das Letzte, was sie jetzt braucht, ist einen Mann wie dich.«

Evan verschränkte seine Arme elegant vor seinem Körper. »Was genau bedeutet das? Ich habe sicherlich das Geld, um ihr alles zu geben, was sie braucht.«

»Sie braucht kein Geld!«, stieß Jared hervor und versuchte, sein Temperament im Zaum zu halten. Mara würde mit *Mara's Kitchen* Erfolg haben und er hatte durchaus vor sicherzustellen, dass sie es schaffen würde. Jared wusste, dass er Evan sehr viel schuldig war, doch er würde sich nicht zurücklehnen und dabei zusehen, wie Mara ihm entglitt.

»Was braucht sie denn?«

»Sie braucht jemanden, den es interessiert, wie es ihr geht. Nachdem sie ihr gesamtes Erwachsenenleben damit verbracht hat, ihre kranke Mutter zu pflegen, und dann ihr Hab und Gut bei einem Feuer verloren hat, wäre es vielleicht nett, wenn sich zur Abwechslung einmal jemand eine Zeitlang um *ihre* Bedürfnisse kümmert.«

»Und wenn ich bereit dazu bin, das zu tun?«, fragte Evan.

»Mach's! Einfach! Nicht!« Jared wusste, dass er gerade sein Revier markierte, und das Letzte, worüber er mit seinen Brüdern in einen Streit geraten wollte, waren Frauen. Doch hier ging es um Mara und Jared *würde* sich mit seinem Bruder anlegen, wenn es nötig wäre. »Und fass sie nicht noch einmal an!«

Evan schlenderte hinüber zu der Bank, die vor Jareds Haus stand, setzte sich und zog seine Socken und Schuhe an. »Du benimmst dich absurd.«

»Es interessiert mich einen Dreck, ob ich mich verrückt anhöre. Lass sie in Ruhe!«

Evan wischte sich den Sand von den Füßen, bevor er seine Socken anzog. »Du meldest also Ansprüche auf sie an?«

Versuchte er Evan zu sagen, dass er Mara für sich allein wollte? Sein Schwanz wollte das ganz sicher, dieses verdammte Organ schien nur sie zu wollen. »Wir haben nicht darüber gesprochen«, gab er widerwillig zu.

Mit seinen Schuhen wieder an den Füßen und seinen Hosenbeinen heruntergekrempelt stand Evan auf. »Dann ist sie ja noch zu haben«, stellte er fest. »Weißt du, eigentlich mag ich sie ganz gern und das konnte ich über noch nicht sehr viele Frauen in meinem Leben sagen. Sie ist klug, besitzt Wertevorstellungen und sie hat keine Angst vor mir.«

Jared ballte die Fäuste, um seinem nervigen, arroganten Bruder nicht eine zu verpassen. »Sie ist ebenfalls warmherzig, liebevoll und stark. Und sie gehört zu mir!« Verdammt! Auf keinen Fall würde er zulassen, dass Evan ihm Mara vor der Nase wegschnappte. Er brauchte sie so sehr. Und sie brauchte jemanden, der sich aufrichtig für sie als Mensch interessierte.

»Dann schlage ich vor, dass du sie dir nimmst«, sagte Evan vernünftig. »Oder jemand anderes wird dir zuvorkommen.« Ohne ein weiteres Wort drehte er sich um und ging die Einfahrt hinunter.

Jared fragte sich wütend, was dieser Kommentar wohl bedeuten sollte. Hatte Evan ihm sagen wollen, dass auch er ein Auge auf Mara geworfen hatte? Er sah der immer kleiner werdenden Gestalt seines Bruders hinterher, während dieser sich von Jareds Anwesen entfernte.

Ärgerlich darüber, dass er nicht wusste, wo in ihrer Beziehung er und Mara sich befanden, stapfte er zu seiner Eingangstür und betrat das Haus.

Er benötigte weniger als fünf Minuten, um festzustellen, dass Mara sich nicht in seinem Haus aufhielt. Er hatte einen Blick nach draußen geworfen und konnte sie auch am Strand nicht entdecken. Nachdem er sie überall gesucht und ihren Namen gerufen hatte, bis seine Stimme heiser war, trat Jared hinaus auf seine riesige Terrasse, lief die Stufen hinunter und ging entschlossen hinüber zum Gästehaus, von dem er durch den Essensduft fast automatisch angezogen wurde.

Sie ist dort. Sie ist im Gästehaus.

Was zum Teufel macht sie dort? Ja, er hatte ihr gesagt, dass sie das Gästehaus nutzen konnte, doch in Wahrheit *wollte* er gar nicht, dass sie sich dort aufhielt. In den vergangenen Tagen hatte er sich so sehr daran gewöhnt, ihre Stimme und ihr Lachen regelmäßig zu hören, Laute, die seinen Schwanz sofort hart werden ließen. Er wollte sie in seinem Haus und in seinem verdammten Bett.

Nach der ersten Nacht, die sie gemeinsam verbracht hatten, einer Nacht, die niemals hätte passieren sollen, bis sie nicht vollständig gesund war, hatte er davon fantasiert, noch einmal in ihr zu sein. Und noch einmal. Jetzt war dies so gut wie alles, an das er denken konnte. Sie war so unglaublich eng, feucht und perfekt gewesen. Er war ein gut ausgestatteter Mann und er wusste, dass er ihr vermutlich wehgetan hatte. Sie hatte sich zwar nicht beklagt, doch als er am nächsten Tag die dicke Schwellung an ihrem Knöchel gesehen hatte, war er ärgerlich auf sich selbst geworden. Was war nur mit seiner sorgsam trainierten Kontrolle geschehen? Bei Mara war sie ihm definitiv entglitten.

Passiert. Nicht. Noch. Einmal.

Er wollte auf keinen Fall eine Frau verletzen, die schon genug Qual und Herzschmerz erlitten hatte.

Wie geht es weiter, wenn ich mit ihr fertig bin?

Aus seinem Hals kam ein tiefes Knurren, als er die Tür des Gästehauses erreichte. Er würde niemals mit ihr fertig sein. Normalerweise vögelte er eine Frau nur einmal und war dann befriedigt. Doch aus irgendeinem Grund wusste er, dass er Mara auf jede nur vorstellbare Weise nehmen könnte und sich dennoch nach ihr verzehren würde, als sei sie eine süchtig machende Droge.

Weil sie mich ebenfalls will.

Eine Frau konnte eine Reaktion, wie Mara sie gezeigt hatte, nicht vorspielen. Ihr Körper hatte gezittert, als er sie berührt hatte, und ihr Verlangen war so stark wie sein eigenes gewesen.

Sie war verletzlich. Sie hat mich gebraucht.

Während er akzeptierte, dass er derjenige sein könnte, der bei seiner Besessenheit von Mara verletzt zurückbliebe, drehte er den Türknauf und wurde sofort wieder ärgerlich, als er die Tür unverschlossen vorfand.

Ich werde sie dazu bringen, mich so sehr zu brauchen wie ich sie.

»Mara!«, rief er unwirsch.

»Hier drinnen!« Die weibliche Stimme kam von der linken Seite aus der Küche.

»Die Tür war nicht abgeschlossen«, informierte er sie mit genervter Stimme, als er die Küche betrat.

»Ich habe mein gesamtes Leben in Amesport verbracht und ich schließe meine Tür nie ab, außer nachts. Die Halbinsel befindet sich auf einem Privatgrundstück. Mit Ausnahme der Familie kommt niemand hierher.«

Jared öffnete den Mund, um ihr mitzuteilen, dass jeder Tourist oder Durchreisende problemlos auf das Gelände spazieren konnte. Oder ein neugieriger Reporter auf der Suche nach einer reißerischen Geschichte könnte sie hier ausfindig machen, wenn er in seinem Privatleben herumschnüffeln wollte. Allein schon ihre Verbindung zu ihm machte sie zum Ziel von so gut wie jedem Verrückten und das war etwas, das er ihr zu verstehen geben musste. Doch stattdessen hielt er an der Küchentür an und verstummte plötzlich. Er beobachtete fasziniert, wie sie sich trotz ihres verletzten Knöchels anmutig von einem Ort zum anderen bewegte. Ihr Gesicht war von der Hitze in der Küche gerötet und sie schwebte mit einem Selbstbewusstsein hin und her, das jeden anderen Gedanken aus seinem Kopf verbannte. Er hatte nur noch den Wunsch, ihr zuzusehen.

Sie ist so wunderschön.

Sie brauchte nur aufzuschauen und ihn anzulächeln, damit sein Schwanz aufrecht stand und sie mit zügelloser Freude begrüßte. Sein

Herz begann mit einer solch tief vergrabenen Sehnsucht, die er so noch niemals zuvor empfunden hatte, wild zu klopfen.

Mein Gott! Ich bin verloren.

»Was machst du?«, fragte er heiser und vergrub seine Hände in den Hosentaschen. Er lehnte sich mit einer Schulter gegen den Türrahmen und versuchte lockerer auszusehen, als er sich fühlte.

»Ich koche«, gab sie fröhlich zurück. »Hummereintopf, Maisbrot und Blaubeerstreuselkuchen. Mir ist aufgefallen, dass Sarah mir mehr als nur Kleidung vorbeigebracht hat. Sie hat auch den Kühlschrank, die Kühltruhe und die Schränke mit Lebensmitteln gefüllt.«

Jared zuckte mit den Schultern. »Das ist sie dir schuldig. Du springst bei ihrer Hochzeit ein.«

Mara sah ihn böse an. »Ich tue ihr und Kristin einen Gefallen. Sarah schuldet mir gar nichts und ich fühle mich schuldig, weil ich weiß, dass sie eine Menge Geld für mich ausgegeben hat.«

Jared grinste. »Ich kann dir persönlich versichern, dass ihr zukünftiger Ehemann stinkreich ist.«

»Du gehst sehr locker damit um, dass Sarah das alles macht«, sagte sie misstrauisch. »Hast du sie bezahlt?«

»Nein, leider habe ich sie nicht bezahlt«, sagte er mit verärgerter Stimme. »Ich habe es versucht, aber sie wollte mein Geld nicht annehmen. Sie wollte dir gemeinsam mit Emily und Randi ein Geschenk machen. Sie sagte irgendetwas von einem Gefallen weitergeben, der ihr einmal getan worden war. Außerdem mag sie dich. Glaub mir, wenn ich etwas damit zu tun gehabt hätte, dann würden sich deine Klamotten jetzt in meinem Haus befinden. Warum bist du ausgezogen?« Er würde die Tatsache nicht erwähnen, dass auch er Dante das Geld für Maras Kleidung angeboten, sein Bruder es jedoch vehement abgelehnt hatte. Sarah hatte ihre Kreditkarte benutzt, doch Dante hatte Jared lachend verraten, dass er sie abbezahlen würde, sobald sie ihre Einkaufstour für Mara beendet hatte, und niemals auch nur einen Penny des Geldes vermissen würde. Dante mochte zwar unfassbar reich sein und es sollte ihn nicht kümmern, dass sein Bruder Mara helfen wollte, doch es irritierte ihn trotzdem. Jared hatte erst aufgehört, dieses Thema zu erwähnen, als Dante ihn gefragt hatte, warum es ihm so wichtig sei. Jared hatte darauf keine Antwort gehabt.

»Ich bin dort, wo ich sein sollte. Darauf hatten wir uns geeinigt. Ich bin dir jetzt nicht mehr im Weg.«

Ich will, dass du mir im Weg bist, und ich will in dir sein. Du solltest dich in meinem Bett befinden.

Es spielte keine Rolle, was er zuvor gesagt hatte, er wollte sie an seiner Seite haben. »Es hat mir nichts ausgemacht«, erklärte er und versuchte, nicht verzweifelt zu klingen.

»Das ist egal«, schalt sie ihn, sah wieder zu ihrem Topf auf dem Herd und rührte darin herum.

Es war ganz und gar nicht egal, doch zumindest befand sie sich gleich nebenan. »Riecht gut.« Die Düfte in der Küche waren mehr als *gut*; sie waren verlockend und ließen ihm das Wasser im Mund zusammenlaufen. »Ich hatte keine Ahnung, dass so etwas wie Hummereintopf existiert.«

»Du wirst ihn lieben«, entgegnete sie, ohne ihn anzusehen.

»Dann bin ich also zum Abendessen eingeladen?« Jareds Mundwinkel verzogen sich zu einem Lächeln.

»Du bist immer eingeladen. Jetzt, wo ich wieder laufen kann, werde ich für uns beide kochen.«

Gut. Dann würde er den Großteil seiner Zeit hier verbringen anstatt in seinem größeren Haus. Er war nicht gerade glücklich darüber, dass sie nicht bei ihm war, doch wenn er sie mit einer offenen Essenseinladung gleich nebenan halten konnte, dann würde er das ausnutzen. Jeden. Einzelnen. Tag. »Ich habe dich mit Evan am Strand gesehen. Bist du dir sicher, dass du schon herumlaufen solltest?« *Magst du meinen Bruder wirklich?* Er sprach diese Frage nicht aus, doch es juckte ihm in den Fingern, sie zu fragen, was sie über Evan dachte oder ob sie sich zu ihm hingezogen fühlte.

Maras helles Lachen floss wie Balsam über Jareds Seele.

Sie prustete, als sie sagte: »Ich wünschte, ich hätte noch mein Mobiltelefon. Ich hätte ein Foto gemacht. Ich habe noch nie einen Typen gesehen, der so verklemmt ist wie dein Bruder. Ich werde nie vergessen, wie er in seinem maßgeschneiderten Anzug am Strand herumgelaufen ist und eine Trauermiene gezogen hat. Er ist wirklich saukomisch!«

Komisch? Evan? Jared fragte sich, wie sein Bruder sich wohl mit dieser Beschreibung fühlen würde. Er könnte garantieren, dass die Worte »saukomisch« und »Evan Sinclair« noch niemals im selben Gespräch vorgekommen waren. »Du magst ihn also?«

Mara sah ihn mit einem Löffel in der Hand nachdenklich an. »Er ist ... kompliziert, glaube ich.«

Tatsächlich war es so, dass Evan Sinclair von jedem Menschen, mit Ausnahme seiner Geschwister, für furchterregend, unglaublich kalt und ein absolutes Arschloch gehalten wurde. Jared hatte noch niemals gehört, dass irgendjemand seinen ältesten Bruder als »kompliziert« beschrieben hätte. Nur Mara würde versuchen, etwas mehr zu sehen als den Mistkerl, als der sich Evan so gut wie jedem präsentierte, der ihm über den Weg lief. »Warum sagst du das?« Er ging zu ihr hinüber, nahm ihr die neue Brille ab und säuberte die Gläser mit dem weichen Stoff seines T-Shirts. Sie waren vom Dunst in der Küche beschlagen und er konnte kleine Tropfen sehen, die auf den Gläsern getrocknet waren. Als die Brille sauber war, setzte er sie ihr zurück auf die Nase.

»Wirst du jemals damit aufhören, das zu tun?«, fragte sie zögernd.

»Deine Brille zu putzen?«

»Ja.«

»Wahrscheinlich nicht. Ich habe dir doch erzählt, dass ich sie selbst einmal gebraucht habe.« Er zuckte mit den Schultern. »Ich habe sehr lange eine Brille getragen, seit meiner Kindheit. Es hat mich verrückt gemacht, wenn sie Flecken hatte. Als ich erwachsen war, konnte ich endlich eine Augenoperation durchführen lassen, um meine Sehschärfe zu korrigieren. Bist du kurzsichtig?«

»Hornhautverkrümmung. So schlimm ist es nicht. Meine Augen sind gerade schlecht genug, dass es mir auf die Nerven geht und ich die Brille bei der Arbeit benötige.«

»Dann könnte es korrigiert werden«, vermutete Jared.

»Das könnte es. Doch es hat bei mir nicht an erster Stelle gestanden. Ich komme problemlos mit einer Brille zurecht und dieser Eingriff kostet viel Geld.«

»Aber du kannst durch deine Gläser nichts sehen, wenn du sie nie sauber machst.« Jared lächelte. Er liebte den empörten und sturen Ausdruck, den ihr Gesicht annahm, wenn sie praktisch wurde.

»Ich mache sie sauber«, verteidigte sie sich. »Und bis ich Zeit dazu finde, schaue ich einfach um die Flecken herum.«

Er würde ihre Augen korrigieren lassen, damit sie die ganze Zeit anständig sehen konnte. Sie wusste es nur noch nicht. Mara war stur, doch Schritt für Schritt würde er dafür sorgen, dass sie alles bekam, was sie brauchte und verdiente. Als Mara zum Kühlschrank ging, griff er sie beim Arm und drehte sie langsam herum, sodass ihr Körper gegen das metallene Gerät gedrückt wurde, bevor sie die Tür öffnen konnte. »Dann konntest du mich also in dieser einen Nacht auch ohne deine Brille sehr gut erkennen.«

Sie versuchte nicht einmal, so zu tun, als wüsste sie nicht, wovon er sprach. »Ja.« Sie leckte sich über die Lippen und sah zu ihm auf.

»Ich bin groß und ich war nicht gerade zärtlich. Sag mir die Wahrheit! Habe ich dir wehgetan?« Jared war sich nicht sicher, dass er die Antwort hören wollte, doch er musste es wissen. Er *hatte* die Kontrolle verloren, etwas, das ihm bei keiner Frau passierte.

Sein Herz schlug wieder etwas langsamer, als sie ihren Kopf schüttelte. »Nein. Und du hast es mir genau so besorgt, wie ich es gebraucht habe, Jared. Ich wollte vergessen müssen und das habe ich getan. Ich habe mich dir nahe fühlen müssen und das habe ich getan. Ich werde diese Nacht niemals vergessen, weil ich endlich weiß, wie lustvoll Sex sein kann. Du hast mir das gezeigt.«

Er hasste es, dass sie von ihrer beider Zusammensein in der Vergangenheit sprach. Gute Güte! Er hatte ein Gefühl, als würde er sie immer brauchen, und es gab sehr viel, das er ihr *nicht* gezeigt hatte.

»Keine Schmerzen?«, fragte er scharf.

»Nur die Dehnung, die normal ist, wenn sich ein Mann von deiner Größe in mir befindet. Danach war es fantastisch. Und du warst nicht grob. Du warst perfekt.« Mara seufzte.

Jared erschauderte, als sie ihre Arme um seinen Hals schlang, ihre großen Brüste gegen seinen Oberkörper drückte und ihren Kopf in einer Geste des absoluten Vertrauens auf seine Schulter legte. »Ich will es nochmal, Mara. Ich will dich nochmal«, sagte er rau in ihr Haar und atmete ihren sauberen, betörenden Duft ein. »Doch dieses Mal will ich, dass es anders wird. Ich will, dass du nur aus dem Grund bei mir bist, weil du mich willst. Ich will jeden Zentimeter deiner weichen Haut schmecken und meine Zunge in deiner Muschi vergraben, bis du kommst und meinen Namen schreist. Ich will jeden einzelnen Moment genießen, den der Orgasmus deinen Körper erzittern lässt.«

Sie verspannte, doch sie bewegte sich nicht. »Ich habe noch nie ... Ich kann nicht –«

»Kein Mann hat dich jemals mit seiner Zunge befriedigt«, riet er und sein primitiver Instinkt zerrte an ihm und trieb ihn an, der erste zu sein, der dies tat.

»Nein«, flüsterte sie. »Doch wir können es nicht noch einmal tun, Jared. Es war eine Nacht und ich werde sie nie bereuen. Es war die lustvollste Erfahrung meines Lebens. Aber ich kann nicht.«

»Warum?« Wenn sie es so sehr genossen hat, warum konnte es dann nicht noch einmal passieren? Zum Teufel damit! Es *musste* noch einmal geschehen. Und noch einmal. Er würde seinen Verstand verlieren, wenn er es nicht täte.

»Ganz egal was du in dieser Nacht vielleicht geglaubt haben magst, ich schlafe nicht mit jedem beliebigen Mann. Du warst und bist etwas Besonderes. Seit ich dich das erste Mal gesehen habe, fühle ich mich zu dir hingezogen.«

»Ich weiß, dass du das nicht tust«, brummte er, während er eine Hand in ihrem seidenen Haar vergrub und die andere auf ihrem köstlichen, runden Hintern ablegte.

»Ich glaube aber nicht, dass ich einfach nur Sex mit dir haben könnte«, murmelte sie. »Ich glaube, es würde mir zu sehr wehtun. Du führst keine Beziehungen, Jared. Und als es passiert ist, war mir das bewusst. Doch ich fange mein Leben noch einmal von vorn an und ich möchte, dass mir alles, was passiert, etwas bedeutet. Ich würde anhänglich werden.«

Ihre Worte fühlten sich an, als hätte jemand ein Messer in Jareds Magen gerammt. In Wahrheit *wollte* er ihr etwas bedeuten. Mehr als alles andere wollte er, dass sie anhänglich wurde. Und er wollte sehr viel mehr für sie sein als nur eine Affäre. Das Problem bestand jedoch darin, dass er nicht wusste, was genau er von ihr wollte. Doch zur Hölle, er war bereits besessen von ihr und er wollte sie an sich binden.

Sei kein egoistisches Arschloch!

Er griff ihren Hintern, schob einen Oberschenkel zwischen ihre Beine und sog leise die Luft ein, als ihre heiße Muschi seinen Jeansstoff berührte. Sogar durch das feste Material war er dazu imstande, die Hitze und Feuchtigkeit ihrer Muschi zu spüren. »Du bist feucht.«

»Immer wenn ich in deiner Nähe bin«, gab sie zitternd zu, hob ihren Kopf und sah zu ihm auf.

Befriedige sie!

Ein primitiver Instinkt ergriff ihn und er wollte nur noch ihr wunderschönes, vor Ekstase verzerrtes Gesicht sehen, während sich die Spannung in ihrem Körper langsam aufbaute, um ihn dann beim Höhepunkt in Wellen und Zuckungen zu verlassen. »Gut, dann vögeln wir nicht. Aber gib mir deinen Körper. Lass mich dir zeigen, wie gut sich meine Zunge genau dort anfühlen kann, wo du sie spüren willst.« Er umschloss ihren Mund mit seinem und küsste sie, während sein Herz triumphierend in seiner Brust hämmerte, als sie endlich kapitulierte und gegen seine Lippen gepresst aufstöhnte.

Jared schmeckte und erforschte, nicht dazu in der Lage, genug von ihr zu bekommen, und er bezweifelte, ob das jemals der Fall sein würde.

Kapitel 11

Mara war verloren, gefangen in Jareds sinnlichem, heißem Angriff. Er eroberte sie. Er fing sie ein. Er dominierte sie. Sie konnte die instinktiven Bewegungen ihrer Hüfte nicht kontrollieren und rieb ihre Muschi an seinem Oberschenkel, während ihr Verlangen nach Jared sie fest in seinem eisernen Griff hielt. Die Spitzen ihrer Brustwarzen rieben an seinem starken Oberkörper und sie wimmerte, als er ihr zart in die Unterlippe biss und dann beruhigend mit der Zunge darüber leckte.

»Jared. Bitte!« Mara wusste nicht, ob sie um Gnade bettelte oder darum, noch mehr von der süßen Folter zu erhalten, die er ihr zuteilwerden ließ. Sie presste sich an ihn, während sein Mund ihren Hals hinunter wanderte und seine Zunge eine Feuerschneise auf ihrer empfindlichen Haut hinterließ.

»Sag mir, dass du mich brauchst, Mara!«, flüsterte er ihr rau ins Ohr. Seine Hand war noch immer in ihrem Haar gefangen und bog ihren Kopf dorthin, wo er ihn haben wollte.

»Ich brauche dich. Du weißt, dass ich dich brauche«, murmelte sie und schloss die Augen.

»Das hier?« Er drückte ihren Po und zog ihre Muschi noch dichter an seinen steinharten Oberschenkel.

»Ja!«, gab sie ohne Scham zu. »Mehr!«

»Reite mich! Stell dir vor, dass meine Zunge deine heiße Muschi leckt und immer wieder über deine Klitoris fährt!«, forderte er sie barsch auf. »Vielleicht bist du dafür noch nicht bereit, also denk darüber nach!«

Mara hatte keine Ahnung, wie sich das anfühlen würde, doch in ihrem Kopf *konnte* sie es sich vorstellen.

Jareds schönes Gesicht, das zwischen ihren Schenkeln vergraben ist.

Jareds Zunge, die ihre aufgerichtete und pulsierende Knospe leckt.

Jared, wie er an ihrem empfindlichen Fleisch saugt.

»Oh Gott! Es wäre so gut!«, stöhnte sie und drückte ihre Muschi in einer sinnlichen und gleichzeitig wilden Bewegung noch fester gegen Jared. »So gut!«

»Es ist gut, Baby. Mein einziges Ziel besteht darin, dich zum Höhepunkt zu bringen«, flüsterte er ihr heiser zu, griff fester in ihr Haar und zog ihren Kopf zurück, damit er mit seiner Zunge über die empfindliche Haut an ihrem Hals fahren konnte.

Das Gefühl seiner Zunge brachte sie zum Orgasmus, während sie ihre Muschi weiter an seinem Oberschenkel rieb. Das Gefühl breitete sich in der Mitte ihres Körpers aus und fuhr bis in ihre Fingerspitzen, während ihre heiße Spalte gewaltsam pulsierte. »Jared.« Ihr Keuchen verwandelte sich in ein langes Stöhnen.

Er stülpte seinen Mund über ihren und fing ihre Lust mit seinen Lippen ein. Mara krallte sich in sein Haar und hielt sich an ihm fest, während der Orgasmus ihren Körper erbeben ließ.

Jared beendete den Kuss mit einem erstickten Stöhnen und vergrub dabei sein Gesicht in ihren Haaren. Er zog sein Bein zwischen ihren Schenkeln hervor, hielt ihren Körper fest an sich gedrückt und presste ihren Kopf sanft gegen seine Brust. »Bist du okay?«

»Für eine Frau, die gerade zum Höhepunkt gekommen ist, ohne ihre Kleidung auszuziehen, geht es mir gut.« Sie atmete schwer und ihr Herz schlug so schnell, dass sie das Gefühl hatte, es würde ihr aus der Brust springen.

Jared lachte leise und hielt sie noch fester. »Ich würde mich freuen, wenn wir es nochmal täten und du dann nackt wärst.«

»Du bist gefährlich«, murmelte sie. Ihr Verstand war noch immer nicht ganz zurückgekehrt. Sie konnte seine weiterhin bestehende Erektion an ihrem Bauch spüren und fühlte sich schuldig, dass er nicht die Gelegenheit gehabt hatte, zum Höhepunkt zu kommen. »Das war nicht gerade ein beidseitiger Lustgewinn.«

»Für mich war es das«, sagte Jared ruhig. »Es gibt nichts Besseres, als dir beim Kommen zuzusehen, Mara. Und ich dränge dich nicht zu mehr, als du im Moment zu geben bereit bist.«

Ihr Herz schmolz dahin. Wenn Jared nur wüsste, dass sie ihm alles geben wollte, ihn so verrückt machen wollte, wie es ihm bei ihr nur mit seiner Stimme, seiner Berührung, seinem Kuss gelang. Wenn er sie nackt ausgezogen und an Ort und Stelle in der Küche genommen hätte, sie hätte ihn nicht aufgehalten. Sie hätte ihn vermutlich sogar angebettelt, es zu tun. Doch er hatte es nicht getan, weil sie Bedenken hatte und eventuell verletzt werden könnte, wenn diese ganze Geschichte vorbei war und er sich nicht mehr von ihr angezogen fühlen würde. »Danke. Aber ich finde es immer noch nicht richtig, dass du noch nicht ...« Ihre Stimme verstummte.

»Dass ich nicht gekommen bin.« Jared trat einen Schritt zurück und sah mit erhitzten Augen auf sie herab. »Keine Sorge. Eine Erektion ist nicht tödlich. Und außerdem habe ich jetzt jede Menge Stoff für meine Fantasie, wenn ich mich des Problems selbst annehme.«

Sie biss sich auf die Lippe, um ein Stöhnen zu unterdrücken. Die Vorstellung, wie Jared sich selbst zum Höhepunkt brachte, den Kopf zurückwarf, wenn er kam, schwirrte nun als erotische Vision in ihrem Kopf herum. »Das würde ich gern sehen«, platzte sie heraus, bevor sie sich selbst zensieren konnte.

Jared lächelte verschmitzt. »Für gewöhnlich verkaufe ich keine Eintrittskarten für diese Veranstaltung, doch dich lade ich gern zu einer exklusiven Vorstellung ein.«

Sie machte sich mit Bedauern von ihm los. »Das klingt nach Schwierigkeiten«, antwortete sie und versuchte, locker zu klingen, obwohl sie in diesem Moment alles andere als das war.

»Den allerbesten Schwierigkeiten«, stimmte er ihr hoffnungsvoll zu.

»Du bist ein böser Mann, Jared Sinclair«, mahnte sie ihn zum Spaß. Sie bemerkte, dass ihre Hände noch immer nicht wieder komplett ruhig waren, als sie einen Topflappen nahm und das Maisbrot aus dem Ofen holte. In Wahrheit liebte sie seine Art von Schwierigkeiten und seine sexy Stimme, die ihr erotische Dinge zuflüsterte, machte sie halb wahnsinnig.

»Baby, du hast mich noch nicht erlebt, wenn ich mich schlecht benehme«, ließ er sie mit heiserer Stimme wissen.

Nein? Oh Gott, dann möchte ich dich wirklich absolut schamlos erleben.

Ihre eigenwillige Muschi wurde bei dem Gedanken an einen wilden und ungezügelten Jared schon wieder von einer Hitzewelle überrollt. Irgendetwas an seiner rohen Leidenschaft brachte eine Seite an ihr zum Vorschein, von der sie nicht gewusst hatte, dass es sie gibt.

»Zeit zu essen«, quiekte sie und änderte abrupt das Thema.

»Genau mein Gedanke.« Er lehnte sich gegen die Arbeitsplatte und zeigte ihr ein spitzbübisches und heißes Grinsen.

Mara rührte wie wild in dem Topf auf dem Herd herum und war sich sicher, dass er nicht über den Hummereintopf sprach.

»Die sind fürchterlich!«, kicherte Mara später am selben Abend, als sie sich den langen Fotostreifen ansah, den die Maschine in der Spielhalle von Amesport ausgespuckt hatte. »Ich sehe aus wie eine verwirrte Eule. Ich hätte meine Brille abnehmen sollen.« Sie und Jared hatten sich gemeinsam in den Fotoautomaten gezwängt und sie hatte über seine trockenen Witze gelacht, während die Kamera die Fotos aufgenommen hatte.

»Mir gefallen sie!«, sagte Jared empört und schnappte ihr den Streifen aus der Hand.

Mara rollte mit den Augen, als sie in der Schlange standen, um ihre Tickets einzutauschen. Bereits vor Stunden waren sie zur Spielhalle gegangen, nachdem sie in die Stadt gefahren waren. Mara hatte Jared endlich davon überzeugen können, dass sie vollkommen dazu in der Lage war, in dieser Woche ihre Produkte beim Bauernmarkt zu verkaufen, und dass sie Zutaten benötigte. Er hatte widerwillig zugestimmt, jedoch darauf bestanden, sie in die Stadt zu fahren, um ihr alle die Sachen zu tragen, die sie brauchte.

Er hatte die kleine Spielhalle auf der Promenade entdeckt, während Mara in einen der Läden auf der Main Street gegangen war und er draußen auf sie gewartet hatte. Sie hatte gesehen, wie er von der Bank aufstand und über die Straße lief. Als sie das Geschäft verließ, fand sie ihn mit den Händen voller Vierteldollar Münzrollen vor.

Nachdem sie ihre Einkäufe in den Geländewagen geladen hatten, hatte er sie fast schon zur Spielhalle gezerrt, und dort waren sie die gesamte Zeit über geblieben. Sie hatte gelernt, dass er ein Skeeball-Profi ist und sie bei so gut wie jedem Videospiel besiegen kann. Er hatte wie ein Wahnsinniger Tickets gesammelt und jedes Spiel in der Spielhalle mehr als nur einmal ausprobiert.

Während Mara sich eine Handvoll Popcorn in den Mund schob, das Jared für sie gekauft hatte, seufzte sie. »Ich liebe es hier. Dieser Ort existiert schon, seit ich denken kann.« Das alte Gebäude konnte einen Außenanstrich vertragen, doch innen drin war es genauso laut, bunt und fröhlich, wie sie es in Erinnerung hatte. »Hier hat meine Mutter mir gezeigt, wie man Pac-Man spielt.«

»Sie muss gut darin gewesen sein«, brummte er.

»Das war sie«, sagte Mara und lächelte. Sie war glücklich über die Tatsache, dass zumindest ein Spiel existierte, in dem sie besser war als Jared. »Wo hast du gelernt, alle diese alten Spiele so gut zu beherrschen?«

Jared lächelte sie an, während er die Fotos vorsichtig faltete und sie in seine Tasche steckte. »Ich habe drei ältere Brüder und drei Cousins. Im Sommer haben wir immer einige Zeit mit meinen Cousins verbracht, die in der Nähe von Salem aufgewachsen sind. Wann immer wir konnten haben wir uns aus dem Haus geschlichen, um in der Spielhalle zu spielen, manchmal sogar jeden Tag.«

»Es gibt noch mehr Sinclairs?«

»Ja. Sie haben sich auch über das gesamte Land verteilt, genau wie wir. Die Söhne des jüngeren Bruders von meinem Vater, doch wir sind alle ungefähr im gleichen Alter.«

»Seht ihr euch gar nicht mehr?«

»Ich glaube, sie kommen alle zu Dantes Hochzeit. Es ist schon eine Weile her, seit wir das letzte Mal alle zusammen waren. Eine ziemlich lange Zeit«, antwortete Jared und in seiner Stimme schwang ein klein wenig Reue.

»Bitte sag mir nicht, dass deine Cousins auch reich und gutaussehend sind«, bettelte Mara.

Jared warf ihr einen verwirrten Blick zu und bewegte sich in der Schlange vorwärts. »Stinkreich. Sie sind Sinclairs. Meiner Meinung nach sind sie aber alle hässliche Mistkerle«, fügte er schnell hinzu, als ob er Angst davor hatte, sie könnte an einem von ihnen interessiert sein.

Mara stöhnte auf. »Rivalität unter Cousins. Doch eigentlich willst du damit sagen, dass sie genauso wunderbar und reich sind wie du und deine Brüder.«

»Hast du Interesse?«, fragte Jared verstimmt.

»Nein. Aber Elsie und Beatrice werden ihren großen Tag haben. Stell dir nur mal vor ... alle diese reichen Sinclair-Männer in Amesport!«, rief sie aus. »Bitte sag mir, dass alle bereits verheiratet sind und zigtausend Kinder haben.«

Jared grinste und die Anspannung in seinem Körper begann sich zu lösen. »Junggesellen. Jeder von ihnen. Micah, Julian und Xander waren nie verheiratet. Ich bin mir sicher, dass sie sich sehr freuen würden, Elsie und Beatrice kennenzulernen.« Er lachte hinterhältig.

»Ernsthaft? Sogar ihre Namen sind heiß«, beschwerte sich Mara lautstark. »Wenn Beatrice das herausfindet, wird sie ihnen eine Partnerin suchen, noch bevor sie hier eintreffen.«

Jareds Grinsen wurde noch breiter. »Gut. Ich glaube, ich schaue mal in ihrem Laden vorbei und lasse sie wissen, dass sie kommen werden. Ich freue mich darauf, sie alle wiederzusehen, weil das letzte Treffen schon so lange her ist, doch ich will auch sehen, wie sie sich alle winden. Beatrice kann eine furchteinflößende Frau sein, wenn sie will.«

»Das ist schrecklich!« Sie gab ihm einen Klaps auf den Arm. »Du hast ja keine Ahnung, wie es sich anfühlt, wenn Beatrice einen Partner für dich gefunden hat. Sie ist hartnäckig. Vor einigen Jahren hatte sie es auf mich abgesehen, als sie dachte, dass einer der Buchhalter der Stadt und ich ein gutes Paar abgeben würden.«

Jared runzelte die Stirn. »Was ist passiert?«

»Es stellte sich heraus, dass er schwul ist. Doch der arme Mann wurde von Beatrice ständig verfolgt und belagert, bis er ihr schließlich die Wahrheit sagen musste. Sie schwört, dass sie nur ihren Geistführer falsch interpretiert hat und es sich um einen ihrer wenigen Fehler gehandelt hat.« Sie stieß entnervt die Luft aus.

Als Jareds lautes Lachen in seiner Kehle explodierte und die Luft um sie herum zum Vibrieren brachte, erschauderte Mara vor Entzücken. Er sah jung, glücklich und so unfassbar sexy aus, wenn er sich so verhielt; nicht mehr wie ein Milliardärs-Playboy, sondern wie ein ganz normaler Typ. Gut, er war noch genauso attraktiv, doch er sah viel mehr zum Anfassen aus. »Ja, lach du nur! Warte nur ab, bis sie dich in die Finger bekommt! Ich bin überrascht, dass sie das noch nicht getan hat.« Sie liebte Elsie und Beatrice über alles, doch wenn eine von ihnen sich dazu entschied, sich einzumischen, dann waren sie nicht abzuschütteln.

»Genau genommen hat sie meine Partnerin bereits gefunden«, teilte Jared ihr belustigt mit.

»Wen?« Mara versuchte, nicht ängstlich oder eifersüchtig zu klingen, doch sie war ein bisschen von beidem.

Er sah sie mit seinen tiefen, grünen Augen an und seine Lippen kräuselten sich sinnlich, bevor er ihr antwortete: »Dich!«

Mara ließ fast ihr Popcorn fallen und sah Jared mit offenem Mund an, während dieser nach vorn trat, um seinen Preis abzuholen.

Nachdem er seine Tickets abgegeben hatte, übergab er ihr einen kleinen Plüschtiger, ein wirklich niedliches Kuscheltier, das Jared vermutlich für fünf Dollar in einem Billigladen hätte kaufen können. Stattdessen hatte er mindestens fünfzig in Vierteldollarmünzen ausgegeben, um es zu gewinnen, doch es war eines der wertvollsten Dinge, die sie jemals erhalten hatte, weil Jared aussah wie ein junger Mann, der seiner Freundin stolz einen Preis überreichte. Er hatte den Tiger für sie gewonnen und das machte ihn so besonders.

»Vielen Dank!« Sie küsste ihn auf die Wange und zuckte zusammen, als sie sich auf Zehenspitzen stellte. *Verdammter Knöchel!*

»Tut es weh?«, fragte Jared besorgt.

»Ein wenig. Ich vergesse die Verletzung, bis ich mich falsch bewege.«

Jared legte einen Arm um ihre Hüfte, hob sie hoch und trug sie nach draußen.

»Ich kann laufen, Jared. Lass mich runter! Ich bin nicht gerade ein Leichtgewicht. Ich bin überrascht, dass du dir noch nicht den Rücken ausgerenkt hast.« Sie gab ihn einen Klaps auf die Schulter.

»Du bist verdammt noch mal perfekt, Süße, besonders wenn du so bist wie jetzt«, antwortete er heiser.

Verärgert legte sie die Arme um seine Schultern, um es ihm leichter zu machen, sie zu seinem Wagen zu tragen. Dem festen Griff um ihren Körper nach zu urteilen war er unnachgiebig und sah vom Tragen ihres Gewichts in keiner Weise angestrengt aus. »Es geht mir gut«, protestierte sie vergebens. »Und bitte sag mir, dass es sich um einen Witz gehandelt hat, als du sagtest, Beatrice hätte mich als deine Partnerin ausgewählt.«

Er hielt neben seinem Geländewagen an, den er auf der Main Street geparkt hatte, und setzte sie sanft auf dem Boden ab. Er holte seinen Schlüssel aus der Hosentasche hervor und drückte auf den Knopf, der die Türen automatisch entriegelte. »Kein Witz. Und nach dem Mittagessen, das du mir heute gekocht hast, denke ich ernsthaft darüber nach, dich anzuflehen, mich zu heiraten.«

Sie nahm seinen Kommentar als den Witz auf, den er hatte machen wollen. »So gut also, was?«

»Hm ... ja. Ich fange an zu glauben, dass Beatrice dieses Mal vielleicht richtig liegen könnte.« Er öffnete ihr die Beifahrertür.

Das Licht des Autos erhellte sein Gesicht und Mara lächelte ihn an, als sie das neckische Funkeln in seinen Augen erblickte. »Du würdest mich für meinen Streuselkuchen mit wilden Maine-Blaubeeren heiraten?«, zog sie ihn auf und stieg in das Spiel mit ein.

»Und für den Hummereintopf«, erinnerte er sie. »Köstliches Zeug.«

»Was ist mit dem Maisbrot?«

»Perfektion.«

»Und der Kaffee?«

»Besser als im *Brew Magic*«, sagte er entschieden, umgriff ihre Hüfte und hob sie mühelos auf den weichen Ledersitz.

»Du bist ja regelrecht besessen vom Essen!« Sie fing an zu lachen.

»Schuldig«, gab er bereitwillig zu und schnallte sie an. »Das waren nicht nur die besten Gerichte, die ich jemals zu mir genommen habe, sondern du hast sie auch noch für mich gekocht.«

»Hat für dich noch niemals jemand gekocht?«

Er schüttelte den Kopf und ihre Blicke trafen sich. »Als wir jünger waren und zu Hause gewohnt haben, hatten wir eine Köchin, doch es war ihr Job zu kochen. Das hier ist anders. Du hast es nur gemacht, weil du Lust dazu hattest.«

Kein Wunder, dass er jeden Abend in die Stadt fuhr, um zu essen. Jared wusste *wirklich* nicht, wie man kochte. Das war eine Ironie an sich, wo er doch ein Mann war, der seinen Kaffee, seine Süßigkeiten und sein Essen so sehr liebte. Sie streckte eine Hand aus und legte sie an seine Wange. »Ich koche dir alles, was du willst.« Sie wusste, dass Jared Sinclair sich nicht gern irgendwelche Schwächen eingestand, und sie würde ihn nicht damit aufziehen, dass er nicht kochen konnte. Dafür tat er alles andere bis zur Perfektion. Es schien ihm eine Menge zu bedeuten, dass sie eine so einfache Aufgabe für ihn erledigt hatte, und ihr Herz schmerzte ein wenig, wenn sie an all die kleinen Dinge dachte, die Jared nie gehabt hatte, Dinge, die einem Menschen sagten, dass er irgendjemandem wichtig war. Diese Härte, die Leere seines Lebens ohne Zärtlichkeit, machte ihr das Herz schwer. Traurigerweise hatte sie das Gefühl, dass er richtig lag. Keine der Frauen in seinem Leben hatte viel Interesse an irgendetwas anderem außer seinem Geld. Vielleicht suchte er sich auch diese Art von Frauen aus, doch es schien ungerecht, dass er so bereitwillig gab und im Gegenzug nichts als halbherzigen Sex erhielt.

»Du wirst es vielleicht bereuen, das gesagt zu haben. Was, wenn ich alles haben will?«

»Dann bekommst du es«, sagte sie stur. »Du verdienst es.«

Er vergrub seine Hand in ihrem Haar und beugte sich hinab, um ihr einen zärtlichen, aber emotional verzweifelten Kuss zu geben, der ihr den Atem raubte. Er erkundete gefühlvoll und ausgiebig ihren Mund, bevor er sie endlich freigab. »Mein stürmischer, kleiner Tiger. Du willst mich so gern verteidigen, nicht wahr?«

»Bis du es nicht mehr verdienst«, antwortete sie und legte den Kopf schief, um ihn anzusehen.

Ein gequälter Blick huschte über sein Gesicht, bevor er fragte: »Hast du Hunger?«

»Ich habe ganz viele Vorräte zu Hause. Und noch reichlich von dem Streuselkuchen.«

Er küsste sie auf die Stirn und streckte sich. »Dann lass uns nach Hause fahren.«

Mara seufzte, nachdem Jared die Tür geschlossen hatte und um den Wagen herum zur Fahrerseite gegangen war. Es gab keinen Ort, an dem sie so gern so lange sein würde wie an Jareds Seite.

Auf dem gesamten Weg zurück zur Halbinsel hielt sie den Plüschtiger fest in der Hand und erkannte, dass die kleinsten Dinge auf der Welt wirklich am kostbarsten waren.

Kapitel 12

Für Mara war der Bauernmarkt in dieser Woche ein riesiger Erfolg. Am Ende hatte sie dreimal so viele Produkte hergestellt, wie sie normalerweise schaffte, und das sogar in kürzerer Zeit, und war innerhalb weniger Stunden ausverkauft. Jared arbeitete mit ihr gemeinsam und half ihr, die Kisten mit den Produkten zu heben und herumzubewegen. Darüber hinaus sorgte er dafür, dass sie währenddessen still auf ihrem Hintern sitzen blieb und ihren Knöchel schonte, während er arbeitete. Ihre Verletzung verheilte gut und ihr Fuß war beinahe so belastbar wie zuvor, doch Jared war noch immer besorgt, dass sie sich erneut verletzen würde. Sie gab ihm Anweisungen, während er arbeitete, und auch wenn er sie nur kleinere, körperliche Aufgaben verrichten ließ, funktionierten sie gut als Team.

Geschäfte in der Stadt und einige Restaurants wie das *Sullivan's* gaben Bestellungen auf. Gemeinsam mit Jared tätigte sie nach dem Ende des Bauernmarktes die Lieferungen und ihr Gewinn war um ein Vielfaches größer, als sie ihn jemals zuvor mit dem Verkauf ihrer Produkte erzielt hatte. Es waren keine Unsummen, doch es war für sie ein guter Anfang.

Der Ärger stand am nächsten Tag ins Haus, als sie versuchte, Jared die Hälfte der Einnahmen zu geben.

»Nein«, sagte er grimmig. »Die Gewinne können zurück in das Geschäft fließen. Weder brauche ich dein Geld noch will ich es. Du musst dir selbst einen Lohn zahlen und dieses Geld dann wieder in das Geschäft investieren, um weiter zu wachsen. Die Webseite wird schon bald online sein.«

Mara rollte mit den Augen, während sie die Naht am Saum von Kristins Brautjungfernkleid auftrennte. Sie arbeitete das Kleid um, damit sie mit ihrem fülligeren Körper hineinpasste. Als sie vom Bauernmarkt auf dem Weg nach Hause waren, hatten sie es bei Kristin abgeholt, und Mara war der schelmische Blick nicht entgangen, den Kristin ihr zugeworfen hatte, als sie ihr Jared vorgestellt hatte. Glücklicherweise hatte Kristin nichts gesagt. Sie hatte Mara nur zugezwinkert, als sie ihr das Kleid übergab.

»Du musst ein faires Angebot akzeptieren, Jared.« Es war höchste Zeit, dass sie ihre geschäftlichen Unstimmigkeiten beilegten. Sie mussten zügig einen Vertrag aufsetzen und einen Geschäftsplan vorlegen, der seinen Bemühungen gerecht wurde. Es interessierte sie wirklich überhaupt nicht, ob er das Geld brauchte. Damit sie das Gefühl bekam, dass sie etwas Großes erreicht hatte, musste es professionell aufgezogen werden.

»Ich habe dir meine Bedingungen genannt«, erinnerte er sie und schickte aus dem Lehnsessel einen sturen Blick zu ihr herüber.

Sie hatten gerade fertig zu Abend gegessen und er hatte an seinem Laptop gearbeitet, während sie das Kleid umnähte. Jared verbrachte mehr und mehr Zeit im Gästehaus und brachte nach und nach seine wichtigsten Dinge mit, um sie dort zu belassen. Sie hatte nichts dagegen. In dem Augenblick, in dem er nachts zurück zu seinem Haus gegangen war, war sie einsam gewesen. Sie gewöhnte sich an seine Gesellschaft und vermisste ihn, wenn er nicht bei ihr war. Es war ihr ebenfalls nicht entgangen, dass er langsam alle ihre Besitztümer durch neue Dinge ersetzte, so wie an dem Tag, als er ihr einen neuen Computer brachte, den er zufällig bei sich herumstehen hatte. Es war allerdings nicht ganz so zufällig, dass er brandneu war, sich in seiner Originalverpackung befand und eines der besten Geräte weit und breit war. Jedes Mal, wenn er ihr etwas Neues mitbrachte, sah er so selbstzufrieden aus, dass sie es nicht übers Herz brachte, die Geschenke abzulehnen. Darüber hinaus brauchte sie alle diese Dinge. Doch seine Aufmerksamkeit ließ sie ganz untypischerweise rührselig werden. Kein Mann hatte jemals irgendetwas für sie tun wollen oder ihre Bedürfnisse vorausgeahnt. Es fühlte sich ... ungewöhnlich gut an.

Und dennoch war das mit dem Geschäft eine ganz andere Angelegenheit und sie war dazu bereit, mit harten Bandagen zu kämpfen, wenn es sein musste. Sie wusste, dass sie es würde tun *müssen.* »Dein Bruder hat mir ein Angebot gemacht.« Verdammt! Eigentlich hatte sie diese Karte nicht gegen Jared ausspielen wollen, doch dieser sture Kerl ließ ihr einfach keine andere Wahl.

»Er hat was?«, fragte Jared vorsichtig.

»Er hat mir angeboten, mein Geschäftspartner zu werden. Das gesamte Paket mit Vertrag und Mehrheitsbeteiligung. Wenn wir zu keiner Einigung gelangen, dann nehme ich sein Angebot an«, sagte sie und versuchte, ihm dabei nicht in die Augen zu sehen.

»Du machst keine Geschäfte mit Evan! Er ist ein verdammter Schwindler! Er würde dich bei lebendigem Leibe auffressen, ohne auch nur einen Gedanken an dich zu verschwenden!«, fauchte Jared. »Es wäre ihm egal, wenn er nichts von dem Geld sehen würde. Er ist ein verdammt pedanter Perfektionist. Er würde dich den ganzen Tag herumkommandieren und dich arbeiten lassen, bis du umfällst.«

»Aber es wäre eine faire Vereinbarung. Und ich habe nichts gegen harte Arbeit.«

»Es wäre zu seinem Vorteil. Wie immer.«

Mara zuckte mit den Schultern. »Ein Großinvestor erhält die Mehrheitsbeteiligung.«

»Ich will nicht, dass er dich kontrolliert!«, brüllte er wütend.

»Er würde nicht mich kontrollieren, sondern das Geschäft.«

»Nein!«

»Dann lass uns einen fairen Vertrag aufsetzen!«, forderte Mara hartnäckig und sah ihm endlich starr in die Augen. »Das hier ist nicht fair, Jared!« Sie musste stark sein. Hier ging es um das Geschäft.

»Das Leben ist nicht fair, Mara. Ist es fair, dass ich mir im Gegensatz zu dir in Geldangelegenheiten nie Sorgen machen musste? Ist es fair, dass du deine Mutter viel zu früh verloren hast und den Großteil deiner Zeit als Erwachsene damit verbracht hast, dich um sie zu kümmern? Ist es fair, dass du so unglaublich talentiert bist, jedoch nicht das nötige Kapital besitzt, um dein eigenes Geschäft zu finanzieren? Nichts von diesem Mist ist fair. Ein einziges Mal in meinem Leben möchte ich einfach nur helfen. Lass mich das tun!« Sein Blick war intensiv und seine Augen waren dunkel und frustriert.

Mara knickte beinahe ein. Hinter Jareds sorgfältig aufgebauter Fassade der Perfektion und Gleichgültigkeit befand sich das Herz eines großzügigen Mannes. Doch sie konnte ihm nicht nachgeben. Jared präsentierte sich als harter Knochen, doch sie war sich ziemlich sicher, dass er in der Vergangenheit von vielen Menschen ausgenutzt worden war. Sie würde sich nicht in die Liste der Frauen einreihen, die ihn für etwas benutzten. »Lass die Verträge aufsetzen oder ich bin raus. Ich verstehe, dass dir das Geld nichts bedeutet, aber es bedeutet mir etwas. Es ist nicht anständig und damit kann ich nicht leben.«

Er war einen Augenblick lang still und sah sie böse an, bevor er antwortete: »Gut. Ich lasse die verdammten Verträge anfertigen. Aber nur wenn du keine Geschäfte mit meinem Bruder machst«, sagte er heiser. »Zufrieden?«

Sie hörte auf vorzugeben, dass sie an dem Kleid arbeitete, und ließ es in ihren Schoß fallen. »Ja! Ich freue mich darauf, dieses Unterfangen in Angriff zu nehmen. Mich hat einfach nur gestört, wie unfair es dir gegenüber war. Ich möchte, dass wir beim Unternehmensstart gleichberechtigte Partner sind.«

»Welche Frau macht sich Gedanken darüber, ob ein Milliardär gerecht behandelt wird?«, fragte Jared grimmig.

»Ich arbeite momentan nicht mit dem milliardenschweren Geschäftsmann zusammen. Ich arbeite mit jemandem, der mir etwas bedeutet«, entgegnete sie heiser. Sie wusste, dass sie noch eine weitere Sache mit ihm klären musste, und fragte leise: »Wirst du mir irgendwann einmal erzählen, wie deine Freunde gestorben sind?«

Sein Gesichtsausdruck wurde düster, als er seinen Laptop schloss und ihn zur Seite legte. »Ich habe sie umgebracht. Das habe ich dir doch schon gesagt.«

»Wie?« Jared musste unbedingt seine Schuld und seinen Schmerz der Vergangenheit loswerden und Mara fühlte sich ihm nahe genug, um ihn jetzt etwas dazu zu drängen. Sie würde alles tun, um ihn aus dem Gefängnis zu befreien, das er für sich selbst errichtet hatte. Sie hatte keine Ahnung was geschehen war, doch sie hatte ebenfalls keinen Zweifel daran, dass er es nicht verdiente, diese Schuld mit sich herumzutragen, wie er es jahrelang getan hatte. Evan hatte gesagt, dass Jared sich nach dem Tod seiner Freunde verändert hatte, und sie wollte ihn dazu bringen, sich selbst wiederzufinden. Ganz egal wie sehr er von sich behauptete, ein Arschloch zu sein, tief drinnen war er keins.

»Weil ich jung, dumm und gedankenlos war«, sagte er mit Verachtung in der Stimme. »Weil ich ein egoistischer Wichser war.«

Mara glaubte seinen Worten nicht eine Sekunde lang, doch sie stand auf und konnte sich selbst nicht daran hindern, zu ihm herüberzugehen. Das Kleid, an dem sie gearbeitet hatte, glitt dabei geräuschlos zu Boden und blieb auf dem Teppich liegen. Sie setzte sich vorsichtig auf seinen Schoß und Jared schlang seine Arme automatisch um ihre Taille, um sie nahe an sich heranzuziehen, während sie ihren Kopf an seine Schulter lehnte. »Erzähl mir, was passiert ist!«

Einen Moment lang sagte er nichts. Er hielt sie nur fest, als wäre sie das Wertvollste in seinem Leben. Dann begann er zögernd zu erzählen. »Es passierte direkt, nachdem Alan und ich das College abgeschlossen hatten. Er war nicht reich und hatte viele Studentenkredite aufnehmen müssen, um die Schule zu beenden. Ich besaß das Geld, um das Startkapital in das Unternehmen zu investieren, und er wollte einsteigen. Wir liebten beide alte Häuser, sie zu restaurieren und wieder in ihren Originalzustand zu versetzen. Als ich dir erzählt habe, dass ich bei der Arbeit mal einen Wagen wie deinen gefahren habe, war das kein Scherz. Während wir noch aufs College gingen, hatte ich einige alte Häuser gekauft, und wir haben sehr viel Zeit darauf verwendet, sie selbst zu renovieren. Wir haben uns erst am Ende unserer Schulzeit dazu entschlossen, damit ein richtiges Unternehmen zu gründen. Wir befanden uns noch immer in der Planungsphase, doch es sah bereits alles sehr gut aus. Selena und ich waren seit dem College ein Paar und sie hatte noch ein Jahr bis zu ihrem Abschluss vor sich. Ich habe sie einander vorgestellt und als Alan und ich unseren Abschluss machten, kannten sich die beiden bereits einige Jahre. Ich habe keine Ahnung, wie lange zwischen den beiden schon etwas gelaufen war.« Jared hielt einen Moment lang inne und schluckte schwer. »In dem Sommer, nachdem Alan und ich unseren Abschluss gemacht hatten, waren wir alle bei einer Party zum Unabhängigkeitstag. Außer mir war so gut wie jeder dort betrunken. Damals habe ich nicht sehr viel getrunken. Mein Vater war Alkoholiker und ich wollte auf keinen Fall so werden wie er. Aus diesem Grund hatte ich mich freiwillig als Fahrer für den Abend zur Verfügung gestellt. Die Party war bereits in vollem Gange, als mir auffiel, dass Selena und Alan nicht aufzufinden waren. Ich machte mich auf die Suche nach ihnen und fand sie in einem der Schlafzimmer im oberen Geschoss, wo sie ihre eigene kleine Privatparty feierten.« Jared brach ab und atmete schwer, als würde er den gesamten Abend noch einmal durchleben.

Mara strich ihm das Haar aus der Stirn. Er hatte die Augen geschlossen. »Denk nicht daran. Was ist passiert, *nachdem* du sie gefunden hattest?« Er sah so verletzlich aus, dass sie beinahe das Gespräch abgebrochen hätte, doch Mara wusste, dass er darüber sprechen musste, ganz egal wie schmerzhaft es für ihn war.

»Ich bin gegangen«, gab er mit belegter Stimme zu. »Ich bin abgehauen und die beiden sind bei einem betrunkenen Studenten mitgefahren. Nur kurze Zeit, nachdem sie die Party verlassen hatten, hatten sie einen Unfall. Der Fahrer war viel zu schnell unterwegs gewesen, war von der Straße abgekommen und gegen einen Baum gekracht. Alle drei waren sofort tot.« Seine Stimme wurde lauter, wütender. »Ich hätte ihr Fahrer sein sollen! Ich hätte sie sicher nach

Hause bringen sollen! Aber ich war sauer und habe keinen Gedanken daran verschwendet, wie sie nach Hause kommen würden.«

Ihr Herz tat weh, weil er so bereitwillig die Schuld auf sich nahm, auch wenn es unberechtigt war. »Dich trifft keine Schuld, Jared.« Sie zog seinen Kopf an ihre Brust und wiegte ihn wie ein Kind. »Du hast nicht anders reagiert als irgendjemand anderes, der herausfindet, dass er betrogen wurde. Die beiden waren erwachsen. Niemand hat sie dazu gezwungen, in dieses Auto zu steigen. Sie hätten sich ein Taxi rufen können. Was passiert ist, war ein tragischer Unfall, doch nichts davon ist deine Schuld. Wie betrunken waren sie?«

»Laut der Promilleanzahl im Blut lagen sie nur knapp über dem Grenzwert. Der Fahrer war betrunken.«

»Dann hätten sie immer noch die richtige Entscheidung treffen können, doch das haben sie nicht getan. Niemand kann dir die Schuld geben für das, was geschehen ist, und du kannst dich nicht selbst dafür verantwortlich machen.« Maras Stimme wurde bittend. Sie musste zu ihm durchdringen, ihm wirklich klarmachen, dass er keine Verantwortung für die Geschehnisse trägt. Seine Qual war jetzt offensichtlich und sie konnte es nicht ertragen, ihn so zu sehen.

»Ihre Mutter hat mir die Schuld gegeben«, antwortete er bitter. »Sie hat mich immer gemocht und gedacht, dass ich gut sei für Selena. Sie war dankbar, dass ich ihrer Tochter in der Schule half. Bis sie mich bei der Beerdigung sah. Dort sagte sie mir, dass ich ihre Tochter umgebracht hätte und sie hoffte, dass ich in die Hölle käme. Sie hat nie erfahren, dass ich dort bereits angekommen war.«

Oh mein Gott! Selenas Mutter wusste von alldem nichts. »Du hast ihr nie erzählt, was wirklich geschehen ist«, sagte Mara zärtlich und ihr Herz überschlug sich fast, während ihr Gehirn auf Hochtouren arbeitete, um zu verstehen, was sich zugetragen hatte.

»Ich konnte es ihr nicht sagen. Ich konnte es niemandem sagen«, presste Jared hervor. »Sie wusste nur, dass ich die Party ohne ihre Tochter verlassen habe. Es waren viele Freunde dort, die gesehen haben, wie ich gegangen bin. Es gab nur drei Personen, die wussten, was wirklich geschehen war, warum ich gegangen bin, obwohl ich hätte bleiben sollen, und zwei von ihnen waren tot«, sagte er. »Wie zur Hölle hätte ich ihrer Mutter sagen sollen, dass Selena mit einem anderen Mann geschlafen hatte, nachdem sie doch nun tot war? Sie war ihre Tochter! Ich konnte sie nicht mit solchen Erinnerungen an ihr Kind zurücklassen. Es war besser, sie in dem Glauben zu lassen, dass ich Selena und Alan umgebracht hatte, ohne die Details zu erwähnen. Es hat keine Rolle gespielt.«

»Du hast sie nicht umgebracht!«, sagte Mara wütend. Lieber Gott, Jared hatte die alleinige Schuld auf sich genommen, weil er zu gutherzig war, um der Mutter seiner Freundin oder irgendjemand anderem zu sagen, dass er einen guten Grund gehabt hatte, in dieser Nacht zu verschwinden. Die Selbstlosigkeit allein, die Jared benötigt hatte, um die gesamte Verantwortung zu tragen, damit alle anderen ihre positiven Erinnerungen an zwei Menschen bewahren konnten, die so früh aus dem Leben gerissen worden waren, ließ ihr das Herz vor Mitgefühl beinahe aus der Brust herausspringen. Jared war jung gewesen und hatte dennoch jegliche Kritik und Schuld auf sich genommen, um zwei tote, junge Menschen zu schützen, die sein Vertrauen missbraucht und ihn hintergangen hatten.

»Wenn ich geblieben wäre ⊠«

»Du weißt nicht, was dann passiert wäre. Es wäre ihnen peinlich gewesen. Haben sie gewusst, dass du sie gesehen hast?«

Er nickte langsam. »Ja. Selena hat mich bemerkt.«

Sie wären sowieso nicht mit dir mitgekommen, Jared. Bitte glaub das doch! Verdammt, er war so entschlossen gewesen, die Schuld auf sich zu nehmen und alle anderen Menschen trauern zu lassen, dass er sich tatsächlich selbst davon überzeugt hatte, dass dies die Wahrheit war, dass er wirklich und vollständig verantwortlich für ihren Tod ist. Allein der Gedanke daran, wie die Mutter seiner Freundin ihn zur Hölle wünschte, wo er sie und andere Menschen, denen Selena und Alan nahegestanden hatten, in Wahrheit nur vor zusätzlichem Schmerz hatte bewahren wollen, trieb Mara Tränen der Wut in die Augen. Ihr Herz fühlte sich an, als wäre es ihr aus der Brust herausgerissen worden, als sie sich vorstellte, wie es sich in dieser Zeit wohl für Jared angefühlt haben musste. Er war allein gewesen, ohne eine Menschenseele, mit der er über seine eigene Trauer und den

Betrug hätte sprechen können. Das war der Grund gewesen, warum er sich dem Alkohol zugewandt hatte. Sein emotionaler Schmerz war so unerträglich gewesen, dass er hatte flüchten müssen.

»Glaubst du wirklich, sie wären bei dir im Auto mitgefahren?«, fragte sie ihn schließlich leise.

»Ich weiß es nicht«, antwortete er kaum hörbar. »Ich weiß es nicht.«

»Du musst damit aufhören, dir die Schuld zu geben. Die beiden haben einige schlechte Entscheidungen getroffen. Keiner von ihnen hatte es verdient zu sterben. Doch du weißt nicht, ob die Dinge überhaupt anders verlaufen wären, und deine Reaktion auf die Situation war völlig normal. Ich hätte das Gleiche getan. Ich wäre enttäuscht und wütend gewesen und hätte die Party verlassen.« Mara holte tief Luft, während ihr die Tränen über die Wangen strömten. Sie fand es faszinierend, dass Jared sich auch Jahre nach dem Unfall noch immer dafür verantwortlich machte. Er hatte nicht nur mit dem Tod und dem Betrug von zwei der wichtigsten Menschen in seinem Leben klarkommen müssen, er hatte ebenso das Gefühl, die Schuld dafür auf sich nehmen zu müssen, dass seine Freundin und sein bester Freund ums Leben gekommen waren.

»Ich wünschte, ich könnte glauben, dass die Dinge nicht anders verlaufen wären, wenn ich geblieben wäre und darauf bestanden hätte, die beiden zu fahren.«

Was für ein Mensch macht so etwas? Welcher junge Mann, dem *dermaßen* das Herz gebrochen wurde, würde einen kühlen Kopf bewahren und völlig ruhig zwei Menschen nach Hause fahren, die ihn betrogen hatten? »Sie wären nicht bei dir mitgefahren. Was denkst du, wie lange lief schon etwas zwischen den beiden?«

Jared seufzte tief. »Rückblickend muss ich sagen, dass sie vermutlich schon eine ganze Weile etwas miteinander gehabt hatten. In dieser Nacht waren sie nicht betrunken genug, als dass es das erste Mal hätte sein können. Außerdem habe ich die beiden bereits gehört, bevor ich wirklich gesehen habe, wie sie es miteinander trieben. Selena hatte erzählt, wie sehr sie einige der Dinge genossen hatte, die Alan mit ihr unternommen hatte. Es war nichts Neues.« Er machte eine Pause und holte tief Luft, bevor er fortfuhr. »Die beiden hatten etwa ein halbes Jahr vor meinem Abschluss angefangen, Dinge miteinander zu unternehmen. Ich dachte, die beiden wären nur Freunde, und ich war damit beschäftigt, das Unternehmen aufzubauen, deswegen hatte ich nicht viel Zeit. Selena und ich hatten uns mehr und mehr voneinander entfernt. Ich hatte gedacht, das wäre der Fall, weil ich so beschäftigt war.«

Jetzt war es also auch noch Jareds Schuld, dass die beiden sich voneinander distanziert hatten? Er hatte so viel gearbeitet, dass seine Freundin sich nach einem anderen Typen zum Vögeln umgesehen hatte?

Der ganze Vorfall begann, Mara wütend zu machen, und sie stellte sich verteidigend auf Jareds Seite. »Warum hat sie dich nicht einfach verlassen?«

»Zu der Zeit war ihre Familie glücklich, dass wir zusammen waren. Sie stammte aus einer Familie, die nicht viel besaß. Nachdem wir ein Paar wurden, habe ich ihr dabei geholfen, ihre Gebühren fürs College abzubezahlen. Ihre Familie war sehr dankbar. Ich glaube, Selena hat nur darauf gewartet, ihren Abschluss zu machen, damit sie sich von mir trennen konnte«, entgegnete Jared tonlos. »Sie hatte noch ein Jahr vor sich und Alan besaß nicht das nötige Geld, um ihr zu helfen.«

Diese Kuh! Mara wusste nicht, ob Selena jemals etwas für Jared empfunden hatte oder ob er nur praktisch für sie gewesen war, weil er für ihre Ausbildung bezahlt hatte. Doch sie klang, als ob sie ihn nur ausgenutzt hatte. Und sein sogenannter Freund? Welcher Mann ging mit der Freundin seines besten Freundes ins Bett, ein Freund, der ganz allein ihre gemeinsame neue Firma finanzierte, in dem sie Geschäftspartner sein würden. Gut ... keiner von ihnen hatte es verdient zu sterben, nur weil sie jemand anderen ausgenutzt hatten, doch sie wünschte sich, dass sie beide noch am Leben wären, damit sie ihnen eine runterhauen konnte. »Diese fehlplatzierten Schuldgefühle haben dich also durchdrehen lassen?«

Sein Körper verspannte sich. »Woher zum Teufel weißt du das?«

»Evan hat es mir gesagt.«

»Scheiße! Er hat das noch nie jemandem gegenüber erwähnt. Er hat versprochen, es nicht zu tun. Nicht einmal meine Familie hat davon gewusst«, knurrte Jared. »Ja, ich habe mich maßlos besoffen. Ich wollte einfach nur vergessen. Scheiße! Ich wollte einfach nur die Bilder und Geräusche der beiden zusammen aus dem Kopf bekommen. Ich wollte die Verachtung ihrer Familien vergessen und das Flüstern hinter meinem Rücken. Ich wollte ihre Beerdigungen vergessen und ich wollte wirklich vergessen, dass sie für immer gegangen waren, weil ich etwas Dummes getan hatte.«

»Und? Hast du vergessen?«

»Zur Hölle, nein! Und ich habe Evan eine ganze Weile dafür gehasst, dass er mich in die Realität zurück gezwungen hat.«

Sie strich mit der Handfläche über die Bartstoppeln an seinem Kinn. »Ich bin froh, dass er das getan hat. Was ist passiert?«

Mara wusste, dass sie fertig damit war, ihre Zuneigung zu Jared zu leugnen, und ebenso fertig damit, sich selbst gegen Verletzungen zu schützen. Dieser Mann hatte einmal geliebt und war mies hintergangen worden. Seitdem hatte er sich damit gequält, was er hätte anders machen können, um die Leben der Menschen zu retten, die ihn betrogen hatten, und er hatte jegliche Schuld auf sich genommen. Jared war zwar bereits mit vielen Frauen zusammen gewesen, doch die hatte es nicht interessiert, welche Dämonen in ihm lauerten. Sie interessierte es. Und wenn der einzige Weg, diese Wunden zu heilen, darin bestand, dass sie ihm vollständig ihr Herz öffnete, dann würde sie es tun. Das Risiko war ihr jetzt egal. Jetzt zählte nur noch ... *er.*

»Ich erinnere mich nicht an vieles von dem, was in diesen Monaten geschehen ist«, gab Jared mit zögernder, gebrochener Stimme zu. »Jedes Mal, wenn ich aufgewacht bin, habe ich angefangen nachzudenken. Also habe ich mich wieder betrunken. Für mich war das verlorene Zeit, bis Evan aufgetaucht ist.«

Mara musste nicht einmal fragen, woher Evan gewusst hatte, dass Jared ihn brauchte. Jareds ältester Bruder mochte vielleicht so tun, als ob er sich für nichts und niemanden interessierte, doch er hatte eine fast schon beängstigende Art und Weise zu wissen, was im Leben seiner Geschwister vor sich ging. »Er hat dich also ausgenüchtert?«

»Auf die harte Tour«, brummte Jared. »Er hat mich in die Dusche gezerrt, weil er der Meinung war, dass ich gestunken habe. Fast zur gleichen Zeit ist eine Putzkolonne bei mir eingeritten, um meine Wohnung zu säubern. Er hat mir Kaffee eingeflößt und mich gezwungen zu essen. Er hat jeden Tropfen Alkohol im Haus beseitigt. Ich erinnere mich nur daran, dass er bei mir geblieben ist, auch wenn er mir Tag und Nacht auf die Nerven gegangen ist.«

»Hart aber herzlich, was?«, murmelte Mara.

»Mit Evan gibt es keinen Mittelweg«, sagte Jared.

»Wie lange?«

Jared zuckte mit den Schultern. »Wochen. Er hat mein Büro in Beschlag genommen und von dort aus gearbeitet, doch er hat mich nie alleine gelassen.«

Mara konnte sich vorstellen, wie sich die beiden ruppigen Brüder anschnauzten, aber sich während des verbalen Schlagabtauschs jeweils um den anderen sorgten. »Deine Geschwister lieben dich, Jared.«

»Sie kennen mich nicht einmal mehr«, knurrte er. »Sie wissen nicht, was passiert ist oder wie naiv und egoistisch ich war.«

»Evan weiß es und er sorgt sich noch immer um dich.« Mara konnte sich noch sehr gut an Evans warnende Worte erinnern, dass er Jared nie wieder so leiden sehen wollte wie nach dem Tod seiner Freunde. »Ich bin nicht deine Schwester, doch ich weiß Bescheid und du bist mir noch immer wichtig.«

Jared glitt mit gespreizten Fingern durch ihr Haar und drückte ihren Kopf leicht hinunter, damit er sie ansehen konnte. »Bin ich das? Kannst du mir wirklich in die Augen blicken und kein verantwortungsloses, egoistisches Arschloch sehen, das seine Freunde umgebracht hat?«

Mara drehte ihren Körper und setzte sich rittlings auf ihn, wobei ihre Beine an beiden Seiten des Sessels herabhingen. »Ja«, antwortete sie ihm wahrheitsgemäß und hielt seinem Blick stand. Ihr Herz zog sich zusammen, als sie die kurze Unsicherheit und Hoffnung in seinen Augen sah. »Du musst damit aufhören, dich selbst zu quälen. Bitte! Der. Unfall. War. Nicht. Deine. Schuld.« Mara legte die Arme um seinen Hals und streichelte das kurze Haar in seinem Nacken. »Es tut mir leid, dass sie gestorben sind. Sie waren beide viel zu jung und es ist traurig. Doch dich trifft keine Schuld.«

»Sorgst du dich?«, fragte er zögernd. »Um mich? Nach alldem, was ich dir gerade erzählt habe?« Er sah auf eine liebenswerte Weise verwirrt aus.

»Das tue ich«, flüsterte sie zärtlich und schluckte den dicken Kloß herunter, der ihr im Hals steckte. »Ich werde nicht mehr versuchen, mich davor zu schützen, verletzt zu werden, und ich werde immer absolut ehrlich über meine Gefühle zu dir sein. Ich bewundere, wie du es geschafft hast, dich aus dieser Dunkelheit herauszuziehen und noch erfolgreicher zu werden. Es tut mir leid für dich, weil du deine Leidenschaft und deinen Traum vom Restaurieren alter Häuser aufgrund schlechter Erinnerungen aufgegeben hast. Es macht mich wütend, dass du die Schuld auf dich genommen hast, damit andere Menschen sich ihre fröhlichen Erinnerungen bewahren konnten.« Mara war sich ziemlich sicher, dass nicht viele Menschen das getan hätten, was Jared getan hatte. Sie musste ehrlich zugeben, dass es vermutlich richtig gewesen war, einer Mutter, die ihre Tochter verloren hatte, nicht die Wahrheit zu sagen, doch sie hasste es, dass er als Sündenbock hatte herhalten müssen. Sie wünschte sich, dass Selenas Mutter nicht so verzweifelt nach jemandem gesucht hätte, dem sie die Schuld für das Geschehene geben konnte, dass sie Jared als den Bösewicht ausmachte, besonders nach alldem, was er für ihre Tochter getan hatte.

»Es war Evan, der mich dort herausgeholt hat.«

Sie spielte mit einer seiner Haarsträhnen. »*Du* warst es. Evan ist irgendwann gegangen und hat dich das tun lassen, was du tun wolltest. Du hättest deinen Kummer wieder in der Flasche ertränken können. Das hast du nicht getan. Man braucht sehr viel Kraft, um sich für eine Veränderung in seinem Leben zu entscheiden. Und genau das hast du gemacht und eines der erfolgreichsten Unternehmen der Welt aufgebaut.« Wenn sie dazu in der Lage wäre, nur einen kleinen

Teil ihres Lebens zu verändern, wie es Jared nach dieser Tragödie gelungen war, dann wäre sie dankbar.

Jared ließ seine Augen mit einem verzweifelten Ausdruck suchend über ihr Gesicht wandern, bevor er ihren Kopf hinunterzog und seine Lippen auf ihre presste.

Mara seufzte in seinen Mund, öffnete ihn und erwiderte seinen Kuss, indem sie seiner Zunge begegnete, die sich forsch einen Weg zwischen ihre Lippen hindurch bahnte. Er küsste sie so sehr, dass ihr fast der Atem wegblieb, während sie langsam mit ihren Händen an seinem Oberkörper hinabfuhr und die Knöpfe an seinem Hemd öffnete.

»Was machst du da?«, fragte er mit vor Verlangen brüchiger Stimme und befreite sich aus ihrer festen Umarmung.

»Dich verführen. Ich habe so etwas noch nie gemacht, hab also bitte Geduld mit mir«, bat sie ihn mit sinnlicher Stimme. Sie konnte spüren, wie seine steinharte Erektion gegen ihren Hintern drückte und nur darauf wartete, freigelassen zu werden. Mara hatte nicht gelogen. Sie hatte tatsächlich noch nie einen Mann verführt. Ihre wenige sexuelle Erfahrung bestand darin, dass sie beide sich ausgezogen hatten und gleich zur Sache gegangen waren. Bevor sie die Nacht mit Jared verbracht hatte, war ihr letzter Sex schon so lange her und so unspektakulär gewesen, dass sie nicht einmal mehr wusste, wie es überhaupt dazu gekommen war.

Doch jetzt wollte sie nur etwas für Jared tun. Es würde seinen Schmerz nicht vollständig auslöschen, doch sie hoffte, dass sie ihn mit der Zeit von der Wahrheit überzeugen konnte. Auf gar keinen Fall würde sie ihn so weiterleben lassen. Er ist für sie da gewesen. Jetzt wollte sie für ihn da sein und ihn auf irgendeine Weise davon überzeugen, dass er besonders war. So unglaublich besonders.

Nachdem sie sein Hemd aufgeknöpft hatte, öffnete sie es und seufzte sehnsuchtsvoll. »Du bist so wunderschön gebaut, Jared.« Es war offensichtlich, dass er an seiner Fitness arbeitete, was sich in jedem definierten Muskel auf seiner Brust und an seinem Bauch zeigte. »So heiß.« Sie lehnte sich herunter und leckte mit ihrer Zunge über seine Brustwarze, bevor sie sich zwischen seinen Beinen zu

Boden gleiten ließ. Sie legte eine Hand auf seinen Schwanz unter der Jeans und lächelte gegen seine Brust gedrückt, während Jared aufstöhnte. Sie genoss es, wie sein Körper auf ihre Berührungen reagierte.

»Ich habe momentan nicht sehr viel Kontrolle«, warnte Jared sie, während seine Hände rau durch ihr Haar streichelten.

Ganz genau! Mara wollte, dass er seine Kontrolle aufgab, wollte ihm zu verstehen geben, dass er sie nicht brauchte. Nicht wenn die beiden zusammen waren. Ihre Finger fuhren sanft über seine Schamhaarlinie unter dem Bauchnabel, die zu dem, wie sie bereits wusste, riesigen Schwanz führte. Für einen Moment sah sie zu ihm auf. »Wenn alles nach Plan verläuft, wirst du in ein paar Minuten überhaupt keine Kontrolle mehr haben.«

Kapitel 13

Jared ließ den Kopf nach hinten gegen die Sessellehne fallen. Er schloss die Augen und hoffte, er würde nicht eher aus diesem fantastischen feuchten Traum aufwachen, bevor er nicht die Möglichkeit hatte, die Frau zu vögeln, die zwischen seinen Beinen kniete. Er brauchte sie so sehr, er musste ihre Wärme an seinem Körper spüren, genau jetzt.

Vielleicht habe ich wirklich einen feuchten Traum.

Die Aufmerksamkeit, die Mara seinem Körper zukommen ließ, war zu intensiv, zu unwirklich, zu viel von allem, um wahr sein zu können. Die Art und Weise, wie sie ihn berührte – als wollte sie wirklich nichts weiter, als ihn zu streicheln, als ob sie seinen Körper unter ihren Fingern spüren *musste* – machte ihn vollkommen wahnsinnig. Es war echt und es besaß ein großes Suchtpotenzial.

Verwirrung und Begeisterung machten sich in seinem Kopf breit. Wie zum Teufel konnte sie ihn so sehr begehren, ihn noch immer berühren wollen, nach alldem, was sie gerade über ihn erfahren hatte? Wie konnte sie ihm nicht die Schuld für den Tod seiner Freunde geben? Wie konnte dies überhaupt möglich sein?

Es passiert. Es fühlt sich an wie beim letzten Mal, nur viel besser, weil sie mich mit einem klaren Kopf zu verführen versucht. Es war nicht passiert, weil sie unbedingt eine Tragödie vergessen oder weil sie entfliehen wollte. Sie wollte ihm einfach nur ... Lust bereiten, in ihm das Verlangen erwecken. Musste er sich dazu wirklich überreden lassen? Sein Schwanz war immer bereit für Mara, sogar wenn sie überhaupt nichts tat, um ihn anzumachen. Sie brauchte nur zu lächeln ... oder einfach nur zu atmen und schon wurde sein Schwanz steinhart.

Er erschauderte, während ihre Hände über seine Brust und seinen Bauch streichelten, und sein Atem stockte, als er spürte, wie sie hartnäckig an den Knöpfen seiner Jeans zerrte. Ihre wilde Entschlossenheit, zu seinem Schwanz zu gelangen, war das Schärfste, das er je erlebt hatte. Als sie ihn befreit hatte und er spürte, wie ihre Hand seinen Schwanz fest umschloss, wäre Jared beinahe vom Sessel aufgesprungen. »Schlafzimmer! Jetzt!« Wenn er seinen Schwanz nicht sofort in ihrer engen Muschi versenkte, würde ihm direkt hier auf diesem Sessel etwas sehr Peinliches passieren.

»Nein!«, sagte sie bestimmt. »Ich will dich schmecken! Hier! Jetzt!«

Ach. Du. Heilige. Scheiße.

Kontrolle.

Kontrolle.

Kontrolle.

Seine Augen waren wild vor Hunger und Furcht. Sein Mantra funktionierte nicht und die für ihn normale Beherrschung seines Körpers und seiner Gefühle hatte ihn im Stich gelassen.

Es ist ihre Berührung.

Es ist ihre Fähigkeit, mich so zu vereinnahmen, wie es noch keine andere Frau getan hat.

Mara brachte ihn mit ihrem Willen, sich um ihn zu kümmern, noch um den Verstand. Besonders nachdem sie wusste, was für ein Mistkerl er vor ein paar Jahren gewesen war. Zur Hölle, er war noch immer ein Mistkerl, doch sie gab sich ihm *noch immer* hin! Er wusste, dass er sie nicht verdiente, doch er spürte nicht das Verlangen, ihr zu widerstehen oder seine unsagbar wichtige Kontrolle wiederzuerlangen. Nicht jetzt. Nicht mit ihr.

»Ich halte das nicht aus!«, brachte er mit zusammengepressten Zähnen hervor. Wegen seines großen Schwanzes hatte ihn noch nie eine Frau oral befriedigen wollen und es hatte ihn auch noch nie gestört. Er war eben auf eine andere Weise gekommen, doch das hier ... war anders. Merkwürdigerweise schien es so, als würde Mara es tatsächlich *wollen*, als ob sie es gar nicht erwarten konnte, seinen Schwanz in ihren Mund zu nehmen. Für ihn war es das erotischste Erlebnis überhaupt.

»Es ist mir egal, wie lange du es aushältst. Ich will nur, dass du es genießt«, sagte sie aufrichtig. »Du bist so riesig, Jared! So hart!«

Ihre sinnliche Antwort überraschte ihn, ihre Bewunderung kam in ihrer Stimme zum Ausdruck. Es versetzte ihm einen Stich ins Herz, dass Mara ihn genau so akzeptierte, wie er war. Korrektur ... sie schien ihn so zu *mögen*, wie er war. Ihre bedingungslose Akzeptanz war Jareds Ruin.

Die erste Berührung ihres Mundes bescherte ihm ein solch starkes Lustgefühl, dass es schon beinahe schmerzhaft war. Er versuchte, nicht ihr Haar zu ergreifen und sich in der feuchten Hitze ihrer Lippen zu vergraben, um sich auf diese Weise alles zu nehmen, das sie zu geben bereit war. Er streichelte ihr Haar, während sie eine Feuerschneise auf seiner Schwanzspitze hinterließ und anfing, seinen großen Schaft zu lutschen.

Kontrolle! Ich will ihr nicht wehtun, wenn sie mir doch gerade etwas gibt, das keine andere Frau mir jemals gegeben hat.

Es war für ihn verdammt hart, nicht die Kontrolle zu verlieren. Sie nahm seine Hoden in die Hand und streichelte sie mit ihren weichen Fingern, doch hörte gleichzeitig niemals auf, seinen Schwanz so tief wie möglich in ihren Mund aufzunehmen. In Jareds Körper bebte und bettelte jeder einzelne Nerv um Erlösung. Als Mara seinen Schwanz umgriff, um ihn mit der Hand und dem Mund zu verwöhnen, begann Jared der Schweiß übers Gesicht zu laufen. Sie leckte und streichelte gleichzeitig, immerzu bedacht, jeden Zentimeter zu berühren.

Er öffnete die Augen und blickte auf das erotische Bild, das sich ihm zwischen seinen Schenkeln bot. Ihre Augen waren geschlossen, als ob sie jedes Lecken und jedes Saugen genießen würde, und dieser sexuelle Anblick rief solch eine heftige Reaktion hervor, dass Jared die Augen wieder schließen musste. Sein Kopf fiel im Sessel zurück und er gab den Kampf auf.

Er genoss jedes Streicheln ihrer Zunge, jede Vibration, die ihr Stöhnen an seinem Penis hervorrief. »Gut, meine Süße. So unglaublich gut«, brummte er, als sie begann, härter zu saugen und ihn schneller zu streicheln. Seine Finger strichen im gleichen Rhythmus über ihren Kopf und er ignorierte den primitiven Instinkt, seine Hüften anzuheben. Zum ersten Mal in seinem Leben ließ er sich komplett gehen und vertraute darauf, dass sie seine Ekstase zum Höhepunkt treiben würde. »Besorg es mir, Baby!«, ermutigte er sie atemlos. »Lutsch mich fester!«

Sie reagierte sofort und erhöhte die Geschwindigkeit und den Druck ihrer Lippen, bis Jareds Kopf bereit zur Explosion war ... seine beiden Köpfe, um genau zu sein. Seine Hüften verbogen sich automatisch, während der Druck in seinen Hoden und seinem Magen übermächtig wurde. »Oh, Scheiße, ja!«, stöhnte er. »Ich komme!«

»Mhhh ...«, stöhnte sie.

Die Vibration brachte ihn zum Höhepunkt und sein gesamter Körper pulsierte, während sein Samenerguss durch jede Faser strömte. »Mara!« Er krallte sich fester als beabsichtigt in ihr Haar und keuchte, weil sie ihn zum Schwitzen gebracht und befriedigt hatte.

Heilige! Scheiße!

Er öffnete die Augen und sah ihr dabei zu, wie sie langsam seinen Körper hinaufkroch und dabei mit ihrer Zunge über seine Muskeln am Bauch und auf der Brust leckte, bevor sie sich wieder genüsslich auf seinen Schoß kuschelte.

Sie sah wunderschön aus, wie sie ihm einen ungezogenen, sinnlichen Blick zuwarf. Ihr Haar war zerzaust und ihre Lippen waren feucht. Jared legte einen Arm um ihre Taille und zog mit dem anderen ihren Kopf zu sich hinab, um ihren begabten Mund zu küssen und den Geschmack von sich selbst auf ihren Lippen zu schmecken, während in ihm noch immer die Emotionen wüteten.

Ich brauche sie so sehr.

Jareds Herz schwoll an, weil sie so zärtlich, so automatisch auf ihn reagierte, dass es schwierig für ihn war, seine Lippen von ihren zu lösen. »Du hast meine Welt gerade aus den Angeln gehoben«, gab er heiser zu und sah ihr in ihre dunklen, aufregenden Augen. Diese Worte waren in Wahrheit zu schwach, um seine Gefühle wirklich zu beschreiben, doch er wusste nicht, was er sonst hätte sagen können.

Sie lehnte ihre Stirn gegen seine und strich sanft sein Haar zurück. »Gut«, entgegnete sie und klang verletzlich und erleichtert. »Ich hatte Angst, dass ich es nicht so machen würde, wie du es normalerweise magst.«

»Ich mag es auf keine besondere Art und Weise. Es ist mir noch niemals zuvor passiert.« Sie hatte ihm etwas Besonderes gegeben. *Sie* war etwas Besonderes. Zumindest konnte er seinen männlichen Stolz über Bord werfen und ihr die Wahrheit sagen.

Mara hob den Kopf und sah ihn erstaunt an. »Aber du hast schon mit vielen Frauen ⊠«

»Ich habe bereits jede Menge Frauen *gefickt*, Mara. Doch nicht eine einzige von ihnen wollte mir jemals einen blasen.« Jared nahm an, dass sie für gewöhnlich nur zum Höhepunkt kommen und das mitnehmen wollten, was sie von ihm bekommen konnten. *Das* war der Typ Frau, den er sich normalerweise aussuchte. Er wusste, was er zu erwarten hatte, und er wusste, was er im Gegenzug dafür geben musste. Er hatte keine genaue Ahnung, was er mit einer Frau wie Mara anstellen sollte. »Und ich habe auch nicht mit jeder Frau geschlafen, mit der ich abgebildet wurde. Viele von ihnen waren nur meine Begleitung für Wohltätigkeitsveranstaltungen oder lose Bekanntschaften. Im Gegensatz zu dem, was viele Menschen über mich denken, bin ich keine männliche Hure. Ich habe mit einer ganzen Reihe Frauen geschlafen, doch für gewöhnlich halte ich mich von Frauen fern, die so süß sind wie du.«

Sie sah ihn verwirrt an. »Warum? Du verdienst eine Frau, die sich um dich sorgt.«

Jared hatte darauf keine Antwort parat und er starrte Mara düster an. Er brauchte eine Weile, um ihr einen Grund zu nennen. »Vielleicht denke ich, dass ich diese Art von Frau nicht verdiene.« Er hatte unterbewusst vermutlich immer genau nach dem gesucht, von dem er gedacht hatte, dass er es verdiente, weil er verantwortlich für den Tod zweier Menschen war.

Sie küsste ihn zart auf die Stirn und schlang ihre Arme um seinen Hals. »Das tust du«, murmelte sie sanft. »Ich glaube, du brauchst es, und du verdienst es vielleicht sogar noch mehr als die meisten Männer. Du bist etwas Besonderes, Jared.«

Er stand gemeinsam mit ihr auf und senkte sie vorsichtig auf den Boden ab, bevor er seinen Körper auf sie legte. »Was ist mit dir? Du verdienst viel mehr als ich. Du hast den Großteil deines Lebens damit verbracht, dich um andere Menschen zu kümmern, und deine eigenen Bedürfnisse vernachlässigt.« Verdammt, Mara war das selbstloseste Wesen, das ihm je begegnet war, männlich oder weiblich.

Nachdem sie es sich auf dem Boden bequem gemacht hatte, lächelte sie zu ihm auf. »Du bist viel attraktiver, als ich es bin«, witzelte sie und schlang erneut ihre Arme um seinen Hals. »Und man kann dir nur sehr schwer widerstehen.«

Jared schluckte schwer, als er zwischen ihren Beinen auf die Knie ging, ungeduldig sein Hemd abschüttelte und es zur Seite warf. »Wenn du das denkst, dann siehst du nicht, was ich gerade sehe.« Alles an ihr war unmöglich zu ignorieren. Sie war eine Verführerin und ein Engel gleichzeitig. Sie war gerissen und unschuldig. Ihre dunklen Augen waren unergründliche, tiefe Sprudelbäder gefüllt mit Emotionen und sie berührte Jared auf eine Art, die ihn angst und bange werden ließ. Sie war eine Versuchung, der er nicht widerstehen konnte, und sie gehörte zu ihm.

Sie ist mein!

Evan hatte Recht gehabt, er musste sie für sich gewinnen, bevor jemand anderes es tat.

»Ich will dich nackt sehen! Jetzt!« Er wurde mit einem Mal besitzergreifend und er musste sie vor Verlangen nach ihm zittern lassen, bis sie an niemand anderen mehr denken konnte *außer* an ihn.

Sie protestierte nicht und entledigte sich schnell ihrer Kleidung. Sein Herz hämmerte, als sie schließlich komplett nackt vor ihm auf dem Teppich lag.

»Wie schon gesagt ... ich bin nicht so attraktiv wie du«, murmelte sie und ihr gesamter Körper lief rosa an, als Jared sie anschaute.

»Süße, du hast keine Ahnung, wie sexy du wirklich bist.« Sein Mund war trocken, als seine Augen liebevoll über ihren Körper wanderten. Ihre himbeerfarbenen Brustwarzen waren aufgerichtet und lockten ihn. Ihre elfenbeinfarbene Haut war makellos und ihr kurvenreicher Körper lud ihn dazu ein, jede Stelle zu erforschen. »Ich möchte jeden Zentimeter von dir mit meiner Zunge schmecken.«

Er stand auf, zog seine Jeans und Unterhose aus und stieß die Kleidungsstücke mit dem Fuß achtlos von sich.

»Jared, ich ⊠«

»Pst ...« Er führte einen Finger an ihre Lippen und legte sich wieder auf sie. Mara sah verschüchtert aus und wunderschön erregt. »Ich will dich so sehr schmecken, wie du mich schmecken wolltest. Vielleicht sogar noch mehr.«

»Ich habe noch nie ⊠«

Er presste seinen Finger fester auf ihre Lippen. »Du wirst. Und du wirst meinen Namen stöhnen, während ich dir Lust bereite. Ich will, dass du kommst.« Er hatte bereits gewusst, dass noch kein Mann seinen Kopf zwischen ihren Schenkeln gehabt hatte, und er liebte es zu wissen, dass er der erste sein würde. Er hatte keinen Zweifel daran, dass sie in der Vergangenheit lediglich einem fummelnden Jungen begegnet war, der sich von ihr hatte einen blasen lassen, doch ihr im Gegenzug nur unbeholfenen Sex geboten hatte. »Lehn dich zurück und genieße es, Baby! Ich weiß, dass ich es tun werde.« Er konnte es nicht erwarten, ihre weiche Haut zu berühren und sie zum Orgasmus zu bringen. Diese großzügige, wunderbare Kreatur, die er vor sich hatte, gehörte nun ihm und er würde dafür sorgen, dass sie um Gnade winselte, bevor er mit ihr fertig war. Von diesem Tag an wollte er, dass sie sich an nichts anderes mehr erinnerte außer an ihn.

Kein anderer Mann würde sie jemals mehr anfassen – nie mehr! *Sie! Gehört! Zu! Mir!*

Diese Worte wiederholten sich immer wieder in seinem Kopf, während er sich darauf konzentrierte, sie vergessen zu lassen, dass vor ihm jemals irgendein anderer Mann existiert hatte.

Die erste Berührung seines Mundes ließ Mara unkontrolliert aufschreien. Ihr Körper war so bereit für Jared, dass sämtliche Hemmungen, die sie gehabt hatte, bereits verschwunden waren. Er sah sie an, als wäre sie eine Göttin, und seine Augen waren ein regelrechter Feuerwirbel, der über ihren Körper fuhr. Kein Mann hatte sie jemals mit so viel Verlangen angesehen, wie sie in seinem Gesicht erkennen konnte, und es erregte sie nur noch mehr, dass sie fast schon wahnsinnig wurde.

Sie stöhnte, als seine Zunge zwischen ihre Schamlippen fuhr und er ihre Muschi genüsslich von oben bis unten leckte. Mara ergriff sein Haar und zog seinen Kopf näher an sich heran. Er spreizte ihre Beine weiter, doch nahm sich Zeit, als würde er jeden Moment ihrer Erregung genießen. »Mehr, Jared! Bitte!«

»Geduld, meine Süße«, stöhnte er in ihr rosa Fleisch. »Das wird deinen Orgasmus so viel besser machen.«

»Ich bin jetzt schon befriedigt. Ich schwöre!«, erklärte sie heiser. Sie war kurz davor, ihren Verstand zu verlieren, und wimmerte leise, als seine Zunge sanft über ihre Klitoris glitt. Es war nicht einmal annähernd genug.

Mara dachte, sie würde ein gedämpftes, dunkles Lachen aus seinem Mund vernehmen, doch sie war zu bezaubert von der Berührung seiner Zunge, um zu verstehen, was vor sich ging. Sie fühlte sich auf eine Weise entblößt und zerstört, die sie niemals zuvor empfunden hatte. Alles, was er tat, war so viel intimer als alles, das sie jemals erlebt hatte, und ihr Körper bebte vor Verlangen.

Jared neckte sie und stupste das kleine Nervenbündel zwischen ihren Schenkeln mit der Zunge an, das um seine Aufmerksamkeit bettelte. Er provozierte, indem er jeden Millimeter ihres empfindlichen Fleisches leckte, und spreizte ihre Muschi mit den Fingern, um sie schonungslos für ihn zu entblößen.

»Ja!«, zischte sie, als er endlich fester mit seiner heißen, feuchten Zunge über ihre Klitoris fuhr und sie unermüdlich leckte, sodass ihre Hüften vom Boden abhoben und sich ihm entgegen reckten.

Sie krallte sich in seinem Haar fest und bebte, wobei sie noch immer versuchte, ihn näher und fester an sich heranzuziehen. »Nicht aufhören! Bitte, hör nicht auf!«, bettelte sie heiser. Sie wollte, dass er sie endlich fester und härter leckte, damit sie zum Höhepunkt kommen konnte.

Sie war so nahe dran. So verdammt nah.

Ihr Orgasmus erfasste sie in dem Moment, als er zwei Finger in ihre Muschi einführte, die nach der empfindlichen Stelle suchten und sie fanden und sie mit harten Stößen stimulierten, während er gleichzeitig ihre Knospe mit der Zunge verwöhnte.

»Jared! Oh Gott!« Mara warf ihren Kopf wild hin und her, während sie von ihrem Höhepunkt mit solch einer Kraft geschüttelt würde, dass es fast schon angsteinflößend war. Sie hielt sich an seinen Haaren fest, als wären sie ihr Rettungsanker, während ihre Muschi sich wieder und wieder um seine Finger verkrampfte und sie nur hilflos dort lag und auf der Welle der Emotionen ritt, die sie komplett überwältigten.

Nach einer Weile entspannte sich ihr Körper langsam und ihre Gedanken kehrten in ihren Kopf zurück, während sie auf dem weichen Teppich noch immer nach Luft schnappte.

»Alles okay?«, fragte Jared, als er ihren Körper hinaufkroch und mit seinen Fingern zärtlich über ihr Gesicht streichelte. »Habe ich dir wehgetan?« Seine Stimme war ungeduldig und fordernd.

Mara bemerkte nun, dass ihr Tränen aus den Augen liefen und über ihre Wangen rollten. »Nein!«, antwortete sie schnell und nahm ihre Hände aus seinem Haar, um sich die Tränen abzuwischen. Sie legte ihre Arme um seinen Hals, um ihn zu beruhigen, und zog ihn für einen zarten Kuss zu sich hinunter. »Ich glaube, ich war einfach überwältigt«, sagte sie, als sie endlich die Umarmung löste.

»Ist das gut oder schlecht?«, fragte er neugierig und beobachtete mit seinen aufmerksamen Augen weiterhin ängstlich ihr Gesicht.

Sie strich ihm das Haar aus der Stirn und antwortete: »Gut! So fantastisch, dass ich weinen musste. Ich glaube, ich habe gerade erst erkannt, was mir gefehlt hat, weil ich so viele Jahre schon keinen Mann mehr in meinem Leben gehabt habe.« Mara versuchte, unbeschwert zu klingen, um die Spannung zwischen den beiden zu lösen, doch sie wusste, dass nicht *irgendein* Mann ihre Einsamkeit verschwinden lassen und ein Feuer in ihrem Körper entzünden konnte. *Er* musste es sein. Es musste Jared sein. »Oder vielleicht habe ich einfach nur auf dich gewartet«, grübelte sie, entzückt von der Wildheit seines Gesichtsausdrucks.

»Du hast auf mich gewartet«, sagte er mit rauer, besitzergreifender Stimme. »Ich verdiene dich nicht, Mara, doch ich brauche dich!«

Sein gequälter Blick und die Emotion in seiner Stimme ließen Maras Herz schmerzen. Dies war ein Teil von Jared Sinclair, von dem sie wusste, dass er ihn niemals zeigte, und doch vertraute er ihr seine Verletzlichkeit an. Die eine Frau, die er geliebt hatte, hatte sein Vertrauen missbraucht und es mit Füßen getreten, um dann zu sterben und Jared leer zurückzulassen, mit nichts weiter als seiner Schuld und seiner Trauer. »Ich brauche dich auch.« Sie seufzte leise, weil sie wusste, dass sie soeben ihr Herz an Jared Sinclair verschenkt hatte. Sie hatte sich etwas vorgemacht zu glauben, dass sie sich dagegen wehren konnte. Von dem Moment, als Jared ihren Laden betreten hatte, war er anders als jeder andere Mann gewesen, den sie je gekannt hatte, und sie hatte sich sofort von ihm angezogen gefühlt. Noch bevor sie dazu in der Lage gewesen war, es Verlangen zu nennen, war es ein Balsam für die Einsamkeit gewesen, die sie seit dem Tod ihrer Mutter gespürt hatte. Doch er war mehr als das und das wusste sie. Hinter seiner Das-interessiert-mich-einen-Dreck-Fassade lag das Herz eines sensiblen, großzügigen Mannes. Ein unglaublicher, außergewöhnlicher Mann, der so viel für andere aufgegeben hatte, inklusive seines Selbstwertgefühls und dem Glauben an sich selbst.

»Wenn du mich brauchst, dann nimm mich. Nimm dir alles, was du willst.« Er legte die Arme um sie und zog sie in einer Drehung auf sich, sodass sie nun rittlings auf ihm saß.

»Ich dachte, du willst es so nicht!«, entgegnete sie.

»Oh, ich will es auf jede Art und Weise, die du mir geben willst, doch du hast die Kontrolle, nimm dir so viel von mir, wie es angenehm für dich ist. In meiner Tasche ist ein Kondom.«

»Als ich wegen einer Routineuntersuchung zum Arzt gegangen bin, habe ich Sarah gebeten, mir die Pille zu verschreiben«, sagte sie und fühlte sich plötzlich sehr eingeschüchtert. Sarah Baxter, bald schon Sarah Sinclair, war jetzt offiziell ihre Hausärztin. Sie war zu ihr gegangen, um ihren verletzten Knöchel nachversorgen zu lassen, und sie würde fortan ihre Untersuchungen von ihr durchführen lassen. Mara hatte Sarah nach der Pille gefragt. Vielleicht hatte sie unterbewusst schon immer geahnt, dass das, was mit Jared passiert war, wieder passieren würde. Pragmatisch wie sie war hatte sie sich eingeredet, dass es nur eine Vorsichtsmaßnahme war, doch ihr Herz wusste, dass sie und Jared es nicht schaffen würden, einander fernzubleiben, wenn sie gemeinsam arbeiteten. Ja, es gab andere Gründe, ein Kondom zu benutzen, doch sie wollte ihn wissen lassen, dass sie ihm vertraute. »Es war genau der richtige Zeitpunkt. Ich bin geschützt und gesund.«

Jared sah sie erstaunt an. »Du vertraust mir? Gut, die Anzahl meiner Frauen ist nicht so hoch wie gemunkelt wird, doch ich habe mit einer Menge Frauen geschlafen, Mara. Ich will dich nicht anlügen. Doch ich hatte niemals ungeschützten Sex und ich habe keine ansteckenden Krankheiten. Seit ich mich das letzte Mal habe untersuchen lassen, bin ich nur mit dir zusammen gewesen.«

Sie nickte langsam. »Ich vertraue dir. Du hast mir nie irgendeinen Grund gegeben, es nicht zu tun. Versprich mir nur, dass du mir sagst, wenn du dich dazu entschließt, mit einer anderen Frau zusammen sein zu wollen.«

Seine Augen wurden dunkel, er setzte sich blitzschnell auf und schlang seine Arme um ihre Taille. »Es wird keine andere Frau geben.

Nie mehr.« Jareds Stimme war tief, als er sein Gesicht in ihrem Haar vergrub.

Mara sagte sich im Stillen, dass sie nicht glauben sollte, was er sagte. Eines Tages würde es selbstverständlich andere Frauen geben. Er würde nicht für immer hierbleiben und außerdem befanden sie sich in einem Zustand der Lust. Nichtsdestotrotz fing ihr Herz bei seiner leidenschaftlichen Erklärung an zu rasen, weil sie es so sehnlichst glauben wollte, dass seine Worte wahr waren. Ihr Bauchgefühl sagte ihr, dass sie niemals wieder mit jemandem wie Jared zusammen sein würde. »Dann fick mich, Jared! Jetzt! Bitte!« Sie würde sich über die Veränderung ihrer Beziehung dann Gedanken machen, wenn es soweit wäre. Nichts im Leben bot eine Garantie. In diesem Augenblick ging es nur um sie und ihn und darum, dass Jared seine Wunden heilte, die so tief waren, dass selbst die Zeit sie nicht zu schließen vermocht hatte.

Seine Hände fuhren gierig ihren Rücken hinunter und ergriffen ihre Pobacken, um ihre Position so zu verändern, dass sie seinen Schwanz in sich aufnehmen konnte. »Du musst mir sagen, wenn ich dir wehtue.«

»Das wirst du nicht.« Mara sog hörbar die Luft ein, als er in sie eindrang, doch sie war von ihrem Höhepunkt noch immer so erregt und feucht, dass er natürlich und wunderbar einfach in sie hineinglitt, als wären sie dafür geschaffen worden, so zusammenzupassen.

Jared stöhnte in ihr Haar und hielt ihren Hintern fest umschlossen, damit sie seine Stöße empfangen konnte. »Du bist so scharf, so feucht! Du fühlst dich so unglaublich gut an, dass ich das nicht lange aushalten werde!«

Mara lächelte, während sie die Arme um ihn schlang und ihre Körper Haut an Haut aneinandergepresst waren. Jared stieß mit seinem Schwanz wieder und wieder in ihre Muschi. Diese Stellung war so intim, dass jedes Körperteil der beiden sich berührte, während sie gemeinsam dem Höhepunkt entgegenflogen. Mara presste ihre Beine fest gegen seine Hüfte, schwelgte in der Verbundenheit, die zwischen ihnen bestand, und fühlte jeden seiner schnellen

Herzschläge auf ihrer nackten Haut, jedes Mal, wenn er in sie stieß und sich wieder zurückzog.

Ich halte das nicht lange aus.

Warum war er so besessen davon, seinen Höhepunkt so lange wie möglich hinauszuzögern?

Kontrolle.

Sie wusste, dass er Recht hatte. Die Maske, die er trug, war die der absoluten Macht über sich selbst und seine Handlungsweise, strenge Beherrschung, um ihn möglicherweise für seine emotionale Entscheidung zu bestrafen, die ihn bereits seit Jahren innerlich verbluten ließ.

»Ich will gar nicht, dass du es lange aushältst. Ich will nur dich. Ich brauche dich, Jared. Fick mich härter!« Sie biss ihm zärtlich in den Hals und wusste, dass sie ihn dazu bringen konnte, seine Disziplin und Beherrschung zu verlieren und die Schutzmauer, die er um sich herum aufgebaut hatte, einstürzen zu lassen. »Du fühlst dich so gut an«, hauchte sie in sein Ohr und während sie ihre Hüften sinnlich kreisen ließ, nahm sie seinen Schwanz mit jedem Stoß noch ein wenig tiefer in sich auf.

»Darf. Nicht. Die. Kontrolle. Verlieren.« Seine Stimme war tief und entschlossen. »Du musst gemeinsam mit mir kommen!«

Mara hegte keinen Zweifel, dass ihr Höhepunkt heftig sein würde. Sie war schon fast da, ihr Körper zitterte bereits. So mit Jared verbunden zu sein, zu spüren, wie ihre harten Brustwarzen gegen seine Brustbehaarung rieben, seinen heißen und stoßweisen Atem an ihrem Hals, während er um die Kontrolle über seinen Orgasmus kämpfte – jedes einzelne Detail betörte sie.

Jared nahm sie jetzt noch fester, noch härter, als könnte er nicht aufhören. Mara lehnte sich zurück und schloss die Augen, während sich ihr Bauch zusammenzog und ihr Höhepunkt sie überkam. »Jared!« Sie schrie seinen Namen und ihre Muschi zog sich krampfartig um seinen Schwanz zusammen, als würde sie ihn nie wieder gehen lassen wollen.

»Oh Gott, ja! Komm für mich, Baby!« Jared griff sich ihr Haar und zog ihren Mund unsanft auf seinen, um mit seiner Zunge in ihren Mund zu gleiten und ihn zu dominieren. Er nahm sie mit leidenschaftlicher Hingabe, die Mara laut aufstöhnen ließ, als sie kam, und sie wand sich, um ihm noch näher kommen zu können.

»Mein!«, stöhnte Jared, als er seinen Mund von ihrem löste. »Du gehörst mir, Mara!«

Mara grub ihre kurzen Fingernägel in seinen Rücken, während er in ihr kam. Sie nahm alles auf, was er zu geben hatte, und fühlte sich mit ihm genauso verbunden wie er mit ihr.

Mein Jared. Mein süßer, geschundener, sturer Mann.

Jared presste sanft ihren Kopf an seine Schulter und wiegte ihre beiden Körper hin und her, wobei seine Hände noch immer ihren Po umschlossen. »Von der ersten Minute, in der ich dich gesehen habe, wusste ich, dass du mir Ärger bereiten würdest«, murmelte er heiser mit einem Hauch Belustigung in seiner tiefen Stimme. »Und ich hatte Recht.«

Er zog sie nur auf und sie lächelte an seiner feuchten, verschwitzten Brust. »Du bereitest mir auch Ärger. Doch nur auf die beste Art und Weise«, entgegnete sie atemlos und genoss die Ruhephase nach ihrem überwältigenden Sex mit Jared für eine sehr lange Weile.

Kapitel 14

»Ich bin völlig fertig!«, gestand Jared seinen Brüdern am nächsten Tag in Gradys Haus. Er lehnte sich in seinem Stuhl zurück und fuhr sich frustriert durchs Haar, während er einen weiteren Schluck von seinem Bier nahm.

Alle vier waren für einen Junggesellenabschied zusammengekommen, von dem sich Jared sicher war, dass Dante ihn nicht einmal wollte, saßen an Gradys Küchentisch und leerten sehr viele Flaschen Bier. Dante und Grady brüllten vor Lachen, während Evan einfach nur mit gewohnt eisiger Kontrolle vor sich hinstarrte.

»Mistkerle!«, murmelte Jared verärgert, als Grady und Dante weiter lachten.

»Willkommen zu Freud und Leid der Liebe, kleiner Bruder!«, sagte Dante scherzhaft zu ihm.

»Ich liebe sie nicht!«, antwortete Jared schnell. Vielleicht etwas zu schnell.

Verdammt, vielleicht hätte er nichts von seinem Verhältnis mit Mara erwähnen und seine Brüder nicht wissen lassen sollen, dass sie ihm nicht mehr aus dem Kopf ging, doch er brauchte eine männliche Person zum Reden. Und in dieser speziellen Situation hatte er gedacht, dass eine Person nicht ausreichen würde.

Grady und Dante begannen erneut loszuprusten und Jared warf beiden einen düsteren Blick zu.

»Vielleicht liebt er sie wirklich nicht«, sagte Evan beobachtend und nahm einen Schluck von seinem Mineralwasser, von dem er darauf bestanden hatte, dass es ihm in einem echten Glas serviert wird. »Nicht jeder ist für zwanghafte Liebe gemacht.«

Dante blitzte Evan an. »Du wärst vielleicht dazu fähig, wenn du den Stock aus deinem Arsch nehmen würdest. Wann bist du eigentlich überhaupt so verklemmt geworden?«

Evan erwiderte Dantes Blick mit stoischer Ruhe. »Der Stock wurde von demjenigen dort platziert, dessen großes Talent darin bestand, andere Menschen zu quälen. Und nicht jeder ist für die Liebe geschaffen!«

»Wer war das?«, wollte Grady neugierig wissen.

Mit seinen Augen auf das Glas Wasser gerichtet antwortete Evan: »Unser Vater.«

Jared musste schwer schlucken und erinnerte sich daran, wie Evan sich immer um jeden einzelnen von ihnen gekümmert hatte, als sie noch jünger waren. Sein ältester Bruder hatte diese Angewohnheit nie abgelegt. Vielleicht hatte Jared seinen ältesten Bruder sogar tatsächlich gehasst, als er ihn zurück auf den Boden der Tatsachen geholt hatte, doch Evan war für ihn da gewesen, ob er nun ein Arschloch war oder nicht. Manchmal sagten Taten einfach mehr als Worte. Evan war zwar gefühlskalt, doch er war nicht komplett zu Eis erstarrt.

Als Ältester der Brüder war von Evan immer erwartet worden, dass er eines Tages das Unternehmen seines Vaters übernimmt. Ihr Vater war gestorben, als Evan noch aufs College ging, um seinen Abschluss zu machen, doch in so gut wie jeder Minute, die er nicht in der Schule verbrachte, war er in die Firma ihres Vaters hineingezwungen worden. Seit er ein kleiner Junge gewesen war und kaum laufen und sprechen konnte, wurde der rechtmäßige Erbe von dem größten Scheißkerl des Landes herangezüchtet ⊠ ihrem jähzornigen, alkoholabhängigen Vater. In Jared machte sich schnell und heftig die Reue breit, als er mit einem Mal erkannte, dass

Evan das Produkt der Erziehung ihres Vaters geworden war. Sein ältester Bruder hatte die meisten seiner anderen Geschwister davor bewahrt, viel Zeit mit ihrem abschätzigen und überaus abscheulichen Elternteil verbringen zu müssen. Doch Evan hatte niemanden gehabt, der ihm einmal eine Pause von alldem hätte verschaffen können. Er war das Planziel seines Vaters gewesen, ein Opfer allein aufgrund der Geburtsfolge. Evan hatte sich einfach niemals beklagt. Manchmal war Grady zur Zielscheibe seines Vaters geworden, weil er als Kind und Jugendlicher Schwierigkeiten gehabt hatte, sich zu integrieren, und darüber hinaus ziemlich stark gestottert hatte. Doch auch dann hatte Evan alles dafür getan, um den Zorn seines Vaters von Grady abzulenken.

»Es tut mir leid, Evan«, sagte Grady schließlich und in seiner Stimme schwang Reue. »Ich weiß, dass der Alte ein Arschloch war, und du hast sehr viel mehr Zeit mit ihm verbracht als wir.«

»Mir tut es auch leid«, warf Dante schnell ein.

»Mir auch«, fügte Jared heiser hinzu. Es schnürte ihm den Hals zu, wenn er versuchte, sich vorzustellen, wie sehr Evan als Ältester und Erbe des Unternehmens unter der Hand seines Vaters hatte leiden müssen.

»Ich habe es ja offensichtlich überlebt«, sagte Evan sachlich. »Das Unternehmen hat floriert und ich habe mein eigenes Vermögen in den letzten zwölf Jahren verdoppelt. Ich habe nichts, über das ich mich beklagen könnte.«

Jared wollte Evan gern enttarnen. Wenn er richtig lag, dann gab es in Evans Leben sehr viele Dinge, über die er sich beklagen könnte, die ihn so bitter haben werden lassen, wie er vorgab zu sein.

»War es schlimm?«, fragte Grady zögernd. »Die Zeit, die du allein mit ihm verbracht hast. War es richtig schlimm?«

Evan zuckte ungerührt mit den Schultern. »Ihr wart doch die meiste Zeit selbst dort. Das Ganze gehört jetzt der Vergangenheit an. Wir sind alle glücklich.« Er zögerte, bevor er hinzufügte: »Vielleicht mit Ausnahme von Jared.«

Jared wusste, dass Evan die Wahrheit leugnete, doch er würde seinen Bruder jetzt nicht drängen. Er kannte Evan und wenn er nicht über seine Kindheit und Jugend sprechen wollte, dann würde er das auch nicht tun.

»Denn unser kleiner Bruder will nicht zugeben, dass er sich in Mara verliebt hat«, kommentierte Dante, bevor er einen Schluck von seinem Bier nahm.

»Weil ich es nicht bin!«, gab Jared hartnäckig zurück. Er war doch nicht verliebt, richtig? Nur weil er jede Sekunde des Tages nach Mara schmachtete, bei ihr sein wollte, wenn er es nicht war, ständig an sie dachte und sich fragte, ob sie wohl in Ordnung war? Sicherlich ging es hierbei nicht nur um Liebe.

Du glaubst nicht an die wahre Liebe?

Als Jared versuchte, seine Gefühle zu ordnen, kam ihm Maras Frage wieder in den Sinn. Nein. Er glaubte nicht an die Liebe. Oder er hatte nicht an sie geglaubt. Jetzt hatte er keine Ahnung, was zum Teufel er denken sollte. War er irgendwie weniger besessen als seine Brüder es von ihren Frauen waren? Es hatte eine Zeit gegeben, da hatte er gedacht, dass sie alle verrückt seien. Jetzt war er derjenige, der sich wie ein Irrer aufführte.

»Würdest du für sie durchs Feuer gehen?«, fragte Grady leise.

Evan warf ihm einen fragenden Blick zu und Jared wand sich, als er widerwillig antwortete: »Ja.«

»Was würdest du tun, wenn sie dich nicht mehr sehen wollte?«, fragte Dante ihn.

»Ich würde sie verführen.« *Ich würde zum allerersten Mal in meinem Leben betteln.* Heilige Scheiße. *Das* würde er nicht laut aussprechen. Nur der Gedanke daran ließ ihn erschaudern, doch er wusste insgeheim, dass es die Wahrheit war. Er brauchte Mara einfach so sehr. »Sie gehört mir. Sie geht nirgendwohin!«, sagte er grimmig.

»Urinstinkte«, beobachtete Grady.

»Nicht in der Lage, ohne sie zu funktionieren«, fügte Dante hinzu.

»Meldet Ansprüche an«, vermutete Grady.

»Denkt wahrscheinlich die ganze Zeit an sie«, warf Dante ein.

»Du bist erledigt!«, sagten Dante und Grady gleichzeitig.

Jared sah das wissende Grinsen auf den Gesichtern von Dante und Grady und brummte: »Arschlöcher!«

»Lasst ihn in Ruhe!«, befahl Evan streng. »Ich bezweifele stark, dass einer von euch es gern gehabt hätte, wenn euch jemand bei euren eigenen Beziehungsproblemen die Schwächen aufgezeigt hätte.«

Grady und Dante dachten einen Moment lang nach und wurden schnell wieder nüchtern. Sie entschuldigten sich zerknirscht bei Jared.

»Ich dachte, wir sind hierhergekommen, um Poker zu spielen«, sagte Evan tonlos. »Bis jetzt habe ich noch keinen von euch das Geld auf den Tisch legen oder die Karten geben sehen.«

Obwohl Jared ärgerlich war, musste er beinahe lächeln. Niemand schaffte es, Evan beim Poker zu besiegen, und er hegte keinen Zweifel, dass Grady und Dante wussten, dass sie nicht den Hauch einer Chance haben würden. Keiner von ihnen hatte jemals gelernt, Evans Pokerstrategie zu durchschauen, und er besaß keine Angewohnheiten, die ihn verraten konnten. Sein ältester Bruder hatte ihnen allen bereits seit ihrer Kindheit beim Poker keine Chance gelassen.

Grady stand widerwillig auf. »Ich hole die Karten und die Chips.«

Dante rieb sich freudig die Hände. »Ich bin der Bräutigam. Heute muss das Glück auf meiner Seite sein!«

»Wir werden sehen«, sagte Evan verhalten und arrogant. »Aber verlass dich nicht darauf. Glück im Spiel, Pech in der Liebe«, zitierte er trocken das alte Sprichwort. »Ich denke, ich bin der Einzige, für den diese Wahrheit noch gültig ist.«

Vor einigen Wochen hätte Jared sich mit Evan darum streiten können. Niemand hatte mehr Pech in der Liebe gehabt als er. Doch jetzt, wo er über Mara nachdachte, hielt er lieber die Klappe. Er hätte nichts dagegen, sein Geld an Evan zu verlieren, wenn er dafür nur die Frau haben könnte, nach der er sich sehnte.

Evan gewann haushoch und machte sich einige Stunden später mit einem Schuldschein von allen seiner drei Brüder auf den Weg.

Er brachte seine betrunkenen Geschwister nach Hause, ohne auch nur einmal darüber zu lächeln, dass er seinen jüngeren Brüdern ordentlich den Hintern versohlt hatte.

»Ich bin völlig fertig!«, sagte Mara zu den vier Frauen, die in Dantes Wohnzimmer saßen, während sie den Rest ihres zweiten Erdbeer-Daiquiris austrank. Der Junggesellinnenabschied fand im kleinen Kreis statt und außer ihr waren nur Kristin, Randi, Sarah und Emily anwesend. Sie war keine große Trinkerin, weshalb Mara bereits nach zwei Cocktails, die so schmeckten, als hätte Randi es mit dem Rum etwas zu gut gemeint, sehr redselig wurde.

Gut. Ja. Ihr war ihre Beziehung mit Jared herausgerutscht und danach hatte sie den Großteil der Geschichte erzählt – den atemberaubenden Sex-Teil hatte sie allerdings ausgelassen. Einige Dinge waren einfach zu privat und zu intim, um sie zu teilen, auch wenn sie *wirklich* ein bisschen beschwipst war.

Sie nahm sich einen weiteren Satin-Beutel und begann, die hübschen Geschenke für die Hochzeitsgäste hineinzulegen, die Sarah ausgesucht hatte: Cognac-Miniaturen, Gourmet-Kaffee, Teesiebe und einen Kristall aus Beatrices Laden *Natural Elements*. Sie sah sich die kleine Karte an, auf die Sarah zusätzlich bestanden hatte, um alle wissen zu lassen, wie großzügig ihr Ehemann ist. In der Karte wurde erklärt, dass es sich bei einem der Geschenke um eine Spende im Namen des Gastes an eine Wohltätigkeitsorganisation handelte, die sich um missbrauchte Frauen kümmert. Es war eine einmalige Idee und Sarah hatte ihnen allen zuvor mitgeteilt, dass Dante eine riesige Summe Geld gespendet hatte, stellvertretend für jeden der anwesenden Hochzeitsgäste. Die Wohltätigkeitsorganisation wurde von Jason Sutherland geleitet, Hopes Ehemann. Angeblich war es ein großes Gemeinschaftsprojekt der Harrisons, Hudsons, Max und Mia Hamilton sowie der Colters aus Colorado. Allesamt waren sie Milliardäre und offensichtlich sehr mitfühlende Familien. Wie viele der Megareichen opferten denn tatsächlich so viel Zeit für einen guten Zweck? Sarah hatte ihr erzählt, dass Hopes Ehemann Jason das Geld für die Wohltätigkeitsorganisation persönlich verwaltete und dass die anderen Milliardäre sehr viel ihrer Zeit darauf verwendeten, um Spenden zu sammeln. Stellten reiche Menschen normalerweise nicht einfach nur einen Scheck aus und vergaßen diese Spende sofort wieder? Es klang nach einer wunderbaren Geste und Mara freute sich, dass Dante das Geld für Sarah gespendet hatte.

Offenbar schrieben nicht alle von ihnen einen Scheck und vergaßen, wofür sie ihr Geld gegeben hatten.

Sarah hatte ihnen erzählt, dass sogar Evan stark in dieses Projekt eingebunden war, und Grady hatte vor einiger Zeit ebenfalls bereitwillig seine Hilfe angeboten. Als Dante davon erfahren hatte, war ihm die Idee gekommen, im Namen eines jeden Hochzeitsgastes eine bestimmte Summe zu spenden. Es war aufmerksam und kam von Herzen. Als Ärztin, die bereits sehr viele missbrauchte Frauen gesehen hatte, verehrte Sarah Dante nur noch mehr dafür, dass er diesen wunderbaren Einfall gehabt hatte ... auch wenn es Sarah fast unmöglich war, noch mehr für Dante zu schwärmen, als sie es ohnehin bereits tat.

Mara zog die Bänder des schwarzen Beutels zusammen, der mit goldenen Buchstaben personalisiert worden war, und legte ihn auf den anwachsenden Haufen der bereits fertigen Geschenksäckchen, um sich den nächsten zu greifen.

»Er ist *der Eine*, nicht wahr?«, fragte Kristin ehrfurchtsvoll von ihrem Platz auf dem Sofa hinter Mara.

Ja! Ja! Ja!

Dieses einzelne Wort hallte in Maras Herz wider und sie antwortete: »Wie kann man das wissen? Wie kann das irgendeine Frau wissen?« Mara wusste es, weil sie noch niemals so empfunden hatte und ihr Bauchgefühl ihr irgendetwas mitteilen wollte, seit sie Jared getroffen hatte. Irgendetwas an ihm war anders gewesen, die Verbindung, die sie zu ihm gespürt hatte, war ihr beinahe schon ... magisch vorgekommen. In ihrem Kopf existierte kein Zweifel, dass sie in ihn verliebt war. Sehr sogar. Verrückt. Leidenschaftlich.

Sarah hörte auf, ihren Beutel zu füllen, und sah Mara an. »Du weißt es einfach, Mara. Ich glaube, manchmal kämpfen wir dagegen an, weil wir Angst davor haben, solch starke Gefühle zuzulassen. Doch wir spüren es. Wenn er der Mann ist, der für dich bestimmt ist, dann gibt es nichts, das zu peinlich wäre, um darüber zu sprechen.

Er liebt dich genauso, wie du bist, und er sieht deine Makel nicht. Er wird bereit sein, alles für dich aufs Spiel zu setzen, und du wirst genau das Gleiche empfinden.«

Mara wusste davon, wie Dante Sarah das Leben gerettet hatte. Sie lebten in einer Kleinstadt und über den Vorfall war groß in der Presse berichtet worden. Auch wenn Jared so etwas nicht getan hatte, so hatte er es dennoch *riskiert*, sich ihr zu öffnen. Er vertraute ihr und dieses Wissen ließ ihr Herz vor Freude hüpfen. »Es ist beängstigend, wenn man so empfindet«, murmelte sie. Doch es war ebenso beglückend, aufregend und atemberaubend.

»Das ist es wirklich«, stimmte Emily ihr von einem der Lehnsessel aus zu. »Doch irgendwann verschwindet die Angst und alles, was dann noch bleibt, ist das Glücksgefühl. Es ist nicht so, als wäre immer alles perfekt. Grady und ich haben unterschiedliche Meinungen zu Dingen. Wir sind beide stur. Doch auch wenn wir nicht miteinander übereinstimmen, lieben wir uns immer noch.« Sie machte eine kurze Pause, bevor sie fragte: »Bist du in Jared verliebt?«

Mara begegnete Emilys Blick und nickte schließlich. »Das bin ich. Ich weiß nicht, wie es passiert ist oder warum wir zwei scheinbar so gut zusammenpassen. Wir sind so verschieden.«

»Verschieden weil er reich ist?«, fragte Kristin.

»Nein. Es ist mehr als nur das. Mich interessiert sein Geld nicht. Mich interessiert … Jared.« Sie würde keines von Jareds Geheimnissen verraten, auch wenn sie ein wenig angetrunken war. »Jared ist weltgewandt, gebildet. Er leistet in seiner Firma eine fantastische Arbeit und er gehört zu den qualifiziertesten Junggesellen auf der Welt. Ich bin eine Frau aus einer kleinen Stadt, die nicht im Geringsten elegant ist. Ich musste das College abbrechen, weil meine Mutter erkrankt war, und ich habe diesen Staat nur ein paar Mal verlassen. Ich bin nicht weltgewandt und mein Leben ist ziemlich gewöhnlich. *Ich* bin gewöhnlich.«

»Das sind nur oberflächliche Unterschiede, die keine Rolle spielen. Ich kann mir vorstellen, dass unter Jareds Aufgeblasenheit ein guter Mann steckt«, sagte Sarah. »Ich glaube, dass Dante gewusst hat, dass er Interesse an jemandem in der Stadt hatte. Ich glaube sogar, dass er wusste, dass du es warst.«

Maras Kopf schoss in die Höhe. »Hat er das? Wie? Nicht einmal ich habe es gewusst!«

Sarah lächelte sie an. »Polizisteninstinkt, würde ich sagen. Es war ihm merkwürdig vorgekommen, dass Jared mit keiner Frau zusammen war.«

»Schon seit einer ganzen Weile nicht mehr. Ich meine, er ist schon lange nicht mehr mit einer Frau zusammen gewesen«, fügte Mara schnell hinzu. »Er hat gesagt, dass er viel mit anderen Frauen gesehen wird, doch dass einige von ihnen nur Bekannte sind. Ich glaube ihm.«

»Das glaube ich auch«, flötete Emily. »Die Regenbogenpresse kann brutal sein. Es wird so viel spekuliert, ohne die Fakten zu kennen. Ich würde es toll finden, wenn du mit Jared zusammenkommen würdest. Ich glaube, dass er dich braucht.«

Ich verdiene dich nicht, Mara, doch ich brauche dich.

Bei dem Gedanken an Jareds Worte seufzte sie. Die große Frage war nur ... liebte er sie? Würde er sich so kompromisslos an sie binden, wie sie dazu bereit war? »Ich denke, wir müssen einfach abwarten, was passiert.« Ihr Herz war nun offen für Jared und er würde es behüten oder brechen. Sie ging mit ihm ein Risiko ein und sie hoffte, dass ihr Bauchgefühl Recht behalten würde. Wenn nicht, dann wäre sie am Boden zerstört.

»Mein Gott, er ist scharf!«, kommentierte Kristin aufgeregt.

»Das ist er. Und genau deshalb verstehe ich nicht, warum er Interesse an mir hat. Ich bin wahrscheinlich die unscheinbarste und langweiligste Frau in der ganzen Stadt.«

»Das stimmt nicht!«, antwortete Sarah aufgebracht. »Du bist hübsch und liebenswert. Dante hat einmal gesagt, dass liebenswerte Frauen der Untergang eines Sinclairs seien.«

Randi schnaubte. »Na, dann muss ich mir ja keine Sorgen machen, jemals einen Sinclair ins Verderben zu stürzen!«

Mara sah zu der hübschen Brünetten hinüber. Sie glaubte nicht eine Sekunde, was Randi da sagte. Sie tat zwar so, als sei sie stark und unnahbar, doch sie würde darauf wetten, dass diese Frau ein großes

Herz besaß. Sie war immer freundlich zu ihr gewesen und darüber hinaus verrichtete sie neben ihrem Job als Lehrerin der örtlichen Schule auch jede Menge ehrenamtliche Arbeit im Jugendzentrum.

»Grady liebt mich und ich bin groß, unscheinbar *und* ich habe ein paar Rundungen«, fügte Emily hinzu. »Es kommt mir vor, als würde er keinen meiner Makel bemerken.«

»Jared tut das auch nicht«, gab Mara überrascht zu. »Er sieht mich an, als wäre ich ein Supermodel. Es ist fast so, als würde er denken, ich sei perfekt.« Sie rollte mit den Augen bei dem Gedanken daran, dass sie jemals makellos sein könnte, körperlich oder emotional.

»Er *ist* der Eine!«, sagte Kristin lächelnd.

»Definitiv«, stimmte Sarah zu.

»Er ist in dich verliebt«, bestätigte Emily mit einem Nicken.

Bei dem Gedanken daran beschleunigte sich Maras Herzschlag und ihre Handflächen wurden feucht. Sie wünschte sich nichts mehr, als dass die Vermutungen der Frauen der Wahrheit entsprechen würden.

Nach einigen Minuten des Schweigens wechselte das Gesprächsthema und die Frauen sprachen über die bevorstehende Hochzeit, während sie die Geschenksäckchen weiter füllten. Es war eine einfache Aufgabe, doch Mara hatte sich niemals wohler gefühlt und als ein Teil von etwas, das sie mit anderen Frauen zusammenschweißte, einer Gruppe von Frauen, die sie mit Leichtigkeit ihre Freundinnen nennen konnte. Keine von ihnen war auch nur ansatzweise gehässig, im Gegenteil, sie waren aufrichtig, warmherzig und kümmerten sich umeinander.

Mara schob jeglichen negativen Gedanken über Jared beiseite und genoss einfach nur die Erinnerung daran, wie herrlich es gewesen war, als die beiden am Morgen nebeneinander aufgewacht waren. Jared hatte sie die ganze Nacht über festgehalten und seine starken Arme hielten sie noch immer umschlungen, als sie aufgewacht waren.

Für den Moment würden diese Gefühle, dieses Gefühl der Nähe ausreichen müssen.

Kapitel 15

» **H** ey meine Schöne ... deine Webseite steht bereit.«
Mara starrte mit offenem Mund auf Jared, der
draußen vor der Tür stand. Sie hatte ihm auf sein
Klopfen hin geöffnet, wobei sie noch immer die erste Tasse Kaffee
in der Hand hielt. Jared war morgens *nie* so gut gelaunt und vor
neun Uhr war dies ein sehr ungewöhnliches Verhalten seinerseits.
Normalerweise wachte er auf, trank seinen Kaffee und brummte
vor sich hin, während er in seinen Fitnessraum im Keller ging. Doch
dem Aussehen seines feuchten Haares und seines spitzbübischen
Grinsens nach zu urteilen hatte er seine morgendliche Routine
bereits durchlaufen, die eine Dusche nach dem Training beinhaltete.
Und dabei war es gerade einmal acht Uhr!

Er ist früh auf den Beinen.

Sie hielt ihm die Tür auf und sah ihm dabei zu, wie er ins
Wohnzimmer schlenderte. Als er an ihr vorbeiging, sog sie seinen
wunderbaren Duft von Kaffee, frischer Luft und Sandelholz ein.

Mein Gott, riecht er gut!

In Jeans und Hemd gekleidet sah er gut genug aus, um zum
Frühstück verspeist zu werden, und Mara musste ihre Kaffeetasse
fest mit beiden Händen umschließen, um nicht nach ihm zu greifen

und ihn zur ersten Mahlzeit des Tages zu machen. »Alles steht bereit?« Jareds Anblick und Geruch lenkten sie so sehr ab, dass sie eine Weile gebraucht hatte, um die Bedeutung seiner Worte zu erfassen.

Er ging in die Küche und schenkte sich eine Tasse Kaffee ein, drehte sich mit einem frechen Grinsen um und lehnte sich mit seiner Hüfte lässig gegen den Küchenschrank. »Seit ich dich gesehen habe, steht auch bei mir wieder alles bereit.«

Ihre Augen wanderten sofort zu seinem Schritt und dann zurück zu seinem Gesicht. Leider hatte sie nichts erkennen können, weil sein Hemd diese delikate Stelle seines Körpers bedeckte. Sie nickte. »Was? Meinst du unsere Webseite? Ist sie bereit?«

Er grinste. »Ja, die ist auch bereit.«

Auch? Was für ein ungezogener Mann!

Sie versuchte, sich ein Lächeln zu verkneifen, doch ihre Mundwinkel zogen sich nach oben, als sie ihn dabei beobachtete, wie er einen Schluck von seinem Kaffee nahm. Jared Sinclair sah viel zu heiß aus, als dass er es nicht schätzen würde, angeschmachtet zu werden, und seine Flirterei brachte ihr Herz in der Brust zum Flattern.

Er sieht so verdammt perfekt aus und ich bin völlig zerzaust.

Mara war gerade erst aufgestanden. Sie fuhr sich mit der Hand durch ihr wildes Haar und bezweifelte stark, dass ihr rosafarbener Baumwollschlafanzug ihn in dieser Sekunde tatsächlich anmachen würde.

»Du siehst wunderschön aus«, sagte Jared langsam, als ob er ihre Gedanken lesen konnte. »Du siehst warm, weich und kuschelig aus, als wärst du gerade erst aus dem Bett gekrochen.«

»Das bin ich«, sagte sie unglücklich und versuchte noch immer, ihr Haar mit den Fingern zu kämmen. »Ich hätte nie gedacht, dass du so früh hier sein würdest, und ich liege in meinem Zeitplan zurück.« Sie ging zum Schrank und nahm einige Ibuprofen gegen ihre Kopfschmerzen heraus. »Ich glaube, ich hatte gestern mit den anderen Brautjungfern einen Erdbeer-Daiquiri zu viel.«

»Haben die Mädels gestern etwas gemacht?«, fragte Jared mit belustigter Stimme.

Mara zuckte mit den Schultern. »Wir haben die meiste Zeit geredet und die Geschenksäckchen für die Hochzeitsgäste zusammengestellt. Und getrunken.« Sie schluckte die Tabletten mit etwas von ihrem Kaffee herunter und versuchte zu vergessen, wie viele Dinge sie gesagt hatte, die sie jetzt gern zurücknehmen würde. Sich innerlich verfluchend wünschte sie, nicht ihr Herz über Jared ausgeschüttet zu haben. Nicht weil sie glaubte, die Frauen würden über sie tratschen, sondern weil die Beziehung noch zu neu war, um so intensiv zu sein.

»Wie viele hast du getrunken?«

»Drei. Glaube ich.«

»Sag mir, dass du nicht nach Hause gefahren bist«, brummte Jared und drängte sie gegen den Schrank.

»Ich bin nicht gefahren«, versicherte sie ihm ruhig. Sie konnte sich vorstellen, wie empfindlich er war, nach dem was mit seinem Freund und seiner Freundin passiert war. »Dante wohnt nur die Straße hinunter. Ich bin zu Fuß gegangen. Und jetzt erzähl du mir bitte nicht, dass ihr Männer euch in Gradys Haus wie Engel verhalten habt.« Sie sah erwartungsvoll zu ihm auf.

Er zog eine Augenbraue hoch. »Wir haben ein paar Bier getrunken. Es war alles ganz harmlos. Evan hat uns nach Hause gefahren. Er hat nicht getrunken.« Jared bewegte sich von ihr weg und ging ins Wohnzimmer. »Willst du deine Webseite jetzt sehen oder nicht?«

Mara trank den Rest ihres Kaffees mit großen Schlucken aus und stellte ihre leere Tasse auf dem Küchenschrank ab. »Ja!«, kreischte sie, doch bereute es sofort wieder, denn das ließ ihren Kopf nur noch stärker schmerzen. Dennoch freute sie sich darauf, ihre fertige Webseite zu sehen. Sie stellte sich hinter Jared, der jetzt seinen Laptop geöffnet hatte, schlang die Arme um seine Taille und legte ihren Kopf an seinen Rücken. »Danke.«

Jared stellte seinen Kaffee vorsichtig auf einen der niedrigen Tische neben dem Sofa, hielt den Laptop mit der einen und tippte mit der anderen Hand. Ohne seine Tätigkeit zu unterbrechen murmelte er: »Wenn du diese Hände zehn Zentimeter weiter nach unten wandern lässt, dann wirst du diese Seite erst am Nachmittag zu sehen bekommen.« Er stellte den Computer auf dem Kaffeetisch ab, drehte sich um und nahm sie in die Arme. Während er mit einer Hand ihren Rücken streichelte, sagte er mit einem schiefen Lächeln auf den Lippen: »Mhhh ... ich hatte Recht ... sehr kuschelig.«

Mara erschauderte, als sie seine warme Handfläche durch die Baumwolle ihres Schlafanzugoberteils spürte. »Ich weiß. Sehr sexy, diese Unterwäsche.« Das Oberteil war dünn, mit Spaghettiträgern und Spitze, doch es war bei Weitem nicht verführerisch. Die passenden Shorts hingen ihr fast bis zu den Knien. Es war leichte und bequeme Nachtwäsche für den Sommer, doch nichts, was einen Mann dazu bringen könnte, sich auf sie zu stürzen.

Jared hob ihr Kinn leicht an und gab ihr einen zärtlichen, sinnlichen Kuss, der Mara einen weiteren Schauer über den Rücken jagte.

»Du siehst heiß aus, egal was du trägst«, sagte er heiser, während sein Mund über ihre Schläfe wanderte. »Und am heißesten bist du, wenn nur deine zarte, perfekte, nackte Haut zu sehen ist.«

Sie legte ihre Arme um seinen Hals, lehnte sich zurück und lächelte. »Ja, ja. Du Süßholzraspler.«

Er nahm ihre Hand von seinem Hals und führte sie hinunter an seinen Schwanz, wo Maras Finger über seine steinharte Erektion streichelten.

»Ich werde dir nie etwas sagen, das ich nicht auch so meine«, sagte Jared ernst.

Mara schüttelte den Kopf. »Es tut mir leid. Manchmal fällt es mir einfach sehr schwer zu glauben, dass du so für mich empfindest.«

»Dito«, antwortete er nun mit sanfterer Stimme, nahm ihre Hand von seiner Erektion und legte sie wieder um seinen Hals. »Ich habe dich letzte Nacht vermisst. Darum bin ich auch früh aufgewacht. Ich konnte es nicht abwarten, dich zu sehen und dich zu fragen, wie es gestern Abend gelaufen ist. Ich wollte dich anrufen, doch bei dir brannte kein Licht und ich wollte dich nicht aufwecken.« Er gab ihr einen zärtlichen Kuss auf die Stirn und trat einen Schritt zurück, um etwas aus seiner Gesäßtasche zu ziehen. »Das hier habe ich für dich besorgt. Ich wusste ja, dass deins kaputt gegangen ist, und du wirst es brauchen.«

Mara blieb beim Anblick des glatten, wunderschönen neuen iPhones der Mund offen stehen. »Für mich?«, fragte sie ungläubig. Sie nahm es und wiegte es in ihrer Hand. Ihr altes Mobiltelefon war ein Relikt gewesen und sie hatte nicht vorgehabt, es in der näheren Zukunft zu ersetzen. Jeder Penny, den sie besaß und der nicht für die Grundversorgung benötigt wurde, sollte zurück in ihr Geschäft investiert werden.

»Weil ich dich nicht sehen konnte, habe ich dir eine Nachricht geschrieben«, sagte er heiser.

Mara drückte auf den Knopf, um das Telefon einzuschalten, und klickte auf die eine SMS, die als ungelesen angezeigt wurde.

Ich vermisse dich.

Die Nachricht war um zwei Uhr morgens gesendet worden. Nur drei einfache Worte, die ihr Herz schneller schlagen ließen.

Sie versuchte, sich mit dem neuen Telefonmodell vertraut zu machen, und sah nicht auf, als sie Jared auf seine Nachricht antwortete.

Ich habe dich auch vermisst.

Sie hörte das leise *Ping* seines Telefons und wartete mit angehaltenem Atem, während er es aus seiner Tasche zog.

Mara hob ihren Kopf und atmete scharf ein, als er ihr Kinn an seinen Mund heranzog und ihr einen Kuss gab, der voller besitzergreifender Gier steckte. Einen Moment lang blieb sie so stehen, bevor sie ihre Arme um ihn schlang und seine Umarmung erwiderte. Jared küsste sie, als sei er besessen. Während er ihren Mund erforschte, machte er kein Geheimnis daraus, wie sehr er sie begehrte. Sein Körper erzitterte und er atmete schwer, als er seine Lippen von ihren löste. »Ich will dich nicht mehr vermissen. Ich glaube, ich habe dich mein ganzes Leben lang vermisst. Sei mit mir zusammen, Mara!«

»Ich bin mit dir zusammen«, flüsterte sie leise und zärtlich an seinem Ohr. »Ich gehe nirgendwohin.« Die Wildheit seines

Bedürfnisses für sie erweckte ihr eigenes Verlangen nach ihm und sie schlang ihre Arme nur noch fester um ihn.

»Ich will nicht, dass dir irgendetwas geschieht. Ich will, dass du mit mir zusammenlebst, jede Nacht mit mir im Bett schläfst. Ich will, dass du der erste Mensch bist, den ich morgens sehe, und der letzte, bevor ich einschlafe.« Er presste ihren Körper gegen seinen und sein begehrlicher Griff vereinnahmte sie vollständig.

Er hat Angst, dass mir etwas passieren könnte.

In Jareds Leben hatte nur eine einzige andere Frau existiert, für die er etwas empfunden hatte, und sie war bei einem tragischen Unfall ums Leben gekommen. »Ich werde hier sein, Jared«, versprach sie und streichelte die Haare in seinem Nacken. Nachdem ihr Haus bis auf die Grundmauern niedergebrannt war, hatte sie gelernt, dass das Leben ganz plötzlich und unerwartet vorbei sein konnte. Doch sie würde Jared niemals freiwillig verlassen. Nicht so lange er wirklich etwas für sie empfand.

Ihn so zu sehen erweckte in ihr Freude und Beschützerinstinkt zugleich. Dies war der echte Jared Sinclair, ein großer, wunderbarer Mann mit einem weichen Herzen. Er hatte ihr seine gequälten, eingesperrten Gefühle offenbart und sie würde es mit ihm versuchen. Sie würde ganz genauso offen und bereit dazu sein, ihm zu zeigen, was sie für ihn empfand. Sie besaß die gleichen Ängste, die gleichen Unsicherheiten, doch diese befanden sich nicht auf dem gleichen, schmerzhaften Niveau wie seine. Ihre Mutter hatte sie geliebt und sie musste keine schlimme Vergangenheit verarbeiten. Doch auch ohne diese Dinge fiel es ihr nicht leicht, einem Mann ihr Herz zu öffnen, für den sie so viel empfand wie für Jared. Sie wollte ihn so sehr, dass es ihr fast schon Angst bereitete. Das Gefühl zwischen den beiden war so stark, so intensiv, dass es beinahe schmerzte.

»Bleib!«, brummte er gierig, als Mara versuchte, sich von ihm zu lösen, um ihm ins Gesicht schauen zu können. Er ließ sich in den Lehnsessel fallen, zog sie auf seinen Schoß und behielt seinen Arm an ihrer Hüfte, während er sich nach dem Laptop streckte. »Hier ist deine Seite.«

Mara legte ihr neues Telefon sorgsam neben den Kaffee auf den kleinen Tisch und nahm den Computer auf den Schoß.

Unglaublich!

Die Seite war fantastisch, bunt, ohne kitschig zu wirken, und der Name ihres eigenen Unternehmens prangte auf dem Logo, das sie gemeinsam mit Jared entworfen hatte. Ihr Internetauftritt war stilvoll und professionell – alles was sie sich erhofft hatte und noch mehr.

Er griff von hinten um ihre Hüfte herum und zeigte ihr, wie man auf der Seite navigiert, wie sie ihre Bestellungen und Besucherzahlen einsehen konnte, sowie die zahlreichen anderen Unterseiten mit ihren Produkten.

Als er fertig war, starrte Mara auf den Bildschirm und hob eine Hand, um das Logo auf der Webseite nachzuzeichnen. »Es ist wahr! *Mara's Kitchen* existiert wirklich.« Während sie noch in seinem Haus gewohnt hatte, hatten sie und Jared die meisten Details bereits ausgearbeitet, mit Ausnahme des Geschäftsvertrags. Doch diese Webseite war so viel besser, als sie jemals erwartet hätte. Jared hatte ihre gemeinsamen Ideen genommen und zum Leben erweckt. Sie kniff die Augen zusammen und klickte etwas zögerlich zurück zu ihren Bestellungen. »Oh mein Gott! Sind wirklich schon so viele Bestellungen eingegangen? Wie kann das so schnell möglich sein? Die Seite ist doch gerade erst online geschaltet worden!«

»Es könnte sein, dass ich hier und da um einen Gefallen gebeten habe, um den Start der Seite anzukündigen«, murmelte Jared verlegen.

»Du hast schon mit dem Marketing begonnen?« Sie sah ihn ungläubig an und war fasziniert, wie effizient und scheinbar mühelos er diese Dinge organisierte.

»Ich bin ein Milliardär, der unzählige Kontakte besitzt, meine Süße. Von meiner Seite bedeutet es einen geringen Aufwand, andere Unternehmen zu involvieren oder die Nachricht über ein aufregendes, neues Konzept zu verbreiten.«

»Ich muss mich an die Arbeit machen. Ich werde mich beeilen, diese Bestellungen vor Sarahs Hochzeit zu bearbeiten und auszuliefern.

Was sind das für Gefallen, um die du gebeten hast?« Sie drehte sich um und sah ihm ins Gesicht. Er lächelte und es war ein glückliches Lächeln, das seine Augen zum Strahlen brachte und sie butterweich werden ließ.

»Also gut. Ich habe um ziemlich viele Gefallen gebeten. Dies ist nur der Anfang. Du wirst weiterhin viele Bestellungen erhalten.«

»Du zwingst Freunde oder Partner zum Bestellen?«

Jared hob seine Hände in die Luft, um zu signalisieren, dass er sich geschlagen gab. »Ich zwinge niemanden zu irgendetwas. Es geht nur um deine Produkte. Ich habe nur um einige Anzeigen und Produktbewertungen gebeten. Zum Testen habe ich Produkte aus meinem persönlichen Vorrat versendet. Du schuldest mir Marmelade und Toffee.« Er grinste sie an.

»Alle mochten es?«, fragte sie aufgeregt.

»Sie haben es alle geliebt! Süße, du bist so unfassbar talentiert. Ich hatte sowieso nichts anderes erwartet und ich habe sie gebeten, absolut ehrlich zu sein. Ich habe niemanden bestochen, damit er eine gute Bewertung hinterlässt. Ich schwöre!«

»Kann ich einige von ihnen lesen?«

Er legte seinen Kopf auf ihre Schulter, um den Bildschirm sehen zu können, und flog mit seinen Fingern über die Tasten. »Hier ist eine.«

Sie las die Worte schnell, aber aufmerksam, erstaunt darüber, dass eine solch bekannte Lebensmittelkritikerin ihre Produkte tatsächlich probiert hatte. Es gab kein einziges schlechtes Wort, die gesamte Bewertung war durch und durch positiv. Am Ende wurde der Link zu ihrer Webseite fett angezeigt. »Kein Wunder, dass bei mir bereits Bestellungen eingegangen sind. Viele im Land folgen ihren Tipps und Empfehlungen. Jeder, der gern kocht oder backt, nutzt ihre Rezepte. Jedenfalls tue ich das.«

»Ich weiß«, antwortete Jared mit einem Hauch von Arroganz in der Stimme. »Dieses Haus und deine Gerätschaften werden sehr schnell nicht mehr ausreichen. Und du wirst Mitarbeiter benötigen.«

»Ich habe doch dich.« Sie erwartete nicht ernsthaft, dass Jared sich eine Schürze anziehen und an die Arbeit gehen würde, doch das

Kochen würde sie schon erledigen. Er kümmerte sich bereits jetzt spielend um alles andere.

»Süße, du willst, dass deine Produkte ein Erfolg werden. Ich kann nicht kochen. Du brauchst Hilfe in der Küche!«

Mara stellte den Laptop auf den Fußboden. Mit nun freien Händen schwang sie ein Bein über und setzte sich rittlings auf Jareds Schoß. »Du bist großartig!« Mit Tränen in den Augen fuhr sie mit der Handfläche über seine frisch rasierte Wange. »Ich glaube, du würdest in einer Schürze sehr heiß aussehen«, neckte sie ihn.

»Vergiss es!«, brummte er. »Aber ich werde alles andere tun, das in meiner Macht steht, damit dieses Unternehmen erfolgreich wird.«

»Alles ist bereits fantastisch! Ich muss mich in Bewegung setzen und anfangen, die Produkte zu fertigen.« Sie versuchte, von seinem Schoß aufzustehen, doch ein stählerner Arm um ihre Hüfte behielt sie genau dort, wo sie sich befand.

»Nicht so schnell! Ich erwarte ein richtiges Dankeschön!« Sein jadegrüner Blick bohrte sich tief in ihre dunklen Augen.

»Was bedeutet *richtig* für dich?« Sie würde diesem Mann alles geben, was er wollte. »Danke für das Telefon und alles, was du für das Unternehmen getan hat. Ich werde es dir zurückzahlen. Ich brauchte vermutlich wirklich ein Mobiltelefon.« Wenn ihr Geschäft anfangen würde, so zu florieren, dann musste sie jederzeit erreichbar sein. Außerdem konnte sie mit dem Telefon ins Internet gehen.

»Ich will nicht, dass du mir irgendetwas zurückzahlst! Es war ein Geschenk. Ich will, dass du mich küsst!«, forderte er streng.

»Das hätte ich sowieso getan. Die Dinge, die du mir gibst, haben nichts damit zu tun, wie viel ich für dich empfinde.« Ihre Liebe für Jared existierte einfach. Doch durch die Aufmerksamkeiten, die er ihr zukommen ließ, verliebte sie sich nur noch stärker in ihn.

»Zeig es mir!« Seine Stimme war dominant, doch seine Augen waren bittend.

Sie lehnte sich so tief herunter, dass ihr Mund ganz nahe an seinem war und sie seinen warmen Atem auf ihrem Gesicht spüren konnte, und murmelte ernst: »Wir müssen dein großes Problem lösen, bevor ich mich an die Arbeit mache.«

»Ich habe ein großes Problem?« Jared klang verwirrt.

Mara wackelte mit den Hüften und presste ihre Körpermitte gegen seine harte Erektion. »Ein sehr großes.«

»Du bist die einzige Frau auf der Welt, die dieses Problem jetzt lösen kann«, entgegnete er und klang sowohl herausfordernd als auch verzweifelt.

»Schon geschehen«, flüsterte sie, beugte sich hinunter und küsste ihn so sehr, dass ihm der Atem wegblieb.

Sie kam zwar erst am Nachmittag dazu, sich um ihre Bestellungen zu kümmern, doch die Zeit bis dahin war auf keinen Fall verschwendet. Als sie endlich mit dem Kochen anfing, hatte sie ein wundersames Lächeln auf dem Gesicht.

Kapitel 16

Mara's Kitchen begann zu wachsen und Jared war bei jedem Schritt dabei, um Mara dabei zu helfen, andere Probleme aus dem Weg zu räumen, damit sie sich voll und ganz auf die Produktion konzentrieren konnte. Sie fing morgens früh an zu arbeiten und hörte abends spät auf. Doch sie war in ihrem Leben niemals glücklicher gewesen.

Am Abend vor Sarahs Hochzeit saß sie gemeinsam mit Jared am Wohnzimmertisch und unterschrieb die Verträge, die er endlich hatte fertigstellen lassen. Es hatte eine weitere Drohung ihrerseits gebraucht, Evan statt Jared zu ihrem Geschäftspartner zu machen, damit er die Geschäftsverträge endlich in Angriff nahm. Mara hatte jeden Moment gehasst, in dem sie dieses Argument gegen ihn verwendet hatte, doch sie hätte sich selbst noch viel mehr verachtet, wenn sie damit weitergemacht hätte, Jareds Großzügigkeit auszunutzen.

Er hatte für den Sommer einige Jugendliche angestellt, weil ihre Bestellungen überhandgenommen hatten. Sie arbeitete nun gemeinsam mit Nina, die ihr bei den Kochvorbereitungen half, und Todd, der ihr beim Reinigen der zahlreichen Töpfe und Utensilien zur Hand ging, die sie mehrmals am Tag benötigte. Jared hatte Emily um Hilfe gebeten, Jugendliche zu finden, die für diese Arbeiten geeignet waren. Beide stammten aus Familien, die das zusätzliche Geld gut gebrauchen konnten und waren Emily bekannt, da sie das Jugendzentrum in Amesport leitete und einen guten Überblick darüber besaß, welche Familien in der Umgebung bedürftig waren. Sowohl Nina als auch Todd arbeiteten hart an den Aufgaben, die Mara ihnen gegeben hatte, und es nahm ihr sehr viel Last ab, sich nicht mehr zusätzlich auch um diese Arbeiten kümmern zu müssen. Jared beschäftigte sich mit dem geschäftlichen Teil und der Vermarktung von *Mara's Kitchen* und angesichts der Unmengen an neuen Bestellungen, die täglich bei Mara eingingen, leistete er eine fantastische Arbeit. Sie wusste, dass Jared sich ebenso daran gemacht hatte, Verträge mit Restaurants und Geschäften außerhalb von Amesport abzuschließen, die ihre Produkte regelmäßig beziehen würden.

»Wir brauchen wesentlich größere Räumlichkeiten für die Produktion und eine Gruppe von fest angestellten Mitarbeitern«, brummte Jared, als er widerwillig seinen Namen unter die Verträge setzte, die ihm die gleichen Rechte wie Mara an dem Unternehmen zusicherten, nachdem Mara unterschrieben hatte.

Mara lächelte ihn an. Sie saßen beide am Wohnzimmertisch, die Papiere vor sich ausgebreitet. »Wir können noch eine Weile so weitermachen. Wir müssen erst einmal etwas Geld verdienen, bevor wir es ausgeben.«

»Du musst Geld investieren, um noch mehr Geld zu verdienen«, widersprach Jared. »Und du kannst nicht weiterhin von früh bis spät arbeiten.« Er hielt einen Moment inne, bevor er zögerlich fragte: »Vermisst du den Puppenladen?«

»Nein«, antwortete sie aufrichtig. »Ich bin immer noch traurig darüber, so viele Dinge verloren zu haben, die nicht zu ersetzen sind, Dinge, die meiner Mutter gehört haben. Aber ich habe schon immer lieber meine Produkte hergestellt, als Puppen zu fertigen. Wenn ich irgendwann einmal mehr Zeit habe, dann würde ich es gern als Hobby weiterführen, doch es war immer meine Lieblingsbeschäftigung, Produkte für den Markt herzustellen. Es ist eine große Herausforderung, sich neue Rezepte auszudenken, um Produkte herzustellen, die für verschiedene Gerichte verwendet werden können. Kochen war schon immer meine erste, große Leidenschaft.« Mara seufzte. »Ich habe immer an meiner Mutter festhalten wollen, doch ich habe begriffen, dass ich den Puppenladen dafür nicht brauche. Sie wird immer hier bei mir sein.« Sie legte ihre rechte Hand auf ihr Herz, ihren Finger zierte der Ehering ihrer Mutter. »Ich glaube, sie wäre stolz auf das, was ich jetzt tue. Ich stelle zwar keine Puppen mehr her, doch ich arbeite noch immer mit Traditionen, die von Generation zu Generation weitergegeben wurden, und verleihe ihnen meine ganz eigene Note. Ehrlich, ich denke nicht, dass es sie interessiert hätte, was ich tue, solange ich nur glücklich damit bin.«

Jared lehnte sich zu ihr hinüber, ergriff die Hand an ihrem Herzen, zog sie zu sich heran und küsste sie zärtlich auf die Handfläche. »Ich glaube auch, dass sie stolz auf dich wäre, Baby«, sagte er heiser.

»Glaubst du, dass du eines Tages wieder das tun wirst, wofür dein Herz schlägt?«, fragte sie ihn vorsichtig. Seine ehemalige Leidenschaft für das Restaurieren alter Häuser war ein sensibles Thema.

»Woher weißt du davon?« Er ließ ihre Hand vorsichtig los und sortierte die Papiere, die sie soeben unterschrieben hatten.

»Evan. Er hat mir erzählt, dass du es geliebt hast, alte Häuser zu restaurieren, und dass es dein Karrierewunsch gewesen war. Genau das wolltest du gemeinsam mit Alan machen. Ich weiß, dass du schlechte Erinnerungen daran hast, doch ich möchte, dass du glücklich bist mit dem, was du tust.« Wäre er jemals dazu in der Lage, es noch einmal zu machen? Wenn sie an seiner Stelle wäre, wüsste sie nicht, ob sie auf diesem Gebiet einen Neuanfang starten könnte. Mara war sich nicht einmal sicher, ob er es wagen sollte, solange er nicht das schlechte Gefühl losgeworden war, das er mit den Dingen assoziierte, die er liebte. Und doch war es eine Tatsache, dass dies seine Leidenschaft war, etwas, das ihm eine riesengroße Befriedigung verschaffte. Es brach ihr das Herz, wenn sie sich vorstellte, dass er es nie wieder in Angriff nehmen würde.

Jared stieß einen tiefen, männlichen Seufzer aus und sah sie offen an. »Ich weiß es nicht. Ich habe nie damit aufgehört, mich über die neuesten Restaurationsmethoden zu informieren oder mir alte Häuser anzusehen und mir vorzustellen, wie ich sie in ihrem alten Glanz würde erstrahlen lassen können. Doch ich konnte nie wieder die gleiche Begeisterung dafür aufbringen, wie ich sie hatte, als ich noch aufs College ging.«

Maras Augen füllten sich mit Tränen. Manchmal war Jared ihr ein Rätsel. Er war überaus attraktiv und absolut selbstsicher bei der Führung seiner Firma für Geschäftsimmobilien. Er redete schmutzig, war arrogant und ein totales Alphamännchen, der immer alles unter Kontrolle zu haben schien. Doch es gab Zeiten, in denen er verletzlich wirkte und eine zarte, verwundete Seite offenbarte, von der sie sich sicher war, dass er sie nur ihr zeigte. Jetzt war einer dieser Momente. »Ich möchte nur, dass du genauso glücklich bist, wie ich es gerade bin. Es scheint mir nicht gerecht, dass ich mir meinen Traum erfülle und du nicht.«

»Mit dir bin ich glücklicher, als ich es mein gesamtes Leben gewesen bin, Süße. Weine nicht wegen mir.« Er lehnte sich zu ihr hinüber und zog sie von ihrem Stuhl auf seinen Schoß. »Mir gefällt es, dir dabei zu helfen, dein Unternehmen aufzubauen. Ich habe Freude an dem, was ich gerade tue.«

»Aber danach ⊠«

»Was danach kommt, werden wir dann sehen. Doch jetzt will ich nur dich«, sagte er zärtlich. »Du verjagst all die Einsamkeit und Traurigkeit in mir, Mara. Für mich ist das ein verdammtes Wunder.«

Bei seinen Worten kullerten ihr die Tränen die Wangen hinunter. Sie umarmte ihn so fest sie konnte und hoffte, dass das Schicksal sie beide niemals trennen würde. »Ich liebe dich.« Diese drei kleinen Worte waren ihrem Mund ganz plötzlich entschlüpft. Sie hatte sie sagen wollen, sagen müssen, doch sie hatte gezögert, weil sie sich nicht sicher war, ob er sie hören wollte oder nicht. Jetzt wollte sie, dass er sie hörte und wusste, dass er geliebt wurde. Inmitten seiner lieblosen Kindheit und dem Betrug brauchte Jared Sinclair einen Menschen, der ihn bedingungslos liebte.

»Was hast du da gesagt?«, fragte er vorsichtig, so als hätte er sich verhört.

»Ich sagte, dass ich dich liebe«, entgegnete sie nachdrücklich. »Es braucht dir nichts zu bedeuten und ich sage es auch nicht, um dich in irgendeine Falle zu locken. Ich muss diese Worte einfach nur aussprechen und dich wissen lassen, wie ich für dich empfinde. Ich habe mir und dir das Versprechen gegeben, offen und ehrlich zu sein. Das sind meine Gefühle. Ich liebe dich. So einfach ist das. Wir müssen jetzt auch nichts überstürzen. Ich wollte es dir nur mitteilen.«

»Sag es mir noch einmal!«, forderte er, nahm ihr Gesicht in seine Hände und zwang sie, ihm in die Augen zu sehen. »Und selbstverständlich bedeutet es etwas. Es bedeutet mir alles!«

»Ich liebe dich, Jared Sinclair!« Ihre Stimme war jetzt sogar noch lauter und sie war sich sicher, dass er diese Worte hören musste.

Er presste die Lippen auf ihre, als würde er versuchen, die Worte mit seinem Mund einzufangen. Mara schlang die Arme um seinen Hals und erwiderte seinen Kuss, öffnete sich ihm und erzitterte bei der Wildheit seiner Umarmung. Er verschlang sie, als hätte er tagelang keine Mahlzeit zu sich genommen, doch gleichzeitig mit einer Ehrfurcht, die ihr Herz zum Schmelzen brachte. Der Kuss war ebenso verehrend wie erotisch und diese Kombination brachte ihr Herz aus dem Takt, während ihre Zunge sich mit seiner verwob, weil sie diese Verbindung genauso sehr brauchte wie er.

Jetzt, da sie diese Worte ausgesprochen hatte, fühlte sie sich verletzlich und hilflos. Doch Jareds Bestätigung lag in seiner wortlosen Kommunikation und mit jedem Zungenschlag fühlte sie sich ein klein wenig sicherer. Seine Hände durchwühlten ihr Haar und hielten ihren Mund genau dort, wo er ihn wollte, damit er sie so lange küssen konnte, bis sie keine Luft mehr bekam.

Endlich gab er ihren Mund wieder frei und vergrub sein Gesicht in ihren Haaren. Seine starken Arme hielten sie noch immer fest an sich gedrückt. »Ich brauche dich, Mara! Ich brauche dich so sehr, dass ich fast nicht atmen kann. Verlass mich nicht! Bitte, verlass mich niemals!«

Ihr Herz tat weh und seine gequälte Stimme ließ einen brennenden Schmerz durch ihre Seele fahren. Jeder Mensch, der ihm etwas bedeutet hatte, hatte ihn verlassen und betrogen. Wenn er so empfindsam war, wie sie sich in diesem Moment fühlte, dann musste er in der Hölle sein. »Das werde ich nicht tun. Niemals!« Und sie meinte es ehrlich. Er würde sie gewaltsam von sich entfernen müssen, um sie loszuwerden, es sei denn, er würde sie nicht mehr in seiner Nähe haben wollen. Sie wollte für immer mit ihm zusammen sein und ihm dabei helfen, all seine Wunden zu heilen. Sie wollte, dass er endlich glücklich war.

»Wenn du mich doch verlässt, dann werde ich dich finden«, warnte er sie.

An seine Brust gedrückt musste Mara wegen seiner plötzlichen Arroganz lächeln. Er verhielt sich rätselhaft ... wieder einmal. Doch von Mal zu Mal wurde es einfacher, ihn zu entschlüsseln. Heiß und kalt. Fordernd und freundlich. Dominant und verletzlich. Sie liebte jede einzelne Sturheit dieses Mannes, an dem sie sich gerade festhielt, weil sie begann, jede einzelne seiner Reaktionen zu verstehen. Seine Charakterstärke war unglaublich. Auch wenn er seine sensible Seite verborgen hielt, um sich zu schützen, war sie dennoch vorhanden. Sie zeigte sich in so gut wie allem, was er tat, auch wenn er versuchte, sie zu verstecken und für immer zu begraben.

»Wie lange würdest du denn nach mir suchen?«, neckte sie ihn.

»Ich würde deinem wunderschönen Hintern bis an das Ende dieser Erde folgen«, versprach er nachdrücklich. »Jetzt, da ich weiß, dass du mich liebst, wirst du mich nie wieder los.«

Als würde sie das wirklich wollen! Sehr unwahrscheinlich.

Seine Liebeserklärung ließ sie erschaudern. Wenn Jared besitzergreifend und dominant war, rief es bei ihr eine sinnliche Begierde hervor, die sie nicht unterdrücken könnte.

Das schrille Klingeln von Jareds Mobiltelefon riss sie aus ihren Gedanken und sie sah auf die Uhr an der Wand. »Das Familienessen!«, erinnerte sie Jared widerwillig. »Das ist vermutlich Emily. Wir sind spät dran.«

»Glaubst du wirklich, das interessiert mich jetzt?« Seine Lippen wanderten über die empfindliche Haut an ihrem Hals.

»Ja«, antwortete Mara mit gespielter Ruhe, die sie in diesem Augenblick nicht spürte. »Hope und Jason sind da. Du hast die beiden noch nicht gesehen.« Hope und Jason Sutherland waren an diesem Abend für die morgige Hochzeit eingeflogen. Mara wusste, dass Jared seine Schwester eine ganze Weile nicht gesehen hatte. »Geh ans Telefon und sag ihnen, dass wir kommen!«

Jared ließ Mara mit einem ärgerlichen Seufzer los. »Ich wünschte, wir würden im Schlafzimmer sein und Orgasmen erleben«, brummte er unglücklich und zog das Telefon aus seiner Hosentasche, als Mara von seinem Schoß aufgestanden war.

Sie versuchte, ein Lachen zu unterdrücken, während Jared widerwillig den Anruf annahm.

Das Abendessen in Gradys Haus war ungezwungen, fast jeder trug Jeans ... selbstverständlich mit Ausnahme von Evan. Er war in seinem normalen, makellosen Anzug mit Krawatte gekommen. Als Mara Evan erblickte, schwor sie sich, dass sie dem Mann eine Jeans kaufen würde.

Emily hatte für diesen Anlass gegrillt und Sarah hatte sich erbeten, die Gäste auf die Sinclair-Geschwister und ihre Partner zu beschränken. Evan würde gleich nach dem Hochzeitsempfang abreisen; Dante und Sarah gingen eine Woche lang auf Hochzeitsreise, weil Dante direkt nach ihrer Rückkehr seine neue Stelle als Detective für die Polizei von Amesport antreten musste. Weil Hope schwanger war und unter starker Morgenübelkeit litt, würde Jason sie mit nach New York nehmen, damit er seine Verpflichtungen dort so schnell wie möglich erfüllen konnte. Mara sah an der Art und Weise, wie Jason Hope anschaute, dass er seine schwangere Frau nicht aus den Augen lassen würde. Die gesamte Familie war aus dem Häuschen über Hopes Ankündigung, dass sie und Jason in einigen Monaten dauerhaft in Amesport weilen würden. Ihr Ehemann musste in New York nur noch einige Dinge erledigen und dann wären sie bereit, ihren Hauptwohnsitz nach Amesport zu verlegen.

Mara war nicht das glückliche Glitzern in Jareds Augen entgangen, als Hope nach dem Essen aufgestanden war, um den Umzug nach Amesport offiziell zu verkünden.

Während sie neben ihm auf der Couch saß, lehnte sie sich näher zu ihm und flüsterte: »Das war doch die ganze Zeit dein Plan, nicht wahr? Du hast für jedes deiner Geschwister hier auf der Halbinsel ein Haus gebaut, um deine Familie wieder zusammenzubringen.« Mara wusste so sicher, dass es die Wahrheit war, wie sie sich ihrer Liebe für Jared gewiss war. Er war nicht hierhergekommen und hatte nach dem tödlichen Unfall Häuser für seine Geschwister gebaut, weil ihm langweilig gewesen war oder er dem Schmerz über den Verlust seiner Freundin und seines besten Freundes hatte entkommen wollen. Jared hatte sich danach gesehnt, mit allen seinen Geschwistern in derselben Gegend zu wohnen, nachdem sie alle jahrelang in verschiedenen Teilen des Landes – und in Evans Fall sogar der Welt – verstreut gewesen waren. Maras Herz setzte kurz aus, weil sie so viel für diesen einsamen Mann empfand, der dorthin gekommen war, wo Grady bereits sein Haus errichtet hatte, um sein Talent als Architekt einzusetzen und penibel die anderen Häuser zu bauen, von denen er hoffte, dass sie eines Tages mehr als nur Ferienhäuser für seine Geschwister sein würden. Jahrelang war dieser Plan nicht aufgegangen, weil alle seine Geschwister alleinstehend und mit ihrem eigenen Leben beschäftigt gewesen waren. Doch jetzt würde er Hope, Grady und Dante alle an einem Ort wissen. Mara war sich sicher, dass dies von Beginn an Jareds heimlicher Wunsch gewesen war.

»Damals habe ich es nicht zugegeben, doch ich glaube, es war *tatsächlich*, was ich wollte«, antwortete er ihr mit einem heiseren Flüstern neben ihrem Ohr. »Es ist kaum zu glauben, dass es jetzt wirklich soweit ist. Jetzt fehlt nur noch Evan.«

Mara hielt kurz den Atem an. Bedeutete dies, dass Jared vorhatte, für immer in Amesport zu bleiben? Dass sein Haus auf der Halbinsel

sein dauerhafter Wohnsitz werden würde? Selbstverständlich würde
er von Zeit zu Zeit reisen müssen. Seine Projekte existierten auf
der ganzen Welt. Doch hatte er vor, den Großteil seiner Zeit hier in
Maine zu verbringen?

»Ich bin mir nicht sicher, dass der kleine Flughafen in Amesport
Platz für so viele Privatflugzeuge bietet«, sagte sie und versuchte,
unbeschwert zu klingen, um ihre aufgeregten Nerven zu beruhigen.

Jared grinste sie an. »Dann vergrößern wir ihn eben. Das ist der
Vorteil, wenn in einer Stadt so viele Milliardäre wohnen. An Geld
für die Verbesserung der Infrastruktur wird es nicht mangeln.«

Mara fielen auf Anhieb viele Vorteile ein, doch der wichtigste
würde sein, dass Jared sehr oft in Amesport weilen würde. Sie öffnete
ihren Mund, um ihm zu antworten, doch ihre Aufmerksamkeit
wurde von Jared abgelenkt, als Hope sich auf dem Schoß ihres
Ehemannes niederließ und leise anfing zu sprechen. »Wo wir alle hier
versammelt sind, gibt es noch etwas anderes, das ich euch mitteilen
möchte. Ich habe euch einige Dinge verheimlicht und es tut mir leid.«

Mara sah, wie sich Jasons Gesicht schlagartig veränderte und sich
ein besorgter Ausdruck breitmachte. Sein Blick wurde düster und
er streichelte mit einer Hand über Hopes Rücken. »Schatz, jetzt ist
wirklich nicht der richtige Zeitpunkt ...«, begann Jason mit ernster
Stimme zu sprechen.

»Doch, das ist es«, unterbrach Hope ihn. »Wir sind nie alle zusammen
und ich möchte, dass sie die Wahrheit erfahren. Wir werden uns wieder
öfter sehen, im selben Ort leben. Ich brauche das, um damit abschließen
zu können, Jason. Ich möchte meiner Familie nicht weiterhin etwas
vorspielen. Ich liebe sie. Es wird Zeit, dass ich endlich ehrlich bin.«

Mara beobachtete den Austausch zwischen Hope und Jason, wie
sie sich ansahen und so viel sagten, ohne auch nur ein Wort zu
sprechen, bevor Jason schließlich widerwillig mit seinem attraktiven,
blonden Haarschopf nickte. Es war das Signal, dass er hinter Hope
stand, ganz egal was passieren würde.

Die wunderschöne, rotblonde Hope öffnete ihren Mund, um zu
sprechen, doch ihre Stimme war schwach und zitterte. »Ich habe
gelogen. Bis vor Kurzem habe ich euch alle jahrelang angelogen.«

»Warum?«, fragte Grady und klang verwirrt. Emily, die mit ihm auf dem Zweiersofa saß, ließ zur Unterstützung ihre Hand in seine gleiten.

»Wie?«, fragte Dante ruppig, was Sarah auf seinem Schoß dazu veranlasste, einen Arm um die Schultern ihres Verlobten zu legen.

Mara ergriff Jareds Hand und hielt sie fest. Sie spürte, was auch immer Hope als Nächstes sagen würde, es würde die Sinclair-Geschwister emotional erschüttern.

Hopes Augen füllten sich mit Tränen, doch sie versuchte weiterzusprechen. »Ich … ich habe euch Dinge verheimlicht«, sagte sie traurig.

Evans Stimme dröhnte aus der entgegengesetzten Richtung durch den Raum. »Sie hat eine Ausbildung zur Fotografin gemacht, etwas das niemand von uns gewusst hat. Wir haben alle gedacht, dass sie ihren Abschluss in etwas macht, das sie im Leben nicht weiterbringen wird. Tatsächlich jedoch hat sie ihre Ausbildung als sehr talentierte Fotografin abgeschlossen und hat damit angefangen, um die Welt zu reisen und ihr Geld als Extremwetterfotografin bei riskanten Aufträgen zu verdienen. Sie hat uns nie erzählt, was sie beruflich tat oder wohin sie ging, weil sie gewusst hat, dass wir sie aufgehalten hätten.« Evan sah seine Schwester aus eisblauen Augen an, während Hope ihn mit offenem Mund anstarrte. »Und das wäre verdammt richtig gewesen, wenn wir es gewusst hätten. Sie hätte rund um die Uhr einen Personenschützer an ihrer Seite gehabt.« Evans Stimme war zwar sachlich, doch er wandte seine Augen nicht von Hope ab. »Als sie in Indien war, um einen Wirbelsturm zu verfolgen, wurde sie entführt, gefoltert und …« Evan hustete in seine zur Faust geballte Hand, bevor er die letzten Worte aussprechen konnte. »Sie wurde wiederholt geschlagen, angegriffen und vergewaltigt.«

Als Evan den letzten Satz von sich gab, konnte Mara zum ersten Mal einen Hauch von Qual und schlechtem Gewissen in seiner für gewöhnlich eiskalten Stimme hören. Sein Gesicht war noch immer ausdruckslos, doch er hatte seine Gefühle über das, was Hope angetan worden war, nicht verbergen können. Mara drückte Jareds Hand, als sie den ungläubigen, gequälten Blick auf seinem Gesicht sah.

»Woher hast du das gewusst?«, fragte Hope Evan leise und senkte ihren Blick.

»Ich habe es nicht erfahren, bis du angefangen hast, mit Sutherland auszugehen. Andernfalls hätte ich etwas unternommen, um deine gefährlichen Eskapaden zu unterbinden. Erst als du in Colorado verschwunden bist, habe ich Privatdetektive engagiert, um dich zu finden. Ich hatte das Gefühl, dass du uns nicht die ganze Wahrheit gesagt hast«, antwortete Evan und seine Stimme war ernst und wütend.

»Ich wurde am selben Tag gefunden«, sagte Hope.

»Das hat mich einen Dreck geschert!«, schnauzte Evan. »Du bist meine kleine Schwester und ich wollte verdammt noch mal wissen, was zum Teufel mir gerade entgeht!«

»Was zur Hölle ist passiert, nachdem du entführt worden bist?«, brummte Jared.

»Welches Schwein war das?«, wollte Dante ärgerlich wissen.

»Dieses Arschloch bringen wir um!«, warf Grady aufgebracht ein.

»Er ist tot«, erklärte Hope leise. »Er war ein verrückter politischer Radikaler. Unsere Spezialeinheit war ihm in einer streng geheimen Mission auf der Spur, weil die Mitglieder wussten, dass er sich in Indien versteckt hielt. Sie haben mir das Leben gerettet und ihn getötet, als sie das abgelegene Haus stürmten, in dem er sich versteckt hielt. Dort hat er auch mich gefangen gehalten.« Hope holte tief Luft, bevor sie hinzufügte: »Es tut mir leid, dass ich euch alle belogen habe. Aber so wie wir erzogen worden sind wollte ich einfach nur frei sein. Ihr seid alle überfürsorglich und ich liebe das an euch allen auch sehr, doch ich musste anfangen, mein eigenes Leben zu leben.«

Hope beantwortete geduldig alle Fragen ihrer Brüder, die wie Geschosse angeflogen kamen, bemüht darum, ihre verletzten Gefühle zu mildern. Alle Frauen stellten sich hinter Hopes Entscheidung und erklärten ihren Männern, dass sie zu beschützerisch waren und dass Hope ein Recht darauf hatte, ihr Leben selbstbestimmt zu führen. Auch wenn das bedeutete, dass sie hatte lügen müssen, um ihre Unabhängigkeit zu erreichen.

»Ich bewundere deine Arbeit, Hope«, sagte Mara während eines seltenen Moments der Stille zu ihr. Während alle durcheinander stritten, hatte Hope ihren beruflichen Namen H. L. Sinclair erwähnt. »Ich habe noch keins deiner Extremwetterfotografien gesehen, doch ich kenne einige deiner Naturfotografien. Ich wollte mir schon lange ein paar Drucke an die Wand hängen und bin dabei auf einige deiner Fotos gestoßen. Sie sind wirklich außergewöhnlich.« Sie sah sich um und bemerkte, dass jedes Augenpaar im Raum auf *sie* gerichtet war. »Hope ist unvorstellbar talentiert. Hat irgendeiner von euch überhaupt jemals eine ihrer Fotografien *gesehen*?«

»Sie ist ein fotografisches Genie. Hope ist wegen ihrer Extremwetterfotografie vermutlich eine der angesehensten Fotografinnen auf der ganzen Welt. Sie hat Talent und ist unglaublich begabt«, sagte Jason, um seine Frau zu unterstützen. »Glücklicherweise liegt ihr Schwerpunkt jetzt auf Landschaftsaufnahmen und Naturfotografien. Sie muss niemandem mehr irgendetwas beweisen.« Jason und Hope tauschten einen verständnisvollen Blick über etwas aus, das vermutlich niemand außer den beiden verstand.

Alle brummten, dass sie die Fotos nicht kannten ... mit Ausnahme von Evan. »Ich habe sie alle gesehen«, bemerkte Evan beiläufig. »Ich stimme zu, sie ist wirklich sehr talentiert. Eine Reihe ihrer Arbeiten hängt jetzt bei mir an den Wänden«, sagte er. »Ich muss zugeben, dass ich erleichtert darüber bin, dass sie sich jetzt einem anderen Thema widmet. Hätte sie das nicht getan, würde ich ihr auf Schritt und Tritt Bewachungspersonal hinterherschicken.«

»Sie würden sich hinter meinem anstellen müssen«, sagte Grady missmutig.

»Meine Leute würden auch dort sein«, fügte Jared hinzu.

»Ich würde ebenfalls einige anstellen«, sagte auch Dante mit mürrischer Stimme.

»Ihr würdet alle zu spät kommen«, ließ Jason sie wissen. »Ich hätte bereits geplant, wie sie geschützt werden könnte, wenn sie sich nicht aus eigenen Stücken dazu entschlossen hätte, dieses Arbeitsfeld zu verlassen. Und ich wäre nicht von ihrer Seite gewichen, ganz egal wohin ihr nächster Auftrag sie verschlagen hätte.«

Hope lehnte sich hinüber und küsste ihren Ehemann zärtlich, bevor sie ihre Aufmerksamkeit Evan zuwandte. »Hast du wirklich einige meiner Fotografien an deiner Wand hängen?«, fragte sie zögerlich und hoffnungsvoll zugleich, wobei ihre Augen überrascht strahlten.

Evan nickte. »Ich bin stolz auf dich, Hope!«

Mara wusste, dass Evans einfacher Kommentar sich auf mehr bezog als nur ihre Arbeit als Fotografin. Beim Gedanken daran, was Hope in den Händen ihres Entführers alles durchgemacht haben musste, zog sich Maras Herz zusammen, auch wenn sie die grausamen Einzelheiten nicht erwähnt hatte. Sie fühlte mit dem körperlichen und seelischen Schmerz, den Hope hatte erleiden müssen. »Du bist unfassbar tapfer«, sagte Mara aufrichtig zu ihr. »Was dir zugestoßen ist, tut mir wahnsinnig leid.«

Hope schenkte Mara ein kleines Lächeln. »Danke. Ich habe es überstanden und jetzt bin ich glücklicher, als ich es mir jemals erträumt hätte.« Sie hielt inne, um Jason einen bewundernden Blick zuzuwerfen, während ihre Hand schützend über ihren noch immer flachen Bauch strich.

»Wir hätten für dich da sein müssen. Du hättest es uns erzählen können«, sagte Grady unwirsch.

»Bitte versteh doch, dass ich Zeit brauchte, Grady! Ich liebe euch alle, aber ich musste mir die Zeit nehmen, um das Geschehene zu verarbeiten«, antwortete Hope leise.

»Wenn dieser Vorfall streng geheim war und nicht an die Öffentlichkeit gelangen durfte, wie zum Teufel hat Evan es dann herausgefunden?«, fragte Dante und sah seinen ältesten Bruder herausfordernd an.

Evan starrte zurück, sein Blick war nichtssagend. »Es gibt nicht viele Bereiche, in denen ich keine Kontakte habe.« Er zuckte mit einem mysteriösen Blick die Schultern.

Jared ließ Maras Hand los, stand auf und ging langsam auf seine Schwester zu. »Wir sind nicht für dich da gewesen, doch jetzt sind wir es. Und jetzt umarme mich gefälligst!«, befahl er ruppig.

Mara liefen die Tränen die Wangen herunter und sie biss sich auf die Lippe, als sie sah, wie Jason seine Frau aufstehen ließ und eine weinende Hope sich in Jareds Arme warf. »Es tut mir so leid! Ich liebe euch alle so sehr!«, schluchzte Hope und klammerte sich an ihren jüngsten Bruder.

Mit Ausnahme von Evan standen alle auf und reichten Hope herum, und sie erhielt von jedem eine feste Umarmung, die von Liebe und Vergebung zeugte.

Obwohl Evan jeden Moment dieser Vereinigung beobachtete, machte er keine Anstalten, seine Schwester zu umarmen oder sich zu seiner restlichen Familie hinzuzugesellen.

Er blieb allein.

Kapitel 17

»Deine Familie ist großartig!«, sagte Mara zwei Stunden, nachdem Hopes Offenbarung den gesamten Sinclair-Clan bis ins Mark erschüttert hatte, zu Jared. Auch wenn Evan versuchte so zu tun, als würden die Geschehnisse an ihm abprallen, wusste Mara es dennoch besser. Während der Rest der Familie die Gelegenheit genutzt hatte, um sich auszusprechen und zu umarmen, hatte Evan abseits des Trubels allein gesessen. Für Evan schien es keine Heilung zu geben und Mara fühlte mit ihm.

»Ich habe sie vermisst«, gestand Jared mit tiefer, nachdenklicher Stimme, während er zusah, wie der Rest der Sinclairs um ihn herum lachte und sich gegenseitig mit allen möglichen Dingen aufzog, angefangen bei Kindheitsgeschichten bis hin zu den bevorzugten Mannschaften im Sport. »Ich wünschte nur, dass ich gewusst hätte, was Hope widerfahren ist.«

»Niemand hat es gewusst. Evan hat es nicht einmal erfahren, bevor es vorbei war. Es freut mich, dass sie uns allen ihre Arbeiten gezeigt hat. Du solltest stolz auf sie sein. Sie hat Talent«, sagte Mara ernst.

Nachdem alle Sinclairs darauf bestanden hatten, ihre Arbeiten zu sehen, hatte Hope ihr Portfolio online aufgerufen. Alle hatten geraume Zeit damit verbracht, ihr Talent zu bestaunen, und Mara konnte sehen, dass Hope erleichtert und zufrieden darüber war, dass ihre Familie endlich ihren Beruf akzeptieren konnte. Auch wenn Hope keine Fotos von extremen Wettersituationen mehr machte und keinen Naturkatastrophen mehr hinterherjagte, arbeitete sie noch immer daran, sich einen Namen in der Naturfotografie aufzubauen. Und Maras Meinung nach war sie verdammt gut.

»Jared? Hier ist jemand für dich. Sie sagt, sie ist eine alte Bekannte von dir.« Emily erschien mit einem unsicheren Gesichtsausdruck neben dem Sofa, auf dem sie saßen.

Einige Minuten zuvor hatte es an der Tür geläutet und Emily war aufgesprungen, um zu sehen, wer zu Besuch gekommen war. Grady war ihr wie ein Wachhund auf dem Fuße gefolgt, um sie zu beschützen. Da die gesamte Familie anwesend war und es sich bei der Halbinsel um ein Privatgrundstück handelte, hatte er sich besorgt gezeigt. Es war offensichtlich, dass sie nicht noch weitere Gäste erwartet hatten.

Es wurde still im Raum und alle Augen waren plötzlich auf Jared gerichtet. »Wer ist es?«, fragte er und schien verwirrt zu sein.

Es ist eine sie? Er ist momentan mit keiner anderen zusammen. Das hat er mir gesagt.

Maras Herz begann, wie wild zu klopfen. Ihre Angst, dass es eine alte Flamme sein könnte, mit der er einmal ins Bett gestiegen war und die ihn ausfindig gemacht hatte, jagte ihr einen kalten Schauer über den Rücken.

Er würde mich nicht anlügen. Das würde er nicht tun. Selbst wenn es eine alte Flamme ist, er schläft nicht mit ihr.

Emily trat zur Seite und eine hagere Frau kam zum Vorschein. »Ich bin es. Es tut mir leid, dass ich hier so hereinplatze, doch ich musste dich sehen.« Die ältere Frau knetete nervös ihre Finger, als sie vor Jared stand.

Als Mara ihren Kopf drehte, sah sie einen schmerzvollen Ausdruck über Jareds Gesicht huschen. Sie bezweifelte stark, dass es sich hierbei um eine sexuelle Beziehung handelte. Diese Frau war alt genug, um seine Mutter sein zu können, doch Jareds Reaktion nach zu urteilen kannte er sie offenbar.

»Mrs. Olsen?« Jareds Stimme wurde brüchig, als er sie ansprach. Zum ersten Mal stand Evan auf und ging hinüber zum Sofa. »Ah … scheint ganz so, als wäre heute der Tag, an dem die Familienleichen aus dem Keller geholt würden. Doch nicht dieses Geheimnis und auch nicht heute. Sie, gnädige Frau, möchte ich bitten, dieses Haus umgehend wieder zu verlassen, oder ich werde die Polizei rufen und Sie entfernen lassen.« Die Stimme des ältesten Sinclair-Bruders war kälter als die Antarktis.

»Die Polizei ist bereits hier«, brummte Dante, als er aufstand und sich neben Evan stellte. »Was zum Teufel geht hier vor?«

»Wer ist das?«, stieß Mara atemlos hervor, die Anspannung in Jareds Körper deutlich spürbar für sie.

»Selenas Mutter«, brachte Jared gequält hervor.

Mara sprang auf. Sie war nicht dazu in der Lage, ihre Gefühle darüber unter Kontrolle zu halten, dass diese Frau Jared tatsächlich aufsuchen musste, nach allem was er durchgemacht hatte, nach allem was er getan hatte, um ihre Gefühle in der Vergangenheit zu schützen. Sie presste ärgerlich die Zähne aufeinander und sagte: »Es tut mir leid, dass Sie Ihre Tochter verloren haben, doch Jared hat in all den Jahren bereits genug durchgemacht. Es reicht! Und jetzt gehen Sie!« Sie würde diese Frau nicht in Jareds Nähe lassen und hatte sich zwischen die beiden gestellt, damit Jared nicht der Frau ins Gesicht sehen musste, die ihn für den Tod ihrer Tochter verantwortlich gemacht hatte.

»Ich bin nicht hier, um ihm erneut wehzutun«, sagte die Frau nervös und ängstlich.

»Warum sind Sie dann hier?«, wollte Mara wissen.

»Ich hatte gehofft, mit Jared unter vier Augen sprechen zu können«, sagte Mrs. Olsen leise und unsicher.

»Eher friert die Hölle zu!« Mara spuckte ihr diese Worte beinahe vor die Füße. Sie würde diese Frau unter keinen Umständen mit Jared alleine lassen, damit sie ihm noch mehr ihres Giftes ins Gesicht sprühen konnte. Ihre Reaktion war vielleicht verständlich gewesen, als Selenas Tod noch neu und herzzerreißend gewesen war. Doch so viele Jahre später würde sie nicht zulassen, dass sie ihre Klauen erneut in Jared senkte.

»Wir sind eine Familie. Sagen Sie jetzt, was Sie zu sagen haben, oder gehen Sie!«, forderte Evan sie kalt auf. »Doch ich warne Sie! Wenn mir nicht gefällt, was Sie sagen, dann sitzen Sie innerhalb von Sekunden mit ihrem Hintern vor der Tür!«

»Ich habe zwar keine genaue Ahnung, was hier vor sich geht, aber ich werde ihm dabei helfen, Sie hier rauszubringen«, stimmte Dante zu.

»Selena hat Tagebuch geführt«, platzte es plötzlich aus Mrs. Olsen heraus. »Nach ihrem Tod habe ich es nicht geschafft, sie zu lesen, und ich war mir auch nicht sicher, ob ich es sollte. Vor etwa einem Monat habe ich sie verpackt in einer Kiste gefunden. Ich entschloss mich dazu, erfahren zu wollen, welche Gedanken ihr in dem Jahr, als sie starb, durch den Kopf gegangen sind. Sie hatte sich von mir distanziert und ich wollte wissen warum.« Sie hielt inne und holte tief Luft. »Ich habe gewusst, dass sie in Alan verliebt war, und auch, dass sie mit ihm schlief, obwohl sie sich in einer Beziehung mit dir befand, Jared. Ich will wissen, was wirklich in der Nacht geschah, als sie starb.« Tränen strömten über ihr mageres und ausgezehrtes Gesicht. »Jetzt, wo ich die Tagebücher gelesen habe, glaube ich nicht, dass ich meinen Frieden finden kann, bis ich nicht die Wahrheit kenne.«

Jared erhob sich und zog Mara an seine Seite. »Es macht keinen Sinn, das Ganze jetzt noch einmal aufzuwärmen«, sagte Jared. »Selena und Alan sind tot, Mrs. Olsen. Und auch wenn ich mir noch so sehr das Gegenteil wünschte, wir können die beiden nicht wieder lebendig machen. Ich habe Ihnen gesagt, wie leid es mir tut, und ich erwarte von Ihnen nicht, dass Sie jemals aufhören, mich zu hassen. Doch bitte, lassen Sie die Vergangenheit ruhen.«

»Ich muss es einfach nur wissen, Jared!«, bat die Frau.

Jared blieb stumm und schüttelte bedauernd den Kopf.

Nicht einmal jetzt ist er dazu fähig. Er kann die Worte nicht aussprechen oder ihre Mutter verletzen.

Mara drückte unterstützend seine Hand. Es war offensichtlich, dass er noch immer nicht die Wahrheit sagen würde, auch wenn Selenas Mutter das Schlimmste bereits wusste.

Also sprach Evan für ihn. »Meinem Bruder war nicht bekannt, dass die beiden miteinander verbandelt waren oder zusammen schliefen. Jared hat gearbeitet, um das Unternehmen zu gründen, bei dem er Alan großzügigerweise die Partnerschaft angeboten hatte. Jared befand sich an dem besagten Abend bei der Party und er war nüchtern, wie er es versprochen hatte zu sein. Als Ihre Tochter und Alan verschwanden, hat er sich auf die Suche nach ihnen begeben und sie beim Geschlechtsverkehr in einem der Schlafzimmer des Hauses vorgefunden, in dem die Party stattfand. Betrogen und mit gebrochenem Herzen verließ er die Party. Eine normale Reaktion eines Mannes, dem jemand bildlich gesprochen gerade das Herz herausgerissen hat, gnädige Frau.« Evan sah Mrs. Olsen aus seinen tiefblauen Augen an. »Niemand weiß, was danach geschehen ist, mit Ausnahme von den drei Menschen, die in den Unfall verwickelt waren und die alle drei getötet wurden. Ich verstehe, dass Sie am Boden zerstört waren, als Ihre Tochter starb, und Jared erging es genauso. Er hat die Schuld auf sich genommen und mit seiner seelischen Gesundheit einen sehr hohen Preis dafür gezahlt. Er hat sich niemals abfällig über Ihre Tochter geäußert, niemandem erzählt, dass sie ihn betrogen hat. Er wollte Ihnen Ihre glücklichen Erinnerungen bewahren, ohne den Ruf Ihrer Tochter zu beschmutzen.« Evans Stimme war fast schon unheimlich ruhig, als würde er über einen minderwertigen Geschäftsabschluss sprechen. Er verschränkte die Arme vor der Brust, wobei er seinen Blick nicht von der verstörten Frau abwandte, die vor ihm stand.

»Evan! Hör auf!« Jared legte eine Hand auf die Schulter seines ältesten Bruders. »Das ändert doch nichts!«

Evan schüttelte Jareds Hand ab und sagte: »Genau *deinetwegen* hoffe ich, dass sich dadurch die Dinge für dich ändern, Jared.«

»Es tut mir so leid!«, schluchzte Mrs. Olsen. »Ich kann verstehen, warum du gegangen bist. Es war eine natürliche Reaktion. Du warst so gut zu Selena und es tut mir unendlich leid, dass sie dich verletzt hat.«

»Ich hätte bleiben sollen«, brummte Jared unbehaglich. »Ich hätte sie beide selbst nach Hause bringen sollen, auch wenn ich verletzt war.«

»Ich glaube nicht, dass Selena mit dir mitgegangen wäre, nachdem du die Wahrheit kanntest. Sie wollte, dass du sie während ihrer restlichen Schulzeit finanziell unterstützt, und sobald du von ihr und Alan erfahren würdest, hätte sie gewusst, dass es vorbei ist. Du hast getan, was jeder andere auch getan hätte. Die beiden Menschen, die für dich am wichtigsten im Leben waren, haben dich betrogen«, schluchzte Mrs. Olsen. »Ich habe meine Tochter geliebt und ich wünschte, ich könnte sie zurückholen, doch sie hat dich benutzt, und das *tut mir leid*. Ich habe wirklich gedacht, dass sie dich liebt. Ich weiß nicht, ob es dir hilft, es zu wissen, doch Alan hat versucht, die Affäre zu beenden, und er wollte dir die Wahrheit sagen. Das stand alles in ihrem Tagebuch. So wie es aussah, hat er Selena geliebt.« Sie wischte sich die Tränen aus dem Gesicht und sah zu Jared auf. »Du hast nichts falsch gemacht, Jared. Es tut mir so leid. Ich erwarte nicht, dass *du mir* vergibst, doch ich hatte bereits solch einen Verdacht gehabt, als ich Selenas Tagebuch gelesen habe. Ich musste dich aufsuchen. Ich musste die Wahrheit erfahren, damit ich endlich mit der Vergangenheit abschließen kann. Ich habe Selena über alles geliebt, doch einige der Dinge, die sie getan hat, haben mir nicht gefallen.«

»Ich vergebe Ihnen«, sagte Jared mit einem Kloß im Hals. »Selena war eine wunderschöne Frau und sie war kein schlechter Mensch, Mrs. Olsen. Sie hatte sich einfach nur in jemand anderen verliebt und wollte ihre Ausbildung abschließen. Sie wusste, dass Sie das Geld nicht besaßen. Ich schon. Ich hasse sie nicht und auch ich wünsche mir, dass sie noch lebendig wäre. Sie war ein wunderbarer Mensch, den die Welt sehr vermissen wird.«

Mara spürte die Liebe in ihrem Herzen, die sie für diesen wunderbaren Mann an ihrer Seite empfand. Selbst nach allem, was er durchgemacht hatte, nach allem, was er über die Frau herausgefunden hatte, die er geliebt hatte, betrauerte er noch immer ihren Tod.

Mrs. Olsen schniefte. »Es ist sehr freundlich von dir, diese Dinge zu sagen, nach dem wie ich dich bei ihrer Beerdigung behandelt und dich für ihren Tod verantwortlich gemacht habe.«

Jared zuckte mit den Schultern. »Ich konnte Sie verstehen. Sie haben um Ihre Tochter getrauert. Ich kann mir nichts Schmerzvolleres vorstellen. Ich wollte, dass Sie Selena in guter Erinnerung behalten.«

»Ich versuche, mich an die guten Dinge zu erinnern«, sagte sie leise.

Jared nickte. »Das sollten Sie. Ich weiß, dass Sie es tun werden. Selena, Alan und ich haben gute Zeiten miteinander verbracht. Wir waren alle jung und haben Fehler begangen.«

»Doch was sie dir angetan hat ⊠«

»Ist nicht mehr wichtig«, beendete Jared den Satz an ihrer Stelle. »Sie dürfen nicht vergessen, dass wir alle noch aufs College gingen und jung waren, Mrs. Olsen. Selena war ein kluges, eigensinniges Mädchen und Alan hatte sich Hals über Kopf in sie verliebt. Selena war ein Jahr jünger als wir und noch nicht erwachsen. Erinnern Sie sich an die guten Dinge, die sie getan hat. Wir alle machen dumme Fehler, wenn wir jung sind.« Er legte mitfühlend eine Hand auf ihre Schulter.

»Du warst ein guter Junge, Jared. Und es scheint mir, als seist du zu einem anständigen Mann herangewachsen.« Die ältere Frau sah zu ihm auf. »Bist du glücklich?« Sie sah zu Mara. »Ist dies deine Frau?«

»Jetzt bin ich glücklich. Und das hier ist Mara, die Frau, die mein Leben verändert hat«, antwortete Jared mit rauer Stimme.

»Das mit Ihrer Tochter tut mir leid, Mrs. Olsen«, sagte Mara ernst und streckte ihre Hand der Frau entgegen, die Jared so viel Schmerz zugefügt hatte. Auch wenn sie verachtete, welches Leid Jared wegen ihr hatte durchmachen müssen, so hatte sie die Wahrheit nicht gekannt. Jetzt, da sie ihr bewusst war, bewunderte sie den Mut der älteren Dame, Jared ausfindig zu machen, um herauszufinden, was in der Nacht, in der ihre Tochter gestorben war, wirklich passiert war, und einige Dinge wieder gerade zu biegen. Viele Eltern würden es gar nicht wissen wollen. Doch es war offensichtlich, dass diese Frau anders war, und Mara war ihr dankbar, dass sie Jared endlich die Möglichkeit gegeben hatte, mit seiner Vergangenheit abzuschließen, und das obwohl es sie schmerzen würde. Es schien fast so, als hätte sich der Kreis geschlossen. Die ganzen Jahre hatte Jared im Stillen gelitten und sich selbst die Schuld gegeben. Mrs. Olsen hatte gelitten und gedacht, sie hatte Jared ungerechterweise die Schuld zugewiesen, und danach sich selbst dafür verantwortlich gemacht. Endlich konnten sie beide ihren Frieden finden oder zumindest hoffte Mara dies inständig.

Mrs. Olsen ergriff Maras Hand, schüttelte sie und tätschelte sie danach liebevoll. »Dann mach ihn glücklich, Mara!«

»Das habe ich vor«, antwortete sie beschwichtigend.

Als Mara die Hand von Mrs. Olsen losließ, trat Jared vor und umarmte die ältere Dame fest. Mara sah, wie sie ihre Augen schloss und die Umarmung erwiderte. Tränen stiegen ihr in die Augen, als ihr bewusst wurde, dass Jared tatsächlich seine Peinigerin umarmte und ihr einfach so vergab, weil diese Frau ihre Tochter verloren hatte. Als sie Jareds Fähigkeit zum Mitgefühl vor sich sah, fühlte sie sich schäbig.

Jared legte einen Arm um die Schulter von Mrs. Olsen und begleitete sie nach draußen zu ihrem Auto. Darauf vertrauend, dass diese Frau Jared nun emotional nicht mehr verletzen konnte, blieb Mara zurück, damit die beiden sich einige Minuten allein unterhalten konnten. Sie hatten das Haus kaum verlassen, da stellten bereits alle Anwesenden in einem großen Durcheinander ihre Fragen.

»Was zum Teufel war das denn?«

»Was ist mit Jared passiert?«

»Wer ist diese Frau?«

Evan bedeutete allen, sich zu setzen, und er machte sich daran, ruhig und bedacht ihre Fragen zu beantworten. Mara lächelte ihn an, weil sie wusste, dass er Antworten auf die schwierigen Fragen gab, damit Jared dies erspart bleiben würde. Genau wie Evan Hopes Geschichte erzählt hatte, damit sie nicht noch einmal den Schmerz erleben musste, wenn sie es selbst tat.

Evan erklärte den gesamten Vorfall, doch ersparte den anwesenden Familienmitgliedern die Einzelheiten über Jareds nachfolgende exzessive Trinkerei. Er sagte ihnen nur, dass er Jared besucht hatte und dieser wegen des Todes seiner Freunde am Boden zerstört gewesen war und sich die Schuld dafür gegeben hatte.

»Ich wünschte, ich hätte es gewusst«, sagte Dante zerknirscht. »Wie konnten wir uns so auseinanderleben? Hope und Jared sind durch die Hölle gegangen und außer Evan hat niemand von uns irgendetwas gewusst. Warum? Ich hatte bemerkt, dass Jared komisch war, dass er sich verändert hatte. Doch er hatte nicht darüber sprechen wollen. Vielleicht hätte er mir etwas gesagt, wenn wir uns näher gewesen wären.«

»Ich wusste davon, weil ich alles weiß«, sagte Evan voller Arroganz. »Damals war Jared nicht bereit, darüber zu sprechen. Es wäre egal gewesen, wie oft du mit ihm darüber diskutiert hättest, nichts hätte ihn davon überzeugt, dass die Geschehnisse nicht seine Schuld gewesen waren. Er hat Zeit gebraucht.«

Vielleicht hätte es Jared geholfen, wenn er Unterstützung gehabt hätte, doch Mara hatte bemerkt, dass Evan dieses Thema nicht angeschnitten hatte. Sie nahm an, dass Evan nichts sagte, weil jetzt alles geklärt zu sein schien und er nicht wollte, dass seine Brüder sich schuldig fühlten, weil Jared das Erlebte allein hatte verarbeiten müssen. Genauso wie er nicht wollte, dass sie Schuldgefühle wegen der Dinge hatten, die Hope zugestoßen waren.

Grady blitzte Evan an. »Warum hast du uns nicht erzählt, was mit Hope und Jared los war?«

Evan zuckte mit den Schultern. »Ich hatte nicht das Recht, euch ihre Geschichten zu erzählen. Ich wusste, dass ihr alle irgendwann die Wahrheit erfahren würdet, und nachdem diese Dinge passiert waren, hätte es sowieso nicht viel gegeben, das ihr hättet tun können.«

»Wie hast du gedacht, würden wir es herausfinden?«, fragte Dante.

»Wir sind Sinclairs«, entgegnete Evan. »Wir sind vielleicht durch unzählige Kilometer voneinander getrennt, doch was uns verbindet, sind unser Blut und unsere Geschichte.«

»Und weil ihr euch liebt«, fügte Sarah nachdrücklich hinzu. »Ihr seid immer füreinander dagewesen, wenn ihr Hilfe gebraucht habt. Vielleicht war es für Hope und Jared zu schwierig, über diese Dinge zu sprechen, doch jetzt wissen wir es ja alle. Und ihr unterstützt euch alle gegenseitig.«

»Ich bin so froh, dass ihr alle wieder zusammen seid!«, seufzte Emily, bevor sie Mara erwartungsvoll ansah. »Heißt das, dass du Jared heiratest und ihr in Amesport bleibt?« Ihre Stimme klang hoffnungsvoll.

»Nein!«, beeilte sich Mara zu sagen. Sie wollte nicht, dass Emily irgendwelche Erwartungen an sie hatte. »Ich meine, wir ... äh ... wir gehen nur miteinander aus.«

Sarah schnaubte. »Er hat gesagt, du seist die Frau, die sein Leben verändert hat! Für mich klingt das nicht nach ›nur miteinander ausgehen‹.«

»Lasst die arme Frau in Ruhe!«, sagte Evan streng. »Sein Leben mit Jared zu verbringen wäre für jede Frau ein großer Schritt. Die Sinclairs sind nicht gerade pflegeleicht und Jared stellt da keine Ausnahme dar. Er ist eine echte Nervensäge.«

Dante lachte. »Sag das nicht zu laut! Ich heirate morgen!«

»Ich habe keinen Zweifel daran, dass Sarah mich gehört hat und dass sie sehr genau weiß, dass auch du eine Nervensäge bist«, antwortete Evan emotionslos.

Sarah kicherte. »Manchmal ist er das schon.« Sie warf ihrem Verlobten einen verführerischen Blick zu.

»Wie gut, dass ich perfekt bin!«, sagte Grady selbstbewusst.

Emily lachte amüsiert. »Nur in deinen Träumen, Großer! Doch ich muss zugeben, du bist verdammt nah dran.«

Mara wurde warm ums Herz, als sie dabei zusah, wie sich die gesamte Sinclair-Sippe gegenseitig aufzog. Es war schon bemerkenswert, dass sie alle nach einem Abend, an dem so viele Geheimnisse gelüftet und so viel Drama und Schmerz offenbart worden waren, so einfach wieder zusammenfinden konnten. Sie alle waren Überlebende und so widerstandsfähig, dass Mara jeden Einzelnen von ihnen bewunderte.

Teil von Sarahs Hochzeit zu sein, die am nächsten Tag stattfinden würde, war für Mara nun eine Ehre und nicht mehr nur ein Gefallen oder eine Aufgabe. Diese Familie war besonders, reich und privilegiert zwar, doch mit einem guten Herzen.

Hoffentlich würde das Treffen mit Selenas Mutter den Wendepunkt für Jared bedeuten. Er hatte sich ihr jeden Tag etwas mehr geöffnet, doch Mara konnte noch immer erkennen, dass es ihm schwerfiel und dass er weiterhin zurückhaltend war. Dieser Abend hatte ihm vielleicht endlich die Erlösung beschert und ihm den Weg zurück in ein normales Leben geebnet. Sie wünschte sich das so sehr für ihn, dass es ihr schon wehtat.

»Möchte irgendjemand Nachtisch?«, fragte Emily unüberhörbar. »Mara hat einen Schokoladen-Käsekuchen gebacken. Ich kann Kaffee machen und wir können den Nachtisch verteilen.«

»Ich hole die Teller!«, bot Dante hastig an und sprang auf.

»Ich helfe ihm!«, rief Jason.

»Oh nein, das wirst du nicht!«, sagte Hope lachend und erhob sich von ihrem Platz. »Der Kuchen wird es nicht auf die Teller schaffen. Er ist süchtig nach Schokolade«, erklärte sie und folgte ihrem Ehemann in die Küche.

Sarah und Emily gingen zu Mara hinüber und ergriffen jeweils eine ihrer Hände. »Komm mit! Wir sollten uns besser beeilen, bevor von deinem Nachtisch nichts mehr übrig ist. Der arme Jared hat nicht einmal eine Chance bekommen, weil er nach draußen gegangen ist. Dante und Grady versuchen es mit allen Tricks«, sagte Emily scherzhaft.

Mara musste kichern, als die beiden Frauen sie hochzogen. »Evan?« Mara sah hinüber zu dem ältesten der Sinclair-Brüder. »Möchtest du ein Stück Kuchen essen?«

»Nein danke«, antwortete er überheblich. »Ich versuche, Produkte zu meiden, die voller Kohlehydrate und Zucker stecken und deren Nährwert gleich null ist.«

»Kein Junkfood?«, fragte Mara erstaunt. »Dir entgeht sehr leckeres Essen.«

»Daran habe ich mich gewöhnt«, murmelte Evan leise.

Mara hatte ihn gehört oder zumindest dachte sie das. Vielleicht hatte sie ihn auch nicht richtig verstanden. »Hast du etwas gesagt?«

»Nein«, sagte Evan mürrisch.

Sie sah ihn fragend an und versuchte zu verstehen, was in ihm vorging. Wenn sie ihn danach beurteilte, was sie von ihm sah, dann war er *wirklich* ein Idiot und sie zweifelte nicht eine Sekunde daran, dass seine Arroganz und Gereiztheit zu seiner Persönlichkeit gehörten. Doch es gab da noch etwas anderes, etwas, das sie sich nicht erklären konnte. Manchmal war Evan so viel mehr als das, was er zu sein schien, und dies zeigte sich meistens in den Situationen, in denen es darum ging, seine Familie zu verteidigen oder zu beschützen. Fiel es noch irgendjemand anderem auf, wie viel Zeit er für seine Geschwister aufbrachte? Oder war sie die Einzige, die hinter seiner sorgsam zurechtgezimmerten Fassade der Aufgeblasenheit und Kontrolle noch etwas anderes sehen konnte?

Evan tat ihr leid, wie er da so ganz allein im Wohnzimmer saß, sein Gesicht völlig ausdruckslos und leer. Er schein so ausgeschlossen, so ... einsam. Ehrlicherweise glaubte sie auch nicht, dass er glücklich war. Warum machte er also mit seinem Leben so weiter?

»Mara, kommst du? Grady hat den Kuchen!« Emilys Lachen klang aus der Küche zu ihr herüber.

Sie schüttelte die Trostlosigkeit ab, die sie beim Anblick von Evan Sinclair überkommen hatte, wie er isoliert von allen anderen im Wohnzimmer saß und lächelte, als sie in die Küche ging. Dort angekommen gab es auf einmal einen riesigen Tumult, weil sich alle um den Kuchen stritten.

»Was geht da drinnen vor sich?« Jared war hinter sie getreten und schlang seine Arme um ihre Taille.

»Sie streiten sich um den Schokoladen-Käsekuchen, den ich mitgebracht habe«, antwortete sie amüsiert.

»Vielleicht sollte ich da mitmischen.« Er umarmte sie ein wenig fester und küsste sie auf die Schläfe.

»Das brauchst du nicht.« Mara drehte sich um und legte die Arme um seinen Hals. Sie stellte sich auf Zehenspitzen und flüsterte in sein Ohr: »Sag es keinem, aber ich habe einen ganzen Kuchen nur für dich gemacht. Er steht zu Hause im Kühlschrank.«

Seine grünen Augen sahen sie durchdringend und belustigt an. »Kein Wunder, dass ich dich verehre.«

»Wegen meinem Kuchen?«, lachte sie.

»Weil du tatsächlich einen speziell für mich gebacken hast und aus tausend anderen Gründen.« Er lehnte seine Stirn gegen ihre. »Der Kuchen kann warten. Ich glaube, ich würde lieber dich zum Nachtisch verspeisen. Lass uns nach Hause gehen, es sei denn, du willst dich hier um den Kuchen prügeln.«

Gute Güte! Sie wollte nichts lieber, als ihn von Kopf bis Fuß abzulecken. Er sah so verdammt attraktiv aus, dass es ihr den Atem nahm. »Ich bin mir sicher, dass du deinen mit mir teilen wirst.«

»Ich teile alles, was ich habe, mit dir, Baby«, antwortete er und seine Worte klangen fast wie ein Gelöbnis.

»Zum Nachtisch will ich deinen gesamten Körper ablecken«, flüsterte sie ihm ins Ohr und knabberte zart an seinem Ohrläppchen.

»Heilige Scheiße! Lass uns gehen!«, forderte Jared sie auf, nahm sie auf die Arme und trug sie zur Tür.

»Sollen wir uns nicht verabschieden?«

»Bis später!«, brüllte Jared durch den Flur, ohne den Blick von ihr abzuwenden.

Mit dem Rücken seiner Familie zugewandt bemerkte Jared nicht, wie alle seine Geschwister für einen Moment lang aufhörten zu zanken und ihren verschwindenden Gestalten lächelnd und mit Hoffnung in den Augen hinterherblickten.

Kapitel 18

»Hast du alle diese Häuser auf der Halbinsel von Amesport wirklich nur deswegen gebaut, weil du gehofft hast, dass deine ganze Familie eines Tages hierher zurückkehren würde?« Mara konnte es nicht abwarten, Jared endlich zu berühren, und sie versuchte sich mit Fragen abzulenken, während er die kurze Strecke zurück zu seinem Haus fuhr.

»Ich glaube schon«, antwortete Jared mit tiefer, nachdenklicher Stimme. »Nachdem Evan mich ausgenüchtert und sich wieder seinen Geschäften zugewandt hatte, musste ich etwas tun, das mir einen Sinn gab. Nachdem ich Grady besucht und die Halbinsel gesehen hatte, habe ich jedem meiner Geschwister gesagt, dass ich ihnen ein Haus bauen werde. Niemand hat etwas dagegen eingewendet und so habe ich die Häuser unter Berücksichtigung ihrer Wünsche errichtet. Ich wollte, dass alles perfekt wird, und vielleicht genau aus dem Grund, weil ich wirklich wollte, dass sie hier leben.«

»Bist du die ganze Zeit bei Grady geblieben?«

»Nein. Ich hatte mich im *Lighthouse Inn* einquartiert und besaß dort fast schon einen festen Wohnsitz. Sie haben dort ein gutes Frühstück«, antwortete er beschwingt.

Mara kannte das hübsche Gästehaus, das bereits seit vielen Jahren in Amesport existierte. »Irgendwie kann ich mir nicht vorstellen, dass du dort übernachtet hast.«

»Warum nicht? Es hat mir gefallen.«

Es war eine schöne Unterkunft, doch sie war etwas rustikal. »Es ist wirklich nett dort, doch du bist etwas zu hübsch für solch ein altmodisches Hotel.« Sie wusste, dass sie mit diesem Satz zu weit gegangen war, doch sie hatte einfach nicht widerstehen können.

»Das gibt Ärger, Frau!«, brummte er vielsagend.

»Gut. Genau darauf war ich aus.« Als sie in Jareds Einfahrt einbogen, schnallte sie sich ab und kniete sich auf den Sitz. Sie lehnte sich zu Jared hinüber und begann, langsam mit einer Hand sein Hemd aufzuknöpfen. Mit der anderen glitt sie unter den Stoff und berührte seine warme Haut.

»Ich fahre hier Auto«, sagte Jared wenig überzeugend.

»Ich nicht«, entgegnete sie frech, öffnete den obersten Knopf seiner Jeans und zog den Reißverschluss hinunter. »Dein Schwanz ist hart.«

»Ein chronischer Zustand, wenn du in meiner Nähe bist«, sagte er. »Eigentlich ist er immer hart, auch wenn du nicht bei mir bist, weil ich ständig an dich denken muss.«

»Ich liebe dich, Jared! Und ich kann einfach nicht länger warten, dich zu berühren.« Maras Herz war voller Liebe für diesen Mann und es übernahm jetzt die Kontrolle. Der gesamte Abend war so emotional gewesen und sie wollte ihn berühren, ihn auf irgendeine Weise trösten.

»Verdammt! Du bringst mich um!«

»Du wirst es überleben«, schnurrte sie, befreite seinen riesigen Schwanz aus der Hose und streichelte zärtlich über den Schaft. Ihn unter ihren Fingern zu spüren machte sie glücklich. Er fühlte sich an wie Stahl, der mit Seide überzogen war, und ihn zu streicheln war göttlich. »Ich muss dich berühren oder ich werde vor Sehnsucht sterben.«

»Ist dir bewusst, was du da mit mir machst, Mara? Hast du irgendeine Ahnung, wie gut sich das anfühlt, wie unglaublich es mir vorkommt, dass du so scharf auf mich bist? Das ist der Grund, warum es mich zum Wahnsinn treibt, wenn du mich anbettelst, es dir zu besorgen. Keine Frau hat *mich* jemals so sehr gewollt«, sagte er und stöhnte leise auf.

Mara fühlte, wie ihre Muschi heiß und feucht wurde. Ihr Herz klopfte so heftig, als wäre sie gerade einen Marathon gelaufen. Jared sollte, *musste* genau so geliebt werden. Sie wunderte sich über die Frauen, mit denen er bisher zusammen gewesen war. Wie konnte irgendeine Frau *nicht* vor Verlangen nach Jared verrückt werden? »Ich will dich nicht nur. Ich brauche dich!« Ihr Mund umschloss seinen Schwanz mit einem hungrigen Stöhnen.

Aus Jareds Hals ertönte ein tiefes, vibrierendes Geräusch, als er den Wagen vor seinem Haus zum Stehen brachte, einen Gang einlegte und den Motor ausschaltete. Er griff in ihr Haar und hielt verzweifelt ihren Kopf fest. »So! Nicht!«

Mara war enttäuscht, dass Jared ihren Kopf mit seinem Griff in ihr Haar gezwungen hatte, sich von seinem Schwanz zu lösen. Er öffnete die Autotür, während Mara sich widerwillig über die Lippen leckte. Noch immer betrunken von seinem Geschmack sah sie auf und wurde von seinen Augen eingefangen. Ihr Puls beschleunigte, als sie den gefährlichen und wilden Blick in seinem Gesicht sah. »Es tut mir leid. Ich dachte, du würdest es vielleicht mögen ⌧«

»Entschuldige dich nie mehr dafür, dass du mich berührt hast!«, sagte Jared wütend, riss seinen Blick von ihr los und ging mit schnellen Schritten um den Wagen herum, um sie aus ihrem Sitz zu ziehen. Wie von selbst schlang sie die Beine um seine Hüften, während er sie um die Taille fasste. »Ich will, dass du mich berührst! Dieser Körper gehört dir, Baby! Verstanden?«

Maras Atem beschleunigte und sie nickte, ihre Augen weiterhin auf ihn gerichtet. Seine Worte ließen Sie vor Lust erzittern. *Er gehört mir.* »Warum hast du mich dann nicht weitermachen lassen?«

»Weil ich nach nur wenigen Liebkosungen deiner sexy Lippen und deiner heißen, kleinen Zunge sofort gekommen wäre. Es macht mich so verrückt, wenn du mir einen bläst, doch das ist nicht das, was ich jetzt brauche. Und ich denke ebenfalls nicht, dass es das ist, was du brauchst.«

Nachdem Jared einige Schritte mit ihr gegangen war, ließ Mara ihre Füße zu Boden gleiten. Durch den Bewegungsmelder war das Außenlicht am Haus automatisch angeschaltet worden, als sie in die Einfahrt eingebogen waren, und Mara hatte sich auf die Lippen beißen müssen, um beim Anblick seiner muskulösen Brust nicht das Sabbern anzufangen. Sein Hemd war vollständig offen und hing locker an den Seiten herunter, seine Jeans saß tief, der Reißverschluss war geöffnet und Jareds Schwanz stand noch immer aufrecht und fest, wie er es bereits im Wagen getan hatte. »Mein Gott, bist du schön, Jared«, hauchte sie leise. »Was brauchst du jetzt?« Mara war bereit dazu, ihm alles zu geben, was er wollte, alles, was er brauchte.

Jared zupfte am Saum ihres T-Shirts und Mara hob die Arme hoch. In Windeseile hatte er ihr T-Shirt ausgezogen und ebenso ihren BH entfernt. Trotz des Asphalts in der Einfahrt ging er auf die Knie, öffnete die Knöpfe ihrer Jeans und zog sie mitsamt ihres Slips nach unten, sodass sie aus ihrer Kleidung hinaussteigen konnte.

Er stand auf und drängte ihren nackten Körper gegen die Stoßstange seines Geländewagens. »Ich will, dass wir uns ineinander verlieren. Ich muss spüren, wie du dich an mir festhältst und mich berührst, als würdest du mich nie mehr gehen lassen. Ich muss dich berühren, dich ficken, bis du nur noch an mich denken kannst. Mit jedem Atemzug will ich meinen Namen aus deinem Mund hören, während ich dich zum Höhepunkt bringe.« Er legte seine Handflächen links und rechts von ihrem Körper auf die Motorhaube und seine Augen funkelten mit solch einer Intensität, dass sie beinahe erblindete. Während er seinen Kopf senkte, bewegten sich seine Lippen über ihre Schläfe und ihren Hals hinunter. »Du riechst so gut! Ich will deinen Duft einatmen, damit er jede Zelle meines Körpers vereinnahmt und ich nie mehr auch nur einen Atemzug tue, ohne deinen Geruch in meiner Nase zu spüren.«

Mara blieb allein von den erotischen und romantischen Worten bereits der Atem weg, die er mit heiserer *Fick-mich*-Stimme flüsterte. »Jared. Bitte! Ich brauche dich!« Sie legte ihre Hände auf seine Schultern und streifte sein Hemd die Arme hinunter. Er schüttelte es ungeduldig ab, während sie mit ihren Händen erst über seine Brust streichelte und sie dann über seinen Rücken hinauf in sein Haar gleiten ließ. Sie konnte einfach nicht genug von ihm bekommen, konnte ihm nicht nahe genug sein, um Befriedigung zu erfahren. »Fick mich, Jared! Fick mich endlich!«

Sein Mund verschlang ihren mit einem wilden Kuss und seine muskulösen Arme schlangen sich um ihre Taille. Eine Hand wanderte in ihr Haar und hielt sie gefangen, damit er ihren Kopf so biegen konnte, dass er die vollständige Kontrolle über diese Umarmung behielt. Mara hob ihre nackten Beine an und schlang sie um seine Körpermitte, während sie stöhnte und sich gegen seinen harten Schwanz presste, um ihm zu zeigen, wie sehr sie ihn in sich spüren wollte.

Er eroberte sie mit seinem Mund, öffnete wieder und wieder ihre Lippen, um sich mit ihrer Zunge zu verweben, sie zu necken und an ihr zu saugen, bis sie keine Luft mehr bekam. Keuchend bettelte sie noch einmal: »Bitte!«

»Sag mir, was du brauchst, meine Süße!«

»Dich. Nur dich. Nimm mich hart und schnell. Ich will, dass du Besitz von mir ergreifst!« Mara wollte ihn so sehr in sich spüren und Befriedigung erfahren, dass sie angesichts dieser überwältigenden Gefühle für ihn beinahe anfing zu weinen.

Er löste ihre Beine von seiner Hüfte, trat einen Schritt zurück und drehte ihren Körper um, wobei er ihre Hände auf die Motorhaube drückte. »So?«, fragte er rau und verlangte eine Antwort, indem er mit seiner Hand ihren Rücken hinunter und über ihre Pobacken streichelte.

Oh Gott! Ja!

»Ja! Bitte!«

Jared ließ seine Hand zwischen ihre Schenkel gleiten, spreizte ihre Beine und fuhr mit seinen Fingern durch ihre feuchte, heiße Spalte.

Mara warf den Kopf ekstatisch zurück, während Jared ihre Muschi mit gekonnten Bewegungen fingerte. Mit ihrem Hintern in die Luft gestreckt und ihren Händen auf der Haube des Wagens verharrte sie in einer vornübergebeugten Position. Jared strich sanft über ihre Klitoris, gerade fest genug, um ihr ein Stöhnen zu entlocken.

Ihr Körper zuckte zusammen, als er ihr auf den Po schlug. Fest.
Klatsch!

Die Wildheit seiner erotischen Bestrafung machte sie so heiß,
dass sie an Ort und Stelle kommen konnte. Er hielt sie in einer
verwundbaren Stellung. Während er neben ihr stand, konnte er ihrer
Muschi mit der einen Hand Lust verschaffen und ihr gleichzeitig mit
der anderen Hand den Hintern versohlen. Die Mischung aus Lust
und Schmerz machte sie fast verrückt und als er ihr das nächste Mal
auf den Hintern schlug, schrie sie seinen Namen.

Klatsch!

»Das ist dafür, dass du mich hübsch genannt hast«, teilte er ihr
dominant und heiser mit.

Wenn es das war, was sie bekommen würde, dann würde sie ihn
zehn Mal am Tag als hübsch bezeichnen. »Besorge es mir Jared!«
Die Anspannung in ihrem Körper war für sie beinahe nicht mehr
auszuhalten.

Er stellte sich hinter sie und ergriff ihre Hüften. »Ich werde tief
in dich eindringen, Mara«, sagte er und unterdrückte ein Stöhnen.

»Gut! Fick mich schön tief!«, schnaufte sie und war mehr als bereit,
ihn in sich zu spüren. »Und nimm keine Rücksicht. Besorge es mir
einfach! Bitte!« Mehr als alles andere wünschte sie sich, dass Jared
die Kontrolle verlor. Er würde ihr niemals wehtun und sie wollte
ihn genauso, wie er in diesem Moment war.

Er stieß in sie hinein und er war dabei nicht zimperlich. Mara
konnte fühlen, dass er seine Kontrolle an seinen Instinkt und sein
Verlangen abgegeben hatte und sich gehen ließ.

»Du fühlst dich so verdammt gut an! Als wären wir füreinander
gemacht.« Er zog seinen Schwanz heraus und stieß erneut zu.

Sie wollte ihm sagen, dass sie das Gleiche empfand, doch ihr
verschlug es die Sprache und alles, was sie herausbrachte, war ein
lautes Stöhnen, als ihre Lust sie zu zerreißen drohte. Seine Hüften
bewegten sich schneller und Mara begegnete seinen Stößen im
Rhythmus, während sie ihrem Orgasmus entgegenraste.

Ich komme gleich! Ich bin ganz nah dran!

»Jared! Jared! Jared!« Mit jedem Atemzug, den sie tat, begann sie, seinen Namen zu rufen, und konnte nicht damit aufhören. Nichts war mehr wichtig. Außer ihm existierte nichts mehr um sie herum.

»Komm für mich, Baby!«, befahl er und nahm eine Hand von ihrer Hüfte, um ihr von vorn die Klitoris zu stimulieren.

Mara kam, als Jared die kleine Knospe zwischen Daumen und Zeigefinger nahm und Druck auf sie ausübte, während er sie rieb. Sie schrie seinen Namen und ihre Muschi schloss sich eng um seinen Schwanz.

Er ergriff eine dicke Haarsträhne und zog ihren Kopf zurück, während er ihren Hals mit Küssen und Bissen bearbeitete und ihren Orgasmus nur noch intensiver werden ließ. Das Einzige, das sie davon abhielt abzuheben, war Jareds fester Griff.

Nachdem er noch einige Male in sie gestoßen hatte, kam er schließlich und ergoss sich mit einem befriedigten Stöhnen in sie. Er senkte seinen Körper auf sie herab und drehte ihren Kopf so, dass er ihr Gesicht sehen konnte, um ihre Lippen mit einem Kuss zu verschließen. Ihre Brust hob und senkte sich angestrengt, während auch er schwer atmend auf ihrem Rücken ruhte und sein Gesicht in ihrem Haar vergrub. »Meine Güte! Habe ich dir wehgetan?«, fragte er mit tiefer, leicht ängstlicher Stimme.

Obwohl Mara außer Atem war, musste sie lachen. »Nein! So langsam glaube ich, dass ich es etwas härter brauche. Sah mein Orgasmus so aus, als hätte ich Schmerzen?«, fragte sie belustigt.

Jared richtete sich auf, drehte sie herum und setzte sie mit dem Hintern auf die Motorhaube, wobei er schützend die Arme um sie schlang. »Ich will dir nur einfach nicht wehtun.«

»Das wirst du nicht«, versicherte sie ihm und umarmte ihn so fest, dass sie Haut an Haut mit ihm war. Zusätzlich zog sie ihn mit den Beinen noch dichter an sich heran.

»Das war eine gute Aktion, um dein neues Auto einzuweihen«, lachte Jared. »Ich werde diesen Wagen nie wieder ansehen können, ohne eine Erektion zu bekommen.«

Verwirrt schüttelte Mara den Kopf und fragte: »Was für ein neues Auto?«

»Das, auf dem dein hübscher Hintern gerade sitzt.« Er lehnte sich zurück und grinste sie an.

Oh Gott, was hat er getan?

Während sie ihren Kopf drehte, bemerkte sie endlich, dass es sich bei dem Gefährt, das sie als Möbelersatz genutzt hatten, nicht um Jareds Geländewagen handelte, sondern direkt daneben geparkt war. Dieses besonders glänzende Exemplar sah Jareds Wagen sehr ähnlich, doch als sie genauer hinsah, bemerkte sie, dass es eine tiefe metallisch-rote Farbe hatte. Sie rutschte mit einem angestrengten Stöhnen von der Motorhaube und Jared hielt sie fest, damit sie nicht hinfiel. Als Mara wieder festen Boden unter den Füßen hatte, starrte sie mit offenem Mund auf das Auto, das neben Jareds Wagen stand. »Du hast noch einen Mercedes Geländewagen gekauft?«

»Ich habe dir einen Firmenwagen gekauft, Mara. Du kannst nicht weiterhin mit deinem alten Auto durch die Gegend fahren. Alles daran musste repariert werden. Das Unternehmen wächst und wächst. Du brauchst ein neues Fahrzeug.«

Sie sah Jared dabei zu, wie er sich seine Jeans wieder anzog und den Reißverschluss hochzog. Das Hemd streifte er über und ließ es offen. Während sie das wunderschöne Auto ansah, bekam sie einen trockenen Mund. »Ich kann den Wagen nicht behalten. Er ist zu teuer. Ich weiß, dass ich ein neueres Auto brauche, aber das hier ist zu viel.« Sie sah sich suchend um. »Was ist mit meinem Auto passiert?«

»Todd hat gesagt, dass er es nehmen würde. Er schraubt gern an Autos herum und kann mit dem Geld, das er verdient, alles daran selbst reparieren. Und dann hat seine Familie ein Auto. Er ist siebzehn. Er hätte gern einen fahrbaren Untersatz.«

»Du hast es ihm einfach gegeben?«, fragte sie empört und hob ihre Anziehsachen vom Boden auf. Sie zog sich ihren BH und ihr T-Shirt wieder an und schlüpfte dann missmutig in Slip und Jeans. Ihr war bewusst, dass Jared sie dabei beobachtete.

»Du musst es ihm überschreiben. Doch er wollte anfangen, daran zu arbeiten. Er freut sich wirklich sehr darauf.«

»Verdammt! Du wusstest genau, dass ich niemals einen Wagen zurückfordern würde, der an Todd versprochen war.« Sie verschränkte die Arme vor der Brust und funkelte Jared an. Sie liebte ihn mit jeder Faser ihres Körpers, doch manche seiner Aktionen waren selbst bei seinem Charakter rücksichtslos.

»Warum zur Hölle würdest du den Wagen zurückfordern wollen? Wenn dir dieses Auto hier nicht gefällt, dann kaufe ich dir ein anderes!« Er sah sie an, als hätte er wirklich keine Ahnung, worauf sie hinauswollte.

Mara tippte mit dem Fuß auf den Asphalt und versuchte, ihren Ärger im Zaum zu halten. »Weil es mein Wagen ist und ich ein so teures Geschenk nicht annehmen kann. Jared, du hast mir bereits so viel geholfen und ich weiß nicht, was ich ohne dich gemacht hätte. Aber das hier ist zu viel.« Mara sagte die Wahrheit. Sie hätte wirklich nicht gewusst, was sie hätte tun sollen, wenn Jared nicht in ihr Leben getreten wäre. Er war ihr Held gewesen, der Mensch, der sie vor der Obdachlosigkeit bewahrt hatte. Für ihn war das, was er für sie tat, eine Kleinigkeit. »Warum hast du mich nicht zuerst gefragt?«

Er zuckte mit den Schultern. »Warum? Ich kümmere mich um das Geschäftliche bei *Mara's Kitchen* und ein neuer Wagen für dich war im Vertrag festgelegt. Ich denke, ich hätte dich fragen sollen, ob es in Ordnung wäre, dein altes Auto an Todd weiterzugeben, doch ich hätte nicht gedacht, dass du etwas dagegen hast, weil du doch einen neuen Geländewagen besitzt.«

Oh Schreck! Sie hatte wirklich nicht jedes Wort des Vertrages durchgelesen. Sie vertraute Jared und sie hatte nur überprüft, dass er auch das bekam, was ihm zustand. Und davon einmal abgesehen hätte sie tatsächlich nichts dagegen gehabt, Todd ihren Wagen zu geben. Seine Familie besaß so wenig und wenn das Auto ihm helfen würde, dann hätte sie es ihm liebend gern überlassen, wenn sie einen anderen Wagen hätte. »Du hättest das mit mir besprechen sollen. Wir sind Partner und der Wagen war mein persönlicher Besitz.«

»Du hast Recht. Ich hätte dich fragen sollen. Doch du hast so hart gearbeitet. Ich habe gedacht, dass ich dir damit einen Gefallen tun könnte.«

Beim Anblick von Jareds zerknirschtem Gesicht wurde Mara das Herz schwer. Er hatte versucht, ihr zu helfen, und sie fühlte sich scheußlich. »Wir kommen wirklich aus zwei verschiedenen Welten«, murmelte sie verärgert, doch sie konnte Jared nicht noch ein schlechteres Gewissen machen, als er es sowieso schon hatte, weil sie sauer auf ihn war. »Wenn es meine persönlichen Dinge betrifft, so würde ich es begrüßen, wenn du mich das nächste Mal fragst.« Verdammt! Sie ließ sich so leicht um den Finger wickeln. Aber Jared hatte heute schon so viel durchgemacht, dass sie nicht anfangen wollte, mit ihm zu streiten. Sie wollte ihn fragen, wie es mit Mrs. Olsen gelaufen war, und herausfinden, ob er sich besser fühlte, ob es ihm dabei geholfen hatte, die Dinge für sich zu klären. In diesem Moment wollte sie ihn nur berühren und von ihm gehalten werden, während er ihr davon erzählte.

»Na gut«, stimmte er grimmig zu. »Doch wenn ich es tun müsste, dann würde ich jemanden dafür bezahlen, dass er dir einen Gefallen tut und dir diese verdammte Kiste klaut! Dieser Wagen war eine Gefahr für deine Sicherheit. Und du brauchtest einen neuen, verdammt!«

Gut ... vielleicht tat es ihm nicht *sehr* leid. Mara fiel es schwer, ein Lächeln zu unterdrücken. Jared war unverbesserlich und so ehrlich, dass er sich sehr schnell in Schwierigkeiten brachte. Das Problem war, dass sie seine Sorge sogar verstehen konnte. Er hatte dies aus keinem anderen Grund getan. »Du hast Glück, dass du mir einen so fantastischen Orgasmus beschert hast. Ich bin zu befriedigt, um mit dir zu streiten.«

»So kann ich also alles kriegen, was ich will? Indem ich dich zum Höhepunkt bringe?« Auf seinen Lippen bildete sich ein kleines Grinsen, das sich auf seine Augen ausweitete, die sie mit einem hungrigen Blick anstarrten.

Sie konnte einfach nicht anders. Sie musste ihn auch necken. »Es würde jedenfalls nicht schaden, da bin ich mir sicher.«

»Wenn du etwas von mir willst, dann musst du mich nur so anlächeln, wie du es jetzt tust. Du kannst von mir alles haben, was du willst«, entgegnete er aufrichtig und ohne Umschweife.

»Du weißt schon, dass es fast unmöglich ist, sehr lange böse auf dich zu sein, nicht wahr?« Mara trat einen Schritt auf ihn zu und streichelte zärtlich über seine Bartstoppeln. »Was ist, wenn ich will, dass du damit aufhörst, mir Dinge zu kaufen?« Sie strahlte ihn an, als sie ihm dieses Argument vorsetzte.

»Mit dieser einen Ausnahme tue ich alles«, brummte er und lehnte sich hinunter, um sie sanft zu küssen. »Wenn du irgendetwas brauchst, dann will ich derjenige sein, der es dir gibt.«

»Vielen Dank für den Wagen! Er ist wunderschön. Doch seit wann ist ein Auto Teil eines Geschäftsvertrages?«

Sein Grinsen wurde breiter. »Seit ich den Anwalt darum gebeten habe, es mit in den Vertrag aufzunehmen, und gehofft habe, dass du es nicht bemerkst.«

Sie sah ihn mit hochgezogener Augenbraue an. »Dann hast du also tatsächlich gehofft, dass ich das Kleingedruckte nicht lesen würde?«

»Ganz genau!«, gab er schamlos zu.

Gute Güte! Jared war so wundervoll, selbst wenn er sich wie ein arrogantes Arschloch verhielt. »Du gewinnst. Dieses Mal.«

»Fällt es dir wirklich so schwer? Mich dir Dinge besorgen zu lassen, die du brauchst? Ich möchte wissen, dass du sicher unterwegs bist.« Er klang zögernd und verwirrt.

»Ja.« Sie seufzte, weil sie wusste, dass Jared geliebte Menschen verloren hatte, und sie *verstand*, dass er jeden, der ihm etwas bedeutete, in Sicherheit wissen wollte. »Jede Frau, die in dein Leben getreten ist, hat dich wegen deines Geldes ausgenutzt. Ich will, dass du verstehst, dass ich *nicht* hinter deinem Geld her bin.«

»Das weiß ich bereits. Du warst dein ganzes Leben auf dich selbst gestellt, Mara. Lass mich dir einige Dinge abnehmen. Ich kann nicht kochen und deswegen kann ich dir auch keine leckeren Mahlzeiten auftischen, auch wenn ich das gern täte. Ich kann dir auch keinen Kuchen backen, der nur für dich ist, weil ich weiß, dass es dir gefallen würde. Lass mich tun, was ich tun *kann*. Bitte!«

Sie konnte diese beiden Dinge kaum miteinander vergleichen, doch sie verstand, was er sagen wollte. Indem er ihr das gab, was sie brauchte, zeigte er ihr, dass sie ihm wichtig war. Ihm diese Geschenke zurückzugeben tat ihm genauso weh, wie es ihr wehtun würde, wenn er sich weigern würde, Dinge zu essen, die sie speziell für ihn zubereitet hatte. »Ich weiß es zu schätzen, Jared. Ich bin mir nur nicht sicher, wie ich deine Geschenke akzeptieren soll. In meiner Welt existieren keine Männer, die Frauen, mit denen sie ausgehen, ein neues Auto schenken, das mehr kostet als ein Haus.«

Jared zuckte mit den Schultern. »In meiner Welt existieren keine Frauen, die ihre Zeit damit verschwenden, selbstgebackene Köstlichkeiten für ihre Männer herzustellen. Ich könnte wetten, dass du mehr Zeit dafür aufwendest, für mich zu kochen, als ich für den Kauf dieses Wagens.«

Mara gab nach, denn sie verstand, was er ihr sagen wollte. Wenn sie beide für wie lange auch immer zusammen sein würden, dann musste sie Jared so akzeptieren, wie er war, oder sie konnte es gleich sein lassen.

Fakt: Er war ein Milliardär.

Fakt: Für ihn bedeutete das Geld nichts, das er für sie ausgab.

Fakt: Er wollte Dinge für sie tun und dies war seine Art, ihr zu zeigen, dass sie ihm wichtig war. Wenn sie etwas für ihn tat, dann war das in keiner Weise anders.

»Okay«, sagte sie. »Ich werde mich daran gewöhnen. Aber bitte verschenke nicht mehr meine persönlichen Sachen, ohne mich vorher zu fragen.«

»Einverstanden. Damit hast du Recht. Ich habe gedacht, dass ich dir helfen würde, doch jetzt, wo du es mir erklärt hast, verstehe ich, warum du sauer bist«, antwortete er versöhnlich. »Kann ich dir jetzt schenken, was ich will?«, fragte er hoffnungsvoll.

Wie sehr sie diesen Mann liebte! »Im Moment brauche ich nichts anderes außer dich, Jared. Ich möchte mich erst ein wenig an diese Situation gewöhnen, bevor du mir etwas anderes schenkst, in Ordnung?« Sie streckte ihm ihre Hand hin. »Kann ich den Schlüssel haben? Ich möchte mir mein Geschenk ansehen.«

Er steckte die Hand in seine Jeanstasche, zog den Schlüssel heraus und hielt ihn ihr hin. »Es ist kein auffälliger Wagen. Ich dachte mir, dass dir das nicht gefallen würde. Er ist praktisch.«

Mara lächelte ihn an und dachte sich im Stillen, dass diese teure Luxuskarosse alles andere als praktisch war. Es war immerhin ein Mercedes!

Vergiss Jareds Status nicht. Für ihn ist der Wagen vermutlich praktisch.

Sie nahm den Schlüssel und strich mit einer Hand ehrfürchtig über die glänzende Oberfläche des Autos. »Ich kann nicht glauben, dass ich auf einem neuen Mercedes gevögelt habe!«, murmelte sie.

»Wir haben nicht wirklich auf dem Auto Sex gehabt«, kommentierte Jared und klang enttäuscht.

Sie presste alle Knöpfe auf dem modernen Schlüssel, bis sich die Türen entsicherten. Beim Anblick der gemütlichen Lederausstattung atmete sie tief ein. Sie konnte noch immer nicht fassen, dass dieser Wagen wirklich ihr gehörte. »Lust auf eine Spritztour?«, fragte sie und ihr Herz schlug schneller bei dem Gedanken daran, solch ein teures Auto selbst zu fahren.

Wie ein aufgeregter Jugendlicher glitt Jared in den Beifahrersitz und Mara nahm auf der Fahrerseite Platz.

»Ich liebe den Geruch von Leder«, sagte Mara und atmete erneut tief ein.

»Heißt das, der Wagen gefällt dir?«, fragte Jared vorsichtig. »Wenn er dir nämlich nicht gefällt, dann kann ich dir –«

Mara legte ihre Hand auf seinen Mund und sah ihm tief in seine grünen Augen. »Fang gar nicht erst damit an. Ich liebe den Wagen. Doch nicht einmal annähernd so sehr, wie ich dich liebe.« Ihr wurde ganz leicht ums Herz, als sie ihre Hand wegnahm und stattdessen ihren Mund auf seinen presste, wobei sie das sinnliche Gefühl seiner Lippen auf ihren genoss.

»Bist du dir sicher, dass du wirklich eine Spazierfahrt unternehmen willst?«, fragte Jared, als sie sich widerwillig von ihm löste, um den Wagen zu starten.

»Nur eine kleine Runde«, entgegnete sie, doch ihr Körper sehnte sich bereits wieder nach Jareds Berührungen. »Erst fahre ich das neue Auto und später beschäftige ich mich mit dir.«

»Und das wäre dann, bevor oder nachdem ich meinen Schokoladen-Käsekuchen bekommen habe?«, fragte er mit verführerischer, heiserer Stimme und knabberte an ihrem Hals, während seine Handfläche auf ihrem Oberschenkel nach innen wanderte.

Maras Muschi wurde bereits wieder feucht und sie quiekte: »Vorher *und* nachher. Ganz bestimmt!« Sie war beinahe nicht dazu imstande zu denken, als sie den Gang einlegte und wendete. Es würde eine sehr kurze Spazierfahrt werden.

»Mir gefällt deine Denkweise«, sagte er lachend, als seine Hand schließlich zwischen ihren Schenkeln landete.

»Ich fahre hier Auto«, imitierte Mara seine Worte verzweifelt.

Jared lachte nur noch lauter.

Kapitel 19

Dante und Sarah hatten sich eine zwanglose Hochzeit im Jugendzentrum von Amesport gewünscht, dem Ort, an dem Dante Sarahs Leben gerettet hatte und dem Gebäude mit dem größten Festsaal in der Stadt. Weil Gradys Ehefrau Emily das Jugendzentrum leitete, hatte Grady Sinclair eine große Summe für die Renovierung des Gebäudes zur Verfügung gestellt, und was einst als Aufenthaltsraum diente, war nun ein riesiger, wunderschöner Festsaal. Hier fanden sowohl die Hochzeit als auch der Empfang statt.

Es war Sonntag und das Jugendzentrum hatte geschlossen. Für die Trauung am Nachmittag waren die Gäste früh erschienen, alle von ihnen gespannt darauf zu sehen, wie der neue Detective für Verbrechensangelegenheiten bei der Polizei von Amesport einer der örtlichen Ärztinnen das Jawort gab.

Die drei attraktiven und sehr reichen Cousins von Dante waren eingetroffen und Mara schaute von dem Bereich hinter der Bühne heraus und sah, wie alle Sinclair-Brüder aus Amesport und Jason Sutherland mit den Sinclair-Cousins Micah, Julian und Xander sprachen. Ihr stockte kurz der Atem, der sich mit einem Mal nicht mehr aus ihrer Lunge herausbewegen wollte. »Mein Gott!«, murmelte sie.

»Was ist los?«, fragte Randi leise hinter ihr.

»Die Sinclair-Männer und Jason Sutherland«, antwortete Mara und rückte ein Stück zur Seite, damit Randi ebenfalls etwas sehen konnte. Auch wenn ihre Augen automatisch zu Jared gewandert waren, so musste sie doch zugeben, dass diese acht Männer so attraktiv waren, dass es sie fast umhaute. Dante, Jared, Grady und Evan trugen einen schwarzen Smoking und Jason, Micah, Julian und Xander waren in maßgeschneiderte Anzüge gekleidet.

»Heiße Kerle!«, flüsterte Randi laut. »Sie lassen diese Veranstaltung aussehen wie ein Treffen von Models und nicht wie eine Hochzeit.«

»Wie können acht Männer, von denen sieben zur Sinclair-Familie gehören, so perfekt sein?«, fragte Emily, als sie sich dazwischen drängte, um ebenfalls einen Blick zu erhaschen.

»Gute Gene«, flüsterte Sarah, ohne hinzusehen, denn sie hatte die Cousins zuvor bereits getroffen. »Es ist fast schon unmöglich, dass nicht wenigstens einer von ihnen nicht heiß aussieht. Doch so wie es scheint, trotzen die Sinclairs der konventionellen Weisheit.« Sie seufzte, während sie den kleinen Kranz roter Rosen auf ihrem Kopf befestigte, an dem eine Schleppe feinster Spitze hing. Sarah hatte keinen traditionellen Brautschleier gewollt und allen Frauen lachend erzählt, dass sie ihr Gesicht nicht bedecken wollte. Sie hatte Dante in seinem Smoking so deutlich und so lange wie möglich sehen wollen.

Sarah war eine bezaubernde Braut und Mara konnte es kaum abwarten, bis Dante einen Blick auf seine zukünftige Ehefrau werfen würde. Mit perfektem Makeup und ihrem wunderschönen, blonden Haar, das sie hochgesteckt trug, sah Sarah elegant und wunderschön in ihrem trägerlosen, weißen Kleid aus, dessen Rock vollständig mit Perlen und Spitze besetzt war. »Du siehst umwerfend aus!«, sagte Mara ehrfürchtig zu Sarah.

»Danke! Ich bin so nervös. Es sind so viele Leute hier.«

Sarah war zwar ein Genie, doch sie hatte ihr erzählt, dass sie immer schon ein Außenseiter gewesen war und sich in großen Menschengruppen nie besonders wohlgefühlt hatte.

»Wenn du Dante erst einmal siehst, dann wirst du all die Leute hier gar nicht mehr bemerken«, sagte Emily beruhigend. »Hochzeiten fliegen nur so an einem vorbei. Bevor du es merkst, wirst du schon verheiratet sein.«

Sarah strich einige nicht vorhandene Falten auf ihrem Rock glatt. »Ich wünschte, wir wären gemeinsam durchgebrannt. Dante und ich haben darüber gesprochen, doch ich glaube, er hat nach einem Grund gesucht, um seine Familie hier zu haben.«

»Ich kann mir vorstellen, dass sie sich untereinander alle vermissen«, sagte Mara und verließ ihren Aussichtsposten, um die Perlenkette, die ein Geschenk von Sarah an ihre Brautjungfern gewesen war, um ihren Hals zu befestigen. Sie dachte über Jareds Zugeständnis nach, dass er alle Häuser auf der Halbinsel nur deshalb gebaut hatte, weil er hoffte, dass seine Familie eines Tages wieder zusammen wäre, und Tränen stiegen ihr in die Augen.

Nicht weinen! Dann verschmiert dein Make-up und du wirst aussehen wie ein Waschbär.

Mara wollte auf Sarahs Hochzeitsbildern so gut wie nur möglich aussehen und hatte deswegen zugelassen, dass Randi sie stärker schminkte, als sie es selbst getan hätte.

»Hört auf, meine männlichen Verwandten anzustarren! Mir wird ja ganz schlecht!« Hopes Stimme tönte von der anderen Seite des kleinen Zimmers. Sie saß in einem Stuhl und wartete bis zum Beginn der Zeremonie, bevor sie ihren Platz einnehmen würde. Weil ihre Morgenübelkeit noch immer nicht ganz verschwunden war, knabberte sie Salzcracker, um ihren Magen nicht unnötig zu reizen.

Mara hatte das Gefühl, dass Hope etwas besser aussah als etwa eine Stunde zuvor, wo sie leicht grün um die Nasenspitze gewesen war. »Bist du in Ordnung Hope? Jason spricht draußen noch immer mit deinen Brüdern. Ich kann ihn für dich holen.«

»Untersteh dich!« Hope warf ihr einen warnenden Blick zu. »Ich liebe ihn wirklich sehr, aber wenn er noch einmal darauf besteht, dass ich mich ins Bett lege, weil er denkt, ich sei krank, dann bringe ich ihn um!« Sie biss noch ein kleines Stückchen von dem Cracker ab und legte eine Hand auf ihren Bauch. »Die Übelkeit ist schon fast vorbei. Wenn ich denken würde, dass Jason mich aus irgendeinem anderen Grund ins Bett bringen würde, dann könntest du ihn sofort holen. Er behandelt mich wie ein rohes Ei, weil ich schwanger bin.«

Mara lächelte, als sie Hopes unzufriedenes Gesicht sah. »Er ist ein toller Kerl.«

»Ja, er bringt die Frauen *tatsächlich* zum Sabbern. Ich kann noch immer nicht glauben, dass er mir gehört.« Sie hielt einen Moment lang inne, bevor sie leise fragte: »Werde ich für Jareds Hochzeit demnächst wieder in Amesport sein?«

»Jared?«

»Du und Jared«, stellte Hope klar. »Werdet ihr mich nochmal hierher einladen, bevor ich endgültig zurück nach Amesport ziehe? Es würde mir wirklich nichts ausmachen. Ich glaube nicht, dass meine Morgenübelkeit noch sehr viel länger andauern wird.« In Hopes Stimme schwang Hoffnung, als sie über die Möglichkeit sprach, zu Jareds Hochzeit zu kommen.

Maras Herz begann zu stottern. »Nein. Das verstehst du falsch. Jared und ich sind nur ...« Was zum Teufel *machten* sie denn eigentlich? »Wir gehen miteinander aus«, schloss sie den Satz, »doch Jared sagt, dass er nicht an die Liebe glaubt.«

Hope verschluckte sich vor Lachen und erstickte fast an ihrem Cracker. Sarah, Kristin, Randi und Emily lachten mit ihr. »Genau! Er sah gestern Abend so gleichgültig aus, als er aus Gradys Haus geflohen ist und dich getragen hat, als hätte er Angst, dass du sonst nicht mit ihm mitkommen würdest.«

»Er hatte nicht gerade ein glückliches Händchen mit Frauen.«

»Seine Freundin vom College?«, fragte Hope neugierig. »Nachdem ihr beiden gestern gegangen wart, hat Evan uns noch weitere Fragen beantwortet. Jared hat eine schwere Zeit durchlebt, doch ich glaube nicht, dass er mit der Liebe abgeschlossen hat. So einfach ist das nicht, auch wenn er es gern so hätte. Um ehrlich zu sein war er immer schon der sensibelste meiner Brüder. Ich wünschte, ich hätte es gewusst. Es zerreißt mir das Herz, dass es ihm so schlecht ging und es mit Ausnahme von Evan keiner von uns gewusst hat. Ich liebe meinen ältesten Bruder sehr, doch er ist nicht der mitfühlendste Mensch in solch einer Situation.«

»Ich glaube, es hat ihm sehr geholfen, dass Selenas Mutter ihn endlich von der Schuld freigesprochen hat. Und ich glaube, dass Evan ihm ebenfalls auf seine ganz eigene Art und Weise geholfen hat.« Mara würde kein Wort darüber verlieren, wie tief Jared gesunken war, und sie glaubte auch nicht, dass Evan irgendetwas preisgeben würde.

»Ich mache mir Sorgen um Evan«, gestand Hope. »Er scheint so ... allein zu sein.«

Mara dachte, dass Evan vermutlich der einsamste Mensch auf der ganzen Welt war, auch wenn er beinahe die ganze Zeit von Leuten umgeben war. »Geht er nicht mit Frauen aus?«

Hopes Gesicht zog sich mit einem Ausdruck von angestrengter Konzentration zusammen. »Um ehrlich zu sein kann ich mich nicht an eine einzige Frau erinnern, mit der er in der Vergangenheit ausgegangen wäre. Und im Gegensatz zu Jared ist er, so lange ich denken kann, auch nie mit irgendjemandem gesehen worden. Evan geht überall alleine hin.«

»Vielleicht gibt es da draußen einfach Männer, die alleine glücklicher sind«, sagte Kristin nüchtern. Sie saß neben Hope und hatte ihren Fuß auf einem anderen Stuhl hochgelegt.

Randi nickte. »Ich bin alleine glücklicher. Das kann ich mit Sicherheit bestätigen.«

Mara sah, wie Sarah, Hope und Emily langsam ihre Köpfe schüttelten. Endlich sagte Hope etwas. »Ich habe nicht das Gefühl, dass er alleine glücklich ist. Ich denke, dass er sein Leben aus einem bestimmten Grund so führt.«

»Ich glaube, du hast Recht«, flüsterte Mara unhörbar und hoffte, dass Evan Sinclair die richtige Frau finden würde, die dazu imstande wäre, die dicken Eisschichten zu durchbrechen, die ihn umgaben. Es würde eine außergewöhnliche Frau brauchen, um diese Aufgabe zu erfüllen.

»Irgendwann wird er jemanden finden«, erklärte Hope hoffnungsvoll.

Als der Hochzeitsplaner den Raum betrat und alle Beteiligten dazu aufforderte, ihre Plätze einzunehmen, damit die Zeremonie beginnen konnte, hoffte Mara, dass Evans Schwester damit Recht behalten würde.

Die Trauung war wundervoll und Mara wusste, dass ihre Wimperntusche nach der Zeremonie verschmiert war. Nur dabei zuzusehen, wie Dante und Sarah sich mit einer so großen und offensichtlichen Liebe anschauten, als sie das Ehegelübde ablegten, brachte Mara zum Weinen.

Während der Trauungszeremonie hatte sie zahlreiche Male Jareds Blicke auf sich gespürt, wie er zweifellos den tiefen Ausschnitt des wunderschönen, halblangen, schwarzen Kleides bemerkt hatte, das jede der Brautjungfern getragen hatte. Er hatte sie zwar gesehen, bevor sie aus dem Haus gegangen war, doch auch wenn er ihr klar und deutlich gesagt hatte, wie schön sie aussah, war er über das tiefe Dekolleté nicht begeistert gewesen.

Mara lächelte sich im Spiegel der Damentoilette an, während sie vorsichtig versuchte, die verlaufene Mascara unter ihren Augen zu entfernen. Jared hatte nichts dagegen gehabt, dass sie das Kleid für *ihn* anzog, doch er hatte ihr gesagt, dass er während der Zeremonie und des Empfangs abgelenkt sein würde, und sich selbst zu ihrem persönlichen Stylisten erklärt, um sicherzustellen, dass ihre Brüste nicht aus dem Kleid fallen würden.

Sie warf das feuchte Tuch in den Mülleimer und rückte die Teile des Stoffes zurecht, die ihre Brüste bedeckten. Nichts war herausgefallen. Nicht ein einziges Mal. Gut, das Oberteil war *wirklich* etwas zu eng. Da ihr die Zeit davongelaufen war, hatte sie sich darauf konzentriert, das Kleid so umzunähen, dass es um die Taille herum perfekt saß, und keine Zeit für den Ausschnitt verschwendet. Kristin hatte einen etwas kleineren Busen als sie, aber *so* groß war der Unterschied dann doch nicht.

Mara trug noch ein wenig mehr Lippenstift auf und steckte ihn zurück in ihre kleine, schwarze Handtasche. Während der Zeremonie musste sie irgendwann angefangen haben, sich auf die Unterlippe zu beißen, denn der Großteil der Farbe war dort verschwunden.

Vermutlich während ich Jared im Smoking angeschmachtet habe.

Es war ihr schwergefallen, Jared nicht anzusehen, als er ihr in Festkleidung direkt gegenüberstand und genauso locker wirkte, wie er es sonst in Jeans war.

Er ist ein Milliardär.

Zweifellos zog er sich häufig so an. Doch verdammt, er sah einfach hinreißend gut aus in einem Smoking ... oder in irgendeinem anderen Outfit. Sie nahm an, dass er sich deswegen so wohlfühlte, weil er damit aufgewachsen war, sich feine Sachen anzuziehen und bei gesellschaftlichen Veranstaltungen der reichen Elite anwesend zu sein.

Sie sah ein letztes Mal in den Spiegel und seufzte. Sie hatte es aufgegeben darüber nachzudenken, ob Jared sie wollte, doch sie hatte noch nicht aufgehört sich zu fragen *warum*. Sie war nicht hässlich, doch eine Sexbombe war sie nun nicht gerade.

Genieße es einfach! Wen interessiert schon das Warum? Er spielt dir sein Interesse oder sein Verlangen nicht vor. Lass ihn dir das Gefühl geben, eine Göttin zu sein! Es fühlt sich gut an. Seit deine Mutter gestorben ist, hast du dich verloren und einsam gefühlt. Jared gibt dir das Gefühl, geliebt zu werden, auch wenn er die Worte nicht ausgesprochen hat.

Jared Sinclair hatte ihr Leben in einer Art und Weise verändert, die sie sich niemals hätte vorstellen können. Ihre Einsamkeit war verflogen und es war einfach aufregend, ein Teil von Sarahs Hochzeit und der Sinclair-Familie zu sein. Sie vermisste es, eine Familie zu haben, jemanden, mit dem sie reden konnte, wenn die ganze Welt um sie herum im Chaos versank.

Jetzt hast du Jared.

Mara wusste, wie sehr Jared ihr Leben verändert hatte, und sie versuchte den Gedanken daran beiseitezuschieben, wo sie jetzt sein würde, wenn er nicht aufgetaucht wäre, um ihr zu helfen, um ihr Vertrauter und Liebhaber zu sein.

Sie *fühlte* sich anders.

Sie *war* anders.

Und sich so zu fühlen, *war* verdammt großartig.

Sie weigerte sich, sich selbst mit negativen Gedanken zu sabotieren. Was wäre schon dabei, wenn Jared nicht an die Liebe glaubte? Er sorgte sich um sie. Machte es wirklich einen Unterschied, welchen Namen er diesen Emotionen gab? Menschen sagten die magischen drei Worte ständig und meinten es nicht ehrlich. Das Wichtigste waren Jareds Taten, die Art und Weise, wie er sie behandelte.

Ich möchte damit aufhören, diese Worte hören zu wollen.

Mara wandte sich vom Spiegel ab und entschied, dass sie einfach nur dankbar dafür sein würde, Jared in ihrem Leben zu haben. Gleichzeitig würde sie damit aufhören, infrage zu stellen, was er für sie empfand. Sie hatte keine Ahnung, wohin diese Sache zwischen ihnen beiden führen würde, doch ihr Unternehmen war großartig gestartet. Ihr Leben veränderte sich zum Positiven. Darüber hinaus hatte sie einen Mann an ihrer Seite, der sie nicht nur bei der Umsetzung ihre Träume unterstützte, sondern sie auch noch begehrte. Mara wollte ihr Glück genießen, anstatt es dauerhaft zu analysieren.

Nachdem sie die Toilette verlassen hatte, sah sie sich im Gedränge des Tanzsaales um und ihre Augen erblickten automatisch Jared. Sie sah ihn fast sofort, obwohl der riesige Raum voller Menschen war. Er hatte ihr den Rücken zugewandt und saß mit seinen Brüdern und Jason Sutherland an einem Tisch, während sie darauf warteten, dass das üppige Buffet eröffnet wurde.

Mara schob sich an Menschen vorbei, um einmal quer durch den Raum zu gelangen, da wurde sie plötzlich am Oberarm gefasst und mitten in ihrer Vorwärtsbewegung gestoppt.

»Deine Aura ist fast vollständig geheilt, meine Liebe!« Beatrice, die elegant in ein violettes Kleid und dazu passende Schuhe gekleidet war, lächelte sie an.

»Ist sie das?«, fragte Mara und erwiderte das Lächeln der älteren Dame.

»Ja. Dein Mann sieht auch gut aus ... auf mehr als nur eine Art und Weise. Jetzt gefällt mir seine Aura. Mit ihm ist etwas Positives geschehen«, sagte sie ernst. »Er ist fast geheilt.«

Mara wollte Beatrice sagen, dass Jared niemals krank gewesen war, doch sie wusste, dass dies nicht stimmte. Seine gesamte Gefühlswelt war auf den Kopf gestellt worden und er hatte festgesteckt, ohne zu wissen, wie er wieder herauskommen sollte. »Das freut mich. Aber er ist nicht mein Mann, Beatrice.«

»Das wird er werden«, entgegnete die alte Dame wissend. »Es freut mich zu hören, dass du nicht mehr einsam bist. Ein nettes Mädchen wie du sollte nicht alleine durchs Leben gehen.«

Oh Gott! Ich hoffe so sehr, dass Jared eines Tages für immer an meiner Seite sein wird. Ich rede mir vielleicht ein, dass ich es nicht erwarten sollte, doch ich kann nichts dagegen tun, dass ich es mir so sehr wünsche.

Sie umarmte Beatrice fest und ihr Lächeln erhellte ihr Gesicht noch mehr, weil sie als nettes Mädchen bezeichnet worden war. Sie war nun wirklich kein Mädchen mehr und so nett war sie nun auch wieder nicht, aber sie wusste, dass die alte Dame diese Worte benutzt hatte, um ihre Zuneigung zum Ausdruck zu bringen. »Das freut mich auch«, flüsterte sie leise.

Beatrice klopfte ihr leicht auf die Schulter. »Ich muss mich auf die Suche nach Elsie machen. Wenn sie zu viel Champagner trinkt, wird sie unberechenbar.«

»Oh, dann will ich Sie nicht aufhalten!«, antwortete Mara und biss sich auf ihre frisch geschminkten Lippen, um sich nicht vorzustellen, wie eine Frau in ihren Achtzigern nach dem Genuss von zu viel Champagner auf dem Tisch tanzte.

Beatrice winkte ihr zu und verschwand im Gedränge, um ihre Freundin zu finden.

Als Beatrice außer Hörweite war, kicherte Mara und setzte ihren Weg durch den Saal fort, um zu Jared zu gelangen. Sie kannte Elsie und Beatrice fast schon ihr gesamtes Leben und sie verehrte diese beiden schrulligen Frauen.

Sie musste schließlich anhalten, weil ein stämmiger, älterer Mann ihr den Weg zu Jared versperrte. Als sie hörte, wie ihr Name erwähnt wurde, zögerte sie kurz und war sich nicht sicher, ob sie in ein Gespräch hineinplatzen sollte, das sich um sie drehte.

»Ich muss es Mara sagen!«, meinte Jared verärgert. »Ich weiß nur nicht wie. Sie mag mich jetzt. Wir führen gemeinsam ein Unternehmen. Wie soll ich ihr sagen, dass ich ihr Haus gekauft habe und vorhatte, sie von dort so schnell wie möglich zwangsräumen zu lassen?«

Maras Herz zog sich zusammen. Jared war der Käufer ihres Hauses? Jared hatte ihr Haus gekauft und geplant, sie auf die Straße zu setzen?

»Du musst es ihr einfach sagen. Irgendwann wird sie es sowieso herausfinden. Derzeit findet noch die Brandursachenermittlung statt, doch sie wird es spätestens dann erfahren, wenn du anfängst, es wieder als Anlageimmobilie herzurichten«, riet Jason ihm mit ruhiger Stimme. »Ich gehe davon aus, dass das der Grund ist, warum du das Haus gekauft hast. Es ist ein Grundstück in bester Lage in einer Küstenstadt, das mit einem alten Haus bebaut ist. Du hast es zu einem guten Preis erhalten, nicht wahr?«

»Ja«, sagte Jared unwirsch.

Oh mein Gott! Er wollte in Wahrheit nur mein Haus! Ich habe ihm leidgetan, weil ich hätte umziehen müssen, doch sein Hauptmotiv war von Anfang an gewesen, dieses Haus zu bekommen. Es hatte einmal einem Sinclair gehört. Das war der Grund, warum er sich für die Geschichte des Hauses, für seine Familiengeschichte interessiert hatte. Mistkerl! Und ich habe ihm auch noch dabei geholfen, alles herauszufinden, was er wissen wollte.

Kein Wunder, dass er ihr hatte helfen wollen, ein Unternehmen aufzubauen. Er hatte sich schuldig gefühlt. Reue zu zeigen war für ihn eine Schwäche. Er hatte das wieder und wieder bewiesen, indem er nicht dazu in der Lage gewesen war, sich für den Tod von Alan und Selena zu vergeben.

Er hat Mitleid mit mir!

»Er hat sich nie wirklich für *mich* interessiert«, flüsterte sie, erschrocken darüber, dass sie sich von ihm hatte helfen lassen, nur damit er seine Schuld abarbeiten konnte.

Sie mag mich jetzt. Seine Stimme und diese Worte hallten in ihrem Kopf. Sie hatte ihm gesagt, dass sie ihn liebte, und jetzt fragte er sich, wie er die Sache zwischen ihnen beenden sollte, ohne sie zu verletzen. Sein Verlangen war echt gewesen; das hatte er nicht vorspielen können. Doch er liebte sie nicht. Er bemitleidete sie.

Mara begann genau in dem Moment zu hyperventilieren, als der Mann, der vor ihr stand, zur Seite trat und ihre Augen auf den eisigen Blick von Evan Sinclair trafen.

»Mara«, sagte Evan affektiert, vermutlich, um die Männer vom Sprechen abzuhalten.

Sie schüttelte den Kopf, weil sie Jareds Betrug nicht wahrhaben wollte, doch es gelang ihr nicht.

Mach jetzt keine Szene! Das ist Sarahs Hochzeit. Es ist ihr Tag.

Mara hatte Schwierigkeiten zu atmen und die Tränen strömten ihr ungehindert über das Gesicht. Ihr Herz fühlte sich an, als sei es ihr aus der Brust gerissen worden. Sie konnte jetzt nur noch ein Schluchzen unterdrücken und weglaufen.

Kapitel 20

Fernab von neugierigen Blicken hatte sich Mara in das Haus zurückgezogen, in dem sie ihr ganzes Leben lang gewohnt hatte, und sich die Augen ausgeweint. In dem einzigen, nicht vollständig zerstörten Raum des Hauses, der Küche, hatte sie sich auf dem mit Ruß bedeckten Boden niedergelassen und all ihrer Trauer und Verzweiflung freien Lauf gelassen; sie hatte ihre Einsamkeit beweint, ihre Hoffnungslosigkeit, den Schmerz über den Verlust ihrer Mutter und vor allen Dingen den Betrug eines Mannes, den sie liebte.

Mit ihren Armen um den Oberkörper geschlungen wiegte sie hin und her und überlegte, wie ihr Leben jetzt wohl weitergehen würde. Sie hatte gedacht, dass sie vielleicht Trost in der alten Küchen finden würde, in der sie so viel Zeit mit ihrer Mutter verbracht hatte, doch sie fühlte nur Scham und ein Gefühl des Versagens, während sie in den verbrannten Trümmern des Gebäudes saß, das einmal ihr Zuhause gewesen war.

»Ich bin mir nicht mehr sicher, ob morgen alles viel besser aussehen wird, Mama«, flüsterte sie leise, als ob ihre Mutter zuhören würde. »Und ich glaube auch nicht, dass du sehr stolz auf mich wärst, wo ich mich wie eine Idiotin verhalten habe. Vielleicht habe ich einfach gedacht, dass ich ihn genug für uns beide lieben würde, doch da habe ich falschgelegen. Total falsch. Er hat mir gesagt, dass er nicht an die Liebe glaubt, und er tut es wirklich nicht. Ich wollte einfach nicht hören.«

»Er liebt dich«, sagte eine tiefe Stimme über Mara und riss sie aus ihren Gedanken. Dass irgendjemand auf ihr Gerede über Herzschmerz reagieren würde, hatte sie als Allerletztes erwartet.

Mara wischte sich die Tränen aus dem Gesicht, sah auf und erblickte Evan Sinclair, der groß und einschüchternd auf sie hinabblickte. Merkwürdigerweise war sie nicht im Geringsten erstaunt darüber, ihn dort zu sehen. Gab es irgendetwas, das dieser Mann nicht herausfinden konnte? Ihr Aufenthaltsort war vermutlich einfach zu erraten gewesen. »Was tust du hier?«

Er verzog das Gesicht und ließ sich mit seinem enormen Körper neben ihr nieder. »Das hier ist mein Lieblingssmoking«, brummte er, unglücklich darüber, dass er ihn beschmutzte.

»Du kannst gehen. Du bist umsonst gekommen. Das Haus ist nicht sicher und die Brandursache wird immer noch untersucht.« Sie war zu abgelenkt, um sich darum zu kümmern, dass sie sich in einem abgesperrten und möglicherweise gefährlichen Umfeld befand, doch sie wollte nicht, dass Evan etwas zustößt.

Sie berührten sich nicht, doch ihre Schultern waren nahe beieinander, weil sie beide mit dem Rücken gegen die Reste des Möbelstückes lehnten, das einmal der Küchenschrank gewesen war.

»Du bist hier«, antwortete Evan, als ob das alles erklären würde. »Jared liebt dich. Ich denke, dass du das wissen solltest. Er sucht nach dir. Ich glaube nicht, dass es lange dauern wird, bis er hier auftaucht.«

»Warum bist du hierhergekommen?«

»Hier hat alles angefangen. Ich glaube, es liegt in der Natur des Menschen, an den Ort zurückzukehren, an dem man glücklich war, wenn man Probleme hat«, sagte Evan ernst.

Mara drehte den Kopf und sah ihn mit offenem Mund an, erstaunt darüber, dass er so einfühlsam war. »Mit Jared und mir ist es vorbei. Ich weiß nicht, was jetzt mit dem Geschäft wird, doch ich kann nicht mehr mit ihm zusammenleben. Es ist offensichtlich, dass er alles nur aus Mitleid und Schuldgefühlen heraus getan hat.«

»Dann kannst du mein Haus benutzen«, bot Evan ihr stoisch an. »Und mein Angebot, dir mit dem Unternehmen zu helfen, steht noch immer. Dieselben Bedingungen. Auch wenn ich nicht denke, dass es notwendig sein wird.«

»Du hast auch Mitleid mit mir«, sagte Mara und fühlte sich elend.

»Ich schließe keine Geschäftsverträge ab, weil ich Mitleid mit jemandem habe, Mara. Ich tue es, um Geld zu verdienen. Dein Unternehmen ist extrem geschäftsfähig und besitzt enormes Wachstumspotenzial.«

»Jared und ich haben Verträge unterschrieben.« *Eine Vereinbarung, auf die ich bestanden habe.* Jetzt wünschte sie sich, dass sie es noch weiter hinausgezögert hätte. Es würde um ein Vielfaches schwieriger sein, eine Geschäftsbeziehung zu beenden, die auf dem Papier bestand.

»Du hast mehr getan als nur das!«, warf Evan ärgerlich ein. »Mein Bruder hat vielleicht nicht immer an die Liebe geglaubt, doch er hat damit angefangen, als du in sein Leben getreten bist. Er hat das Haus gekauft, weil er bereits total in dich verliebt war. Er hat es zu dem Zeitpunkt vielleicht noch nicht realisiert, doch jetzt weiß er es.«

»Warum würde er das tun, wenn ich ihm wichtig wäre?«, fragte Mara verwirrt. Sie fühlte sich dazu veranlasst, ihm zuzuhören, denn auch wenn es ihr nicht gefiel, so hatte Evan Sinclair doch *sehr selten* Unrecht.

»Aus dem gleichen Grund, warum er in der Nacht des Feuers beinahe in seinen eigenen Tod gelaufen wäre. Um dich zu beschützen. Wenn ich ihn nicht rechtzeitig abgefangen hätte, wäre er hinter dir her in das Inferno gerannt. Er wusste nicht, dass du nicht drinnen warst, und weil er solch ein Sturkopf ist, wollte er Hals über Kopf in das brennende Haus laufen, um dich zu retten, als du bereits in Sicherheit warst. Ich habe ihn gerade noch aufhalten können.«

»Jared wollte mir ins Feuer nachlaufen?«

»Ja.«

»Er hätte sterben können«, sagte Mara zitternd.

»Es gibt kein *können* ... er *wäre* gestorben. Das Haus ist in der Sekunde eingestürzt, als ich ihn herausgezogen habe«, korrigierte Evan sie wütend. »Wie zum Teufel kannst du seine Zuneigung zu dir anzweifeln? Er ist im wahrsten Sinne des Wortes durchs Feuer gegangen, um dich zu retten, und es hat ihn nicht interessiert, ob er dabei selbst umkommen würde.«

»Das wusste ich nicht«, entgegnete Mara völlig verblüfft von Evans Enthüllungen. »Aber warum hat er das Haus überhaupt gekauft?«

»Nicht aus den Gründen, die du denkst«, sagte Evan geheimnisvoll. »Du musst ihn selbst fragen.«

»Also nicht, weil er damit Geld machen wollte oder weil das Haus einmal einem Sinclair gehört hat und er es zurück in Familienbesitz bringen wollte?«

Evan schnaubte. »Als ob irgendeiner der Sinclairs das Geld brauchen würden! Wir haben Hunderte von Immobilien, die im Besitz eines Sinclairs sind oder dies irgendwann einmal waren, historische Gebäude. Warum sollte er so besessen davon sein, dieses bestimmte Haus besitzen zu wollen? Denk nach, Mara! Deine Schlussfolgerung macht keinen Sinn.«

»Sie ist emotional«, gab sie zu. »Ich liebe ihn, doch er hat mir nie gesagt, dass er mich auch liebt.«

Für einen Mann seiner Größe stand Evan würdevoll auf und reichte ihr die Hand. »Glaubst du nicht, dass du es ihm schuldig bist, ihm eine Chance zu geben, sich zu erklären und dir zu sagen, dass er deine Liebe erwidert, nachdem er sein Leben für dich riskiert hat?« Er sah sie mit hochgezogener Augenbraue an.

Mara hatte noch immer mit dem Wissen zu kämpfen, dass Jared beinahe gestorben wäre, weil er gedacht hatte, dass sie sich noch im Haus befand, als er während des Feuers dort angekommen war. »Er wäre für mich gestorben. Er wäre für mich gestorben, weil eine kleine Chance bestanden hatte, dass ich noch immer im Haus war. Er hat es nicht einmal überprüft.« Sie legte ihre zitternde Hand in die von Evan und ließ sich von ihm hochziehen.

»Gefühle machen merkwürdige Dinge mit Menschen«, entgegnete Evan trocken.

»Du bist ins Feuer gegangen«, erinnerte Mara ihn.

Evan zuckte mit den Schultern. »Ich *wusste*, dass du dich im Haus befandst, und ich war mir ziemlich sicher, dass ich genügend Zeit haben würde, um dich herauszuholen.«

Mara beobachtete Evans gleichgültiges Verhalten. »Aber du bist noch immer ein Risiko eingegangen.«

»Ein kalkuliertes Risiko«, konterte er reserviert. »Im Geschäft geschieht so was ständig.«

Mara selbst ging ein kalkuliertes Risiko ein, legte ihre Arme um Evans Hals und umarmte ihn. »Du hast mich trotzdem gerettet. Danke!«

Sie legte ihren Kopf an seine Brust, drückte ihn fest an sich und wartete. Als seine Arme sich schließlich ungeschickt um sie legten und er die Umarmung erwiderte, seufzte sie erleichtert.

»Das ist alles ganz unnötig«, sagte Evan unsicher und peinlich berührt.

»Es ist sogar sehr nötig«, entgegnete Mara. Evan Sinclair brauchte jemanden, der sich um ihn kümmerte, jemanden, der ihm etwas Zuneigung entgegenbrachte. Und auch wenn es sehr einfach war, ihn nicht zu mögen, fühlte Mara trotzdem genau das Gegenteil. Sie bewunderte seine Manipulationsfähigkeit, denn sie war der Beweis dafür, wie viel ihm andere Menschen wirklich bedeuteten, auch wenn er es nicht zeigen konnte.

»Ich schwöre bei Gott, ich bringe dich um!«, ertönte Jareds wütende Stimme hinter ihnen.

Mara ließ Evan langsam los und drehte sich, um Jared anzusehen. Auf seinem Gesicht stand der blanke Zorn, der sie in Bewegung setzte.

»Ich habe dir gesagt, dass du Ansprüche anmelden sollst, bevor dir jemand anderes zuvorkommt«, sagte Evan ruhig, während er sich den Ruß von seinem Smoking abklopfte und sich zum Gehen wandte.

»Verdammt noch mal, komm sofort zurück! Ich werde dir so lange in deinen Arsch treten, bis du nicht mehr laufen kannst!«, zischte Jared wütend.

Als Jared sich auf seinen Bruder stürzen wollte, warf sich Mara ihm an den Hals. »Tu es nicht, Jared! Bitte! Du wirst es bereuen! Er hat versucht, mir zu helfen.« Sie schlang ihre Arme um seinen Hals und ihre Beine um seine Hüfte, damit er ihr Gewicht tragen musste. Er würde sie entweder fallen lassen oder aufhören, seinem Bruder nachzugehen.

Kalkuliertes Risiko.

Er stoppte und stützte ihren Po mit seinen Händen, um sie besser halten zu können. »Ich werde ihn finden!«

»Nein, das wirst du nicht«, sagte Mara beruhigend und streichelte mit einer Hand über seine Wange. »Was du gesehen hast, war ganz harmlos. Das musst du mir glauben!«

Die Anspannung begann, aus seinem Körper zu weichen. »Ich habe immer an dich geglaubt«, brummte er.

»Dann bring mich nach Hause!«, bat sie. »Bitte!«

Für den Bruchteil einer Sekunde zögerte er, sein Gesichtsausdruck noch immer trotzig und wütend. Mara umarmte ihn fester und legte ihren Kopf auf seine Schulter. Sie vertraute darauf, dass er die richtige Entscheidung treffen würde. Auf keinen Fall wollte sie einen Keil zwischen Jared und Evan treiben. Sie hatte keine Ahnung, warum Evan sich dazu entschieden hatte, seinen Bruder so dermaßen zu provozieren, doch nachdem er ihr Leben gerettet hatte und seine Sorge um sie als Mensch auf seine eigene, merkwürdige Weise gezeigt hatte, wollte sie nicht, dass Evan verletzt würde. Und sie wusste, dass es Evan nicht nur körperlich sehr wehtun würde, wenn Jared ihm einen Schlag verpassen würde. Es würde Jared umbringen, seinen Bruder im Überschwang der Gefühle verletzt zu haben. Es durfte einfach nicht passieren.

»Einverstanden. Du kommst mit mir nach Hause und dann kannst du mir erklären, warum mein Bruder dich angefasst hat und du in seinen Armen gelegen hast. Schon wieder«, forderte er verstimmt.

»Ich werde dir alles erklären.«

Ohne ein weiteres Wort zu sagen, trug Jared sie aus dem Haus und zu seinem Wagen. Als er sie vorsichtig auf den Beifahrersitz hinabließ, sagte er streng: »Du. Gehörst. Zu. Mir.«

Seine Berührung und die Wildheit seiner Worte beruhigten ihre Seele. Sie kannte nicht die Wahrheit darüber, warum Jared ihr Haus gekauft hatte, doch sie wusste bereits, dass er es nicht aus niederträchtigen Gründen getan hatte. Sie vertraute ihm und sie schwor sich felsenfest, dass sie ihn und seine Taten nie wieder anzweifeln würde. Er hatte ihr sein Vertrauen geschenkt, indem er seinem Bruder nicht gefolgt war, und er war bereit gewesen, für sie zu sterben. Wenn er ihr nicht den wahren Grund sagen wollte, warum er das Haus gekauft hatte, dann würde es ihr nichts ausmachen. Sie liebte ihn und sie wusste nun mit absoluter Sicherheit, dass er ihre Gefühle erwiderte.

Jared war still, als er sie statt ins Gästehaus in sein eigenes Haus brachte. Er führte sie bei der Hand, als ob er Angst hätte, dass sie mit einem Mal verschwinden könnte.

»Erklär es mir!«, sagte er ärgerlich. »Was zum Teufel hat Evan mit seinem Kommentar gemeint? Habt ihr beide Gefühle füreinander? Willst du wirklich mit einem Mann wie ihm zusammen sein? Will er mit dir zusammen sein?«

Mara hatte begonnen, Kaffee zu machen. »Setz dich!«, sagte sie und sah ihn ruhig an.

Er ließ sich am Küchentisch nieder, wobei er den Blick nie von ihr abwandte.

»Evan wusste, dass ich traurig war, als ich erfahren habe, dass du mein Haus gekauft hast.« Als er anfangen wollte zu sprechen, hob sie die Hand und bedeutete ihm, sie ausreden zu lassen. »Er hat mich zuerst gefunden. Ich wollte einfach nur nach Hause gehen, doch dieses Haus ist nicht mehr mein Zuhause. Er wollte mir nur sagen, dass ich dir keine Möglichkeit gegeben habe, dein Verhalten zu erklären, und dass ich es tun sollte. Er hat Recht gehabt. Außerdem hat er mir erzählt, dass du ohne nachzudenken in mein brennendes Haus gelaufen bist, um mich zu retten.« Sie nahm eine Tasse und stellte sie mit mehr Wucht als nötig auf die Kaffeemaschine. »Du hättest sterben können, Jared!«

»Ich bin aber nicht gestorben«, brummte er. »Und ich hätte dich nicht in diesem Feuer umkommen lassen.«

»Du hättest aber sterben können! Du wärst gestorben, wenn Evan dich nicht aufgehalten hätte.« Als sie bemerkte, wie ernst diese Aussage war, zog sich ihr Magen zusammen. »Ich habe ihn umarmt. Ich wollte ihm dafür danken, dass er mir das Leben gerettet hat, und ich wollte ihn wissen lassen, dass er jemandem wichtig ist. Evan hat Probleme. Ich glaube nicht, dass er glücklich ist. Ich wollte sehen, ob er mich auch umarmen würde.«

»Das hat er getan. Dieser Mistkerl!«

»Widerwillig«, sagte Mara beschwichtigend und schob Jared eine Tasse Kaffee hin. »Er ist Zuneigung nicht gewöhnt, Jared! Und nein, ich habe kein geheimes Verlangen nach deinem älteren Bruder. Ich liebe dich! Ich liebe dich so sehr, dass ich für kurze Zeit den Verstand verloren habe, als ich dachte, dass du mich hintergangen hast. Es tut mir leid.« Sie stellte eine weitere Tasse in die Maschine und wartete, dass ihr Kaffee fertig gebrüht wurde.

»Es muss dir nicht leid tun. Ich hätte es dir schon längst sagen sollen. Ich hatte solche Angst, dass du mich hassen würdest«, gab er bedrückt zu.

»Sei Evan nicht böse. Ich weiß nicht, warum er dich so wütend machen wollte, doch er hat kein Interesse an mir als Frau. Er hat mir mehr wie eine Art Bruder oder Freund zur Seite gestanden. Ich glaube, du weißt, dass Evan dich nur provozieren wollte. Er würde dich niemals so hintergehen. Keiner deiner Brüder würde das tun.« Sie nahm die Tasse aus der Maschine und goss Milch in ihren Kaffee. »Ich hoffe, du kannst mir das glauben, denn es ist die Wahrheit.«

»Ich glaube dir.« Er sah sie nicht an, als er einen Schluck von seinem Kaffee nahm. »Ich glaube, Evan hat versucht, mich dazu zu bringen, etwas zu tun, das ich schon längst hätte tun sollen.«

»Was?« Sie setzte sich neben ihn an den Tisch.

»Diese Beziehung offiziell machen.«

»Ich glaube nicht, dass Evan dich dazu drängen würde, etwas zu tun, das du nicht willst ⊠«

»Ich will es! Ich habe dich immer gewollt und Evan weiß das. Ich liebe diesen Mistkerl, doch er ist unheimlich manipulativ!«

Mara lächelte beim Anblick von Jareds missmutigem Gesicht. »Ich glaube, er meint es nur gut.«

»Er ist hinterhältig«, brummte er. »Er sieht es gern, wenn die Dinge so laufen, wie er sie gern hätte oder wie er denkt, dass es richtig sei.« Er seufzte laut. »Ich hätte dir sagen sollen, dass ich dein Haus gekauft habe.«

Maras Herz klopfte laut, als sie zögernd fragte: »Hast du mir deine Hilfe aus Mitleid angeboten, weil ich kein Zuhause mehr haben würde?«

Endlich sah er ihr in die Augen und sein jadegrüner Blick durchbohrte sie. »Nein! Ich wollte dich vögeln. Da war noch mehr, doch am Anfang war das mein primäres Ziel, als ich dir meine Hilfe angeboten habe. Ich werde dich nicht anlügen. Ich wollte dich, seit ich dich das erste Mal gesehen habe. Mein Schwanz hat sofort gewusst, was ich für dich empfinde. Mein Gehirn hat etwas mehr Zeit gebraucht, um auch darauf zu kommen.«

Mara stockte der Atem, während sein Blick sie förmlich aufspießte und ihre Augen gefangen hielt. »Sag mir, warum du das Haus überhaupt gekauft hast!«

»Weil ich gewusst habe, dass dieses Haus eine Todesfalle ist, Mara. Ich bin Architekt und ich kenne mich mit alten Häusern aus. Ich konnte nicht alles inspizieren, deswegen habe ich das verdammte Haus gekauft und habe mir dann angesehen, was über die Jahre gemacht – oder sollte ich sagen, nicht gemacht – worden war. Mit dem Feuer ist meine schlimmste Befürchtung wahr geworden. Ich habe dich dort rausholen wollen, bevor so etwas passiert. Ich bin zu spät gekommen und es hat mich fast umgebracht, als der Brand im Haus ausgebrochen ist.« Er hielt einen Moment lang inne, bevor er verzweifelt hinzufügte: »Ich wusste, dass du traurig darüber sein würdest, dass das Haus gekauft worden war, doch zumindest würdest du am Leben sein«, sagte er heiser. »Ich habe ebenfalls gewusst, dass du mich vermutlich hassen würdest, doch ich konnte Amesport nicht in dem Wissen verlassen, dass du in einem Haus wohnst, das solch eine Gefahr darstellt. Ich konnte es einfach nicht.«

Mara fühlte sich, als hätte jemand ihr Herz ergriffen und würde es in seiner Faust zerquetschen. »Du hast also versucht, mich zu retten?« Gütiger Gott! Sogar damals hatte er versucht, ihr Leben zu retten. »Was hast du mit dem Haus vorgehabt?«

»Ich hatte keine Ahnung. Ich brauche nicht noch ein Haus in Amesport. Ich hätte es kostspielig sanieren können oder es abreißen müssen.« Er schwieg kurz, bevor er hinzufügte: »Es tut mir leid, dass ich dir nichts gesagt habe. Als ich mich in dich verliebt habe, wollte ich nicht, dass du mich hasst. Und als du mir dann gesagt hast, dass du mich liebst, hatte ich schreckliche Angst, dass du mich nicht mehr lieben würdest.«

Maras Herz stand kurz vor einer Explosion, so schnell schlug es nun. »Ich werde dich immer lieben, Jared!«, presste sie hervor. Sie stand auf, schob ihre Kaffeetassen in die Mitte des Tisches und setzte sich rittlings auf ihn. »Du liebst mich?« Sogar jetzt sehnte Mara sich danach, diese Worte endlich zu hören.

Er hielt ihren Kopf mit beiden Händen fest, um ihr direkt in die Augen sehen zu können. »Himmel, Frau! Wenn du das bis jetzt noch nicht bemerkt hast, dann weiß ich nicht, wie ich dir sonst noch zeigen soll, wie sehr ich dich liebe! Als du heute vom Empfang weggelaufen bist, hatte ich mehr Angst, dich zu verlieren, als ich jemals vor irgendetwas in meinem Leben Angst gehabt habe. Ich brauche dich Mara! Ich liebe dich so sehr, dass ich kaum atmen kann!«

»Ich gehe nirgendwohin. Ich hatte auch Angst. Einen Mann so sehr zu lieben ist beängstigend«, flüsterte sie, während sie ihren Mund auf seinen legte.

Indem er einen Arm um ihren Hals legte, hatte er die Umarmung sofort unter Kontrolle und drang so schnell und heftig mit seiner Zunge in ihren Mund ein, dass Mara nichts anderes tun konnte, als sich mit ihren Armen an seinem Hals festzuhalten. Er eroberte. Kontrolliert. Bewundernd. Liebend.

Als er seinen Mund von ihrem löste, brummte er: »Ich liebe dich, verdammt noch mal! Ich liebe dich!«

»Zeig es mir!«, forderte sie außer Atem.

Er stand gemeinsam mit ihr auf und Mara fand wieder festen Boden unter ihren Füßen. Schnell erlöste er sie von ihrem Kleid, indem er ihren Reißverschluss am Rücken öffnete und es zu Boden gleiten ließ.

»Oh Gott!«, sagte er mit tiefer Raubtierstimme. »Wenn ich gewusst hätte, dass sich das hier unter deinem Kleid befindet, dann hätte ich dich gevögelt, noch bevor wir überhaupt das Haus verlassen hätten.«

»Gefällt es dir?«, neckte Mara ihn und freute sich innerlich, dass Jared ihre sexy Unterwäsche aufreizend fand. Sie trug einen schwarzen Stringtanga, den dazu passenden Strapsgürtel und Strümpfe. Sie zerrte an seiner Kleidung und zog ihm Jackett, Hemd und die anderen Accessoires seines Smokings aus. Als er mit nacktem Oberkörper vor ihr stand, streichelte sie zärtlich mit ihren Handflächen über seine Brust und genoss das Gefühl seiner harten Muskeln, als ihre Hand tiefer wanderte.

»Nein!«, rief er, als Mara nach dem Reißverschluss seiner Hose tastete.

Er nahm die Tassen vom Tisch und warf sie in die Spüle, wo sie mit einem lauten Klirren landeten. Danach hob er sie auf den Küchentisch, wobei seine Hände sofort ihre Brüste berührten. »Die hier verfolgen mich schon den ganzen Tag. Ich konnte nur daran denken, dich endlich aus diesem verdammten Kleid zu bekommen, damit kein anderer Mann das sehen kann, was mir gehört.« Sein Mund schloss sich um ihre Brustwarze, um sie erst zärtlich mit den Zähnen zu zwicken und dann an ihr zu saugen.

Mara ergriff sein Haar und drängte ihn zu mehr. Er ließ sich nicht zweimal bitten, wanderte mit seinem Mund zwischen ihren Brüsten hin und her und liebkoste sie, bis sie so empfindlich waren, dass Mara es kaum mehr aushalten konnte.

Endlich richtete Jared sich auf und fixierte seinen hungrigen Blick auf sie. Mara fühlte sich schamlos und attraktiv, wie sie in ihrer sexy Unterwäsche auf dem Küchentisch lag und Jareds Augen sie förmlich auffraßen. »Du bist so verdammt schön!«, sagte er rau und streichelte mit seinen Fingern leicht über ihren seidenen Slip. »Und du bist schon so feucht für mich.«

»Keine Spielchen!«, bettelte sie. »Heute brauche ich dich.«

»Ich gehöre dir für immer!«, versprach Jared. »Ich hoffe nur, dass du diesen Slip nicht allzu sehr vermissen wirst.« Mit einem kräftigen Ruck riss er ihr den String vom Körper und ein lautes Reißen war zu hören, als das Material nachgab.

Seine Finger fanden ihre heiße Muschi und rieben ihre Klitoris.

»Jared! Bitte!«, bettelte sie und wand sich auf dem Tisch.

Er öffnete den Reißverschluss seiner Hose und befreite seinen Schwanz, um mit dessen Spitze ihre aufgerichtete Knospe zu stimulieren. »Du gehörst mir Mara! Sag es!«, befahl er.

»Ja! Ja! Ich liebe dich und ich gehöre dir!«, wimmerte sie.

»Ich liebe dich!«, stöhnte er und schob sich tief in sie hinein. Seine Hände ergriffen ihre Hüften und schoben ihren Hintern zum Tischende.

»Oh Gott! Du fühlst dich so gut an!« Mara streckte ihre Hüften nach vorn und genoss das Gefühl, ihn in sich zu spüren. Sie schlang ihre Beine um seinen Körper und versuchte, ihn noch näher an sich heranzuziehen.

»Ich mache unsere Beziehung offiziell. Nichts mehr von diesem Blödsinn, dass ich keine Ansprüche auf dich anmelde!«, sagte er rau und stieß erneut hart in sie.

»Und du gehörst mir!«, antwortete Mara mit einem lauten Stöhnen.

»Für immer Baby!« Er begann, sich schneller in ihr zu bewegen und härter in sie zu stoßen.

Anspannung machte sich in ihrem gesamten Körper breit und ihr Magen zog sich zusammen. »Ja! Fick mich richtig Jared! Fester!«

Er bearbeitete sie mit einer Intensität, die ihr den Atem raubte. Sie schnappte nach Luft und stöhnte, als ihre Muschi begann, sich zu verkrampfen und sich um seinen Schwanz zu schließen. Während Jared weiter unaufhörlich und gnadenlos in sie stieß, fand er ihre Knospe und streichelte über das kleine Nervenbündel. Maras Orgasmus ergriff sie und sie erzitterte unter seiner Wucht, während sie seinen Namen schrie. »Jared!«

Er zog sie zu sich heran und legte seine Arme schützend und liebevoll um sie. »Ich liebe dich, meine Süße. Vergiss das niemals! Vergiss das niemals!«, sagte er, während die Muskeln in seinem Nacken verspannten und ihm ein gequältes Stöhnen entfuhr.

Sie schlang ihre Arme um ihn, vergrub ihre Fingernägel in seinem Rücken und ließ ihn in sich kommen, während ihr Körper noch immer an seinem zitterte.

»Du gehörst zu mir Mara!«, knurrte er und griff mit einer Hand an ihren Hinterkopf, um sein Gesicht in ihrem Haar zu vergraben.

In diesem Moment existierte nur ein primitiver Instinkt um sie herum. Nach einigen Minuten löste sie ihren Griff an seinem Rücken und lehnte sich erschöpft an ihn.

Sie verharrten in dieser Position, minutenlang oder stundenlang. Mara hatte das Gefühl, als würde die Zeit stillstehen, während sie sich aneinander festhielten und beide versuchten, wieder zu Atem zu kommen.

»Ich liebe dich«, nuschelte sie atemlos gegen seine Brust.

»Ich liebe dich auch, Baby. Doch ich werde diesen Tisch nie wieder ansehen können, ohne eine Erektion zu bekommen«, sagte er amüsiert.

Mara lachte und drückte ihn noch fester an sich. »Gehen wir zurück zum Gästehaus? Ich habe hier keine Kleidung.«

»Nein. Mit dem Gästehaus ist Schluss. Wir können dort arbeiten, doch ich will, dass du in meinem Bett schläfst, wo du hingehörst!«

Ihr Herz hüpfte vor Freude. »Ja! Bitte!«

»Scheiß drauf! Ich hole deine Klamotten später. Du wirst eine ganze Weile keine brauchen.«

Mit ihren Beinen noch immer um seinen Körper geschlungen hob Jared sie vom Tisch hoch, stieg mit ihr die Treppe hinauf und legte sie auf sein Bett.

Mara seufzte an seiner Schulter, weil sie wusste, dass die Zeiten der Leere und Einsamkeit, die sie durchlebt hatte, seit ihre Mutter krank geworden war, nun endgültig der Vergangenheit angehörten.

»Du wirst mich heiraten. Sehr bald!«, forderte Jared, als er sie vorsichtig auf seinem Bett ablegte.

Ihr Puls raste, als sie zu ihm aufsah. »Ich kann mich daran erinnern, dass wir diese Diskussion schon einmal geführt haben. Du hast mich nicht gefragt.« Sie neckte ihn genauso, wie sie es das erste Mal getan hatte, als er zum Markt gekommen war und darauf bestanden hatte, dass sie den Tag mit ihm verbringt. Und wieder sah sie kurz die Verletzlichkeit in seinen grünen Augen aufflackern, bevor sie verschwand. Sie musste sich erneut fragen, ob er es forderte, weil er Angst hatte, dass sie Nein sagen würde. »Ich garantiere dir eine positive Antwort, wenn du mich fragst«, sagte sie zärtlich.

»Also, machst du's?« Er wiederholte genau dieselben Worte, die er an dem Tag auf dem Markt von sich gegeben hatte, und ein Grinsen machte sich auf seinem Gesicht breit, als er sie ebenfalls neckte.

Sie strahlte ihn an. »Sehr gern, Jared. Vielen Dank.« Auch ihre Antwort war dieselbe wie auf dem Markt.

Sein Grinsen wurde noch breiter, als er auf das Bett stieg, auf sie zukroch und sie bedrängte. Sie quiekte, als er sich auf sie stürzte und ihren Körper neben seinem einfing.

»Jetzt, wo ich weiß, dass du Ja sagen wirst, frage ich dich richtig. Willst du mich heiraten, Mara? Ich schwöre, ich werde den Rest meines Lebens damit verbringen, dich glücklich zu machen.« Er lächelte noch immer, doch seine Augen hatten einen raubtierhaften Ausdruck angenommen und sahen sie voller Bewunderung an. Und Liebe.

»Natürlich will ich dich heiraten! Ich liebe dich!« Maras Herz klopfte wie wild, als sie ihn ansah, und sie wusste, dass ihr Herz sich in ihren Augen widerspiegelte. »Du hast mich schon jetzt glücklicher gemacht, als ich es mir jemals erträumt habe.« Sie strich ihm liebevoll eine lose Haarsträhne aus der Stirn. »Du liebst mich und das allein macht mich glücklicher als alles andere auf der Welt.«

Sie konnte seinen heißen Atem spüren, als er langsam seinen Kopf senkte. »Dann bereite dich darauf vor, noch beschwingter zu werden, denn ich weiß verdammt gut, dass ich dich von Tag zu Tag mehr lieben werde, jedes Mal wenn ich dich berühre oder sehe, wie du mich anlächelst.«

Sie strahlte ihn an. »Tu dir keinen Zwang an! Ich denke, damit werde ich fertig.« Sie wurde mehr als nur damit fertig; sie würde sich in seiner Liebe suhlen.

»Ich habe vor, genau jetzt damit anzufangen«, sagte er heiser, als sein Mund ihren mit einer zärtlichen Leidenschaft verschloss, die sie bis in die Tiefe ihrer Seele berührte.

Mara war mehr als nur etwas beschwingt. Sie war absolut ekstatisch, als Jared damit fortfuhr, ihr zu zeigen, wie sehr er sie liebte. Sie ließ sich vollkommen fallen und gab ihm all die Liebe zurück, die er ihr entgegenbrachte.

Beide hatten in Bezug auf die wahre Liebe eine Menge nachzuholen, doch Mara machte sich keine Sorgen, weil sie den Rest des Tages und der Nacht nichts anderes taten, als sich zu lieben. Vor ihnen lag jetzt ein gesamtes Leben und dies würde bis zum Rand mit Liebe gefüllt sein.

Epilog

Sechs Monate später

Mara seufzte, während sie ihrem Ehemann dabei zusah, wie er im neuen Innenbereich des Hauses, das einmal ihr altes Zuhause gewesen war, Nägel in ein Brett hämmerte. Sie beobachtete ihn ungeniert und war fasziniert davon, wie die starken Muskeln in seinen Armen und seinem Rücken arbeiteten. Obwohl es Winter war, trug er kein Hemd und schwitzte ordentlich bei der körperlichen Arbeit, die er verrichtete.

Er hatte ihre Anwesenheit nicht bemerkt und arbeitete weiter, während Mara ihm weiter zusah. Sie hatte noch immer das Bedürfnis, sich kneifen zu wollen, um sich zu versichern, dass das Leben, das sie jetzt führte, tatsächlich der Wirklichkeit entsprach und nicht nur ein sehr schöner Traum war.

Ein wundersames Lächeln huschte über ihr Gesicht, als sie sich die warme Wollmütze vom Kopf zog und das Glitzern des riesigen diamantenen Eherings ihr zuzwinkerte. Sie war gerade von ihrem neuen Arbeitsplatz nach Hause gekommen, der sich außerhalb der Stadt befand. Ein großes Lagerhaus mit angegliedertem Laden, in dem die Produkte für *Mara's Kitchen* hergestellt und verkauft

wurden. Das kleine Unternehmen, das Jared und sie auf die Beine
gestellt hatten, war innerhalb sehr kurzer Zeit zu einem Monstrum
angewachsen. Ihre Produkte waren nun im gesamten Land gefragt
und ihr Kundenstamm wuchs täglich.

Sie besaß mehr Angestellte, als sie zählen konnte, und einen
großen Laden, der von einer freundlichen Frau geleitet wurde,
mit der sie jeden Tag zusammenarbeitete. Jared hatte sich bereits
auf die Suche nach anderen Produktionsorten gemacht, weil das
Unternehmen so schnell wuchs, und die Nachfrage war für nur eine
große Produktionsstätte bereits jetzt zu viel. Maras Produkte wurden
derzeit in einer Spezialküche in dem riesigen Lagerhaus hergestellt,
die mit industriellen Maschinen ausgestattet und vom Laden selbst
abgetrennt war. Auch wenn sie zahlreiche Mitarbeiter unterhielt,
übersah Mara dennoch täglich die Produktion und das Geschäft,
weil sie nicht wollte, dass ihre Produkte ihren originalen Geschmack
oder ihr Aussehen verlieren, nur weil sie jetzt in großen Mengen
hergestellt wurden.

Dieses riesige Unternehmen hatte ein enormes wirtschaftliches
Wachstum in Amesport bewirkt und vielen Menschen Arbeitsplätze
verschafft, die sie dringend benötigten. Für Mara war dies eine der
größten Errungenschaften.

Während sie ihren Ehemann hungrig ansah, wusste sie, dass Jared
der wichtigste Teil von allem war und dies immer sein würde, ganz
egal wie groß das Unternehmen in Zukunft noch werden würde. Sie
konnte ohne ihre Firma leben, doch nicht ohne *ihn*.

Genau wie er es versprochen hatte, schien er sie *wirklich* jeden
Tag mehr zu lieben. So sehr, dass es ihnen beiden schwerfiel, sich
am Morgen zu verabschieden, weil er damit begonnen hatte, das
Haus zu renovieren und einige der körperlichen Arbeiten dort selbst
verrichtete.

Nach ihrer Hochzeit hatte Jared einige kurze Geschäftsreisen für
seine Immobilienfirma unternehmen müssen und die Trennung
war für beide extrem schmerzhaft gewesen, auch wenn sie immer
nur wenige Tage angedauert hatte. Vielleicht weil ihre Liebe noch
so frisch war oder weil die beiden so süchtig nacheinander waren

und es nicht aushielten, voneinander getrennt zu sein. Jetzt, da sie so viele kompetente Mitarbeiter beschäftigte, versuchte sie, ihn so oft wie möglich bei seinen Geschäftsreisen zu begleiten.

Heute liebe ich dich noch mehr. Ich vermisse dich.

Diese Nachricht erschien ausnahmslos jeden Tag auf ihrem Mobiltelefon, während sie in *Mara's Kitchen* arbeitete, und jedes Mal machte ihr Herz einen Sprung, wenn sie die Worte las. Sie schrieb immer sofort zurück.

Ich liebe dich. Ich vermisse dich auch.

Heute jedoch war seine Nachricht anders gewesen und hatte sie aus dem Konzept gebracht.

Heute liebe ich dich noch mehr. Ich brauche dich.

Er schrieb ihr nie, dass er sie brauchte, und dieser kleine Unterschied hatte sie in Alarmbereitschaft versetzt. Sie hatte ihre Arbeit ihrer Geschäftsführerin übergeben und *Mara's Kitchen* früher als gewöhnlich verlassen. Sie musste Jared sehen und sich vergewissern, dass alles in Ordnung war.

Jetzt, da sie zu Hause war, konnte sie sehen, dass es ihrem Ehemann scheinbar ausgezeichnet ging und sie fragte sich, ob sie sich umsonst gefürchtet hatte.

Sie zog sich ihre Jacke und Handschuhe aus und legte sie auf die neue Arbeitsplatte in der Nähe eines wunderschönen, großen Fensters. Jared hatte das alte, ausgebrannte Haus abgerissen und noch einmal von vorne angefangen. Er baute eine Kopie des alten Hauses und versuchte, alles so herzurichten, dass es dem gleichen Modell und der gleichen Ära des Originalgebäudes glich. Der Großteil des Hauses stand bereits, die Heizung war installiert und die elektrischen Leitungen verlegt, doch viele der Details im Inneren warteten noch immer auf ihre Fertigstellung. Irgendwann wollte Jared das alte Haus in ein Museum umwandeln, das antike Dinge und Schriftstücke ausstellte, um die Geschichte von Amesport zu erzählen. An dem Tag, als er ihr das Schild gezeigt hatte, das er plante zu entwerfen, hatte sie geweint wie ein Baby. Er wollte das Museum im Andenken an ihre Mutter und Großmutter eröffnen, weil ihre Familie so viel Zeit auf diesem kleinen Stück Land verbracht hatte.

Während Mara ängstlich auf ihn zuging, wandte sie ihren Blick nicht von seinem muskulösen Rücken ab. Sie musste ihn berühren. *Ich brauche dich.*

Es war nicht so, als würde Jared ihr das nicht die ganze Zeit sagen, doch er veränderte niemals seine Nachricht. Sie waren seit fünf Monaten verheiratet und hatten eine sogar noch überstürztere Hochzeit gefeiert als die, die Sarah und Dante auf die Beine gestellt hatten. Evan war für ihre Hochzeit zurückgekommen, genau wie Hope und Jason. Einige Monate danach hatte Jason Hope nach Amesport gebracht, um dort dauerhaft mit ihr zu leben, und sie und Hope waren sehr gute Freundinnen geworden. Sie hatte außerdem auch in Sarah, Emily und Randi tolle Freundinnen gefunden und alle Frauen – inklusive ihre wieder genesenen besten Freundin Kristin – trafen sich alle gemeinsam, so oft es ihnen die Zeit erlaubte.

Ich habe wieder eine Familie! Eine große Familie und viele Freunde.

Es spielte keine Rolle, dass sie mit keinem von ihnen blutsverwandt war. Mara hatte schnell herausgefunden, dass man zur Sinclair-Familie gehörte, sobald man einen Sinclair heiratete oder von ihnen aufgenommen wurde. Und oh, wie gut fühlte es sich an, Brüder und Schwestern zu haben, ein Gefühl, das sie noch nie zuvor gekannt hatte! Menschen, auf die sie zählen konnte und die sie in allem, was sie tat, unterstützen würden.

Mara schlang von hinten vorsichtig die Arme um Jared, als dieser seinen Hammer abgelegt hatte. »Hallo Süßer«, sagte sie zärtlich an seinen Rücken gepresst.

»Hey Liebling! Du bist früh dran.« Er drehte sich um und nahm sie in den Arm. »Ich bin ganz verschwitzt und stinke vermutlich«, warnte er sie.

»Du hast Glück, denn ich liebe es, wenn du heiß und verschwitzt bist.« Bilder der unzähligen Male, in denen er aufgeheizt und verschwitzt gewesen war, nachdem er ihr einen Orgasmus beschert hatte, bei dem sie seinen Namen geschrien hatte, schwirrten ihr durch den Kopf. Sie atmete seinen Geruch tief ein und die erotischen Bilder wurden lebhafter. Sie hatte viele dieser Erinnerungen, weil

Jared einen unersättlichen Appetit besaß, wenn es darum ging, sie zum Höhepunkt zu bringen. Nicht, dass sie sich beschweren würde.

»Ich liebe dich auch heiß und verschwitzt. Willst du mit mir zusammen ins Schwitzen geraten?«, fragte er hoffnungsvoll und ließ seine Hand ihren Rücken hinunter gleiten.

Sie trat einen Schritt zurück und sah ihm in die Augen. »Bist du in Ordnung?« Sie konnte zwar sehen, dass es ihm gut ging, doch sie hatte noch immer das Gefühl, dass irgendetwas nicht stimmte.

Er zögerte einen Moment, bevor er antwortete: »Ja, mir geht es gut. Wieso?«

Ich brauche dich.

Sie schüttelte langsam den Kopf und sah ein, dass sie überreagiert hatte. »Deine Nachricht war heute anders. Ich habe gedacht, du würdest mich brauchen, deswegen bin ich früher gegangen.«

Jared griff in seine Hosentasche und zog sein Mobiltelefon heraus. Er starrte es eine Weile stumm an, bevor er sagte: »Ich denke, ich habe einfach das geschrieben, was ich in diesem Moment empfunden habe. Es ist anders.« Er sah mit gerunzelter Stirn und ernstem Gesicht zu ihr auf. »Ich kann nicht glauben, dass es dir überhaupt aufgefallen ist.« Er steckte das Telefon zurück in seine Hosentasche.

Sie versuchte zu erklären: »Es waren nicht nur die Worte. Nachdem ich deine Nachricht gelesen hatte, schien es mir, als hätte ich eine ... Vorahnung.«

Jared seufzte tief. »Bevor ich dir diese Nachricht geschrieben habe, hatte ich über die Umsetzung einer Idee nachgedacht.«

»Was?«

»Seit ich angefangen habe, an diesem Haus zu arbeiten, habe ich festgestellt, wie sehr ich das alles vermisse. Ich weiß, dass ich nur einen Nachbau mache und auch nicht die gesamte Arbeit selbst verrichte, doch ich vermisse es, die Vergangenheit wieder aufzubauen. Mir ist diese verrückte Idee in den Kopf geschossen, meine Immobilienfirma zu verkaufen und ein neues Projekt zu beginnen.«

Maras Herz setzte kurz aus. Wollte er seiner eigentlichen Leidenschaft wieder nachgehen? »Willst du wieder alte Häuser restaurieren?«

Er zuckte mit den Schultern. »Es war nur so ein Gedanke und ein nicht sehr realistischer. Wie kann ich die Kontrolle eines Unternehmens abgeben, das Milliarden von Dollar erzielt, um ein neues Unternehmen zu starten, das mir nicht Unmengen von Geld bringen wird?«

»Ganz einfach«, sagte Mara bestimmt und legte ihre Arme um seinen Hals. »Wir haben bereits Milliarden, Jared. Du brauchst nicht noch mehr Geld zu verdienen. Bist du bereit dazu, wieder alte Häuser zu restaurieren?« Sie wünschte es ihm von Herzen, doch nur, wenn es ihn glücklich machen würde.

Er grinste sie an. »Du bist bereit, mir dabei zuzusehen, wie ich mich vom Geschäftsleben verabschiede, um alte Häuser aufzumöbeln?«

Sie lächelte zu ihm auf. »Das bin ich. Du siehst heiß aus, wenn du verschwitzt bist und kein Hemd trägst. Und mir gefällt dein knackiger Hintern in Jeans.« Er hatte jahrelang in der Geschäftswelt mitgespielt und versucht, seinem Bruder Evan nachzueifern. Es wurde Zeit, dass Jared endlich er selbst wurde. »Ist es wirklich das, was du machen willst?«

»Ja, das ist es. Ich glaube, ich habe endlich eingesehen, dass das, was ich gern machen würde, nichts mit dem Tod von Selena und Alan zu tun hat. Diese Verbindung bestand nur in meinem Kopf, weil ich mich schuldig gefühlt habe.«

Mara streichelte zärtlich über sein stoppeliges Kinn. »Dann mach es! Ich will, dass du glücklich bist!« Sie freute sich, weil sie wusste, dass Jared endlich frei war. Nachdem er sich über Jahre hinweg selbst gequält hatte, konnte er nun endlich nach vorn blicken.

Er zog sie nahe an sich heran und vergrub sein Gesicht in ihrem Haar. »Ich bin schon glücklich, weil ich dich habe, meine Süße. Alte Häuser zu restaurieren, wie ich es gern machen würde, wäre nur das kleine Sahnehäubchen auf einem ohnehin schon sehr süßen Kuchen.«

»Dann lass uns ein bisschen Sahne schlagen«, murmelte sie, bevor sie seinen Kopf zu sich hinunterzog und ihn zärtlich küsste. »Ein Kuchen kann niemals zu süß sein.«

»Du bist der Wahnsinn!«, sagte er. »Ich glaube, ich habe wirklich mit dir sprechen müssen.«

Das Gleiche dachte Mara auch. Andernfalls hätte er sich die Idee wieder ausgeredet, indem er behauptete, dass er zu viel in seine Geschäftsimmobilien investiert hatte, um seinen eigentlichen Traum zu verfolgen. Das Letzte, was sie brauchten, war noch mehr Geld. Jared gehörte schon zu den reichsten Männern der Welt.

Als Jareds Mobiltelefon klingelte, schreckte sie auf. Er runzelte die Stirn und zog es erneut aus seiner Hosentasche. »Es ist Jason.« Jared nahm sofort ab.

Mara hörte aufmerksam zu, als Jared das Gespräch führte, und sie bemerkte, dass sich Nervosität in seine Stimme geschlichen hatte.

»Gut, wir sind gleich da. Es interessiert mich nicht, ob wir nichts tun können! Ich will dort sein. Dies ist mein erster Neffe und ich möchte in der Nähe sein, wenn er auf die Welt kommt!«, brummte Jared in das Telefon.

Mara lächelte. Offensichtlich war bei Hope die Fruchtblase geplatzt und da dies ihr erstes Kind war, könnte es durchaus sein, dass sie im Krankenhaus eine ganze Weile auf die Geburt würde warten müssen. Doch Mara war dies egal, sie wollte dieses Ereignis auf keinen Fall versäumen. Sie wusste, dass Hope aufgeregt, aber auch nervös war. Wenn Hope darauf warten musste, bis ihre Wehen richtig losgingen, dann wollte Mara für sie da sein.

Jared legte auf. »Bei Hope haben die Wehen eingesetzt. Jason hat gesagt, dass es wohl noch etwas dauern wird, weil die Abstände noch sehr groß sind. Ich gehe schnell duschen.«

»Ich mache uns etwas zu essen, während du dich umziehst«, sagte Mara und zog ihre Jacke wieder an. »Ich bin so aufgeregt! Ich kann es kaum erwarten, meine Nichte kennenzulernen!«

»Neffe«, berichtigte Jared sie. »Dieses Baby ist der erste Sinclair der nächsten Generation. Und es wird ein Junge sein. Falls du es noch nicht bemerkt hast, die Männer sind in meiner Familie deutlich in der Überzahl.«

Mara musste lachen. »Du weißt ganz genau, dass Jason und Hope nicht wissen wollten, ob es ein Junge oder ein Mädchen wird. Und deine Theorie gründet auf der Tatsache, dass es historisch gesehen mehr Jungs als Mädchen in deiner Familie gegeben hat?« Bis das Baby tatsächlich geboren war, würde niemand sein Geschlecht kennen.

Jared hatte sich sein Hemd und seine Jacke angezogen und grinste. »Ganz so ist es nicht.«

»Du hoffst doch nur darauf, dass es ein Junge wird!«, sagte Mara lachend, als er sie in Richtung Tür zog. Ihr Herz war ganz leicht, wenn sie daran dachte, dass sie bald ein neues Baby in der Familie willkommen heißen würden. »Es könnte genauso gut auch eine Nichte werden. Wäre es dir wirklich so wichtig?«

»Nein. Es ist mir völlig egal, ob ich eine Nichte oder einen Neffen bekomme. Ich bin nur aufgeregt, dass ich Onkel werde!«

Mara hielt an der Tür an und betrachtete ihren Ehemann mit großen Augen. »Warum redest du dann die ganze Zeit von deinem Neffen?«

»Weil Beatrice es mir gesagt hat. Sie sagte, dass ihre Geistführer sehr laut mit ihr kommunizieren.«

Mara brach in Gelächter aus. »Ja! Und mir hat sie nur vor ein paar Tagen gesagt, dass Evan in den nächsten sechs Monaten eine Frau heiraten wird, die perfekt zu ihm passt. Sie hat ihn bei der Hochzeit getroffen.«

»Sie hat bei Sarah und Dante richtiggelegen. Und sie hat unsere Beziehung vorhergesagt.« Jared öffnete die Tür und zog seinen Schlüssel hervor, an dem noch immer die Apachenträne baumelte, die Beatrice ihm gegeben hatte. »Du kannst mich für verrückt halten, aber ich frage mich mittlerweile, ob an ihren Vorhersagen nicht doch etwas dran ist.«

Mara musste zugeben, dass er Recht hatte. Beatrice hatte vor Kurzem wirklich einige wundersame und unwahrscheinliche Vermutungen geäußert, die dann tatsächlich eingetreten waren.

»Wir werden sehen, ob ich einen Neffen oder eine Nichte bekomme«, neckte Jared sie, als er sie aus dem Haus zog und die Tür hinter ihr abschloss.

Sie liefen beide zu ihren Autos, weil es so kalt draußen war. Mara fuhr hinter Jared zurück zur Halbinsel, damit er duschen und sie etwas zu essen zubereiten konnte, bevor sie sich auf den Weg zum Krankenhaus machen würden, um die Ankunft von Jareds erstem Neffen abzuwarten ... oder seiner ersten Nichte.

Es wurde eine sehr lange Nacht, doch sie waren mit der vollständig im Warteraum versammelten Sinclair-Familie in guter Gesellschaft. Früh am nächsten Morgen brachte Hope einen gesunden Jungen zur Welt.

Am nächsten Tag verließ Mara gähnend das Krankenhaus. Ihr Kopf lehnte an Jareds starkem Arm, nachdem sie endlich die Gelegenheit bekommen hatten, das neue Familienmitglied zu begrüßen.

»Es ist ein Junge«, sagte Jared selbstgefällig.

»Zufall?«, entgegnete Mara schläfrig.

Jared zuckte mit den Schultern und zog sie näher an sich heran, um ihren Körper vor dem kalten Wind zu schützen, der unbarmherzig blies, während sie zu ihrem Wagen gingen. »Ich denke, wir werden sehen, ob Evan bald heiraten wird. Das würde mich definitiv dazu bringen, an Beatrices Vorhersagen zu glauben.« Jareds Stimme klang belustigt.

Mara nickte und kuschelte sich noch näher an Jared, um seine Wärme zu spüren. Diese bestimmte Vorhersage von Beatrice war wirklich sehr weit hergeholt. Doch innerlich hoffte sie, dass sie eintreffen würde, ganz egal wie unwahrscheinlich sie auch sein mochte.

Auf irgendeine Weise hatte sie Jared geheiratet, und für sie kam das einem Wunder gleich. Als Jared die Schlösser entsicherte und ihr die Beifahrertür öffnete, gähnte sie erneut.

»Müde?«, fragte er besorgt.

»Oh ja!« Jetzt, da die Aufregung über die Geburt des Babys vorüber war und sowohl Hope als auch ihr Kind wohlauf waren, hatte Mara die Erschöpfung übermannt.

»Lass uns nach Hause fahren, damit du dich hinlegen kannst.«
Jared half ihr auf den Beifahrersitz und schnallte sie an, bevor er
um das Auto herum zur Fahrerseite ging.

Sie lächelte, als ihr Ehemann einstieg, und warf ihm einen
bewundernden Blick zu, bevor sie glücklich ihre Augen schloss und
langsam wegdämmerte. Zuhause war für sie kein Ort oder Gebäude
mehr; es war ein Geisteszustand. Und so lange Jared bei ihr war,
würde sie immer zu Hause sein.

~*Ende*~

Biografie

J.S. Scott ist eine Bestsellerautorin pikanter Liebesromane. Sie ist eine begeisterte Leserin von Büchern und Literatur jeglicher Art. J.S. Scott schreibt, was sie selbst gern liest, und das sind zeitgenössische sowie paranormale erotische Liebesgeschichten. Sie handeln meistens von einem Alphamännchen und haben ein Happyend, denn so schreibt sie sie einfach am liebsten!

Besuchen Sie mich auf:
http://www.authorjsscott.com
https://www.facebook.com/J.S.ScottGermany/

Oder senden Sie eine E-Mail an:
JSScott_author@hotmail.com

Sie finden mich ebenfalls auf Twitter:
@AuthorJSScott

Bitte tragen Sie sich auf meiner E-Mail-Liste ein, um über Neuigkeiten, neue Veröffentlichungen und exklusive Textauszüge informiert zu werden: http://eepurl.com/b2DuYn

Bücher von J. A. Scott

Milliardenschwer und ungebunden:
Ein Milliardär voller Leidenschaft ~ Chloe (Buch 8)

Milliardenschwer und unerschrocken:
Ein Milliardär voller Leidenschaft ~ Zane (Buch 9)

Milliardenschwer und unerkannt:
Ein Milliardär voller Leidenschaft ~ Blake (Buch 10)

Die Walker-Brüder – Die Serie:

Lass los!: Eine Geschichte der Walker-Brüder
(Die Walker-Brüder, Buch 1) **(ab Mitte Juli 2017 erhältlich)**

**Und auch die folgenden Bücher von J.S. Scott werden in Kürze
auf Deutsch erhältlich sein:**

Aus der Reihe »Die Sinclairs«:

The Billionaire's Touch (Buch 3)

The Billionaire's Voice (Buch 4)

The Billionaire Takes All (Buch 5)

The Billionaire's Secrets (Buch 6)

Aus der Reihe »Ein Milliardär voller Leidenschaft«:

Billionaire Unveiled ~ Marcus (Buch 11)

Aus der Reihe »Die Walker-Brüder«:

Player! (Buch 2)

Obwohl die Serie »The Walker Brothers« zwanglos mit der Reihe
»Ein Milliardär voller Leidenschaft« verbunden ist, stellt sie eine
eigenständige Serie dar, die auch gelesen werden kann, ohne die Bücher
von »Ein Milliardär voller Leidenschaft« zu kennen. Es handelt sich
ebenfalls um eine heiße Liebesromanreihe mit Alpha-Milliardären.

www.ingramcontent.com/pod-product-compliance
Lightning Source LLC
Chambersburg PA
CBHW050013180626
46810CB00002B/401